母 亲

MATЬ

[苏] 高尔基◎著　李燕梅◎译

煤炭工业出版社

· 北　京 ·

图书在版编目（CIP）数据

母亲/（苏）高尔基著；李燕梅译．--北京：煤炭工业出版社，2016（2022.3 重印）

ISBN 978-7-5020-5086-3

Ⅰ.①母…　Ⅱ.①高…　②李…　Ⅲ.①长篇小说—苏联　Ⅳ.①I512.45

中国版本图书馆 CIP 数据核字（2015）第 305423 号

母亲

著　　者　（苏）高尔基
译　　者　李燕梅
责任编辑　马明仁
封面设计　新吉乐夫
封面插画　严文胜

出版发行　煤炭工业出版社（北京市朝阳区芍药居 35 号　100029）
电　　话　010-84657898（总编室）
010-64018321（发行部）　010-84657880（读者服务部）
电子信箱　cciph612@126.com
网　　址　www.cciph.com.cn
印　　刷　唐山楠萍印务有限公司
经　　销　全国新华书店

开　　本　710mm×1000mm 1/16　**印张**　17　**字数**　290 千字
版　　次　2016 年 6 月第 1 版　2022 年 3 月第 5 次印刷
社内编号　7937　　**定价**　58.00 元

目　录

第一部

一

每天，在远离城市的工人住宅区的上空，四处飘荡着煤烟！空气中充斥着油臭味，人们被颤巍巍地咆哮的汽笛声惊醒，舒展一下在一夜睡眠中尚未从劳累中恢复过来的肢体，脸上愁云满布，宛如受到惊吓的蟑螂。从那些简陋矮小的灰色房子里走到街上。在寒冷的微光里，他们踏着没有铺造好的道路，朝着工厂中那一座座高大的鸟笼般的石头房子走去。在那儿，几十只油腻的灯泡发出昏暗的灯光，像一只只眼睛照耀着泥泞的道路，摆出一副冷漠自信的样子等着他们。泥泞的路在脚下扑哧扑哧地响着，一阵阵如梦呓般的沙哑的喊叫声和气冲冲的粗野的咒骂声搅乱了凌晨的宁静。然而，对于他们，扑面而来的却是另一种声响，机器笨重的轰隆声和蒸汽的怒吼声。高高的黑色烟囱，就像一根很粗大的手杖耸立在城郊的上空，那颤动的样子，阴沉而肃然。

日落时分，太阳的余晖投射在各家窗户的玻璃上，闪耀着忧郁而又沉闷的红光。工厂又把他们从它坚固的胸膛中抛了出来，好像扔无用的矿渣一样。

他们沿着大街走着，面孔被烟熏得漆黑。这会儿，他们的说话声有点兴奋，甚至是喜悦：一天的苦役已经做完了，晚饭和休息正在家里等着他们。

工厂消磨了他们整整一天的时间，机器侵蚀了他们筋骨里的力量。不知不觉地一整天的时光就这样溜走了，他们离死亡又近了一步。但是，他们看着眼前，烟雾弥漫的小酒铺里的歇息和快乐，犹感心满意足。

节假日里，他们通常一觉睡到上午十点左右，那些已成家又老实憨厚的人们便起床穿戴整齐去做弥撒。一路上，他们骂着年轻人对宗教的漠不关心。从教堂回来后，吃过了馅儿饼，他们倒头接着睡，直到傍晚。

日复一日辛苦地操劳，严重地损坏了他们的胃口，他们借助酒精咽下饭菜，好让热乎乎的伏特加刺激他们的食欲。

夜幕降临，他们在街上漫无目的地东游西逛，即使天气晴朗，也有人穿着套鞋；即使阳光灿烂，也有人撑着雨伞。

他们聚在一起，谈的话题无非是工厂机器和令他们厌恶的工头，工厂和工作便是“他们的一切”，所想所说总离不开这些。在这日复一日索然无味的日子里，偶尔也会有些孤独而幼稚的奇思妙想。到家里对老婆大打出手，谩骂吵闹便是唯一可做的事。

年轻人常泡在酒馆里，或者不厌其烦地参加各家轮流举办的晚会。他们和着手风琴的韵律，唱着淫荡放肆的小曲儿，说些下流过瘾的话，跳舞、喝酒。劳累的人往往容易喝醉，之后便是没完没了的无名怒火四处充斥，寻找着发泄的机会。一旦有了这种可以发泄一气的机会，他们便抓住一点儿小事纠缠不休，就像恶兽一般凶狠地厮打起来。往往是头破血流，有时把人打成残废，甚至打死。

在他们的日常来往中，无缘无故的仇恨一触即发，这些仇恨就像他们肢体里根深蒂固的疲惫一样，长年累月都难以消除。这种恶习世袭相传，从出生起便附着于他们的灵魂，像驱不走的影子一样相伴着他们从小到大，从生到死。在一生之中，是它叫他们做出许多令人生厌并且毫无意义的残酷勾当。

节假日中，年轻人总是夜不归宿，有的人衣衫褴褛，浑身沾满泥土和灰尘，脸上伤痕累累，却对自己与同伙的斗殴扬扬自得；有的人愤愤不平，充满被人欺侮的羞辱；有的人被酒精刺激得不省人事，满脸麻木呆滞的神情；还有的人失魂落魄，看上去叫人讨厌。

有时，有些小伙子被他们的父母强行拖回家去。他们在酒店里或路旁围墙下发现自己酩酊大醉的儿子，张口便骂，挥手便揍，之后，生拉硬拽把他们拖回家去！凑合着把他们安置到床上由他们昏昏睡去，因为次日凌晨，他们会被颤巍巍鸣叫不止的汽笛声吵醒，他们还得拖着疲惫不堪的身子去上工。

尽管父母经常恶狠狠地责骂自己的儿子，但在老年人的眼中，年轻人打架斗殴、酗酒生事算不了什么，因为他们年轻的候，也常常免不了打架斗殴，酗酒生事，遭受父母的责打也是家常便饭，生活总是一日又一日重复着过去，不停地缓慢地流淌着，不知流向何方何地。他们的全部生活被那年深日久牢不可破的习惯所束缚，每天所做所想的大都是重复老一套。所以说，他们之中没有人想改变眼前这种生活。

有时候，一些外地人也在这个城郊的工人住宅区出现。

开始，这些陌生的外地人还引人注目，他们所描述的以前工作地方的趣闻逸事，也会稍稍引起人们的一点儿兴致。再过些时候，大家对那些新奇的东西熟知后对他们也就司空见惯了，他们就再也不引人注目了。听了这些人的话之后，他们知道了工人的生活在哪儿都是一样的。既然都是这样，那还有什么好说的呢？

有些时候，他们从陌生人那儿也能听到一些工人住宅区闻所未闻的新闻，他们总是带着疑惑去听，从不发表自己的意见，那些新闻，使一些人心中生出莫名其妙的怒火，在另一些人心里引起了模糊不清的焦躁，还使另外一些人生出朦朦胧胧的期望，扰得他们六神无主。他们为着要驱散那种不必要的却足以妨碍他们的焦躁和不安，便索性喝下比平常更多的伏特加。

工人住宅区的人们总能在这些陌生人身上发现一些与他们格格不入的新奇东西，并且对此耿耿于怀，在他们的潜意识中。他们总是防备着这些陌生人。他们唯恐这些陌生人带来的某些新奇东西，扰乱他们虽然苦难重重但还宁静的生活。虽然生活毫无意义，但他们对生活长年所带给他们的重重苦难已经习以为常，他们并不期望什么较好的变化，他们认为一切的变化只能是加重压迫。

工人区的人们，无声无息地渐渐地疏远了那些陌生人。

如果这些陌生人觉得很难与工人住宅区的人们相融洽，那么，他不是漂泊他乡，便是孤独地留在工厂。

单调的日子重复五十年，人们在不知不觉中走进了坟墓。

二

钳工米哈依尔·符拉索夫长着一头浓密的头发，眼睛细小，脸色阴郁，他也是过着这种日子。他浓眉底下那双眼睛总是怀疑地看着别人，嘴角挂着讥讽的冷笑。他在工厂里技术数一数二，是工人区第一个大力士。他的钳工技术在工厂中顶呱呱！他对工头蛮横无礼，所以得到的工钱很少。节假日休息在家，他总是惹是生非，所以大家既不喜欢他又害怕他。大家总想合伙揍他一顿，可总是不成。符拉索夫见有人前来寻事滋衅，他便叉开两条长腿，手里紧握石头、木板或者铁片，不动声色地站在那里。他那张从眼到脖子全长满黑胡须的嘴脸和毛乎乎的双手，使大家感到害怕。尤其是他的眼睛，使人望而生畏——细小而且尖锐的眼睛，好像钢锥一般地刺人。凡是碰到他目光的人们，都会感到他那无所畏惧、毫不留情的野兽般的劲头儿。

他低声咒骂着“给我滚蛋，混账”，黑油油的胡须里露出大而黄的牙齿。前来找碴儿的人在骂声中战战兢兢地逃走了。

“浑蛋！”他在他们身后骂骂咧咧，他脸上挂着讥讽的嘲笑。昂首挺胸，在他们背后威严地喊道，“来！想死就滚过来！”

没有一个人不怕死。

他言语不多，最常使用的两个字便是“浑蛋”。工头、警察，甚至他老婆都被他称作浑蛋。

“嘿，浑蛋，不知道吗？裤子上有个洞！”

当他的儿子巴威尔十四岁时，符拉索夫有一回想抓住儿子的头发把他拖出去，但是，他儿子却拾起一把笨重的铁锤，面无惧色地说：

“放手！”

“什么？”父亲边说边凑近瘦高的儿子身旁！就像阴影渐渐挪向笔直的白桦一样。

“够了！”巴威尔说，“我早就受够了！”

他高高地抡起了铁锤。

“好吧！……”

他沉重地叹息了一声！接着说：

“唉！你这个浑蛋！……

这事发生不久，他就和妻子说：

“以后甭再朝我要钱了！巴什卡能养活你了……”

“那么，你的钱都要用来喝酒吗？”她壮着胆子问道。

“多管闲事，浑蛋！我去和婊子睡觉！……”

他并没有去和什么婊子睡觉，但是，从此以后直到他死，他再没有教训过儿子，将近两年的时间里，他甚至没和他说过话。

他养了一条狗，这条狗和他一样高大，长着浓密的毛。每天进厂的时候，那狗把他送进工厂门口。傍晚，再迎接他从工厂出来。节假日，他总是到酒店里喝酒。他犀利的目光在别人脸上扫来扫去，像在找什么人。那条狗拖着长长的大尾巴，寸步不离他的身后。酩酊大醉之后，他就踉跄着回家吃晚饭，他用自己的饭碗喂狗，但狗从未得到他的抚摸。晚饭结束，一旦老婆不及时过来收拾碗碟，他就会把盘盏摔在地上，把酒瓶摆在自己面前，背靠着墙，张大嘴巴，闭上眼睛，用令人忧心忡忡的声音哼唱。那凄惨难听的歌声，在他嘴唇的髭须间打转，震下了粘在那上面的面包屑。他用粗大的手指捋着嘴唇的髭须和胡须，自顾自地哼个不停。那歌词别人听不懂，字音拉得倒挺长，调门儿叫人联想起了冬天的狼嗥。就这样一直唱到酒瓶喝空为止，他横转身子瘫倒在长凳子上，或者把头埋在桌子上，直至昏睡到汽笛拉响的时候。

那条狗就横卧在他身边。

他死于疝气。去世前五天，他周身发黑，双目紧闭，牙关咬紧，在床上打滚，不停地对妻子说：

“给我拿点耗子药来，把我毒死算了……”

医生说他需要热敷治疗，必须马上送进医院，进行手术。

“去一边儿吧，让我自己去死！混账。”符拉索夫用沙哑的嗓门咒骂着。

医生走后，他老婆流着泪劝他做手术，但他却捏起拳头，叫道：

“治好我的病，你能得到什么好处？”

早上，鸣叫的汽笛催促人们上班的时候，他死了。他张着大嘴巴，躺进棺材，而眉毛却怒气冲冲地紧锁着。

参加他的葬礼的人有他的妻子、儿子，已被工厂开除的老酒鬼达尼拉·维索夫希诃夫和几个工人区的乞丐。他的老婆低声地哭了不大一会儿。但巴威尔没有哭。在路上碰着棺材的人们，都停住脚画着十字，相互地谈论着：

“从此彼拉盖雅可以安心啦，那个人死了……”

有些人赶忙纠正,说道:

“不是死了,是倒毙了……”

棺材下葬后,人们便散去。但是,那条狗却默默无声地待在新挖的泥土上面,默不做声地嗅了许久。又过了几天,那条狗不知被谁打死了。

三

父亲去世后不到两周的一个休息日,巴威尔·符拉索夫喝得酩酊大醉地回到家里。他跌跌撞撞地走进门边的墙角里,像他父亲那样攥着拳头在桌子上敲着,一边呼喊他的母亲。

“拿饭!”

母亲走近他的身边,和他并排坐下,把他的头搂进自己怀里,拥抱着他。然而他却用手推着母亲的肩反抗着,嘴中喊道:

“妈妈——快些!……”

“真是个傻孩子”,母亲不顾他的反抗,无奈却又柔情地说。

“还有,我还要吸烟,把老头子的烟斗给我拿来!……”巴威尔勉强转动着不听使唤的舌头,嘟嘟囔囔地叫着。

他生平第一次饮酒,酒精使他周身麻木,但他仍有理智,在他脑袋里不断地涌出一个问题:

“醉了吗?醉了吗?”

母亲的爱抚,使他感到惭愧,母亲眼中的悲凉和无奈,使他的心灵备受感动。他想哭,为了要抑制住这种想法的冲动,他故意装出比刚才更厉害的醉态。

母亲一边抚摸着他那被汗水浸透的乱糟糟的头发,一边平静地说:

“孩子,你不该干这种事……”

他呕吐起来。

一阵剧烈地呕吐之后,母亲让他平躺在床上,把一条湿毛巾敷在他苍白的额头上。他渐渐地醒过酒来,但他周身的一切,都好像随波逐浪似地在那儿晃荡不停。眼皮觉得很重,嘴里觉得有一种无名的苦味。他从睫毛之间望着母亲宽大的面容,胡乱地想着:

“看来,我还是太年轻了,别人饮酒后并无异样,我却如此恶心……”

仿佛从很远很远的地方,传来了母亲柔和的声音:

“你要是酗酒,还怎么养活妈妈?”

他紧闭着眼睛说:

“大家都喝酒……”

母亲喟然长叹,他说得不错。她自己也明白,除了去酒店之外,人们再没有别

的玩的地方了。但是,她仍旧说:

“可是你不该喝酒,你爸爸早把你的那份儿也喝了。我受他的苦可受够了……好孩子,你也该替你可怜的妈妈想想。”

母亲这番阴郁而又充满柔情的话语,使巴威尔想了父亲在世的时候,家里如同没她这个人似的,她总是沉默着,她心里整天七上八下,生怕做错事挨揍。巴威尔因为不愿和他父亲见面,经常很少回家,因此觉得和母亲有些隔阂。现在,他逐渐地清醒过来,仔细地望着她。

她身材高大,背有些驼,她的身体因长期操劳和遭受丈夫的毒打已经损坏,走起来悄无声息,总是稍稍侧着身子走路,仿佛总是担心会撞着什么似的。椭圆形的脸宽大且略微浮肿,上面布满了皱纹,眼神黯淡无光,充满着忧伤和惶恐,像工人住宅区大部分女人一样。右眉上面有一块很深的伤痕,所以眉毛略微有点往上吊,看过去好像右耳比左耳略高一点,这给她的面孔添上了一种小心谛听动静的神态。在又黑又浓的头发里面,已经闪耀出一绺绺的白发了。她整个人都显露着悲哀与柔顺。

泪珠儿慢慢地顺着她的两颊滑下来。

“别哭!”儿子平静地说,“给我点水喝。”

“我给你去拿点冰水来……”

母亲把水拿来时,儿子已沉沉睡去。

她低垂着头凝视着儿子,端杯子的手微微有些颤抖,里面的冰块轻轻地碰着杯子。把杯子放在桌上,她默默地跪在圣像前面。

酒鬼们的喧闹声从窗外传来。在秋天薄暮的潮润空气里,手风琴响起来了。有人高声唱着,也有人骂着下流话,焦躁疲惫的女人发出惊惶的叫声。

符拉索夫家的生活比以前更宁静、更稳妥了,而且和工人区其他各家比有点不同。

他们住在工人住宅区的尽头,房前一条通往沼泽的坡路虽然不高却很陡峭,厨房和用薄木板子隔出的母亲的卧室占了房子的三分之一。此外,是一间四方形的房间,房间有两扇窗户,一边放着巴威尔的床,门口放着桌子和两个凳子、几把椅子,放衬衣的衣橱,橱上放着一面小镜子,此外还有衣箱、挂钟和墙角上的两张圣像,这就是他们的一切。

巴威尔已拥有这里的年轻人该有的一切:手风琴、有胸甲的衬衫、漂亮的领带、套鞋、手杖,一切他都买了,他和其他年轻人一样参加晚会,也学会了加特里尔舞和波里卡舞。每逢假日,他总是喝醉了才回家。次日凌晨被汽笛吵醒后,总是脸色苍白,毫无生气,觉得头痛,胃痛。

有一次,母亲问他:

“晚上玩得高兴吗?”

他用一种阴郁焦躁的口气回答:

“烦死人了,我宁愿去钓鱼！或者买支猎枪去狩猎。”

他对工作非常热心,既不偷懒,也不犯规。

他很少说话,一对大大的碧眼,和母亲一样,总是不满地望着什么。他既没去钓鱼,也没去狩猎,显而易见,他远离了一般年轻人所过的那种生活,他很少出席晚会,休息日不知去了什么地方,可是,回家时并没有喝醉。

母亲仔细地观察着他的一言一行,觉得儿子浅黑色的面孔渐渐地变尖了,眼神越来越犀利,嘴唇总是闭得紧紧的,看上去,他像是对事情生闷气,又好像是生了一场大病。从前,常有伙伴来找他,但由于总是碰不上他,大家也就不来了。

母亲很为自己的儿子与其他年轻人不同而高兴,但她能看出,儿子在生活的潮汐中正一心一意地追逐着什么,这在她心中又引起了一种茫然的忧虑。

“巴甫鲁沙！你身体不舒服吗?”她有时问他。

“很好,我很好。”他总是这样回答。

“你瘦多了。”她感喟地说。

他经常带一些书回来！悄悄读过后便藏了起来。有时候,他从那些小册子里面摘录些什么,写在单页纸上,写好之后,也藏起来……

母亲和儿子难得见面,见了面也很少有话可说。早上,他一声不吭地吃了早点就去上工。中午回家吃午饭时,他也少言寡语,吃完之后出去,又要到傍晚才回来。晚上,他很用心地洗脸,吃过晚饭后,就专心致志地看书。在休息日,他总是一早就出去,直到深夜才回家。她知道他是到城里去看戏,但奇怪的是城里没有一个人来看他。

日子一天天地悄然逝去,儿子的话越发少了。同时,她又感到他的话里,添上了许多她听不懂的新字眼,而那些她所听惯了的粗暴和凶狠的话,他很少说了。在他的行为举止方面,也增加了许多让她注意的小细节:他对穿衣打扮不再一味追求漂亮,却更加注重洁净庄重,他举手投手显得洒脱刚健,他的外表看起来也越发朴实,这一切都惹起他母亲焦虑不安的关心。对待母亲的态度也有新的变化,他有空就打扫房间 ,每逢假日亲手整顿自己的床铺,总之,他是在努力地减轻母亲的负担。在工人区,谁也不会这样做……

有一天,他拿回一幅画,并挂在了墙上。画上有三个人,他们正一边谈话,一边轻快而勇敢地向前行进。

“这是复活的基督到哀玛乌司去。”巴威尔这样介绍说。

母亲非常喜欢这幅画,心里却想:

“一方面尊敬基督,另一方面却不到教堂里去……”

他让木匠朋友打制书架,书架上的书日渐增多！他把房间收拾得焕然一新。他对她说话时用“您”,称呼她“妈妈沙”,有时他忽然温柔地对她说:

“ 妈妈,我回来迟一些,请您不要担心啊……”

她喜欢儿子的这种态度,从他的话里,她能感到一种认真而又踏实的东西。

但是，她内心总有一种莫名其妙的惶恐。这种惶恐经过一些时间不但没有消除，反而变本加厉地使她坐立不安。偶尔，母亲也责怪儿子。她想：

“别的年轻人那样！他却与众不同，像个苦行僧。他太老成了，这与他的年龄不相称……”

时不时地，她想：

“兴许他结交了什么姑娘了吧？”

然而，交女朋友总免不了花钱，可他呢，几乎把所有的工钱都交给了母亲。

就这样，日复一日，月复一月，两个年头一眨眼便过去了。这之间母亲的生活充满了茫然的思虑和与日俱增的担忧，日子过得奇妙而沉默。

四

有一天晚上，晚饭已经吃过，巴威尔坐在房间的一角，他把洋铁灯挂在头顶的墙壁上面，开始看书。母亲收拾好碗碟，走出厨房，轻手轻脚走近儿子身旁，他仰起头，迷惑地看着母亲。

“没什么，巴沙！我就是这样！”她匆忙地说着，似乎很难为情地皱着眉头走了出去。但是，她静静地在厨房站了一会儿，满腹心事地洗净了手之后，又走近他的身边。

“我想问你一句话，”她镇静地说，“你正在看些什么书？”

他把书合起来。

“妈妈，请坐下来……”

母亲笨拙地坐在儿子身边！身子挺得笔直。耳朵高高竖起，仿佛在聆听什么至关重要的大事。

巴威尔把目光避开母亲，压低嗓门，严肃地说：

“我看的是禁书，这些书上写的都是生活的真理。所以禁止我们看……这些书都是偷着出版的，如果别人知道了我有这种禁书，那我就非坐牢不可。谁想掌握真理，谁就要坐牢。你懂了吗？”

顿时，她感到胸口发闷！她瞪着大大的眼睛呆望着儿子，她觉得他好像是另外一个陌生的人。他的声音有些不同了，低沉、有力而响亮。他用手指捻着细柔的嘴唇的髭须，怪模怪样地抬起眼睛盯着屋子的角落。她替儿子害怕，并且感到可怜。

“你为什么干这种事呢，巴沙？”她说。

他转过头来，直视着母亲，低声说：

“我要掌握人生的真谛。”

他说话的声音很低，但语气坚定，眼中闪烁着坚毅的光芒。

母亲这下子清楚了，儿子已经致力于一种神秘却又充满危险的事情。她对生活中所遭遇的一切都逆来顺受，现在，从她充满了痛苦与忧郁的心里，找不出什么可说的话来，她只有静静地哭泣。

“不要哭了。”巴威尔温存地低声说道，但是她却觉得他是和她告别。

“请您回忆一下我们过的日子，妈妈，四十年来您有一天好日子过吗？您经常遭受爸爸的毒打，我现在才明白，爸爸是在你身上发泄他的痛苦，他生活中充满痛苦，他却没有意识到这种痛苦。那么，痛苦来自何方呢？爸爸做了三十年的工，从工厂只有两栋厂房的时候就进厂干活了，现在，都已经有七栋厂房了！”

她听了他的话感到惊骇，但还是一字不落地听着，儿子的眼睛漂亮而明快地放着光芒。他胸口挨近桌子，离他母亲更近了，他凝望着母亲布满泪水的面颊，第一次说出了他所理解的真理。他因掌握了知识而感到自豪，因满怀着神圣的信仰而热情高涨，因年轻而全身激荡着使不完的力量，他向母亲说出了他明了的一切，他这些话与其说是说给母亲听，倒不如说是想对自身作一番考查。有时候，想不出合适的词，他住了嘴，在自己面前，他看见了那张悲哀的脸，脸上那对饱含泪水的眼睛闪出昏暗的光。

她的眼里闪现着不安和紧张。他觉得母亲很可怜，他重新开始说话，但把话题转移到了母亲身上，谈论起母亲的生活。

“妈妈还记得什么愉快的事吗？”他问，“在过去的生活中，有没有值得妈妈纪念的事情呢？”

母亲凄凉地摇摇头。同时，在心里感到一种未曾有过的既悲且喜的新鲜情调。这种情调温和地抚慰着她那颗千疮百孔的心。

第一次有人谈到她，谈论有关她的生活，这些话唤醒了她心灵深处失落已久的一种感觉，激发起她对现实生活愤愤不平的感情，那是她在年轻的时候曾拥有的感觉和思想。她曾和女伴长久地仔细地谈论过人生。但她们，包括她自己在内，只是埋怨，谁也说不清人生为什么如此艰难困苦。但是，现在她的儿子正坐在她的面前，他的眼睛、面孔，乃至他所讲的一切，都在触动自己的心灵。她的心中，充满了对儿子的欣赏，因为儿子能够正确地理解母亲的生活，说出她的苦恼，疼爱她，怜惜她。

从来没有人关心过母亲。

她是知道这些的，儿子说女人的一生中充满忧伤，这是为她所熟知的真实情景。在她内心深处，无限感慨油然而生。有一种她从未体验过的爱抚越来越让她感到温暖。

“那么，你准备做什么呢？”母亲打断了他的话问道。

“我首先要学习，然后把学来的知识教给别人。我们工人非学习不可。我们必须明白我们生活如此艰辛的真正缘由。”

他那双一向犀利而严肃的眼睛变得柔和而亲切，使她很高兴。泪珠依然在她面颊上纵横交错的皱纹中颤动，但在她的嘴唇上 已经露出了满足而恬淡的笑意。

在她心里,为儿子能够把人生的悲苦看得如此清楚透彻而自豪,但是另一方面,她还是不能忽略她儿子的青春,还是不能忘却她儿子异于常人的谈话,不能无视儿子决心一个人站起来反抗大家(连她也在内)所习惯了的生活。她很想对他说:

"好孩子,你做这些事的结果是什么呢?"

但是她担心这样会影响她对儿子的欣赏,他在她面前突然变得这样聪明,虽说对她有点陌生。

巴威尔看到了他母亲嘴唇上的微笑,脸上专注的神情,以及眼里的爱慕。他以为他已经使她了解了自己追求的真理,于是,年轻人特有的那种对自己说服力的自豪,提高了他对自己的信心。

他激动地谈论起来,时而微笑,时而紧锁双眉,常常从他的话里流露出憎恶的感情。母亲被他的侃侃而谈惊骇得连连摇头,急切地询问儿子:

"真的吗?巴沙。"

"真的!"他断然回答。

他向她谈论起一些人,他们是在民众中传播真理的好人,可是生活的敌人却因此把这些人当作兽类似的捕捉、监禁、充当苦役……

"我亲眼见过他们,"他诚恳地赞叹道,"他们是世界上最好的人!"

这些人物在她心目中引起了恐惧,她又想问他:

"真的吗?"

但是,她把这话咽了回去,只是呆呆地继续听儿子给她讲那些她所不了解的、教会她儿子想去说一些对他有危险的事情的人们的故事。后来,她终于对他说:

"天快亮了,你睡一会儿吧!"

"好,就睡!"他应着。而后,他向着她弯下身来,轻轻地问道,"妈妈了解我了吗?"

"了解了!"母亲叹了口气回答道。从她的眼里又滚出了泪珠儿。她哽咽了一下,又添加上一句话:"你会把自己毁掉的!"

他站起身来,在屋里走了几个来回,过了一会儿,又说:

"妈妈,我做的全部事已经告诉了你,我去什么地方,我全对你说了!母亲,假使你爱我,我也请求你不要妨碍我!"

"我的宝贝孩子,"母亲叫道,"我宁愿什么也不知道!"

他拉起她的双手,把那双手紧紧握在自己的手心中。

他满怀激情,铿锵有力地喊了她一声"妈妈",使她非常震惊,而这种握手也是非常新奇的。

"我什么也不妨碍你!"她断断续续地说,"只要你当心自己,千万要当心!"

她其实并不知道要当心什么,她又很忧虑地说道:

"你越来越瘦了……"

她凝视着儿子高大匀称的身材,目光中充满关切和爱怜,冷静而迅速地说:

“上帝保佑你,我不干涉你,你只管放心做自己喜欢的事吧。不过,我只求你一件事情:你不要轻易对外人谈起这些事！对外人非提防不可,人们都是互相嫉恨！有些人贪婪而又狡猾,他们不干好事,还要嫉恨别人。你要是去撕破他们的脸皮,说他们不好,他们就恨你,想着法儿害你!”

母亲讲这番话时,儿子静静地站在门口,他含笑说道:

“人们很坏,确实不假,但是我知道真理在世界上存在后,人们就变得好了!”

他又微笑了一下,接着说:

“其中的道理我也说不清楚,我从小怕见生人。长大了,开始憎恨他们。一些人,我恨他们是因为他们卑鄙。对于另一些人,却说不清是为了什么,只有憎恨。但是,到了现在,我对他们改变了态度,具体原因我也说不清,可自从我知道了人们的丑恶并不是他们自己的过错之后,我的心肠就软下来了……”

他静默了片刻,仿佛在倾听自己心灵的倾诉,然后,他又若有所思地低声说:

“哦,真理是多么有力量!”

母亲凝视着他,平静地说道:

“天啊,你真变得可怕了!”

他沉沉睡去之后,母亲蹑手蹑脚地下了床,悄悄地走到了他的身边。

巴威尔仰卧着,白色的枕头,明显地衬托出他淡黑色、倔强而严厉的面容。

母亲光着双脚,身披一件衬衣,静静地站立在儿子床边,她的嘴唇无声地歙动着,从她的眼睛里缓缓地流出了一大滴混浊的眼泪。

他们母子俩又沉默地生活下去,彼此离得好像很远,又好像很近。

五

某个礼拜的休息日,巴威尔临出门时,对母亲说:

“有客人周六从城里来。”

“从城里?”母亲重复了一句,突然哭出声来。

“哎,怎么啦?妈妈!”巴威尔不满地询问。

她用围裙擦了擦脸,叹息着说:

“我不知道为什么,就是这样……”

“是害怕吧?”

“害怕!”她下意识地承认道。

他对着她的脸俯下身来,像他的父亲那样气冲冲地说道:

“要是缩手缩脚,我们怎么会成功！那些骑在我们头上的人,看见我们害怕,就会变本加厉地威胁我们。”

母亲忧愁地说:

“你不要发怒,我恐惧了一辈子,心里尽是可怕的事。”

他缓和了语气,低声说道:

“妈妈,请原谅我,实在没有别的法子!”

然后,他出门走了。

三天中,母亲一想到家中要来一些令人生畏的陌生人,她的心就不停地打寒颤。

儿子目前所走的那条路,正是他们指点的。

礼拜六的傍晚,巴威尔从厂里回来,洗了脸,换过衣服,又要出门的当儿,目光避开母亲说道:

“我一会儿就要回来,客人马上就到,请你不要害怕……”

她无力坐在凳子上。儿子皱着眉头看着她说:

“要么,妈妈……到别的地方去走走吧?”

这句话惹恼了母亲,她固执地摇摇头,说:

“不用。为什么要那样呢?”

时逢11月下旬,地上已结了冰。白天,落了一场细粒的干雪,儿子踩在雪地上的声音清晰可辨。很浓的暮色,好像心怀叵测地要窥探什么,不动声色地靠近了窗边。母亲用手按着凳子,望着门口的方向,在那儿等候着……

她觉得一些装扮怪异、不怀好意的人弓着背,悄悄地从四面走来,果然,她听到房子周围有脚步声,有人在墙壁上摸索着。

一阵阵婉转而悲凉的口哨声响起,好像一股细流在寂静的空气里盘桓,徘徊在沉沉的黑夜上空,渐渐地近了,板墙忽然被撞击了一下!口哨声在窗下戛然而止。

门廊里响起了脚步声,母亲紧张得微微有些颤抖,紧张地竖起眉毛,站起身来。

门被推开了,一个戴大羊皮帽子的脑袋伸了进来,接着,慢慢地弓着腰走进一个很高的人来,他伸直了腰板儿,缓缓地举起右手,深深地吐了一口气,用洪亮而有力的声音说:

“晚安!”

母亲默然地鞠了个躬。

“巴威尔不在家吗?”

来人不慌不忙地脱下毛皮外套。接着,用帽子打落了一只长筒靴上的雪,然后又去掸另一支靴子的雪。他把帽子扔在角落,迈动两条长腿,摇摇摆摆走进房间,他立在椅子旁,朝着椅子看了一眼,仿佛估量这椅子是否会被他坐塌,最终,坐了下来。用手掩着嘴巴,打了个哈欠。他剃着光头,脑袋溜圆,两颊也剃得精光,长长的嘴唇的髭须往下垂着。那大而突鼓的灰色眼睛,朝屋子四下望了一望,然后把一条腿落到另一条腿上,在椅子上面摇晃着,问道:

“这间房子是你自己的,还是向人家租的?”

母亲坐在他对面,回答说:

"是租的。"

"看起来房子不怎么好。"他又咕哝了一句。

"巴沙马上就回来,请你等他一会儿。"母亲安静地说。

"我是在等他呢。"那个高大的男人镇定地回答。

他坦诚地望着她,清澈的眼睛闪烁着欣慰的光芒。他那修长的双腿、消瘦的身体、高耸的肩和略曲的背,似乎有些什么好笑而又使人喜爱的地方。他穿着蓝色的衬衣和黑色的裤子,裤角塞进长筒靴里。

她刚要问他的名字、来自何方、何时认识她的儿子,但是,他忽然摇动了一下身子,先开口问她了:

"妈妈!你额上的伤疤是谁打的?"

他目光清澈,话语关切,但他的问话却惹恼了母亲。她紧闭着嘴唇沉默了一会儿,然后用一种冷淡而又不失礼的口气反问道:

"我的老天,这种事情与你有什么关系?"

他把身子朝她倾斜过来。

"干吗发怒呢?因为我养母头上也有一条像你这样的伤疤,所以我才这样问的。她是个洗衣工,与她同居的鞋匠用楦头打她。她是洗衣女人,他是个靴匠。她在我已经做了她养子之后,不知在什么地方碰到了这样一个酒鬼,真是她天大的不幸!他常常打她,真的!肉皮几乎要裂开了。"

他的坦诚使她消除了戒心,她想,巴威尔会因为她这样不客气地对待这个怪人而对她生气的。她歉意地微笑了一下,说:

"我没有发怒!只是你的问题太唐突……这是我去世的男人留给我的礼物……你不是鞑靼人吗?"

他把腿伸开,咧开了大嘴笑起来,笑得差不多要把耳朵扯到后脑勺上去了。然后又认真地说:

"暂时还不是。"

"听你的口音好像不是俄国人。"母亲领会了他的诙谐,微笑着解释道。

"这种口音要比俄国人的好听些吧!"客人愉快地点点头,说道:"我是霍霍尔,出生在卡涅夫城。"

"来这里住了很久了吗?"

"一年前我住在城里,我进厂才一个月,我认识这儿的许多人,包括你的儿子,我打算在这里暂住一段。"他摸着胡须说完这番话。

母亲对他喜爱起来,因为他赞美了自己的儿子,便想酬谢他一下,于是她说:

"喝杯茶吧?"

"怎么,先请我一个人吗?"他耸着肩膀回话,"等大家都来了,您再请客……"

这句话又使她重新想起了方才的恐惧。

"但愿大家都和他一样!"她热切地这样希望着。

脚步声又在门口响起，然后，门被推开，母亲赶忙站起身子。但是，叫她着实吃了一惊，因为来人是一个矮个子姑娘，她有一副像乡下姑娘一样的纯真的面孔，梳着亚麻色的粗辫子。她低声问：

"我迟到了吧？"

"哪里，不迟！"霍霍尔望着房外回答，"走来的？"

"当然。您是巴威尔·米哈依洛维奇的母亲吗？您好！我叫娜塔莎……"

"父名呢？"母亲问。

"华西里也夫娜。您呢？"

"彼拉盖雅·尼洛夫娜。"

"好，我们认识了……"

"唉！"母亲微叹似的应了一声，含着微笑望着这个姑娘。

霍霍尔帮她脱下外套，问她：

"冷吗？"

"郊外很冷！风大……"

她嘴也小巧，微微撅着，身体丰满又有活力，声音圆润婉转。她脱去外套后，便用冻得发红的小手使劲地搓着红通通的面颊。长稠皮靴的后跟很响地踏着地板，急急地走进屋里来。

"连套鞋都不穿！"这个念头在母亲心里一闪而过。

"是啊！"姑娘颤抖着，拖长了声音说，"冻僵了，哦！"

"我马上就烧茶炉去！"母亲快步走向厨房，"一会儿就来……"

她觉得这姑娘似曾相识，好像早就对她怀着一种母亲般的善良而怜惜的爱，她不断地含着微笑，倾听着房间里面的谈话。

"你为什么这么烦闷，那霍德卡？"那姑娘问道。

"唉，是这样。"霍霍尔低声作答，"这位妈妈的眼睛好看得很，我想，我的母亲大概也有这样的眼睛。我常常想起母亲，我老觉着，她或许还活着。"

"你不是说她已经死了吗？"

"那是我的养母。我现在是说我的亲生母亲。我觉得她是在基辅的什么地方讨饭，喝醉了酒的时候，就被警察打耳光。"

"唉，怪可怜的！"母亲独自想道，叹了口气。

娜塔莎低声地、快速而热烈地不知说了些什么，就又传来了霍霍尔洪亮的声音。

"哎，朋友，你阅历尚浅，尝的苦酒还少，生儿育女固然很难，但教他们走正道难上加难……"

"噢，说得真对！"母亲不由得在心里为他叫好，忍不住想安慰霍霍尔，但是，这时门被缓缓推开。尼古拉·维索夫希诃夫走了进来，他是老贼达尼拉的儿子，是这个工人区里有名的孤僻的人，他老是阴沉着脸，避开一切人，因此人们都讥笑他。

母亲吃惊地问他：

“你来干什么，尼古拉？”

他用那双大手擦了擦颧骨突出的麻脸，也不寒暄，就闷声闷气地问道：

“巴威尔在家吗？”

“不在家。”

他朝房间里看了一眼，一边往里走，一边说：

“晚安，朋友们……”

“他也是？”母亲带着敌意怀疑着，当她看见娜塔莎亲切而高兴地向他伸过手去的时候，觉得十分奇怪而惊讶。

随后，又来了两个年轻人。其中一个名叫菲奥多尔的，母亲认得他是老工人西佐夫的外甥，是一个尖脸盘、高额头、卷头发的少年。另外一个头发梳得很光，样子非常朴实，他虽然不是母亲的熟人，但也不是可怕的人物。最后巴威尔回来了，和他一起，又来了两个年轻的男人。她都认识他们，两个都是工厂里的工人。

儿子对她和蔼地说：

“茶炉已经生好了？那真得谢谢你了。”

“需要酒吗？”她提议道，她对她尚未弄明白的那些事不知如何来表达致谢。

“不，这倒不必！”巴威尔面带微笑亲热地告诉她。

她豁然感到，儿子故意夸大了集会的危险，是为了要捉弄她。

“这些就是危险人物吗？”她偷偷地问他。

“就是。”巴威尔一边走进房间，一边回答母亲。

“真是个孩子！……”她用一种亲切的感叹送走他，心里宽恕地想道：“还是孩子呢！”

六

母亲把烧开的茶炉搬进屋里，大家围着桌子紧紧地坐着，只有娜塔莎一个人，手里拿本小书，坐在一角的灯下。

“为了要知道人们的生活为什么这样不堪……”娜塔莎说。

“还有，他们自身也不好的缘由。”霍霍尔插嘴说。

“……我们应该先看看，他们开始是如何生活的……”

“是该了解，亲爱的，是该了解。”母亲边沏茶边自顾咕哝着。

顿时，一阵寂静。

“妈妈，你怎么啦？”巴威尔皱着眉头询问。

“我？”她向大家扫视了一下，知道大家都在看她，她不好意思地辩解道：

“我，不自觉地说出口了，就一句，你们应该看看！”

娜塔莎笑了,巴威尔也咧开嘴笑了,霍霍尔说:

“谢谢,妈妈,谢谢你的茶!”

“没有喝,就谢谢?”母亲说着,又望着儿子问道:

“我在这儿不碍事吧?”

娜塔莎回答说:

“您是主人,怎会妨碍客人的事呢?”

于是就又像小孩似的可怜巴巴地央求道:

“哎,给我来点茶吧,冻得我浑身颤抖,我的腿快冻僵了。”

“就来,就来。”母亲匆匆地答应着。

喝干了茶,娜塔莎大声地透了口气,把辫子甩到背后,开始朗读那本黄皮带图画的小书。

母亲小心翼翼地倒茶,生怕茶杯发出响声,认真地听姑娘念书!姑娘琅琅的读书声与茶炉沉缓的咝咝声融合在一起,在房间里,食肉寝皮的野蛮人的故事,恰似一条美丽的丝带在动着。她所读的和童话是一样的东西,母亲几次朝儿子望望,都想问他在这种历史里面究竟有什么可禁止的呢?但是过了一会儿,她听这故事听得疲倦了,便开始悄悄地观察这些客人,而且不让他们发觉。

巴威尔和娜塔莎并肩坐着 ,他比谁都长得好看。娜塔莎低低地俯在书上,偶尔用手拨起滑落在眼前的头发,时不时她抬起头来,她那和善的眼睛望着听众,压低嗓音,不看书本,说出一些个人的意见。

霍霍尔把宽大的胸脯靠在桌子角上,斜着眼睛在观看自己那揪得下垂的胡须。

维索夫希诃夫正襟危坐,双手撑着膝盖,像个木偶,麻脸上嘴唇很薄,眉毛稀疏,眼睛也不眨动,顽固地盯着映在那个发光的铜茶炉上的自己的影子。他的呼吸似乎都停止了。

小小的菲佳凝神听着朗读,嘴唇一张一合,仿佛在默诵书中的内容。他的同伴双肘支着膝盖,双手托着下巴,弓着身躯,沉思地微笑着。

和巴威尔同来的,有一个是红色卷发,长着一双快活蓝眼睛的小伙子,他大概是想找空儿说点什么,所以不安地在那里动弹着;另外那个浅色头发剪得很短的,用手摩挲着头,在那儿注视着地板,看不见他的脸。

房间里洋溢着母亲从不曾感受过的特殊气氛,在娜塔莎那如同流水一般的念书声里,她想起了年轻时热闹的晚会,老是发散着腐臭的酒气的年轻人的粗暴言语,以及那些人所讲的无聊的笑话。她一想起这些,一种怜悯自己的痛苦感,就隐隐地激动着她的心。

她想起了死去的丈夫向她求婚的情景。

那是一个晚会上,他用他那宽阔的身躯把她逼到黑乎乎的门洞边,挤到墙上,粗声粗气地问她:

“可以做我的老婆吗?”

他用力揉搓着她的乳房,喘着粗气,又湿又热的气息直喷她的面部,她感到痛苦和羞辱,使劲从他胳膊中挣脱出来,最后终于挣脱到一边。

"哪里跑!"他怒斥道,"喂,不回答吗?"

羞辱和愤怒塞满了她的胸腔,她憋闷得上气不接下气,她一句话也说不出来。

有人打开了门洞的门,他不慌不忙地把她放了。

"礼拜天派媒人来……"

母亲深深地叹了口气,闭上了眼睛。

"我想知道的,不是人们过去的生活,而是我们现在应该怎样生活!"屋子里响起了维索夫希诃夫的不满的声音。

"对啦!"红发少年站起身来,表示赞同。

"我不同意!"菲佳喊道。

屋里响起了争论声,一个个观点像星星之火闪烁着。他们在喊些什么,母亲全然不知。每个人的脸上,都闪出兴奋的红光。但是谁也没有生气,在他们的话里,也没有那些她听惯了的激昂的言词。

"在姑娘面前受拘束!"她这样估计。

她喜欢娜塔莎那副认真的模样,她仔细地观察所有的人,就好像这群小伙子是她的孩子似的。

"等一等,朋友们!"娜塔莎突然说,于是大伙都静默下来瞅着她。

"要我们现在做什么,知道这点毋庸置疑是对的。我们身上燃烧起理性的光辉,使愚昧无知的人们可以看见我们。对于一切问题,我们都应该有一个公正而确实的回答。必须知道一切真理。和一切的虚伪……"

霍霍尔一边听,一边合着她的话音,摇着头打着拍子。维索夫希诃夫,红发少年,和巴威尔同来的那个工人,这三个人是紧紧地站在一边的,不知道为什么,母亲不大喜欢他们。

娜塔莎说完之后,巴威尔站起身来,安静地说:

"仅能填饱肚子,我们就满足了吗? 不!"他目光炯炯地望着他们说道,"我们应该使那些压榨我们又想欺骗我们的人明白,我们不是睁眼瞎,我们要弄清事情的来龙去脉,我们不是动物,不是仅仅要吃饱肚子,我们希望过人的生活! 我们应该让敌人看到,他们强加于我们身上的苦刑一般的生活,一点也不能妨碍我们和他们一样聪明,而且还要超过他们! ……"

母亲听着他的话,心里颤动起自豪感,确实说得有道理!

"很多人要填饱肚子,但只有很少人明白真理。"霍霍尔说,"我们应该从这种腐朽的生活沼泽浮起着朝着未来的真理王国架起一座桥梁。这才是我们的任务,朋友们!"

"已经是该斗争的时候了,不应该再花时间医治双手!"维索夫希诃夫瓮声瓮气地反驳。

他们散会的时候，已经过了半夜。维索夫希诃夫和红发少年两个先走，这又让母亲觉得不快。

“为什么这么着急！”母亲一边冷淡地鞠躬，一边这样寻思着。

“你送我吗？那霍德卡？”娜塔莎问。

“当然要送！”霍霍尔回答。

娜塔莎在厨房里面穿外套的时候，母亲对她说：

“都什么时节了，还穿这么薄的袜子！要是你愿意，我给你打一双羊毛的，好吗？”

“谢谢了！彼拉盖雅·尼洛夫娜！羊毛袜子扎脚！”娜塔莎笑着回答。

“不，我给你打一双不扎脚的！”符拉索娃说。

娜塔莎微微眯起眼睛看着她，这样凝视使她觉得不好意思起来。

“请原谅我的冒昧，我是出于真心的！”母亲低声说。

“啊，您真是好人！”娜塔莎很快地握了握母亲的手，也同样低声回答。

“晚安，妈妈！”霍霍尔望着她的眼睛说，他弯下身子，跟着娜塔莎走进门洞里。

母亲望着儿子，他站在房门边微笑着。

“你在笑什么？”母亲很不自在地问。

“哦，我很高兴！”

“妈妈虽然又老又笨，但也懂得做好事。”母亲嗔怒地说道。

“那就很好啦！”他搭话说，“请睡吧，时候已经不早了。”

“这就去睡！”

她围着桌子拾掇茶具，心里感到很充实，几乎是舒坦，身上出了一层汗，她很高兴。因为一切都这样顺利地、平安地结束了。

“你做了一件大好事，巴沙！”她说，“霍霍尔非常可爱！还有那个姑娘，啃，她真聪明！她是干什么的？”

“小学教师！”巴威尔在房间里踱着步，简短地回答着。

“做老师还这样寒酸，瞧！她穿得可真糟，衣衫上全是洞！这样很容易患伤风感冒。她的父母在哪里？”

“在莫斯科！”巴威尔说着，走到母亲对面站住，严肃地压低声音说：

“你知道吗？她父亲可是做钢铁生意的老板，家中有好几栋房子，她因为做这种事被父亲逐出家门，她从小可是娇生惯养，要什么有什么，但是现在啊，她得在夜里走七俄里，……独自一个人……”

母亲十分惊诧，她默默无语地站在房间中央，惊奇地耸动着眉毛，默不做声地望着儿子。过了一会儿，她低声追问：

“回到城里去？”

“回到城里去。”

“哎呀！不害怕吗？”

“她就是不害怕!”巴威尔苦笑了一声。

“为什么要这样？她可以在我们家过夜,她可以和我睡在一起就行了!”

“不方便,她明早会被其他人撞见,这对我们可没好处。”

母亲思索着朝窗外望了一下,低声问儿子：

“巴沙！我真弄不明白,有什么危险和值得禁止的呢？不是一点坏处都没有吗?”

母亲对此感到不解。她很想从儿子嘴里得到明白的答复。

他静静地望着她的眼睛,断然地回答道：

“是没有坏处,但是,监狱却在那儿等着我们呢。妈妈,你应当预先知道会有这样的事……”

她的两手战栗起来,她压低了声音说：

“也许……老天会保佑,总有法子可以避免的吧？……”

“绝不会有的!”儿子亲切地说,“我不会哄骗你,没法避免!”

他面带微笑。

“请休息吧,够累的了。晚安!”

房间里剩下她一人了,她靠近窗口,眺望着街外。窗外又冷又黑。刮着凛冽的寒风,雪花从沉睡的屋顶吹落,敲击着玻璃,像是有什么东西正在急切地细语,然后落到地上,卷起一团团干燥的白雪顺着街直滚。

“耶稣基督,可怜可怜我们吧!”母亲悄声低语。

她的心在流泪,儿子坦然地、自信地对未来不幸的估测,好像一双笨拙的手随意地、急促地拨动着她的心弦,平坦的茫茫白雪直铺她的眼前,寒风夹着雪粒发出透骨寒心的号叫,狂奔着,来回窜腾着。在雪野之中,一个姑娘渺小的身影在移动,看起来像只小蚂蚁,冷风吹拂着她的衣裙,羁绊着她的双足,鼓起了她的裙子,冷得刺人的雪片,纷纷掷在她的脸上。行进非常困难,她的小脚陷进雪里,又寒冷又可怖。她的身体微微向前，恰如昏暗的原野上面的一棵被秋风猛烈地吹打着的小草。她的右边,沼泽之上,森林如黑墙一样站在那里,光秃细长的白桦和白杨凄凉地摆动着。在遥远的前方,茫然地闪跳着城里的灯火。

“上帝啊！可怜可怜她吧!”处于恐惧,母亲颤抖了一下,悄悄地自言自语。

七

日月如梭,一个礼拜接着一个礼拜,一个月接着一个月一晃而过。大家每逢周六就在巴威尔家里聚会。每个聚会都像一道坡度很平的长梯子上的一个阶梯，阶梯一步一步地引人向上,引导着他们到一个遥远的地方。

又加入了一些新的朋友,符拉索夫的小屋渐渐地觉得狭窄,而且气闷起来。

娜塔莎也常来,虽然她又冻又乏,但总显得活泼愉快,母亲把替她织的那双羊毛袜子亲自套在她的小脚上。娜塔开始一直笑着,但过了一会儿,忽然沉静下来,她思索了片刻,低声说道:

“我的一个保姆也像您这样善良! 多么奇怪,彼拉盖雅·尼洛夫娜,工人们虽过着这样困苦和被压迫的日子,可他们却更富有人情味,更善良,比那有钱的人好!”

她指着很远很远的地方。

“唉! 你的命可真苦,符拉索娃说,“你远离了父母,丧失了一切。”她一时语塞,不知道再说什么好。她瞅着娜塔莎,心里有一种要对她感恩的心情,她叹了一口气,忽然沉默下来。母亲坐在娜塔莎面前的地板上,那姑娘低头沉思,面含微笑。

“失去了父母?”娜塔莎重复了一遍,“这倒无关紧要。我父亲非常粗暴,哥哥和他一样,而且都酗酒成性,我姐姐也非常不幸福……她嫁给一个与她年龄相差很大的男人……那是个非常有钱却无聊而贪心的家伙。母亲真可怜! 她和你一样是个老实人。像小老鼠一般的瘦小,而且跑得也是那么快,见了什么人都害怕,偶尔,我很想见见我的母亲呢……”

“哎哟,你真够可怜的!”母亲悲哀地摇着头说。

姑娘猛地把头抬起,伸出双手,仿佛要驱赶什么。

“哦,不! 我常常感到很高兴,很幸福!”

她面色白净,明亮的光在眸中闪动,她双手搭在母亲肩上,用低沉而生动的声调说:

“要是你知道……要是你了解,我们在做着何等伟大的事情,那该多好啊! ……”

一种亲切的感情,触动了符拉索娃的心。她从地板上站起身来,悲伤地说:

“ 我太老了,又大字不识半个……”

巴威尔的言谈越来越丰富,辩论也越来越激烈,人更是越来越瘦,母亲看得出,他和娜塔莎说话时或瞅着她时,他的尖锐的目光立时就变得柔和了,声音也亲切起来。甚至他整个人都变得单纯了。

“上帝保佑他!”母亲想着,暗自微笑着。

集会上,每当争辩难解难分时,霍霍尔总像钟摆一样晃动着身子站起来,响亮地说些真诚而又平和的话语使大家变得平静而又认真。维索夫希诃夫总是非常阴郁,似乎是在催促大家到什么地方去,他和那个名叫萨莫依洛夫的红发少年,总是抢先开始争论,那个圆脑袋、头发白得像用刷子粉刷过的伊凡·蒲金常常对他们两个表示同意。头发光滑而漂亮的雅考夫·索莫夫 说起话来低沉而严肃,他不常参加辩论,他跟额角很宽的菲佳·马琴每逢辩论的时候都是站在霍霍尔和巴威尔的一边。

娜塔莎不来的时候,往往由尼古拉·伊凡诺维奇代替她从城里来参加集会。

他身材矮小,戴副眼镜,长着亚麻色的胡子,不知操着哪省口音,说起话来总是噢噢的,他看起来就像外地人。他总是说最简单的事儿 ,家庭的生活、小孩子、生意、警察、面包和肉类的价格等等,凡是与居家过日子有关的他都谈论。就在这繁复的事情里,他能发现许多的虚伪、混乱、愚蠢,或者非常滑稽而且明明对人们不利的地方。

母亲觉得,他仿佛从遥远的异国他乡而来,在那里,事事正统而又令人舒心,但此地的生活使他感到别扭和不合意,他不习惯这种生活,不以为这种生活是必不可少的,也就不喜欢它。它在他心里激起一种希望根据自己的意志改造一切的沉着执拗的愿望。

他脸色泛黄,细密的皱纹爬满他的眼角。他声音低沉,手却充满温暖。他和符拉索娃打招呼的时候,总是拿他有力的大手裹住她的整个手掌。每每这样的握手之后,母亲总感到些许轻松与安心。

从城里赶来参加集会的还有其他一些人,最常来的是一位身材颀长的姑娘。她的名字叫莎馨卡。她举手投足带有男人味。她通常总是生气地锁着一对浓黑的眉毛,每当说话的时候,那有笔直鼻梁的鼻孔,总是不停地鼓动着。

莎馨卡最先高昂地说:

“我们是社会主义者……”

母亲听到这句话,立刻紧紧地盯着这个姑娘,不由得产生了无名的恐惧。她年轻的时候,曾听说沙皇是被社会主义者刺杀的。当时大家传说,沙皇废除了农奴制,地主就要向他们报复。他们立誓非杀了沙皇才剃头。因此,人们称他们为社会主义者。但是,此时此刻她真不明白为什么她儿子和儿子的朋友们也是社会主义者了。

散会之后,母亲问巴威尔:

“巴甫鲁沙,你当真是社会主义者吗?”

“是的”,他直视着她的面孔,和往常一样轻快而坚定地说。

“为什么问这个?”

母亲叹了口气,垂下眼睑问道:

“当真? 巴甫鲁沙? 他们不是反抗沙皇,还杀死了一个沙皇吗?”

巴威尔在屋子里转了一圈,用手摸着腮帮,微笑着说:

“我们不需要这样做。”

他用柔和而又严肃的声调,给她讲了许久。

她望着他的脸庞,心里琢磨:

“这孩子是不会做坏事的!他是不会的!”

后来,这个名词被人们一遍又一遍地重复,它带给人的恐惧也就渐渐小了。终于,这个词和其他许多她不明白的名词一样,听得熟悉了。然而她对于莎馨卡还是有点不大喜欢,每在她来了之后,母亲总觉得有点不安,不自在……

有一次,她心怀不满地噘着嘴对霍霍尔说:

"莎馨卡为什么总是那么霸道？她为什么总是对你们命令这又命令那……"

霍霍尔朗声大笑。

"说得对,妈妈！你的眼力真不错！巴威尔,你以为怎样?"

他又向母亲挤了挤眼,眼神中含着嘲笑,说道:

"贵族嘛!"

巴威尔郑重地说:

"她是个好人!"

"这话说得对!"霍霍尔证明说,"她就是不明白她自己应当那样做,而我们是愿意而且那样做的!"

他们又开始争论起母亲所不理解的事情。

母亲又看见莎馨卡经常教训巴威尔,态度十分严肃。巴威尔只是含笑不语,他的双眼中闪出和以前对待娜塔莎一样的温和的光芒,他目不转睛地瞅着这个姑娘。这也使母亲觉得不快。

有时,他们爆发出一阵令人欢呼雀跃的激动,这叫母亲吃惊不已。每当他们读外国工人新闻的晚上,大家的眼睛里都闪烁着喜悦的光辉,大家都变得很古怪,像孩童一般幸福,发出欢快爽朗的笑声,互相亲热地拍打着肩膀。

"德国的朋友们真是好样的!"不知是谁仿佛被欢乐陶醉了一般地嚷了起来。

"意大利工人阶级万岁!"又有一次,大家异口同声地叫出声来。

他们要把这欢呼声传递到遥远的地方,传播给他们所不认识的、连语言也不相同的同志们。可是他们又好像深切地相信,那些未知的友人一定能够听见和理解他们的欢乐。

霍霍尔两眼放光,心里比谁都爱意荡漾,他说道:

"我们应该给他们写封信,让他们知道俄国是和他们信仰同一宗教、抱着同一目的、正在为他们的胜利而欢喜的朋友!"

于是,大家带着梦呓般的微笑,不停地谈论法国人、英国人、瑞典人的事情,像谈论他们所尊敬的,为他们的欢乐而欢乐的,同情他们的不幸的自己的友人、自己的知心人一样。

狭窄的房间里,充满着全世界工人阶级来自于精神上亲密的感情。这种情感打动着所有人的心弦,也深深打动了母亲。她虽然不了解这种感情,但是这种感情却用一种欢乐、青春、醉人和充满了希望的力量使她直起腰来。

"你们真行!"有一次母亲对霍霍尔说,"你们有那么多同志,不论是亚美尼亚人、犹太人、奥地利人,你们为所有的人欢喜,为所有的人悲痛!"

"为所有的人！妈妈！所有的人!"霍霍尔叫着,"在我们眼中没有国界,也没有种族之别,有的只是朋友和敌人！所有的工人都是我们的朋友,我们视所有的财主、政府为敌人,当你满怀善良的眼睛看看世界,你就会知道我们工人如何之多,力量如何之强大,你就会像过节一样满怀欣喜。妈妈,不管是法国人、德国人,当他们这样地看人生的时候,他们也会有同感,意大利人也是同样欣喜。我们大家都是一个母亲的孩子,都是'世界各国的工人友爱团结'这一种不可战胜的思想的孩子。这种思想使我们感到温暖,它是天空上正义的太阳,而这个天空,就是工人们的心,不论是谁,不论他干什么,只要是一个社会主义者,我们就是精神上的兄弟,现在是这样,从前是这样,将来永远也是这样。"

这种执着的信念,虽然有时像孩子般幼稚,却频频在他们中间闪现,这种信念带给人们的力量越积越高,越长越大。

当母亲看到这种信念时候,不由自主地感到世界上确实有一种和她所看见的太阳一般伟大而光亮的东西。

他们常常唱歌。大声快乐地唱着那简单的众所周知的歌,但有时,他们也唱一些令人沉重的歌!这些歌声节奏不同寻常。唱这种歌的时候总是低声,严肃,好像唱赞美歌似的。唱歌者时而脸色苍白,时而情绪高涨,在那种响亮的词句里面,使人感到一种壮大的力量。

尤其是有一首新歌撼动了她的心灵。

歌中没有那种遭受耻辱后踌躇在凄风冷雪夜晚小路上的灵魂发出的悲鸣,也没有遭受穷困,屡受惊吓软弱无力的灵魂的颤音。歌中,没有茫然追求自由的忧愁的悲调,也没有不分善恶一概加以破坏的那种激愤的挑战的呼声!在这首歌里,完全没有只会破坏一切而无力从事建造的那种复仇和屈辱的盲目的感情。在这首歌里,一点都听不出古老的奴隶世界的遗物。

这首歌词振奋人心、调子严肃庄重,母亲不太欣赏,但是这些词句和音调之后似乎隐藏着强大的东西,几乎要吞没词调,使她感受到思想中一种捉摸不定的伟大东西。这个伟大的东西,她从年轻人的面目表情和眼色中看出来。她从他们的心里感觉得到,她被这首大过歌词和声调所容纳的歌曲中的力量所征服,每当听到这首歌的时候,她总是比听别的更专注,比听别的更感动。

唱这首歌时,声音总是很低,但它有超出任何一首歌曲的力量,它宛如三月里的空气,春天到来的第一缕清新空气,拥抱着人们。

"现在应当是我们到街上唱歌的时候了!"维索夫希诃夫阴郁地说。

当他父亲又因偷盗被抓入狱时,他平静地对他的朋友说:

"现在可以到我的家里去开会了……"

几乎每天下了工后,都有朋友到巴威尔家里来。他们甚至顾不上洗脸,就坐在那看书,或者从书中摘抄,吃饭喝茶时也书不离手。母亲觉得他们的话变得更加难懂了。

"我们需要有一份报纸!"巴威尔时常这么念叨。

生活异常匆忙,甚至有些狂热。人们常常这本书刚看罢又拾起另一本书,像蜜蜂一样,采完又飞向另一朵花。

“人们在议论我们呢！”有一次维索夫希诃夫说，“我们不久就会遭殃了！”

“鹌鹑本是要被网捕住的！”霍霍尔说。

霍霍尔越来越讨母亲的喜欢。当他喊她妈妈时，她仿佛感到面颊被一双细嫩的小手抚摸着。每逢节假日，假若巴威尔不得闲，他就替他劈劈柴。有一次，他背来一块木板，挥动斧子，利落而熟练地修好了门口那架已腐烂的台阶。又有一次，人不知鬼不觉地为他们修好了坍塌的围墙。他总是一面做活，一面吹口哨，他吹得非常好听，但是有一丝悲凉。

一次，母亲对儿子说：

“叫霍霍尔搬到我们家住吧，省得你找我，我找你，这样省事。”

“你为什么给自己添麻烦呢？”巴威尔耸着肩膀说。

“哎呀，都麻烦了一辈子了，不清楚是为了什么，为好人麻烦，那是应该的！”

“随便你怎么办吧！”儿子回答着，“如果他真的搬来了，我是很高兴的……”

于是，霍霍尔搬了过来。

八

许多目光怀疑地向工人住宅区尽头的这座小屋张望。它越来越引人注目，对于这座小屋的猜测和谣传各式各样，人们竭力想发现和揭露小屋中深藏不露的秘密。每天晚上，总有不三不四的人朝窗子里窥探，有时还敲一敲窗子，然后匆忙逃之夭夭。

有一天，符拉索娃在半道上被小酒店的主人别贡佐夫截住。他是一个相貌周正的小老头，颜色泛红的脖子里总系着一条黑色的三角丝巾，上身穿了一件很厚的紫色天鹅绒背心。在油光发亮的尖鼻子上，架着一副玳瑁框的眼镜，因此人们都叫他“箍眼儿”。

他把符拉索娃叫住，一股脑儿地根本不等对方搭话就用讨厌而干燥的声音说：

“彼拉盖雅·尼洛夫娜，身体不错吧？还没有给儿子娶亲吧？小伙子精力旺盛该结婚了，媳妇早早娶进家门，做父母的就放心了。男人结了婚，就像蘑菇加了酸醋，有了妻室，就安分多了！要是我，早给他找媳妇了，这个年头，人人都自以为是。他们的生活可要多加检点，说起什么思想，可真让人眼花缭乱，可做起事来，却该挨骂。总免不了挨骂，年轻人不做礼拜，从不去公共场所交际，鬼鬼祟祟地聚在角落里 嘀嘀咕咕。为什么要交头接耳呢？请问！为什么要避开大家？在大庭广众之下，比如在酒店里，不敢说话，这究竟是怎么回事？这是秘密！那只有我们神圣的基督教会里才可以容许的，那些在角角落落里搞的秘密，都是因为冲昏了头脑！好，祝您身体健康！”

他脱下帽子，怪异地在空中挥挥，抬脚便走！母亲感到莫名其妙，局促不安。

符拉索娃的邻居，铁匠的寡妇，现在在工厂门口摆食物摊的玛丽亚·考尔松诺女士，在市场里碰到母亲的时候，也是同样地说：

“彼拉盖雅，当心你的儿子！”

“当心什么？”母亲问。

“外面闲言碎语多着呢，”玛丽亚神秘兮兮地说，“不好啊，我的妈呀！外面谣传你儿子组织了一个像鞭身教一样的团体，叫做结党，要像鞭身教徒那样相互鞭打……”

“够啦，玛丽亚，少胡扯吧！”

“胡扯的人不一定撒谎，不胡扯的人也不一定不撒谎！”女商人反驳道。

母亲把听到的谣传转告给儿子，他耸耸肩膀一声没吭，霍霍尔却发出了洪亮而柔和的大笑。

“姑娘们也在生我们的气呢！”她说，“不论在哪个姑娘看来，你们都是好对象，酒也不喝，又会干活，但是你们却理都不理她们！她们在说，你们这里有些城里的品行不良的姑娘……”

“难怪她们！”巴威尔厌恶地皱起额头，感叹了一声。

“沼地哪会有香味！”霍霍尔叹息着说，“那么，妈妈，你开导开导那些傻丫头，讲讲结婚是怎么回事，让她们不要急着往火坑里跳……”

“哎呀，我的老天！”母亲说，“她们也知道痛苦，她们也明白，但是除了结婚之外，叫她们到哪儿去呢？”

“她们还是不明白，要不然她们早知道做什么了！”巴威尔发表自己的见解。

母亲看了看他那严肃的脸。

“那么，你们选几个伶俐的，开导开导她们不是很好吗……”

“那不方便！”儿子淡淡地答话。

“试试看怎样？”霍霍尔问。

巴威尔沉默了一会儿，回答道：

“开始是成对地散步，然后是有些人结了婚，结果就是这样！”

母亲独自陷入沉思默想中。巴威尔那种僧侣一般的冷峻，使她觉得不安。她觉得虽然年纪稍长的朋友，譬如霍霍尔 都听从他的劝告，但是她觉得大家都怕他，都不喜欢他的那种刻板。

有一次，母亲已经躺下准备睡觉，儿子和霍霍尔还在读书，隔着一层薄薄板墙，她听见他们在低声谈话。

“我喜欢娜塔莎，你知道吗？”霍霍尔突如其来地低声慨叹。

“我知道！”过了一会儿，巴威尔回答他。

可以听见，霍霍尔慢慢地站起身来，在屋里来回走动，他的光脚板把地板踩出声响，又传来宁静的忧郁的口哨声。过了一会儿，再次听见他那低沉的话音。

“她可知道？”

巴威尔沉默着。

“你以为怎样？霍霍尔压低了声音问。

“她是知道的。”巴威尔回答，“所以她才乐意到我们这来讲课……”

霍霍尔重重地在地板上踱着，屋子里重新回荡着他的口哨声。过了片刻，他问：

“假使我告诉她……”

“告诉什么？”

“什么？那就是我……”霍霍尔悄声回答着。

“为什么呢？”巴威尔打断了他的话。

母亲能听见霍霍尔陡然站定了，觉得他好像在那里微笑呢。

“对啦，我这样想，如果我爱上一个姑娘，那我就得向她明说，否则半点结果也不会有！”

巴威尔啪地合上书，他问道：

“那么，你盼望什么样的结果呢？”

两个人沉默了好一会儿。

“啊？”霍霍尔问。

“安德烈，认真思考一下你盼望的结果。”巴威尔慢悠悠地说。就算她也在爱你，这我不敢肯定，就假设是这样吧！你们组成个家庭，这种婚姻很有趣，有知识的姑娘和一个工人！于是生了孩子，那时，你要独自做工养活家……而且，要干许多的活。你们的日子，就会变成只为一块面包，只为了孩子，只为了住宅而生活。在事业上，再没有你们的份了，两个人一块儿都完了！”

房间里顿时变得寂静无声，又听见巴威尔似乎比先前柔和的声音了。

“你最好打消这种念头吧，安德烈！别使她觉得为难。”

静谧的黑暗中，挂钟钟摆发出的声音听得真真切切。

霍霍尔说：

“心一半是在爱，一半是在恨，这算是心吗？唉！”

嚓嚓的翻书声响起，巴威尔的思路又重新回到书本中。

母亲一动不动地闭着双目躺在床上。她觉得霍霍尔怪可怜的。她想为他哭一场，但是她更可怜自己的孩子，心里惦记着他：

“我可爱的孩子……”

霍霍尔突然问道：

“那，就别对她说了。”

“这样要好些。”巴威尔一字一顿地回答。

“只好如此了！”霍霍尔说。又过了几秒钟，他冷静而悲哀地接着说：

“巴沙！你碰到这种事，你也会难过……”

“我已经在难受了……”

风吹在墙上,发出沙沙的声音。嘀嗒作响的钟摆和时针计算着流逝的光阴。

"你不要笑我!"霍霍尔缓缓地说。

母亲的脸伏在枕巾里,泪水默默倾泻而出。

第二天早上,母亲觉得安德烈更加矮小、更加可爱了。但是自己的儿子仍是那样瘦,身子挺得笔直,一声也不响。

以前,母亲总管霍霍尔叫安德烈·奥尼西莫维奇,但是今天,却不知不觉地改口说:

"安德留沙!修一下你的皮靴吧,否则脚会冻坏的!"

"领到工钱我就买双新的!"他笑着答话。突然,把他那只长胳膊放在了母亲的肩上,问道:

"你是我的亲妈妈吧?我想,只是因为你嫌我丑,所以不肯承认,是不是?"

她无语地抚摸着他的手,想说几句话宽慰他。但是,怜悯的感情,紧紧地揪住了她的心,满心的话说不出口。

九

工人住宅区的人们,对社会主义者散发的那些传单议论纷纷,传单里言辞激烈地抨击了工厂制度,也讲到了彼得堡和南俄罗斯工人罢工的事情,并号召工人们团结起来为自己的利益而斗争。

在厂里挣较多钱的老工人们都在谩骂:

"这些无耻之徒,做出这等事,真该挨揍!"

于是,他们将传单送到工厂管理处去。年轻的人们都很热诚地在那儿诵读。

"这是真话!"

那些早已习惯于劳累,对事情麻木不仁的大部分人,懒洋洋地说:

"什么结果也不会有的,这种事情做得到吗?"

但是,传单使人人都亢奋不安,如果一个礼拜见不到传单,大家便七嘴八舌地揣测说:

"看来是不再印了……"

但是,礼拜一的早晨,传单又出现了,于是工人们私下里又轰动起来。

几个陌生人突然出现在酒店和工厂里,他们四处打探,暗中观察、查访,就这样,他们中有的是因为可疑的谨慎,有的是因为过分地纠缠,立刻就引起了大家的注意。

母亲心里知道,这些轰动便是儿子的工作成果。她看到人们都聚集在他的身边,为巴威尔的命运担忧,也为他而骄傲,这两种情感交织在一起。

有一天傍晚,玛丽亚·考尔松诺娃从外面敲打窗子。当母亲开窗户的时候,她凑过来大声说：

“要当心啊，彼拉盖雅，宝贝们闹出事来了！今晚要来搜查你们、马琴和维索夫希诃夫的家……”

玛丽亚肥厚的嘴唇一张一合，笨拙的大鼻子哼哧作响，眼睛不住地眨巴着，左顾右盼生怕街上有行人看见。

“千万不要说你今天见过我，我什么也不知道，你听懂了吗？”

她立时就没影了。

母亲闭上窗子，缓缓坐在椅子上。她突然意识到儿子即将面临危险，她猛地站起身来，她迅速地换好衣服，不知为什么用围巾紧紧地包上了头，匆匆地跑到了菲佳·马琴的家里，马琴正在生病，没有去上工。当她进去的时候，他正坐在窗边看书，一边用翘着大拇指的左手摇动着他的右手。

他一听这个消息，猝然跳起身来，脸色煞白。

“果然来了……”他喃喃自语。

“怎么办？”符拉索娃用发抖的手抹着脸上的汗，问道。

“等一等，不要害怕！”菲佳用他那只好着的手搔弄着自己的卷发。

“你不是自己先怕吧？”她吃惊地叫着。

“我怕。”他脸涨得通红，紧张不安地挤出一丝微笑，他说：“对啦，这些畜牲……应该去告诉巴威尔一声。我这就差人去找他，你走吧，不要紧张！他们不至于坏到打人吧？”

返回家中，她收集起所有的小册子，紧紧地抱在胸前，在屋子里来来回回走了许久，仔细地察看了火炉里面，火炉下面！即使盛着水的水桶里面她也没放过，她以为巴威尔一定会丢下手头的工作，立刻回家来，可是，他没有回来。走得疲倦起来，她就把书铺在厨房的凳子上，再坐在书的上面。因为怕被人发现，便坐在上面一动也不动。所以这样一直坐到巴威尔和霍霍尔从厂里回来。

“你们知道了？”她还是坐在那里问。

“知道了！”巴威尔面带微笑地回答，“你害怕吗？”

“害怕，真害怕！……”

“不必害怕！”霍霍尔说，“光害怕是不顶事的。”

“连茶炉都没有生！”巴威尔说。

母亲这才站起身来，不好意思地指着凳子上的书，解释说：

“我一直没有敢离开这些书……”

儿子和霍霍尔一起笑了起来。这笑声叫她心惊胆战。

巴威尔挑了几本书，去院子藏。

霍霍尔一边生火，一边说：

“没有什么可怕的，妈妈，做这些荒唐事的人真是无聊，那些身强力壮的年轻人，腰中佩带军刀，长筒皮靴里藏着马刺，却要东翻西找，连床底下，暖炉下都要搜索，不会放过任何一个地方。要有地窖，他们便会钻进去，爬到阁楼上，碰到蜘蛛网，也要乱叫一阵。看上去他们凶神恶煞地对你大动肝火。这是下贱的行为，他们自己也知道！有一次他们到我家里翻腾得一塌糊涂，他们倒觉得有点狼狈，就那样屁也不放地出去了。但是第二次来，终于把我抓进去了，关进监牢里。我在那里住了差不多四个月。我住在那里，有一天忽然来传呼，由兵士押着穿过大街，问了些什么话。这些家伙都是傻子，所以胡乱地说几句，说完之后，又叫兵士把我送回监牢里。总而言之，这样把我牵来牵去，总算对得起他们的俸禄。后来放了出来，这样就算完了。"

"您一向都是怎么说的？安德留沙！"母亲叫道。

他跪在茶炉旁边正在专心地用火筒吹火，这时候抬起紧张得发红的面孔，两手摸着胡子，问道：

"我是怎么说的？"

"您不是说您从来没有受过屈辱……"

他站起身来，晃了晃脑袋，笑着说：

"世界上，没遭受过屈辱的人有吗？我受得侮辱太多了，连生气的劲儿都没有了。人们如果非要这样，简直无可奈何？屈辱的感情对工作有影响，总之摆脱不了它，那就会浪费更多的时间。现在，是这样的人生！从前，我也是时常和人家生气。但过后仔细一想，就明白了，犯不上。人人都怕邻人打他，可是另一方面，却又在拼命地想打邻人的耳光。现在就是这样的人生，妈妈！"

一串串话语从他的嘴边缓缓流淌而出，使母亲等待搜查而生出的恐慌抛到了脑后，他鼓出的眼睛，明亮地含着微笑。他整个人虽说粗笨，其实内心却非常灵活。

母亲舒了口气，慈爱地祝福他。

"愿上帝给你幸福！安德留沙！"

霍霍尔向茶炉走近一大步，又蹲下来，低声喃喃道：

"赐给我幸福，我当然不拒绝，但让我去乞求，那可办不到！"

巴威尔从院子里回来，胸有成竹地说：

"他们肯定不会发现。"于是他去洗手。

洗了之后，他仔细地把手擦干净，对母亲说：

"妈，如果你显得唯唯诺诺，那么他们就认定这里一定藏着什么东西，否则不会那样害怕。你要明白，我们不干坏事，真理站在我们这边，我们要终身为真理而奋斗，我们的罪，全在这里，有什么可怕的呢？"

"巴沙，我不怕啦。"她应声答道。接着，她又忧心忡忡地说：

"干脆早一点来，也就算了！"

但是，这一晚上没有来什么人。

第二天早上，她恐怕他们笑话她胆小，索性就自己先嘲笑起来：

"真是自己吓自己，虚惊一场！"

十

这个不平静之夜后大约一个月的光景,终于来人搜查了。

尼古拉·维索夫希诃夫也在巴威尔家里,他们和安德烈三个,正在谈论自己的报纸的有关事情。已经是深更半夜。母亲正躺在床上似睡非睡!她忽然听到很轻的响动声,这时安德烈很小心地走过厨房,轻轻地带好了门。在门洞里响起了铁桶的声响,门突然敞开了,霍霍尔一步迈进厨房,高声说:

"听到马刺声啦!"

母亲用抖动的手抓住衣服,从床上一跃而起,但是巴威尔从那边走进来静静地说:

"请睡着吧,你是有病的人!"

沙沙的摸索声从门洞中传来。

巴威尔走近门边,用一只手推了推门问道:

"是谁?"

一个高大灰色的身影从门口冲了进来,跟着又走进了一个,两宪兵把巴威尔逼着往后退,然后站在他的两旁,一个人响亮而讥讽地说。

"不是你盼望来的人吧?"

说这话的是一个长着几根黑胡子的瘦高个子军官。

在母亲床边,来了本区的警察范加金,一只手举过帽檐,另一只手指着母亲的脸,装出毕恭毕敬的眼色说:"这是他的母亲,大人!"接着向巴威尔扬扬手,补充说:"这是他本人!"

"你是巴威尔·符拉索夫吗?"军官眯着眼睛问。等巴威尔默许点头之后,他捻着唇髭说:

"老婆子,起来,我要搜查这间房子,那是谁?"

他探头看看屋里,蓦然向房门迈进一步。

"你们姓什么?"他喊道。

两个见证人从门洞走出来——上了年纪的铸工特维里亚科夫和他的房客火夫雷宾,一个魁梧而黝黑的农民。低沉地大声说:

"你好,尼洛夫娜!"

她穿了衣服,为了给自己壮壮胆儿,低低地说:

"成何体统,大半夜在别人家折腾,人家都睡了,你们来折腾!"

屋子里充斥着皮鞋油的气味,不知怎的,两个宪兵和本区的警官雷斯金,踏着很重的脚步,从搁板上把书搬下来,将它们摆在军客面前的桌子上。其他两个人握着拳头敲击墙壁,还朝椅子下面探望,一个人气喘吁吁地爬到暖炉上。霍霍尔和维索夫希诃夫紧紧地挨着站在角落里,尼古拉的麻脸上面盖上红色的斑点,他那双小小的灰色眼睛,不断地注视着军官。霍霍尔捻着自己的胡子,看见母亲进来,带着微笑,亲切地对她点点头。

母亲竭力想抑制内心的恐惧,改变了以往侧身走路的姿势,而是胸脯向前倾着朝直走。这使得她的身形增加了一种滑稽的、似乎装出来的威严。她的脚步放得很重,但是眉毛还在那里颤抖。。军官用他那细长白皙的手指迅速抓起书籍,翻一翻,抖了一抖,然后动作优美地把它抛向一边。书籍软绵绵地滑落在地板上。大家都默不做声,可以听见满身是汗的宪兵沉重的喘息声,马刺锵锵地响,有时发出低低的问话。

“这里查过了吗?”

母亲和巴威尔并排站在墙壁旁边,她像儿子一样,保持抱着双手在前胸的姿态,双目注视着军官,她的下肢微微颤抖,干燥的云雾遮住了她的眼睛。

沉默之中,突然发出尼古拉震耳欲聋般的喊声:

“干吗要把书扔在地上?”

母亲身形不由得一颤。特维里亚科夫好像被人打了一下后脑勺,脑袋晃荡了一晃。雷宾吭呛地咳出了一声,专心致志地盯着尼古拉。

军官眯缝着双眼,像钢针一样地朝那张一动也不动的麻脸上刺了一眼。他的手指更加飞快地翻着书页。他总是好像不堪疼痛一般地张开他那双灰色的眼睛,似乎是对他那疼痛喊出无力的憎恨的大声吼叫。

“兵士!”维索夫希诃夫又说,“把书给我捡起来……”

所有宪兵把目光齐刷刷射向他,又转脸瞅瞅军官。军官又抬起头来,用穷追不舍的目光扫视着尼古拉那粗壮的身体,拉着长长的鼻腔说:

“哼……拾起来……”

一个宪兵弓下腰,一边侧目打量着尼古拉,一边捡着书籍。

“叫尼古拉别出声了!”母亲低声对巴威尔说。

他耸了耸肩膀。霍霍尔垂下了头。

“谁读这本《圣经》?”

“我!”巴威尔说。

“这些书都是谁的?”

“我的!”巴威尔回答。

“哼!”军官鼻腔里发出这声,然后靠向椅背。他把细长的手指攥得发出脆响,把两脚伸在桌子底下,一面捋着胡子,一边向尼古拉问:

“你就是安德烈·那霍德卡吗?”

“是我。”尼古拉走上前去回答。霍霍尔伸出手来抓住他的肩膀,把他推到后面。

“不是他!我是安德烈!……”

军官举起手，用他细长的指头指着维索夫希诃夫说：

“让你尝尝我的厉害！”

他开始翻找他的文件。

明晃晃的月光，睁着无精打采的眼睛，远远地望着窗子里面。有人在窗外慢慢地走过，响起了踏雪的脚步声。

“那霍德卡，你受过政治犯罪的审问吗？”军官问。

“在罗斯托夫受过，……但是那是地方的宪兵是用尊称‘您’称呼我的……”

军官眨着右眼，用手擦擦它，于是露出了细小的牙齿，说道：

“那霍德卡，您，问的正是您，可知道在工厂里散发违禁传单的下流东西是谁吗？”

霍霍尔身子摇晃一下，满脸笑容想要说些什么，可是，这时候又听见尼古拉的声音：

“我们现在才刚看到这些无耻的传单！”

屋子里忽然寂静下来，没有人再说话。

母亲脸上的伤疤泛着白光，右眉高高挑着。雷宾的黑色胡须奇怪地抖动起来；他垂下眼睛，用手指慢慢整理胡须。

“把这个畜牲带走！”军官命令道。

两个宪兵抓了尼古拉的肩膀，粗鲁地把他向厨房拖去。他用力把两脚撑在地板上不动，高声叫喊道：

“等一等……我要穿衣服！”

从院子里走进一个警官，对军官说：

“都检查过了，什么也没发现。”

“哼，自然喽！”军官带着苦笑地讥嘲道，“有一位老手在这里呀……”

听到他那软弱而略微发颤的像破锣一样的声音，母亲抬起那双恐怖的眼睛盯着他泛黄的脸，从这个人身上意识到，他就是对百姓满怀贵族老爷式的侮辱的、毫无同情心的敌人。她因为不常碰见这种人物，所以几乎忘记了世界上还有这种人。

“啊，原来就是惊动了这些人！”母亲暗自琢磨。

“私生子，安德烈·奥尼西莫夫·那霍德卡先生！现在要逮捕您！”

“为什么？”霍霍尔格外镇静地问。

“以后再向你解释，”军官强压着厌烦，还算礼貌地回答，又扭过身来向符拉索娃问道：“你识字吗？”

“不识字！”巴威尔回答。

“我不是问你！”军官严厉地说，又接着问道，“老婆子，回答！”

母亲对此人厌恶已极，她周身不由得打着激灵，好像掉进了冰窟窿。她挺直了身子，他的伤疤变成了紫色，眉毛垂得很冷。

“别喊得这么响！”她对他伸直手，说道，“你还年轻，没吃过什么苦……”

“妈,冷静点!”巴威尔阻止她。

“等等,巴威尔!”母亲向桌子那走去,边走边喊,“你为什么要抓人?”

“这与你无关，住口!”军官站起来吼了一声。

“把逮捕的维索夫希诃夫带过来!”

军官把一份文件抽出来,举到眼前,高声念起来。

尼古拉被带了过来。

“脱帽!”军官停止了诵读,大声呵责。

雷宾走到符拉索娃身边,碰碰她的肩膀,低声安慰说:

“别着急,老妈妈……”

“他们抓着的我,我怎么脱帽?”尼古拉嗓门很高,压过了诵罪状记录的声音。

军官把文件掷到桌子上。

“在这上签字!”

母亲看着他们在记录上签字,沉重的感情压住了激奋之情,委屈和无奈的泪水从眼中涌出,最近几年,她好像已经忘却了这种眼泪的辛酸滋味。

军官瞪了她一眼,厌恶地皱起满脸皱纹,讥讽地说:“老太太！您哭得太早了!当心您以后眼泪怕是不够呢?”

她又气愤起来,冲着他抢白道:

“做母亲的眼泪哪会有个够,永不会流够泪,要是您有母亲,——那她一定知道,一定知道!”

军官很快地把文件放进一个簇新、带有一个很亮的锁钮的皮包里。

“快步走!”他发出了口令。

“再见,安德烈！再见,尼古拉!”巴威尔和朋友们握着手,温和地低声道别。

“这真是再见呢!”军官嘲笑着重复了一遍。

维索夫希诃夫沉重地哼了一声,他的粗脖子涨得通红,眼里闪动着仇恨的火花。霍霍尔很坦然地笑着,一边点头一边和母亲说了句什么话,于是母亲画着十字,也开口说:

“上帝是照顾好人的……”

穿灰色军大衣的一行人走出门洞,马刺声铿锵作响,然后就都消失了。雷宾最后一个走出去,他用那双很专注的黑眼朝巴威尔望了望,若有所思地说道:

“那么,再会吧!”

他从容不迫地走出去,胡须间发出一阵咳嗽声。巴威尔反背着两手,迈过地上零乱的书籍和衣物,慢慢地在房间里踱步。过了一会儿,他阴郁地说道:

“你看见了吧，这弄成什么样子？……”

母亲望着翻得乱七八糟的房间,忧愁地说:

“为什么尼古拉要对那个家伙发脾气呢？……”

“大概是因为吓坏了。”巴威尔静静地回答。

“来了,把人抓走了,带走了。”母亲张着双手低声嘟囔着。

因为儿子没有被抓着,她的内心有些宽慰,但是脑子老停留在刚发生的事实上面,却又不能理解这事实。

“那个黄脸儿的家伙,专会嘲笑、恐吓……”

“妈,好了!”巴威尔忽然果敢地说,“来,咱先把东西都收拾起来吧。”

他称呼她“妈”和“你”,通常只有他紧挨着母亲时才这样称呼她,她走近他,端详着他的脸,低声问:

“你在生气吗?”

“是的!”他回答,“这样太难堪了,不如和他们一起被逮捕的好……”

她看见儿子眼中满含着泪水,她模糊地感受到他的那种苦痛,于是,想要安慰他似的叹了口气说:

“等一等,你也会被抓了去的!……”

“那是肯定的!”他应着。

静默了片刻,母亲伤心地说:

“巴沙!你的心真硬!哪怕有时安慰我一下也好!不仅不安慰,我说了可怕的话,你还要说得更可怕一点。”

他瞅了瞅母亲,走近她的身边,轻轻地说:

“妈,我不会这样嘛,你得慢慢习惯才行。”

她叹了口气,沉默了片刻,抑制着恐惧的颤抖,说道:

“他们会受到严罚拷打吧,身体会不会被打坏,骨头会不会被打断,想到这些我就不由得恐惧,巴沙……”

“他的灵魂会受到蹂躏,当灵魂被丑恶的双手蹂躏时,那比撕破皮肉更痛苦呢……”

十一

第二天才知道,逮捕了蒲金、萨莫依洛夫、索莫夫以及其他五个人。傍晚,菲佳·马琴跑来,他的家也遭到了搜索翻查,所以他兴奋得很,把自己当成英雄。

“你不怕吗?菲佳?”母亲问。

他脸色苍白,面颊干瘦,他抽动了一下鼻子。

“我怕军官打我,那个家伙胡须很长,长得又黑又胖,手指上长满了黑毛儿,鼻梁上架着一副墨镜!根本看不清他的眼睛,他放声谩骂,在地板上又踩又跺!而且还吓唬人,说是要把我们关死在牢里。我从来都没挨过打,哪怕是爸爸妈妈,他们都很爱我,因为我是独生子。”

他闭了一下眼睛,抿紧嘴唇,双手麻利地把头发拨到头顶上,用充血的眼睛看着巴威尔说道：

“谁敢打我，我就会像利剑一样反击他，我会用牙咬他，即使当场被人打死也在所不惜！”

“像你这么又瘦又细的人！”母亲大声说，“你怎么能和人家打架？”

“怎么不能！”菲佳低声回答。

他走了以后，母亲对巴威尔说自己的看法：

“他比谁都更脆弱！……”

巴威尔一声不响。

几分钟之后，厨房的小门慢慢地开了，雷宾走进来。

“你们好啊！”他满脸堆笑！“我又光顾这儿了，昨天我是被逼而来的，今天我是主动而来。”他用劲和巴威尔握手，然后伸手按在母亲的肩膀上，说道：

“可以赏光给一杯茶吗？”

巴威尔静静地打量着那张布满浓黑胡子的宽大的黑脸庞和和黑黑的眼睛。在他镇静自若的目光中，仿佛包含着某种意味深长的东西。

母亲到厨房里去烧茶。

雷宾抚弄着胡须坐下来，双肘支在桌上，黑色的眼睛瞅着巴威尔。

“是啊，他像是接着原先的话茬再往下说似的，我要和你坦率地说说，你引起我的注意已很久了，咱们可以说是近邻；你们这来来往往的客人很多，可你们既不酗酒也不惹是生非 。这种事情还是头一回看见。只要你们不去胡闹，总会有人找你的麻烦，这是怎么回事啊？老实说，我自己也是因为常避开他们，所以他们把我看成眼中钉。”

他说话流畅，但语调沉重，他双手不离胡须，眼睛直勾勾地盯着巴威尔的脸。

“人们对你议论纷纷，因为你不去做礼拜！我家的主人们说你是异教徒，我也不去做。后来，出现了传单，这是你想的主意吧？”

“是我！”巴威尔回答。

“果然是你！”母亲从厨房伸出头来，惊慌地叫了一声。

“不止你一个人吧！”

巴威尔苦笑了一下，雷宾也跟着笑了。

“自然喽。”他说。

母亲拖着长长的语调走开了，由于她的话无人注意，她觉得有点委屈。

“传单？这主意确实不错，这种传单使人人惊慌不安，共有九十张，是吧？”

“对！”巴威尔回答。

“那么，我全看到了！不过呀，这些传单里面有的地方看不大懂，也有些显得多余。总而言之，说得太多的时候，就容易说废话……”

雷宾微笑起来，他有一副洁白而强健的牙齿。

“所以，就来搜查，把我也忙坏了，你，霍霍尔，尼古拉，你们都暴露了……”

他一时想不出还要说什么，所以安静下来，他望了望窗子，用指头敲着桌子。

"你们的计划也暴露了，好吧，大人，你只管做你的，我们依旧干我们的。霍霍尔也是个好小伙子。有一回在厂里听见他的演说，我想，除了死亡之外，大概什么也不会把他打倒。真是个钢筋铁骨的汉子！巴威尔，你相信我说的话吗？"

"相信！"巴威尔连连点头。

"你瞧瞧，我已经四十多岁了，年龄比你大一倍，我当兵三年，还娶过两个老婆，一个死了，一个被我抛弃了。高加索也到过，圣灵否定派信徒也见过。兄弟，他们是不能战胜生活的，不能！"

母亲贪婪着听着他那发自肺腑的话语；一个中年汉子到儿子面前，虔诚地跟他谈这些话，觉得高兴。但是她感到巴威尔对待客人太冷淡，为了缓和一下他的态度，她问雷宾说：

"要不要吃点什么东西，米哈依洛·伊凡诺维奇？"

"谢谢，妈妈！我吃过晚饭来的。那么，巴威尔，依你看现在的生活是不合理的吗？"

巴威尔站起来，反背着手在屋子里走来走去。

"生活在沿着正确的轨道前进，"他说，"从你坦率地给我讲这一席话，就可以看出这点来，生活使我们受苦受难的人逐渐团结起来，时机到来我们大家就会凝聚成一股力量。生活对于我们是不公平的，而且是艰难的。但是使我们的眼睛看见了痛苦的意义，也正是这种生活。生活本身，告诉人们应该怎样才能加速生活的步调！"

"对！"雷宾打断他，"人就需要新鲜劲，长了疥疮，洗个澡，全身换上新衣服，就能治好病，是这样的！可是应该怎么样清洗人们的内部呢？那就成问题了！"

巴威尔激动而严厉地谈到厂主，谈到工厂，谈到外国工人怎样争取自身的权利。

雷宾好像打句点一样地时时用指头敲着桌面。不止一次地喊道：

"对呀！"

有一次，他笑起来，低声说：

"啊哈，小伙子，你对人还不甚理解！"

这时候，巴威尔笔直地站在他面前，严肃地说：

"不论年龄大小，要看的是谁的思想更正确。"

"根据你所言，他们借用上帝来蒙蔽我们的眼睛？对，我也是这样想，我们的宗教是假的。"

这时候，母亲也凑了过来，每当儿子谈论上帝，谈起与她对上帝的信仰有关的一切，以及谈论起她认为崇高而神圣的事情时，她总是不眨眼地盯着他！想要让他看到她的目光，她想沉默地要求她的儿子，希望他不要说那些尖锐而激动的不信上帝的话来搅乱她的心。但是，儿子对上帝大为不恭的言辞中，却使人感到有一种信仰,这又使她放不下心来。

“我怎么能理解他的思想啊?”她想。

她以为上了年纪的雷宾听了巴威尔这些话,也应该感到不快,感到屈辱的。但是,看见雷宾坦然地对他提出问题,她有些按捺不住了,于是就简短而固执地说:

“谈起上帝,你们要放尊重些,不论你们做什么都可以,”她换了口气,更加坚定地说,“但是像我这样的老太婆,如果你们把上帝从我心里夺去,在我感到痛苦时,就孤苦无依了。”

她眼睛满含着泪水。她一边在那时洗碗碟,一边手指颤抖着。

“妈妈,这是因为你没有真正弄懂我们的话!”巴威尔低声而温和地解释。

“对不起,妈妈!”雷宾用缓慢而洪亮的声音道歉,一面苦舌,一面对望着巴威尔。“我忘了,妈妈早已不是受得住割喉的年龄了……”

“我所说的,”巴威尔接着说下去,“不是你所信仰的那个善良而慈悲的上帝,而是僧侣们所仰仗着恫吓我们的那个上帝!我所说的,是被人家利用上帝这个名字来使很多屈服在少数人恶毒意志之下的那个上帝……”

“对啦!”雷宾用指头在桌面上猛击一下,大声称是。“原来,连我们的上帝,都被他们调换过了,他们利用他们手中所掌握的东西压榨我们,妈妈,还记得吧?上帝是照着自己的形象来造人的,所以,人应该和上帝形象相同,那么,上帝也和我们这些人没有多大区别!现在呢,我们非但和上帝不同,简直和野兽一样!教堂里给人们看的只不过是个稻草人……妈妈,我们现在应该把上帝改变一下,替他刷洗干净!他们给上帝穿上了虚伪和中伤的外衣,使他面目皆非,用来蹂躏我们的灵魂……”

尽管他的声音不高,但字字句句铿锵有力,她耳畔鸣响。他的那张大脸隐没在黑色的连鬓胡须的轮廓中!仿佛穿上丧服,使她觉得害怕。那两只眼睛里的暗淡阴沉的光亮,也叫她受不了,他使她的心隐隐地感到一种疼痛般的恐怖。

“不,我还是走开的好!”她否定似的摇摇头,“我没有气力听你这种话!”

她很快地走进了厨房。

雷宾一边仍旧在说他自己的这种话。

“请看,巴威尔!问题的关键不在头脑中而在人们内心深处!在人们的心灵里,有一个不让其他任何东西生长的地方……”

“只有理性可使人类摆脱痛苦。”巴威尔断然地说。

“但理性不能赋予我们力量!”雷宾顽强地、大声地反驳,“能给力量的是心灵,绝不是头脑!”

母亲脱去衣服,没有做祷告就上床睡觉了,她觉得又冷又不舒服。她起初觉得雷宾为人正派而且聪明,现在对他有些反感了。

“异教徒,暴徒!”听着他的声音,母亲奇怪地想。“这个人,怎么也来了!”

而雷宾依旧镇静而确凿地说:

“空虚的地方,不是神圣的地方,上帝居住的地方应当没有痛苦。假如上帝从灵魂上滑落,那一定会留下伤疤！这是绝对的。巴威尔,我们得想出一个新的信仰……得造出一个是人类友人的上帝!”

“已经有了,那就是基督!”巴威尔说。

“可是基督精神并不牢固,”他说,“不要把酒杯递给我,他认同了恺撒,神是不会承认以人间的权利统治人类,他是万能的！神不能把自己的灵魂分成两个:这是‘神的’,那是‘人间的’。但是实际上呢,他承认了这种分配,也认同了婚姻。而且,他不公平地诅咒无花果树，难道无花果树不结果子是由于它自己的意志吗?所以灵魂不结善果也不是任由它自己意志的结果，难道我自己在灵魂里面播下了恶种吗？嗨!”

房间里两个声音此起彼伏,一会儿争论,一会儿和好。巴威尔在房里走来走去,地板被踩得吱吱作响。他张口说话时,他的话语吞没了一切声音,但是当雷宾的沉重的声音平缓地流动的时候,挂钟钟摆发出的摆动声和他那尖爪子搔刮墙壁发出的像冰霜轻微爆裂的声音依稀可闻。

“我自己认为,依我们看来,神宛如一团火。对啦！他住在人心里,《圣经》上说:‘太初有道,道就是上帝,’所以道也就是精神……”

“是理性!”巴威尔固执地说。

“对,反正上帝不该在教堂里,他应该寄居在人的内心深处！教堂是上帝的坟墓。”

雷宾走的时候,母亲已经睡着了,所以不曾知道。

此后,他便常常过来。碰到巴威尔家里有别人的时候,他就一声不吭地坐在角落里,偶尔插嘴说:

“不错。对啦!”

有一次,他在墙角用阴暗的眼光望着大家,阴郁地说:

“我们应当说说眼前的事情,将来如何,我们不可能知道，是的！到了解放的时候,他们自己会选择所走的道路。这样的那样的,生搬硬套强塞进他们脑袋里的东西太多了,已经够多的了,让人们独自去考虑吧,要他们改变全部,推翻全部生活和全部科学,也许他们把这一切也看得像教堂里的上帝一样,在反他们。你们只要把一切书籍交给他们就好了,之后,由他们自己去回答，我认为事情就这样简单!”

但是,每当巴威尔独自在家时,他们两人便争得面红耳赤,无休无止,每当这时,母亲总是忐忑不安地听着他们谈话,注意着他们,竭力想弄懂他们究竟谈着什么。有的时候母亲觉得这个肩膀宽阔,留着浓黑胡须的人和身材匀称而健壮的儿子,两个人都好像已经变成了瞎子。他们在黑暗中无头绪地探寻着，摸索着出路，用他们有力而盲目的双手乱抓一切东西,抖一抖,把它们换个位置,弄掉在地上,用脚踩那掉下来的东西。他们碰到的一切,都用手去 抚摸,再把它抛弃,但信仰和希望并没有丧失……

她对他们所说的这些坦白而又令人害怕的话已经习以为常,听着他们的话,她再也没有像初次听到那样感到恐惧不安,她已逐渐学会不把这些话放在心上。在否定上帝的话背后,她感受到的是对上帝更加坚定的信仰,每当这时,她总是面带静穆的、宽容一切人的微笑。这样,她对雷宾虽说不很喜欢,但也不再有什么敌意了。

每星期有一天,母亲带着衬衫和书到监牢给霍霍尔送去。有一次,她得到准许和他见了一面。当母亲回来的时候,很感动地说:

“他住在那里和住在家里差不多!他性格开朗,大家都喜欢跟他开玩笑。他虽然也有困难和苦楚,但是,他不愿意让人看出来……”

“就应该这样!”雷宾插嘴说,“痛苦像火一样包绕着我们,就连我们的呼吸、穿着都是苦不堪言的。什么可夸耀的都没有!并不是所有人都被挖割了眼睛,有些人是自己闭上的,是这么回事!既然是傻子 ,就忍受住吧!”

十二

符拉索夫家灰色的小屋,越来越引人注目了,有些人对它充满慎重的怀疑和无心的仇视,但也有些人却对它生出了信赖的好奇。时常有人跑来,很小心地朝四周望望,然后,对巴威尔说:

“喂!朋友,听说你能看书,那么你一定特别明白法律了,有这么回事,你来给讲解讲解!”

于是,就对巴威尔说起警察和工厂当局的某一种不正当的处理。情形复杂的时候,巴威尔就写一个便条给这个人,叫他去找城里某个熟识的律师请教,他自己能解决的就自己来解决。

一来二往,人们对巴威尔这种一丝不苟的劲儿打心眼里产生了尊敬,他总是一心一意地观察着,倾听着,他那注意力顽强地钻进每一个纠纷里,他总能从那千丝万缕紧紧捆绑着人们的线结中,找出一根共同的、没有尽头的线索,简单而大胆地谈论一切事情。

自从沼泽的戈比事件之后,巴威尔在人们心目中的地位更是大大地提高了。

工厂的后面,有一片沼泽地,四周长满枞树和白桦,散发着腐败的臭味,夏天到来,沼泽地上溢出一种臭臭的气体,吸引着成群的蚊子,这些蚊子又从沼泽地飞到工人住宅区传播疟疾。沼泽地是属于工厂的土地,新厂主为了要从这片土地上面获得利益,所以想弄干这块沼泽地,附带着还可以从这里采挖泥炭。于是,便对工人说,弄干这块沼泽地,可以整顿地形,并为大家改善生活条件,所以应该从他们的工钱里面,按每卢布扣一戈比的比例扣下钱,作为弄干沼泽的费用。

工人们群情激愤,他们为职员必须支付这笔费用的规定感到愤愤不平。

周六厂主宣布扣除费用时,巴威尔正巧生病在家。他没去上工,所以不知道有这件事。第二天做过午祷后,仪表堂堂的老铸工西佐夫和个子很高而性子很坏的钳工玛霍廷,到他这来告诉关于沼泽地的厂主的决定。

"我们年纪稍长的人已经开过会了。"西佐夫庄重地说,"商议的结果,决定派我们两个来和你商量,因为你是我们一群伙伴中见识最多的人,厂主要用我们的钱来和蚊子打仗,天下真有这种法律吗?"

"你回忆一下!"玛霍廷眨着细眼说,"四年前,那些家伙曾经骗过我们的钱说去修浴室。那时候收集了三千八百卢布。但是,那些钱连个影子也不见,什么浴室,到现在也没有盖好。"

巴威尔给他们解释这是不合理的苛捐杂税 ,这种方法获益的只是厂主,听完后,两人愁眉苦脸地走了。母亲送他们出门之后,带着苦笑说:

"巴沙,那样的老头子也来请教你了。"

巴威尔没有回答,他心事重重地坐在桌前埋头写着东西。几分钟之后他对母亲说:

"我想烦你一件事,请你帮忙到城里送这张字条……"

"这危险不?"她问。

"危险!那里在印我们的报纸。这桩戈比事件无论如何非得在报上发表不可……"

"真的!"母亲说,"我这就去……"

这是她从儿子那儿接受的第一件任务。她很高兴,儿子对她公开说明了这件事。

"巴沙,我明白这事,"她一边换着衣服,一边又说,"他们这样干是抢夺!那个人叫什么?叶戈尔·伊凡诺维奇?"

黄昏时分,她才返家,她虽然身体疲惫,但满心欣喜。

"我看见莎馨卡了!"她对儿子说,"她问候你呢。那个伊凡诺维奇非常直爽,是个滑稽鬼!很会说笑话!"

"你能跟那些人说得来,我真高兴!"巴威尔平静地说。

"真是些直爽的人!巴沙!心地越直爽越好!他们都敬重你……"

礼拜一巴威尔因为头痛,又没有去工厂。但是,中饭时,菲佳·马琴跑来了,他的样子兴奋而且激动,累得直喘气,他说:

"去吧!全厂都闹起来了。大家让我来叫你去!西佐夫和玛霍廷都说你最会讲理。怎么办呢!"

巴威尔一声不响地穿上了衣服。

"女工们也都来了,她们叽叽喳喳地吵个不停!"

"我也去!"母亲说,"他们打算怎样?我去看看!"

"妈妈也去吧!"巴威尔说。

他们加快了脚步一声不响地在街上走着。

母亲激动得喘着气,她心里预感到一件重要的事情即将发生。

一群女工聚在门口吵闹,他们三人悄悄走进院子。立刻隐没在一片黑压压的拥挤不堪、骚动不安的人群中。

母亲发现大家都盯着看锻冶车间前面,在红砖墙前面,在那堆烂铁堆上,在红色砖墙前面,西佐夫,玛霍廷,维亚洛夫,还有五六个德高望重的老工人,正比比画画地站在那里。

"符拉索夫来啦!"有一个叫道。

"符拉索夫?快叫他到这儿来……"

"静一静!"有几处同时这样喊。

这时候,不远处忽然发出了雷宾平缓的声音。

"我们是为了正义,而不只是为了一戈比钱!对啦,我们看重的,不是一戈比……它并不比别的戈比更圆,可是它却比别的戈比更重,我们一戈比里面含的血汗,比厂主一卢布里面含的还多,就是这点!我们并不看重一戈比,我们是看重血汗,看重真理,就是这一点!"

他的话音未落,便引起了群众们的热烈的呼喊。

"对啦,雷宾!"

"不错,火夫!"

"符拉索夫来了!"

这种呼喊声从四面八方聚来,惊天动地,湮没了笨重的机器发出的轰鸣声,蒸汽沉重的哀叹声和导管窃窃的低语声。人们急忙地从四周聚拢过来,大家都在挥动着手臂,用热烈的、带刺的话语互相燃烧着。大家平时沉睡在心底里的那种麻木的愤怒,此时顿然觉醒,它从心中喷涌而出,在空气中狂飞乱舞,更加宽大地张开它的黑翅,牢牢地攫住了每个人的心使他们随着它冲冲撞撞,互相冲撞,然后变成了憎恨的火焰。在人群之上,煤烟和尘埃的乌云正摇荡着,流着汗水的面孔像是在发烧,黑色的泪水垂挂在脸颊。在每一张乌黑的面孔上,双目熠熠闪光,牙齿也泛出白光。

巴威尔走到西佐夫和玛霍廷站着的地方,发出了他呼喊的声音。

"朋友们!"

母亲看见他的脸色苍白,嘴唇在发抖,她不由自主地推开众人,挤上前去。

人们朝她焦躁地大声问道:

"向哪儿挤呀?"

她被人流推来挡去,但这不能阻止母亲停下脚步。她想站到她儿子身边去,所以她用手臂和膀子使劲地推开周围嘈杂的人群,望着她的儿子一步一步地向前挪动。

巴威尔发人深省的言辞从肺腑喷涌而出,那种突发而至的战斗激情,几乎窒塞了他的喉咙,在他内心深处,充满了那种要把燃烧着真理之火的心抛给大家的愿望。

"同志们!"这句话饱含着欣喜和斗志,他继续说道。

"我们是建筑教堂和工厂,制造金钱和铁锁的人!我们是从生到死维系人类命运的力量!……"

"对!"雷宾喊了出来。

"不管在哪儿,不论在何时,劳动的时候,总是我们在前,但我们没有享受的机会,谁真正关心过我们,有谁给予过我们幸福?又有谁把我们当作真正的人?谁也没有!"

"没有任何人!"不知是谁像回声似的重复了一句。

巴威尔把自己的兴奋情绪稍加控制,然后,更简单、更镇定地接着讲。人群慢慢地向他聚集,结合成一个人头攒动的整体,无数专注的眼睛盯着他,大家一字不漏地听说取他的话。

"我们未曾意识到我们彼此都是志同道合的同志,都是为着一个希望,也就是为争取我们应得的利益这一理想而斗争,而坚牢地结合成一个朋友们的大家庭,那我们是不会获得良好的命运的!"

"快谈谈实际的问题吧!"母亲旁边有人粗暴地喊道。

"别乱嚷。"从两个不同的地方发出洪亮的声音阻止他。

烟煤满布那人的脸,他忧郁地、颇感怀疑地皱着双眉;几十只眼睛,严肃地、沉思地望着巴威尔的脸。

"不愧为社会主义者,一点也不傻!"有人说。

"哟!说得好勇敢!"一个高个子独眼工人碰了碰母亲的肩膀,说道。

"同志们,除了依靠我们自己,谁也无法挽救我们,这点我们应该明白,我为人人,人人为我!如果我们要战胜敌人,那就得把这当作我们的法律!"

"弟兄们,这话说得对!"玛霍廷喊了一声。他把胳膊高高地扬起来,攥起拳头在空中挥动着。

"该把厂主叫出来!"巴威尔说。

仿佛旋风席卷了人群,开始摇动起来,同时发出了数十个呼应声:

"把厂主带过来!"

"派代表去叫他来!"

母亲终于挤了上去,她充满骄傲地端详着儿子,巴威尔站在了德高望重的老工人们中间,他们都听他讲的话,对他表示同意。因为她的儿子不像别人那样狂怒、更不像别人那样破口大骂,这使母亲觉得高兴。

时断时续的感叹声、诅咒声和恶言恶语像冰雹落地一样不断从人群中暴发而出,巴威尔站在高处看着大家似乎在他们中间寻找着什么。

"派代表出来!"

“西佐夫!”

“符拉索夫!”

“雷宾！他伶牙俐齿的!”

一阵更大的响声从人群中传来。

“他自己来了……”

“厂主！……”

人群向两边闪开,给厂主让出一条道,他身材高大,脸形修长,留着长而尖的胡须。

“让开!”他一边打着手势,一边说道。但是,他的手并不去碰他们。他把双眼眯成一条缝,像那些老成的统治者一样,锋利地向工人们脸上扫过去。在他面前,有人给他脱帽致意,有的给他行礼，他不予理睬地朝前走,在人群中,散布着寂静、惶惑、狼狈的微笑和低声的叫喊,在这种声音里面,可以捕捉出一种孩子意识到闯了祸的后悔。

他走过母亲的身旁,用恶毒的目光上下打量了她一番,在铁堆前止住了脚步。有人想搀扶着他上铁堆,但他没有搭理,拿出全身有力的动作,轻快地爬了上去,他站在西佐夫和巴威尔的前面,问道:

“聚在这里干什么？怎么不去做工?”

寂静了几秒钟。

人们把脑袋摇得像稻穗。西佐夫把帽子朝空中一挥,耸耸肩膀,垂下头来。

“我在问你们呀!”厂主厉声质问。

巴威尔站在他的旁边,指着西佐夫和雷宾高声回答说:

“兄弟们举荐我们为全厂全权代表,要求你取消扣除一戈比的决定……”

“为什么?”那厂主并不拿眼瞅巴威尔。

“我们认为给我们增加这种负担,是毫无道理的。”巴威尔响亮地陈述。

“你们认为干燥沼泽地的计划只是想榨取工人,而不是关心并改善生活吗？是不是?”

“是的!”巴威尔果断地回答。

“您也是这样想?”厂主问雷宾。

“这样想!”雷宾回答。

“那么,您老人家呢?”厂主望着西佐夫。

“是的,我也要向你请求:请你让我们留下一点钱吧。”

西佐夫重新垂下了头,似乎不好意思地微笑着。

厂主缓慢地把众人环视一遍,又耸耸肩,然后尖刻地盯着巴威尔,对他说:

“你好像是个很有知识的人,真的不懂得这种办法的好处吗?”

巴威尔高声作答:

“如果厂里出钱来弄干沼泽地，那是谁都懂得的。”

"工厂又不是做慈善事业的,"厂主冷冰冰地驳斥道,"我命令大家即刻去工作!"

他用脚小心地踏着铁块,谁也不瞧,就向下面走去。

人群中突然爆发出愤愤不平的呼声。

"什么?"厂主站定了问。

谁都不吭声,只有很远的地方有一个人在喊:

"你自己工作去吧!……"

"如果十五分钟之内不去上工,我就下令全体罚金!"厂主冷淡而果决地说。

他在人群中挪动着身子,更大的声响在他身后爆发而出,他越前走,叫喊的声浪就越高。

"跟他谈个屁!"

"什么权利不权利!唉,命苦……"

人们望着巴威尔,朝他喊道:

"喂,大律师,现在怎么办?"

"你说得头头是道,可他一来,一招都不灵了!"

"喂,符拉索夫,怎么办?"

当呼声渐渐高涨的时候,巴威尔向大家说:

"同志们,我建议,从现在起我们不再做工了,直至他答应废除扣一戈比的决议为止……"

轰的一声,人群嘈杂起来,

"世界上真有这样的傻子!"

"罢工吗?"

"为了一戈比?"

"怎么?罢工就罢工!"

"这样一来,大伙的饭碗都砸光了!"

"那谁去做工呢?"

"当然会有人去劳动的!"

"那不是叛徒吗?"

十三

巴威尔下来和母亲并肩而立,周围人声鼎沸!有的人在互相争论着,有的人激动地呼喊着。

"不要罢工吧!"雷宾走到巴威尔身边说。"群众虽是心疼钱,但是,到底胆小。赞成这个主意的,最多有三百个。光是一个叉杆,如何能叉起一堆肥料!……"

巴威尔沉默着。工人们一张张黑脸在他面前晃来晃去,恳求地望着他的眼睛,个个感到心慌不安。符拉索夫觉得他方才听说的话,好比是有限的几滴雨水落在久干的土上面,在人群里面,消失得无影无踪了。

他疲惫不堪,满脸阴沉向家走去。在他后面,跟着他的母亲和西佐夫,雷宾与他并排,对着他的耳朵说:

"你说得不错, 但是,没有打动人心,就是这点,必须说得打动人心,必须在人们心中燃起火花,用理性去说服人,那样的鞋袜是不合脚的, 又窄又小!"

西佐夫对母亲说:

"我们这把年纪,黄土已经埋到半截! 尼洛夫娜! 新的人物出来了。我们过去活得一团糟,不是在地上爬就是弯腰鞠躬。如今的人, 不知不觉醒了,还是变得更糟了,总之,与我们截然不同了。就像今天发生的事,年轻人敢和厂主平等地对话。再见! 巴威尔·米哈依洛夫! 你特别乐意替弟兄们帮忙,这很好! 托上帝的福,是啊! 也许能有些什么结果的, 托上帝的福!"

说完他便离去。

"对! 你们最好去死吧!"雷宾愤愤不平地说。"你们现在已经不是人了,你们是灰渣,只有去塞缝的份儿。巴威尔,你可看清呀,是谁推举你做代表的? 就是那些说你是社会主义者和暴徒的家伙呀! 就是那些家伙,他们说你肯定会被开除,赶走了倒好。"

"他们也有他们的道理。"巴威尔说。

"豺狼同类相残,也有自己的理由……"

雷宾的脸色忧郁,声音特别颤抖。

"空口讲大话,是不会取得人们的信任, 非吃点苦头不可,非得把话用血来洗洗不可。"

整整一天,巴威尔都是阴沉沉的,疲倦的,并且非常焦躁。他眼中冒着火光,似乎在寻觅什么东西。

母亲看到他这个样子,小心地问他:

"你怎么了? 巴沙 ?

"头痛。"他沉沉地回答。

"躺一躺吧, 我给你去请医生去……"

他看了母亲一眼,赶忙说:

"不,不要!"

过了一会儿,他突然低声说:

"我年龄太小,没有号召力,他们不信任我,就这么回事! 他们不信任我,不跟着我的真理走, 换言之,我对真理讲解得不够透彻! ……我觉得难过, 生自己的气!"

她看着他忧郁的样子,想安慰他, 于是,轻轻地说:

"你得等一等！他们今天不懂，明天一定会懂……"

"他们应当懂！"他喊了起来。

"是的，连我都懂得真理了……"

巴威尔走近她的身边。

"妈妈，你是一个好人……"

他这样说着，背转过身去。

母亲的身子不禁轻轻一颤，像被这句话烧烤了一样。她用手摸着心房，对儿子亲切的夸赞备感珍视，然后走开了。

半夜，母亲已经入睡，巴威尔躺在床上看书，这时宪兵进来了，气势汹汹地把他们的阁楼和院子统统搜了一遍。黄脸的军官，像第一次来搜查那样厌恶，他嘲笑地、令人可恨地在欺辱别人中取乐，极力地叫人家心疼。

母亲坐在墙角默默无语。军官放声大笑的时候，巴威尔的手指奇怪地颤动起来，母亲注意到儿子的手不听使唤地一阵痉挛，母亲觉得儿子已经难以控制自己不还嘴了。母亲此时不像第一次看到搜查时那样惊慌失措，她对于这些夜半三更前来的带着马刺的灰色的不速之客，感到无比的憎恶，这种憎恶吞没了她的恐惧。

当他们不注意的时候，巴威尔轻轻地对母亲说：

"他们是来抓我的……"

她低下头，静静地回答：

"我知道……"

他知道他被捕的原因是因为他今天对工人讲了那些话。但是，大家都赞成他所说的话，所以大家一定会帮助他的，也就是说，不至于长时间地监禁他。"

她想抱着儿子痛哭一场，但是，军官站在旁边，正眯着眼睛打量着她。他的嘴唇发颤，胡子发抖，符拉索娃女士觉得这个人在等着她的哀求和眼泪。她鼓起全身的力量，尽量不要多说话，握住儿子的手，屏住呼吸，慢慢地低声说道：

"再见，巴沙，要用的东西都带全了？"

"全拿了，不要烦闷……"

"基督保佑你……"

他被带走了，母亲跌坐在凳子上，闭住双眼，低声啜泣起来。她像丈夫在世时那样把背倚着墙壁坐，她周身笼罩着对儿子的担忧和对自己无能为力的屈辱，她仰着头，长久地、单调地恸哭着，从这种哭声中可以听出她备受蹂躏的灵魂的哀鸣。在她眼前，那个长着几根嘴唇髭须的黄色嘴脸，好像不能移动的斑点似的停在那里，那双眯起的细眼，似乎流露出心满意足的神情。在她的心里，对于那些从她身边把她儿子抓走了的家伙们的愤恨和憎恶，变成了漆黑的一团在那纷扰！

窗外下着雨，天气很冷，漆黑的夜里，好像有些没有眼睛的宽阔红脸和长手臂的灰色的身影在那里潜行，他们一边走着，一边发出了差不多听不见的马刺声响。

"他们连我也抓了去，倒也好。"她想。

汽笛吼叫着，要求人们去上工。今天的汽笛声似乎低沉而且犹豫不决。

门打开了，雷宾走了进来。他站在她面前，用手抹着胡子上的雨滴，问道：

“被抓去了?”

“那帮该死的家伙把他抓去了。”母亲叹了口气回答。

“简直不成样子!”雷宾苦笑着说，“我也被搜查了，家里处处都翻了个遍，搅得一塌糊涂。挨了一顿骂……还好，没有侮辱我。巴威尔是被捕了！厂主挥挥手，宪兵就行动，人就没有了。他们两方勾结得很好呢。一个挤人们的奶，一个抓住角……”

“你们应该去营救巴沙呀!”母亲站起来高声说，“他不是为着大伙，才被抓了去的吗?”

“找谁搭救他?”雷宾问。

“要大伙!”

“你说什么呀？不可能，这办不到。”

他无可奈何地笑着，拖着沉重的步伐走出门。他的严峻而无望的言语增加了母亲的痛苦。

“说不定，他们要拷问他，还要打他？……”

想象着儿子被打得遍体鳞伤，恐惧像一块冰冷的石头，塞住了她的胸口，压近她，眼睛觉得疼痛。

她没有点炉子，既没有喝茶也没有做饭，直到晚上，她才吃了一片面包。她躺下睡觉时，感到生来从未有的寂寞和无聊。最近几年来，她经常期待在一件好事中度过日子！那些充满活力的年轻人经常叽叽喳喳在她身边转来绕去，她眼前总是呈现着儿子的严肃面庞，是他安排下这种令人惶恐然而却是良好的生活的。现在呢，他已经不在这儿了，所以一切都没有了。

十四

一天慢吞吞地过去了，一夜无眠之后，第二天显得更缓慢了。

母亲在等人来，从傍晚又到深夜，但谁也没有来，凄雨哀叹着从墙壁上唰唰扫过，烟囱发出低鸣，地板下好像有什么东西在慢慢地爬行。雨点从屋檐下滴落，单调的嘀嗒声和挂钟的声响相容，听起来很怪异，整座的房子在静静地动摇着，周围的一切全是不必要的，在忧愁里面变得毫无生气。

有人轻声叩打窗子，一下，两下……她已经听惯了这种声音，所以并不觉得害怕，现在，这种声音使她的心不由得兴奋地颤动，像被针扎了一下，她怀着渺茫的希望，快速站起身子，把披巾放在肩上，打开了门。

萨莫依洛夫从门洞走进来，后面紧跟着一个人，他的帽子压得很低，遮住了眉毛,大衣领高高竖起,挡住了脸。

“我们吵醒你了。”萨莫依洛夫未顾上打招呼,他的神情忧虑而且阴沉,跟平时截然不同。

“我还没睡呢。”母亲答道,她满怀期望看着他们。

萨莫依洛夫的同伴重重地沙哑地吐了口气,脱掉帽子,向母亲伸出手指短短的宽大的手来,如同一个老朋友似的友爱地对她说:

“您好,妈妈,不认识了吗?”

“是您啊?”符拉索娃突然说不清来由地欢喜起来,她叫了一声,“叶戈尔·伊凡诺维奇?”

“是的,妈妈。”他垂着头,长长的头发梳理得像唱圣歌的助祭似的蓄着长发的头。慈爱的笑容挂在他那张丰腴的脸上,小小的灰色眼睛,亲切地望着母亲。他长着粗脖子和一双短胳膊,他跟茶炉一样又圆又矮,有一个粗脖子和一双短胳膊。他的面孔润泽而发光,他很响地喘气,胸腔里老是呼噜呼噜地响……

“请进房间里去吧,我换件衣服就过来。”母亲说道。

“我们是有事来找你的。”萨莫依洛夫从眉毛下面盯住母亲,担忧地说。

叶戈尔走到房间里,隔着板壁对母亲说:

“今天早上,亲爱的妈妈,你所认识的尼古拉·伊凡诺维奇从牢里出来……”

“他也在牢里吗?”母亲问。

“他被关了两个月十一天。他在牢里看见了霍霍尔,他向您问好,也看见了巴威尔,他们都让他捎信儿给您!请您不要记挂他们,他们还说,在他所选择的路上,监牢是人们休息的地方,这是我们照顾周到的长官们已经规定好了的。妈妈,现在我们谈谈正题吧。你可知道昨天在这里抓了多少人?”

“不知道,那么,巴沙之外还抓了人吗?”母亲高声地问。

“他是第四十九个被抓的。”叶戈尔镇定地回答了她的问话。“看来,还要有十多人要被官府抓去,这一位也要被抓去……”

“对,我也要被抓去的!”萨莫依洛夫皱着眉头说。

符拉索娃觉得呼吸轻松起来……

“牢中看来不止他一人。”这个想法在她的脑海中一闪而过。

换好衣服,她走向房间,冲着客人亲切地微笑着。

“抓了这么多人,总不至于长时间关在那里吧……”

“对!”叶戈尔说,“如果我们想法子从中作梗,他们一定会乱了分寸,顾此失彼的。问题是这样:如果我们现在不把小册子送进工厂,否则宪兵就会揪住这一可怕的事实,去跟巴威尔以及和他一块儿坐牢的其他朋友们为难的……”

“为什么会这样?”母亲惊诧地高声问道。

“理由很简单,”叶戈尔耐心解释说,“有时,那些宪兵也会做出正确的推理。你想巴威尔在厂里,厂里就有人散传单和小册子,如今巴威尔被捕了,那些传单和小册子也销声匿迹！这样，传单显然是巴威尔散的，不就确定了吗？于是，牢里的人们就成为他们嘴里的吃食了，当宪兵这些东西，最喜欢把一个人收拾得不像样子……”

“明白了，明白了，”母亲充满担忧地说，“哎呀，上帝呀！现在到底该怎么办呢？”

从厨房里传来了萨莫依洛夫的声音。

“几乎都被他们抓走了，真他妈的，现在我们绝不能停止工作，不仅仅是为工作本身而言，而是为了搭救牢中的同志。”

“但是，谁去干呢！”叶戈尔带着苦笑说。“传单小册子倒是头等的，都是我自己弄的！……但是，怎样才能拿到工厂里去，真是没有法子！”

“每个人经过厂门口，都要被搜身！”萨莫依洛夫说。

母亲觉得他们期盼着她去做点什么，于是，赶忙问道：

“那怎么办呢！”

萨莫依洛夫站在门口说：

“彼拉盖雅·尼洛夫娜！你认识那个女商贩考尔松诺娃吗？”

“认识的，怎样？”

“你去和她商量一下，看她是否愿意把传单和小册子带进厂？”

母亲否定地摇摇手。

“肯定不行，她可是个长舌妇，不行，她立刻就会四处宣扬，不行！她马上就会告诉别人，说是我交给她的，是从我家来的，不行不行！”

忽然，她恍然想到了一种意想不到的办法，于是，压低嗓门说：

“你们交给我吧，我一定带进去，就交给我吧，我自己可以想法子的！我这就去恳求玛丽亚，请她让我当她的帮手！就说我为了吃饭，要找工作！这样，我也可以到工厂里送饭了！我就可以把那些东西带进厂去！”

她双手捂着胸口，心急地说，我一定可以神不知鬼不觉地把事情办好，最后，她得意地说到：

“那时候他们一定会发现，巴威尔不在厂里，他的手也可以从监牢里伸出来，他们一定能够看到！”

三个人都非常激动。叶戈尔用力地擦着手，微笑着，说道：

“这主意太妙了，妈妈，你知道这有多么好，简直妙不可言。”

“如果这事成功，坐牢我也心甘情愿啦！”萨莫依洛夫擦着手说。

“您是一个美人！”叶戈尔沙哑地喊道。

母亲面带笑意，她心里很明白，现在工厂里又有传单四处散发，那么官府就会认为散传单不是他儿子干的。她深感自己有执行这个任务的能力，不觉全身都欢喜得颤动起来了。

“您去跟巴威尔会面时，”叶戈尔说，“请您告诉他，他有这样一个好母亲……”

“我希望早一天看见他。”萨莫依洛夫笑着应声答道。

“请你转告他,他安排的事我都会去做! 要他知道这件事! ……”

“如果他未被抓去呢?”叶戈尔指着萨莫依洛夫问道。

“啊,那可怎么办?”

他们俩放声大笑,母亲知道自己话说得不妥,所以不好意思地、又好像自我解嘲地,也跟着他们轻声地笑了。

“只知道想自己,却忘了别人。”说着她便垂下了眼睛。“这是很自然的!”叶戈尔说。“ 但是,关于巴沙的事,请您不要担心,也不要难过,他从监牢里出来会更好,他在牢中可以休憩,读书,在牢外,兄弟们可是没有这些时间。我也坐过三回监牢,虽然收获不大,可是每回对智力和精神都得到了补益。”

“你的呼吸很急促!”母亲很亲热地望着他朴实的面孔说道。

“这是因为其他原因。”他回答道 ,随后举起一个指头说,“那么就这样决定了,妈妈! 明天我把材料给您送来, 我们那架锯破永恒黑暗的锯子又要活动了! 自由的言论万岁! 母亲的心万岁! 那么,再见!”

“再见!”萨莫依洛夫紧紧地握住了母亲的手,说道,“我和我自己的母亲几乎都不敢说半个字,妈妈,真的!”

“时间久了就会理解的。”她安慰着他 ,想使他高兴起来。

他们离去后,母亲合上门,在房间正中央跪下,在淅沥的雨声里祈祷。她默默地祈祷着,一心只念着巴威尔引进她生活里的那些人。好像他们从她和圣像之间经过,他们都是些普通的、互相特别相近的、孤独的人。

第二天一大早,她就到玛丽亚·考尔松诺女士那里去了。

那个女商贩和通常一样,浑身油腻,唠叨不停,她同情地迎接着她。

“很冷清吧?”

“很寂寞吧,”她那双沾满油污的胖乎乎的手在母亲的肩上拍打着,然后她又说,“别想了,抓去了,关进了大牢,真倒霉可是这又不愧对良心。以前人们坐牢是因为偷窃,可是现在是因为真理。那一天,巴威尔别说那些话就好了,可是他是代表大家站起来说话,大家都理解他,你放心吧! 大家尽管嘴上不说,可是孰是孰非大家心里还是分得清的,我早想到你家去看看,可是你瞧,我忙得几乎难以抽身,一天到晚忙着做点心,卖钱,最后死去的时候还不是像个要饭的,各式各样的男人,都到这里来鬼混,可把我给缠死了,这些无赖! 这个也来吃我,那个也来吃我,好像一群蟑螂咬一块大面包似的! 攒上十来个卢布,不知哪个鬼东西立刻挨上门来, 一直把铜气都舔得精光! 做个女人,真是倒霉的事儿,做女人是这个世界上最讨厌的事儿了! 一个人过日子困难,两个人无聊!”

“我想给你做个帮手!”符拉索娃打断了她的瞎扯八道,插话头说。

“这是为什么?”玛丽亚问道。

母亲给她道明原委,她肯定地点点头。

“好吧，你还记得吧，过去，我那死鬼男人打我时，总是你帮我，既然你现在陷入困境，我也要来帮你……大家都应该帮助你，因为你儿子是为大家争取权利才被捕的，大家都说，你儿子为你争光呢！人人都对他表示同情，我敢说，这样被捉去，官府里是一点好处得不到的。你看，厂里怎样？谁都说好话，亲爱的！那些当官的，大概以为打断腿就走不远了，可是，哼，对不起啰，打了十个，恼了一百个呢！”

她们最后商定的结果是，明天中饭时符拉索娃挑两上盛着玛丽亚的食品的大罐子到工厂里去，玛丽亚自己到市场上去做买卖。

十五

工人们立刻发现了这个新的女商贩。有些人走到她身边来鼓励她说：

“尼洛夫娜，你做起生意来了？”

有些人宽慰她，说巴威尔很快就会出狱；也有些人说些可怜的话，给她痛苦的心更增加了烦乱；也有些臭器材宪兵和厂主，母亲也与他们一样感到愤愤不平；还有些人幸灾乐祸地望着她，考勤员依萨·高尔博夫从牙缝里说：

“像你儿子这个样，我要是省长，早让他上绞刑架了了！不让他妖言惑众！”

母亲被不怀好意的恫吓骇得周身冰凉。她对依萨什么也没说，只是看了看他那满是雀斑的瘦小的面孔，叹了口气，把眼睑垂下来，望着土地。

工厂里显得异常骚动不安，工人们东一帮西一伙地聚拢着，都在低声谈论些什么，满腹狐疑的工头，到处乱窜，时而发出恶骂和暴躁的笑声。

萨莫依洛夫被两个警察押着走过她身边，他一只手塞在口袋里，另一只手抚弄着他那红褐色的头发。

有一群工人，大约一百几十个，用叫骂和嘲笑追着警察，跟在后面给萨莫依洛夫送行。

“格利沙，你去散步！”有人向他喊道。

“瞧，我们的弟兄真够气派！”又有一个人在旁边大声喊道。

接着，他便痛骂起来。

“估计是抓小偷得不到好处了。”那个独眼工人恶狠狠地高声骂道。“所以专抓好人……”

“最好天黑了再出来抓人吧，”人群中另一个人接着说，“青天白日的，不要脸，坏东西！”

警察皱着眉头，加快了脚步朝前走着，竭力对周围的一切都不看，装作听不见送给他们的叫骂声。对面有三个工人，手里拿着铁条走来。用铁条指着警察喊道：

“当心点，钓鱼的！”

萨莫依洛夫走过母亲身边的时候，淡淡地笑着，对她点点头，说道：

"终于被抓了!"

她默默无语,弯腰向他鞠躬,这些头脑敏捷、满脸含笑地走进监牢的年轻人,叫她非常感动。在她心目中,满怀着对他们慈母般的疼爱。

从工厂回来,一整天母亲都在帮玛丽亚做事,一边听她说东道西。天色很晚,她才回到使人难过、寂寞的冷冷清清的家中。她不停地在屋子里踱来踱去,不知道应该干什么。差不多就要到半夜了,叶戈尔所答应的传单还没拿来,这叫她特别心慌。

窗外已是秋天,灰色的雪片飞飞扬扬地落下。雪片软绵地打在窗子上,无声地滑下去,融化了,在地上留下一个湿印。

她开始思念儿子……

有人小心翼翼地敲击玻璃,母亲飞奔而去推开门栓,莎馨卡走了进来。母亲有好久不见她了,现在使她最注目的,就是她不自然地肥胖了。

"您好呀,母亲说,今晚有人过来,她就有伴了,真让人感到高兴,很久没有看见你了,你去什么地方了?"

"哪儿也没去,在牢里呢,"姑娘微微一笑,然后答道。"和尼古拉·伊凡诺维奇一起,你还记得他吧?"

"怎么会忘记他呢,"母亲大声说道,"昨天叶戈尔说,他已经放出来了,但是,关于您的事情,什么都不知道……没有人提起您也在那里呀……"

"我的事情不值得一提?……趁叶戈尔还没有到,我得换件衣服!"她看看周围说道。

"你浑身都湿透了……"

"我是来送传单和小册子的……"

"给我,给我!"母亲催促。

姑娘麻利地把大衣的纽扣解开,抖了抖,像树叶一样的沙沙声从她身子发出,许多纸包掉落在地,母亲一边微笑,一边从地上将包拾了起来。说道:

"我见你发福了,还以为你结了婚,有了小宝宝呢。啊啊,拿了这么多来!是走来的?"

"唉!"沙馨卡说。她又恢复了往日的苗条和瘦小,母亲见她两颊消瘦,眼睛显得格外大,眼睛下面有一片黑晕。

"一出狱就干活,怎么不歇几天,真是的。"母亲叹了口气,摇着头说。

"工作需要,"她说着,身子还冷得直打哆嗦,"请你讲讲,巴威尔·米哈依洛维奇怎样了?还好?……他不怎么焦急吧?"

她不停地问着,眼睛没盯母亲。她歪着头整了整头发,她的手指在发抖。

"还好,"母亲答道,"他是一个把心事藏在肚子里的人。"

"他很健康?"姑娘低声询问。

"没得什么病,从小到大都没有,"母亲说,"你浑身都在发抖,我来给您倒杯加覆盆子的茶喝一喝吧。"

"那再好不过，但是，不应该劳驾您，天已经很晚了，让我自己来吧……"

"您已经疲惫不堪了。"母亲责备道，同时忙着点茶炉。

沙馨卡也走进厨房，在那里的凳子上坐下来，她把两手拢在脑后，开口说话：

"无论如何，关在牢里还是耗体力的，那里简直无聊！令人诅咒的无聊！才是最痛苦的。明明知道外边许许多多的工作在等着，偏偏像野兽一样被关在笼子里……"

"吃了这么多的苦，谁来回报你们呢？"母亲问道。

她重叹一声，自问自答道：

"除了上帝，还能有谁呢！你大概也是不信上帝的吧？"

"不相信。"姑娘摆摆头，简短地回答。

"尽管这样说，我还是难以相信你们的话！"母亲突然兴奋地说。她把两只被炭灰弄脏的双手快速地在围裙上蹭了蹭，继续坚定不移地说："您不理解您的信仰！不相信上帝怎能过这样的生活呢？"

门洞里传来很响的跺脚声，有人在那里咕哝着什么。母亲抖了一下，姑娘噌地跳起来，迅速地和母亲耳语了几句。

"不要开门，如果是宪兵，你就说你根本不认识我！就说我走错了人家，忽然晕倒了，你替我脱衣服，看见了这些东西，懂了吗？"

"我的好孩子，为什么要这样呢？"母亲感动地问。

"等一下，"莎馨卡侧耳仔细听着外面的动静，说道，"好像是叶戈尔……"

走进来的，果然是他。浑身上下都淋湿了，因为疲劳，喘得透不过气来。

"好家伙，这不是茶炉吗？"他嚷道，"妈妈，这是人生中好的东西，莎馨卡，你早来了？"

小小的厨房里面，充满了他沙哑的声音。他慢慢地脱下了沉重的大衣，一股脑儿地说开了：

"哎，妈妈，官府对这位姑娘真是束手无策！管牢的家伙欺侮了她，她就威胁他们说，如果不向她赔礼，就饿死在他面前，她真的在八天之中，滴水不进，饿得差不多要死了。不坏吧？哦，我的肚子像什么样子？"

他一边说，一边用粗短的双手扶起臃肿下垂的肚子。走进了另一个房间，随手带了上门，嘴里还在那里不住地说些什么。

"哎呀，真的八天没吃东西吗？"母亲吃惊不已地问。

"为了让他赔礼，就要这么做。"姑娘答道，她好像怕冷似的耸着肩膀。她那种镇静和顽强，在母亲心里唤起一种近乎责备的感情。

"真的饿死怎么办呢？"她心里却想着，"嗬！够厉害的。"

"能有什么办法呢？"她不慌不忙地回答，"那家伙终于道歉了。人是不应该让人欺侮的……""是啊……"母亲缓缓地应和着，"可是我的姐妹们被人家欺侮了一辈子了……"

"我脱了大衣了!"叶戈尔打开了房间门,宣布道,"茶炉生好了吗?让我来拿。"

他端起茶炉向屋里走去,嘴里还说:

"我的亲爹一天至少能喝二十多杯茶,所以才没病没灾地活了七十三岁。他体重八普特,是华司克列生斯基村的僧仆。"

"你是伊凡神父的儿子吗?"母亲喊了出来。

"对啦!你怎么知道?"

"我是华司克列生斯基的人呀?"

"是同乡?娘家是谁家?"

"你们的邻居!我是赛列根家的人。"

"瘸腿尼尔的姑娘吗?他是我的熟人,我的耳朵不知被他拧过多少次。"

他们相视而立,一边有问有答,一边愉快地笑着。莎馨卡微笑着望望他们,开始动手煮茶。茶具的声响使母亲从追忆里醒悟过来。

"哎呀!真不好意思,我只顾说话了!碰到同乡真叫人高兴!"

"我才对不起呢,在你这里我竟自己动手起来。但是,已经过了十一点了,我还得走很远的路。"

"到哪里去?城里?"母亲吃惊地问。

"嗯。"

"为什么?这样黑的天儿,又下着雪!您已经累了!住在这里吧!叶戈尔睡在厨房里,咱先睡这屋。"

"不行,我必须得走。"姑娘坦白地说。

"是的,同乡,今晚这姑娘必须离开这儿。这里的人都认识她,如果明天让他们看见,那就不好了!"叶戈尔说。

"她怎么走?一个人?"

"一个人走!"叶戈笑着说。

姑娘把茶倒在自己茶碗中,拿了一块青稞面包,在上面撒了些盐,沉思地望着母亲。

"你们怎么敢独自走这样的路?你,还有娜塔莎。我可办不到,怕得很!"符拉索娃说。

"她也害怕!"叶戈尔插嘴说 ,"怕吧?莎夏!"

"当然!"姑娘回答。

母亲看看她,又看着叶戈尔,低声地赞叹道:

"你们很了不起呀!"

喝完茶,莎馨卡默默无语与叶戈尔握手道别,向厨房走去,母亲跟在她后面送她。

在厨房里,莎馨卡说:

“见了巴威尔,请代我问候他!”

她握住门把手要开门的时候,突然扭转头来,悄声说:

“我可以亲亲您吗?”

母亲默默地拥抱了她,热烈地亲了一下。

“谢谢。”姑娘安静地说,点点头,走出门外。

回到屋里,母亲不放心地看着窗外,漆黑的夜中,雪花静静地降落着。

“还记得普罗佐各夫一家吗?”叶戈尔问。

他把两腿宽宽地叉开,吹着那杯茶发出很响的声音。他的脸色很红,流着汗,似乎一派很满足的样子。

“记得,记得。”母亲侧着身体走到桌边,满腹心事地说。她坐下来,用她悲哀的眼睛望着叶戈尔,慢慢地拖长了话音:

“哎呀呀!说起莎馨卡,不知道她能不能走到城里……”

“确实够她累的,叶戈尔赞同地说,本来她身体还不错,可是牢里的生活把她折磨坏了……况且她从小娇生惯养的……大概她肺里已经有了毛病了……”

“她们家是什么出身?”母亲认真地打听道。

“她是地主的女儿,据她说,父亲是个大坏蛋,妈妈,你知道他们想结婚吗?”

“谁想结婚?”

“她和巴威尔……可是,事不凑巧,他在牢外时,她在坐牢,现在呢,恰恰换了一下!”

“我压根儿也不知道这事,”沉默了一会儿,母亲答道,“巴沙从来不提他自己的事。”

此时此刻,母亲心中更加怜惜这位姑娘,不由得露出不快的脸色向客人瞧了一眼,说道:

“你应该送送她!”

“不成!”叶戈尔低声解释,“我这里还有许许多多事情,明天,我要从早到晚地奔波!对我这样有哮喘病的人来说,这些差事是够呛的。”

“她是一个很好的姑娘。”想起叶戈尔告诉她的话,母亲不由得又补充了这么一句。因为这件事不是儿子亲口告诉她的,她觉得有点委屈,所以她紧紧抿着嘴唇,低低地垂下眉毛。

“是个好姑娘!”叶戈尔点点头,“我知道,你在心疼她。这是没用的。如果你想心疼我们这些干革命的人,即便你再多几个心也是不够的。谁不想悠闲自得地生活,例如,我有一个朋友,最近刚从充军的地方回来。当他经过尼日尼的时候,他的妻子和小孩还在斯摩棱斯克等他。可是,当他到了斯摩棱克,她们都已经进了莫斯科的监牢了!这回,他妻子要到西伯利亚充军!我也有老婆,是个很好的人,可是过了五年这样的生活,终于把她送进坟墓了……”

他一口把茶饮尽，又继续往下讲。他算了算监禁和充军的岁月，讲了各种不幸的事件和西伯利亚的饥饿。

母亲盯着他，聆听他讲述的种种遭遇，她感到很惊异。

“好了，咱们来谈谈这件事吧！”

他立刻转换了说话的语调，一脸严肃的神色。他开始问母亲，她打算怎样把那些小册子带进厂去，他对一些细枝末节也了如指掌，让母亲十分惊奇。

事情谈完后，他们又沉浸在对故乡的回忆之中。他言辞幽默，母亲却在往事的回忆中流连忘返，在她的记忆中，她过去的生活很像一块沼泽地，沼泽地上东一处西一处横着草丘，四周长满纤细的、因恐惧而战栗的白杨，低矮的枞树及白桦树。白桦树似乎在草丘之间游荡着慢慢生长，在松软和污浊的土地上只有五年的生命，便悄然倒下，腐烂了，这幅景象让她忍不住不知对什么东西可怜起来。在她眼前，站着一个面孔瘦削而刚强的姑娘，她冒着潮湿的雪片孤独而疲倦地走着。儿子呢，坐在监牢里。他大概还不曾睡，正在想什么…… 但是，他想念的不是她，不是母亲，他已经有了比母亲更加亲近的人。沉重的思虑，像斑斑的、纷扰的乌云似的向她爬来，紧紧地包住她的心。

“您累了吧，妈妈，咱们该睡觉了！”叶戈尔微笑着说。

她和他道了晚安，怀着满腔辛酸悲苦的感情，侧着身子很小心地走进厨房。

早上喝茶的时候，叶戈尔对母亲说：

“如果你被他们抓住，问你这些异端小册子来自何处，那你怎样对付呢？”

“不要你管！我说！”她答道。

“可是，他们还是比较难对付的！”叶戈尔反驳她，“可是那些坏蛋却非常自信，他们觉得他们就该管这事，他们一定问个不停，绝不会善罢甘休！”

“那么，我就什么也不回答！”

“把你关进牢里！”

“这有什么可怕的，我要能坐牢，还要感谢上帝呢！”她透了口气说，“我对谁有用啊？对谁都没用。据说。还不至于拷打。”

“嗯！”叶戈尔很专心地望着她，说道，“拷打，是不至于吧。但是，一个善良的人应该保重自己。”

“这一点我可和你们学不来。”母亲微笑着回答。

叶戈尔沉默地在房间里走了一趟，然后走到她跟前，说道：

“很困难，老乡，可以说，你是困难重重的！”

“大家都有困难，”她挥挥手，回答着，“大概只有明白的人比较轻快，可是善良的人们在要求些什么，我也一点一点地明白起来了。”

“您明白了这个道理，妈妈，对大家来说你就成为有用的人，对大家有用！”叶戈尔认真地说。

她凝视着他，默默地笑了。

中午，她异常镇定而谨慎地把小册子藏到她的胸脯中，她装得是如此巧妙而且方便，所以叶戈尔很满足地弹响了一下舌头称赞道：

“捷尔，古特，德国人常在喝干一桶啤酒后这样说，妈妈！小册子藏在你身上，你并未显得与往常不同！你依旧是个胖胖的、和蔼的高个子的中年妇女！无数的神都在祝福你的工作开始！”

半个小时后，被沉重的担子压弯了背的母亲，若无其事地站在了工厂门口。

两个守门人被工人们的嘲弄激怒了，他们粗暴地对进厂的工人逐一搜查，并且不停地对工人谩骂。门旁边站着一个警察和一个两脚很细、脸孔很红、一双眼珠子乱转的家伙。母亲将担子换了一只肩膀，觉得这个人就是特务，皱着眉头盯了他一眼。

一个长着卷发的高个子青年，帽子戴在后脑壳上，对着搜身的守门人喊道：

“坏家伙，不要只搜口袋，把脑袋也搜搜吧！”

一个守门人对骂道：

“你的脑袋上除了虱子什么也没有！”

“我看你们这帮家伙，不用去捉鱼，你们只配捉虱子！”

工人针锋相对地骂他。

那个特务把他打量了一番，吐了一口口水。

“让我走吧！”母亲央求说，“你们不是看见人家挑着重担子，腰骨都压断了！……”

“走！走！”守门人生气地喊道，“她也啰啰嗦嗦……”

母亲走到指定地方，放下大罐子，用袖口抹着头上的汗水，一边向四处张望。

钳工古塞夫兄弟立刻走到她跟前。哥哥华西里皱着眉头，高声地问：

“有包子吗？”

“明天带过来。”她答道。

这是他们事先规定的暗号，兄弟两个，听后个个喜不自禁，伊凡忍不住地叫了出来：

“你真是个好妈妈……”

华西里蹲下身子向罐子里张望，传单很快被塞进他的怀里。

“伊凡！”他高声喊着，“就在她这儿买午饭吧，不要回家去吃了。”他一边说着，一边快速地往自己的高筒靴里塞传单。

“应该帮帮新来的女商人的忙……”

“应该帮帮她！”伊凡附和着他，大声地笑了起来。

母亲小心翼翼地望着周围，嘴里叫着：

“菜汤，热面！”

她一边喊着，一边神不知鬼不觉地把小册子一卷又一卷地塞给兄弟两个。每一卷小册子从她手中递出时，她的眼前总是闪出一个像是黑暗里的磷火一般的黄色斑点的军官的脸。

这时候，她总是扬扬得意地在心里对他说：

“拿去！我的老总。”

将另一卷小册子递出去时，她又心满意足地再说一句：

“拿去！”

手里拿着饭碗的工人走过来，于是，伊凡·古塞夫高声地笑起来，符拉索娃一边盛汤盛面，一边停止了递送。古塞夫兄弟和她说笑起来。

“尼洛夫娜，手段不错呢！”

“没法子的时候，什么都不会做的！”一个不知道叫什么名字的伙夫阴郁地说，“供养她的人被抓走了，那些家伙可真坏！哦，给我三戈比的汤面！不要担心，妈妈！总可以活下去的。”

“谢谢你的安慰。”她向他含笑着说。

他一面走开，一面独自地说：

“她的话算不了什么。”

符拉索娃吆喝着：

“热的，菜汤，麦糊，肉汤……”

她心里盘算着如何向儿子讲述她的第一经验，但是，在她面前，老是浮现出那张既狐疑又恶毒的军官的黄脸。在他嘴上，黑色的小胡子在惶恐地哆嗦着！紧紧咬着的白牙暴露在那张因暴躁翻起来的嘴唇下面，露出了紧紧地咬着的白牙。她心里像有一只小鸟在唱歌似的非常欢喜，两道眉毛不停地跳动！显得她很圆滑。她很巧妙地干着自己的事情，暗自说：

“嗬！再来一个！”

十六

黄昏时分，母亲正在家里喝茶，她听到马蹄踏在泥泞里的声音从外面传进来，接着响起熟悉的说话声。她猛地站起身来，跑到厨房门边。此时，正有人很快地从门洞里走来。她顿感眼前发黑，于是，就把身子靠在了门框上，用脚踢开了门。

“晚上好，妈妈！”

熟悉的叫声在耳畔响起，一双干瘦的大手，搭在了她的肩膀上。

她的心里升腾起失望的痛苦和会见安德烈的喜悦。痛苦和欢欣共同燃烧着，混合成为一种灼热的感情在她心里燃烧着，宛如一股热浪环绕着她，把她高高地抛起，她扑到安德烈的怀中。他也同样用力地将她抱住，他的手有点抖，母亲不说一

句话,低声地哭泣,他摸着母亲的头发,像唱歌似的说:

"妈妈,别流泪,别伤心,实话告诉你,他很快就会被放出来!他们没有得到对他不利的确凿证据,大家都活像是煮了的鱼似的半声不吐……"

他拥着母亲走进了房间,她依在他的身上,像松鼠一样敏捷地把眼泪擦干,倾心地听着他的每一句话。

"巴威尔让我捎话给你,他身体健康,身心愉快。那里空间狭窄,有近百个犯人,我们的人和城里的人关在一起,每间住三四个。监狱当局虽然不怎样,但比较起来还算不错,这帮畜牲们给他们带去这么多人,把他们搞得疲惫不堪。因此监狱当局管理也就不怎么严格,经常说,各位,安静些,请不要自讨苦吃!'唉!各方面还算不错,随便可以交谈,书籍可以互换,还可以分食物。这种监牢虽然房屋破旧,地方脏乱,但是,随便而且合意。刑事犯人也不是坏人,给了我们许多帮助。现在,我和蒲金等一共六个被放了出来。巴威尔不久也可以出来了,这很确定。维索夫希诃夫大约要住得最长,人家都生他的气。他一天到晚都在骂人!宪兵们不敢见他。可能要经过审判,或许要受些苦。巴威尔常常劝他说:'尼古拉,不要这样!你骂了他们,他们那些东西也不会变好!'但是,他还喊着:'我要把这些坏东西像割瘤子一样地从地上割掉!'巴威尔态度很好,正常而且坚决。我可以告诉你,他很快就会被放出来!"

母亲变得平静了,面带微笑亲切地说道:"我知道,很快!"

"你知道那就太好了,请给我倒一杯茶吧,告诉我,这些天您是怎样过的?"

他满含笑意地望着母亲,他给人的印象是那样平易近人,在他那滚圆的眼睛里,闪动着爱与愁的火花。

"我非常喜欢您!安德留夏!"母亲望着他那黑瘦、密布着灌木丛一般的黑毛发的脸,动情地说。

"我能够得到一点,就满足了。我知道你疼爱我,你能够疼爱一切的人,你有一颗了不起的爱心!"霍霍尔在椅子上一边晃着身体,一边夸奖着母亲。

"不,我很喜欢您,"她毫不犹豫地说着,"如果您有母亲,大家都会羡慕她能有这么一个好儿子呢。"

霍霍尔摇摇头,两只手使劲地擦着自己的脸。

"我也有母亲,可不知她是否活着。"他静静地说。

"你能猜到我今天做了什么事吗?"她喊了一声,由于感到满足,她一停一顿又急急匆匆地描述起她是如何把宣传品送进厂里去的。

开始,他吃惊地瞪着眼睛。可是,过了一会儿,他大笑起来,动着双脚,用指头敲着脑袋,欢喜地喊道:

"啊呀呀,啊呀呀,这不是一个玩笑事,这可是一件大事呀!巴威尔知道了一定很高兴,这太好了!好极了!妈妈,为着巴威尔,同时也是为着大家!"

他高兴地弹响了指头，晃着身体，吹着口哨，由于欢喜而红光满面，得意扬扬。这在她心中引起了有力而彻底的共鸣。

“安德留夏，亲爱的，”母亲兴奋地说，她心花怒放，她和悦的话像溪水一般汩汩而出，“我也曾经考虑过我的一生，上帝啊，我活到现在，究竟是为了什么？挨打、干活，除了服侍丈夫之外，什么都没见识过，除了恐怖之外，一无所知，也没有顾及巴沙的成长，丈夫在世的时候，我也不知道是不是爱自己的儿子！整个心思只用在一件事上，千方百计想尽办法让我那死鬼吃得有滋有味儿，吃得饱，一到时候就得端出饭来伺候，别叫他发火，盼望他别打我，稍微待我好一点。我不记得他有哪一回可怜过我。他打我，好像不是在打老婆，而是在打他所痛恨的仇人。这样的日子过了二十年，结婚之前的事，我已经记不清了。

“我极力回忆，脑子一片空白，什么都想不起来。叶戈尔·伊凡诺维奇到这儿来过，他说起了许许多多的事情，但是，我除了只记得自己的家，那里的人之外，大伙的生活情况，说过的话，谁出了什么事儿，全忘了！在我脑海中只记得闹过两次火灾。好像一切都从我心里打掉了，心灵的门窗好像被钉得严严实实的，什么也看不见，什么也听不见……”

她像溺水的人露出水面拼命地吸了口气，她向前倾着身子压低声音又说道：

“丈夫去世了，我只好依靠儿子，但他却选择了这样一种道路。这我觉得左右为难，心疼他……一旦他有个三长两短的，可叫我怎么活下去？我不知为他担过多少次心，受到多少次怕，每逢想到他的命运，心啊，好像就要炸裂了……”

她默默无语摇着头，然后深情地说：

“我们女人的爱，不是无私而高尚的，我们只对自己所需要的付出爱，比如你，你也在思念自己的母亲，但是，她对你有什么用呢？你们这些人都是为了别人，受尽苦难，去坐牢，去西伯利亚，去送死，年轻的姑娘们，深更半夜独自一个人，在泥路上，冒着雨雪，从城里顶着雨雪走七俄里路来到这儿。有谁催她们？有谁逼她们？这是因为她们爱人民啊！像她们那样才是纯洁高尚的爱！纯洁的信仰！安德留夏，可是我，却办不到！我只爱我自己的，爱我亲近的！”

“你做得到，”霍霍尔接过话道，眼却不看她，还是用手使劲地擦着脑袋、腮帮和眼睛。“不论哪个人，谁都是爱自己亲近的，但是，在伟大的心里，远的也会变成近的。你能够做许多事情的，你的母爱是伟大的……”

“但愿如你所说，她镇定地说，我觉得这样生活是对的！真的，我喜欢您，或许比喜欢巴沙还喜欢！他是不论什么都藏在肚子里，比如，他明明要和沙馨卡结婚，但是，一个字也不跟我这当妈的提。”

“不，”霍霍尔反驳，“这件事我清楚，不是你想的那样。他爱她，她也爱他，这确是真的，但说到结婚，却是不会的！即使她愿意，他也不愿意。”

“原来如此，母亲镇定而恍然大悟地说，她用悲切的眼神望着霍霍尔的脸，是啊,原来如此!人们牺牲了自己的私生活。”

“巴威尔是一个世上少有的人!”霍霍尔低声说,“他是一个铁打的人!”

“现下,”他在牢里,母亲深思良久接着说,“这种事情本来让人惶恐不安,可是,现在不觉得怎么样,活了一辈都不曾是这样的,恐惧也不曾是这样的,现在是替大家担心。心也变了,灵魂睁眼一看,又悲伤又欢喜。有许多事情,我眼下还不懂。你们不信上帝,这件事使我很难受,很生气,不过,这也是没法子的事!但是,我知道你们每个人的的确确是好人!你们为大家的幸福而受苦,为追求真理而受难,这是你们为自己选定的道路啊。”

“我也明白你们的真理,世界上的有钱人把大家剥夺得一无所有,不论是真理,还是欢乐,什么也无法得到!我这样的人在你们中间生活,常常在夜里也回忆起往事,想起被岁月耗竭了的我那股子力量,想起被岁月磨碎了的年轻的心,一想起这些,我就可怜我自己,苦啊!如今呢,日子总算比过去好过些了。我对自己呢,渐渐地更了解了。”

霍霍尔站起身,慢慢地踱着,极力使地板不发出声音来,他看上去又高又瘦,在那儿陷入沉思之中。

“你说得很对,”他严肃地赞叹道,“很对,在克尔契那地方,有个年轻的犹太人,他写诗,有一次他写了这样的诗句:

连那没有罪而被杀了的,
真理的力量也能使他复活!

他就是被克尔契那地方的警察当局杀害的,其实这并不是什么大不了的事!他知道了真理,在人间更多地洒播了真理。譬如您,也是没有罪而被杀了的人。”

母亲继续说着:“我现在所说的话,是说给自己听着,连自己也不敢相信。我一生只想着一件事,就是得过且过,默默无闻地活着,使别人不要打扰我,可是现在却为大家着想,也许,我还不很了解你们的事情,可能我觉得你们和蔼可亲,对谁我都疼爱,希望你们成功。安德留夏,特别对您是这样!”

他走到她身边说:“多谢!”

他用两只大手紧紧地握住她的手,又摇了几下,很快地向一旁走去。母亲在兴奋中略感到一些疲倦,便缄默不语地洗着茶碗,但一种说不出的充实而欣慰的情感激荡在心中,在他的胸怀里暖烘烘地发着热。

霍霍尔一边走,一边对她说:

“妈妈,也请你可怜可怜维索夫希诃夫吧,哪怕是一次也成!他父亲也在监牢里。那是个卑鄙的老人,尼古拉常常隔着窗子骂他,这太不好了,尼古拉是一个爱惜老鼠和狗的人,但是,他却对人类充满仇视,一个人竟被毁到了这个地步!”

“他的母亲失踪了,父亲酗酒、当贼。”她深沉地说。

安德烈去睡的时候,她悄悄地替他画了十字。等他睡了半点钟之后,母亲压低声音问：

“安德留夏，没睡着？”

“ 什么？”

“睡吧！”

“谢谢，妈妈，谢谢你。”他十分感动地说。

十七

第二天，当尼洛夫娜挑着担子走到工厂门口的时候，守门人很凶暴地把她叫住，让她把罐子放下来，开始仔细地搜查她。

“你看，我的饭都放凉了！”他们粗暴地搜查她衣服的时候，她镇定自若地说。

“住口！”一个守门人很不高兴地说。

另一个人推搡着她的肩，很肯定地说：

“我说过嘛，那是从墙外面丢进来的！”

第一个走近她身边的人，是西佐夫老人。他先朝周围看了一下，然后低声说：

“听见了吗，妈妈？”

“什么？”

“哎，传单的事呀，昨天又撒得到处是，好像面包上撒盐一样地在什么地方都撒到了。他们又抓人又搜捕呢！我的侄儿马琴也让他们给抓去了，但是，事情怎么样呢？你儿子也抓去了，但又怎么样呢，现在总算弄清楚了，这事不是他们干的！”

他捋着满把的胡子，朝她说着。

他一边摸着他的胡子，一边和她讲着，走的时候，他又说：“ 有空到我那儿去坐会儿吧，一个人怪闷的。”

她谢过他，一边开始大声叫卖饭菜，一边用眼睛锐利地观察着工厂里那种从来没有的极其活跃的气氛。

工人们都非常激动，三三两两聚在一起，或者在车间里来回跑动，在弥漫着煤烟的空气中，散发出一种勇敢而无畏的气氛。叫嚷声、呼喊声此起彼伏，上了年纪的工人时时露出小心的微笑，厂里的督工们满怀心事地来回巡视，警察更是东奔西跑。工人们看见他们过来，立时就漫不经心地散开，或者停止说话，仍旧站在那里一动不动地望着他们那凶狠而暴躁的面孔。

大家好像都把脸洗干净了。

木工车间的工头华维洛夫和考勤员依萨从母亲身边经过，瘦小的依萨抬起头，扭过脸望着华维洛夫发面馒头似的脸，摇着短短的颚须很快地说：

“伊凡·伊凡诺维奇，他们都在笑呢，他们都很愉快，不管厂主先生怎样说这是涉及危害国家的案子。伊凡·伊凡诺维奇,我看仅仅斩草还不行,非得用锄头来锄根不可。"

华维洛夫反背着两手走着,把手指捏得紧紧的。"快干活,印你们的东西,狗东西们!"他厉声骂道,"要是说我的坏话,那可不行!"

华西里·古塞夫走近母亲的身边,说:

"我又到您这儿来吃中饭来了,好吃得很啊!"

他压低了嗓门,微闭着眼睛!又说道:

"嘿,正中要害,妈妈,真是太好了!"

母亲对他亲切地点头作答,这个工人区最调皮的小伙子对她称"您",和她悄悄谈话!让她心里觉得很快活,整个工厂的空气都很紧张,也使她高兴。她心里想:

"如果不是我的话,也许不会这样……"

不远处站着三个工人,一个很遗憾地悄声说:

"什么地方都没找到!"

"我不识字,得听别人念,不过我也知道!"另外一个说。

第三个向周围瞅了瞅,提议说:

"咱们到锅炉室里去吧!"

"生效了。"古塞夫眨眨眼,悄声说道。

尼洛夫娜很愉快地回到了家里。

"厂里有人懊悔自己不认字呢!"她对安德烈说,"我年轻的时候也认得些,但是,现在都忘记了。"

"可以重新学嘛。"霍霍尔建议道。

"像我这么大岁数?白叫人家笑话……"

安德烈从搁板上面拿下一本书来,用小刀的尖端指着封面上的字母,问她:

"这个念什么?"

"P!"她笑着回答。

"那么这个呢?"

"A!"

她有些不好意思,还有些懊丧。她觉得安德烈的眼睛有一种隐匿的微笑在那里笑她,所以努力避开了他的眼光。

但是,他的声音听来却温和而平静,只是面孔上非常严肃。

"安德留夏,你真的想要教我吗?"母亲不由得苦笑着问。

"难道还是假的吗?"他回答,"既然你从前认过字,那么现在记起来是很容易的。即使没有奇迹,也不会有坏处。如果真有奇迹的话,那不是挺好嘛!"

"可是俗语说,看了圣像,不能就成为圣人。'"

“唉!”霍霍尔摇着头说,“俗语多得很。知道的少一点,睡得熟一点,这不是很对吗?心里想着俗语,就是要它结好一根鞭子,来管好自己的灵魂的。这个是什么字母?”

“π!”母亲说。

“对。你看这个字母七躺八仰的,好,那这个呢?”

她使劲儿地盯着这个字母,拧着眉毛,绞尽脑汁地在记忆中寻找那已经丢失了的字母,因为一用心,反倒把一切都忘记了。但是,不大一会儿,她的眼睛就开始乏了。起初滴下的是疲惫的眼泪,后来却扑簌簌地流下了悲伤的泪水。

“我还学认字,”她哽咽道,“都四十岁的人了,才刚刚开始认字。”

“不必哭!”霍霍尔亲热地低声解劝,“以前的生活,你是无法选择的,但现在,您总算知道了您过得不好,有多少人,他们本来可以过比你更好的日子,可他们却像牲口一样,并且还炫耀,说他们过的生活很好!有什么好呢?一个人,今天是做工、吃饭,明天也是做工、吃饭,难道就这样一生一世就是做工、吃饭吗?

“就这样做工。吃饭的时候,生了孩子,起初还勉强凑合养育他们,等到后来他们也渐渐吃得多了,于是,就呵斥他们:饭桶!快点长大!到了可以做工的年龄,他们的儿子又变成了牲口,而他们的儿子又是为着填饱自己的肚子去做工,归根结底,还是这种生活,像驴拉磨似的!只有从理性上打断了锁链的人,才是真正的人。譬如现在您,正在用尽自己的力量开始做着这件事。”

“哪里呀,我算什么呀?她抽泣着,我没有一点用。”

“你为什么这么说呢?就像雨水,每一滴都能滋润万物。你已经开始读书识字了呀!”

他笑着,站起身来在房里踱步。

“对,您学习吧!等巴威尔出来,一看您,嘿,怎么啦?”

“呀呀!安德留夏!”母亲说,“年轻人,什么都是简单的。但是,上了年纪,悲伤多起来了,力量却越来越少,头脑就完全不好使唤了。”

十八

傍晚,霍霍尔出去了。

母亲点亮了灯,开始坐在桌旁织袜子。

但是,没过多大一会儿就又站起身来,心事重重地在屋里走了一圈,把厨房的门拴好,又折回屋里。她放下了窗帘,从隔板上拿下一本书,又坐回桌子边,向周围望了望,把身子伏在书上,她的嘴唇开始翕动,每次街上一有响动,她就不由得颤抖一下,竖起耳朵,把手放在书页上,眼睛有时闭上,有时睁开,又轻声地念道:

“生活，大地，我们……”

忽然听见敲门声，母亲急忙跳起身来，把书放到隔板上，不安地问：

“是谁？”

“我！”

雷宾走了进来，他威严地捋着胡子，说道：

“以前，你什么也不问，就让人进来，你是一个人在家吗？唉，我以为霍霍尔在这里呢。我今天看见他了，监牢是不可能把好人变坏的。”

他坐下来，对母亲说：

“咱们坐下来聊聊吧！”

他那耐人寻味的眼光偷偷注视着母亲，使母亲感到一种模糊的不安。

“干什么不需要钱？”他深沉的声调表达他的思想。“不管生还是死，都离不了钱，是吧？传单，宣传册，都要花钱！你知道弄传单和小册的钱是从什么地方来的？”

“不知道，母亲仿佛领悟到什么危险。”低声说道。

“对，我也不知道。还有，你知道小册子是谁做的？”

“有学问的人。”

“那些先生大人们。”雷宾那长满络腮胡的脸紧张地泛着红光，“这就是说，先生大人们印了这些书来分发给大家。但是，那些小册子里写的却是要反对大人先生们，你倒说说看，花了钱而叫人们反对自己，对他们到底有什么好处呢？唉！”

母亲有些迷惑了，她小心翼翼地问：

“你在想些什么呀？”

“哦！”雷宾像狗熊似的在椅子上面转动着身子，说道：

“对啦。我一想到这里，就凉了半截。”

“你知道了些什么吗？”

“这都是骗人的把戏，雷宾答道，我心里觉着 这都是在骗人。我不懂什么，可我知道，这是骗人。那些大人先生们说了太多难懂的事情，可我们需要的是真理，现在我也懂得真理了。我是不会上他们的当的。在必要的时候，他们会将我推在最前面，他们要踏着我的尸首，像过桥似的向前进……”

这些可怖的话语深深地印在了母亲的心上。

“上帝呀！”母亲忧郁地说，“巴沙真的不知道吗？所有干这种事的人们……”

在她脑海里，闪过了叶戈尔、尼古拉·伊凡诺维奇和莎馨卡的严肃而正直的容貌。于是，他的心颤动起来。

“不，不会，她摇头反对，我不信，那些人都是诚心诚意的！”

“你说谁？”雷宾深沉地反问。

“大家，我所知道的一切的人！”

“别只看这些,妈妈,你目光要远一点!”雷宾垂下了头说,“和我们接触的这些人,他们也许自己都不明白,他们只知道这样做。但是,一定有人在他们后面捞到了好处。人是不会去做那些对自己有损害的事情的……”

说完这些话,他又以农民的固执信念,加了一句:

“大人先生们永远不会做出什么好事来的!”

“你到底在想什么啊?”母亲不解地问道。

“我吗?”雷宾朝她望了一眼,停顿了片刻,重复:“要离得这些先生们远一些,对啦!”

他又拉长了脸,不吭声了。

“我原想和年轻人一起干,我干这种工作是很得力的, 我知道非对大家宣传不行。可是,现在我要离开了。我实在是不能相信他们,所以我非离开不可。”

他低着头思索着。

“我要一个人走遍各地的村庄,我要努力唤醒民众。让他们自己起来。只要他们理解,他们是能够自己解放自己的。所以,我努力让他们理解,他们除了依靠自己外,不能指望别人的,除了自己的智慧之外,是没有别的智慧的。就是这样!”

她有些可怜他了,心里很是为他担心。常常让她不愉快的雷宾,不知怎的,现在忽然觉得可亲可近。她缓缓地说:

“人家会把你抓起来的!”

雷宾望着她,静静地回答:

“抓了, 放了。于是,我再去……”

“农民会把你绑起来的,你会坐牢的!”

“坐牢,放出来,再去,那些农民绑我一次,两次,但最终一定会明白没有绑我的必要,那时他们就会听我的话了! 我对他们说:‘你们不相信也不要紧, 只请你们就听是了,’他们只要听下去,慢慢就会相信了。”他一个字一个字地说得很慢,好像在逐字逐句地斟酌。

“我最近碰见了很多事情,懂得了一些道理。”

“你会被毁掉的! 米哈依洛·伊凡诺维奇!”她悲哀地摇着头说。

他那深陷的黑色眼睛,满怀困惑和希望地望着她。他那结实的身体向前屈着,两手按住椅子的靠背,黑胡须的轮廓里面,淡黑色的脸似乎苍白了。

“你知道基督对种子怎么说吗? 没有死亡,就不能从新的穗里再新生。我还不至于就会死呢。我很机警的!”

他在椅子上待了一会儿,慢慢地站起来。

“我要到酒店里去和大家待一会儿。霍霍尔为什么不来呢? 又在开始奔忙吗?”

“大概是吧。”母亲笑了。

“应该这样干，请你代为转达我的话。”

他们一起走进厨房，简单谈了几句。

“那么，再见吧！”

“再见，几时拿工钱去？”

“已经拿了。”

“几时动身？”

“明天一早，再见！”

雷宾弯着腰，不悦地、笨拙地走到门洞里。

母亲站在门口，静静地听着他沉重的脚步声，意识到自己心里的疑惑。她缓缓地转过身走回房间，掀起窗帘的一角，向窗外眺望。玻璃之外，一丝不动地笼罩着墨黑的夜色。

“我真是生活在黑暗里。”她想到。

她对于这个农民，觉得可怜，他是如此一个魁梧而强壮的男人。

安德烈回来了，还是那么激动而又充满热情。

当她把雷宾的话告诉他的时候，他说：

“那就让他带着真理到各地去唤醒民众吧！他很难跟我们搞到一起。他的脑子里有一种独特的根深蒂固的农民思想，容不了我们的思想。”

“他还说了好些有关先生大人们的话，好像有点儿合理！”母亲慎重地说，“他们总不至于会骗人吧！”

“您被打动了？”霍霍尔带着笑喊道，“唉，妈妈，钱哪！要是我们自己有钱就好了！我们现在还得靠别人给钱过日子。譬如说，尼古拉·伊凡诺维奇每月收入七十五卢布，给我们五十，还有别的人也是这样。有时候，穷苦的学生们每人凑几戈丝给我们寄一点来。大人先生们当然各有不同。有的是在骗人，有的退缩，但和我们并肩战斗的，都是最优秀的人！”

他拍了一下手，非常有力地接着说道。

“到了我们成功的那一天，虽然还很远，但是，我们一定开一个小小的五一节纪念会！一定很愉快！”

他愉快的神情，驱散了雷宾带来的忧愁的乌云。

霍霍尔用手擦着头，不住地在屋里走着，眼睛看着地板说：

“您知道吗？有时候在我们的心目中有着可敬的东西，无论你走到何处，到处都有我们的同志，大家心目中都燃烧着火焰，不用说什么就互相了解，都高兴、可爱、无私而善良，大家都能了解。大家都像在合唱似的生活着，而每个人心里都在唱着不同的歌曲。一切歌曲都像溪水一样地奔流汇集，成一条江河，于是，这条宽广自由的江河，流进了充满着新生活的欢乐的大海洋。”

母亲为了不妨碍他、不打断他的讲话，专心致志地听着，她聚精会神地听他讲，听他说话比任何人都好懂,他的话,比任何人的都能更有力地感动她的心。巴威尔从来没有谈过对未来的估计,但这估计似乎已成了母亲心灵的一部分。在他的话里面,仿佛有一种普天同庆的未来的节日的童话故事。这种童话故事,向她照亮了她儿子以及一切朋友们的生活和工作的意义。

“醒悟过来!”霍霍尔把头一振,说道,“向你周围看一看……阴冷,肮脏!大家都疲劳,大家都带着杀气……”

他用带着深深的忧伤的语气接着说道:

“彼此不信任、害怕,甚至憎恨他们!这是令人可恼的事!人已经变成二重性了。人已经有了两面性了,如果你只单纯去爱,那你怎么能办得到呢?假如别人像野兽一样向你扑过来,不把你作为一个活生生的人来看,用脚踩你的脸,踢你的头,你怎么能原谅他呢?那一定不能原谅!不是为了个人而不能原谅他,为了自己,我可以忍受一切侮辱。但是,我不愿意纵容强暴凶残的人,我不愿意人们用我的后背练习打人的功夫。”

此刻,他的眼睛里燃烧着一种冷冷的火焰,他顽强地侧着头,更加决断地说:

“即使它对我没有造成任何伤害,我也无法原谅任何有害的东西,这个地球上有许许多多的人!如果今天我允许别人侮辱了我,我可以不在乎,因为他毕竟没伤害我,但是,一到了明天,侮辱过我的人就会去剥别人的皮。这样对于人,非得有不同的看法不可,非得狠着心,严格地把人们区别开来:这是自己人,那是外人。这种事情虽然正当,但是,这又何等地无情啊!”

不知怎么回事,母亲忽然想起了军官和莎馨卡。她叹了口气说:

“没筛过的面是做不成面包的!”

“就是苦难的根源!”霍霍尔提高声音。

是啊,母亲的眼前浮现出丈夫那如同长满苔藓的巨石似的忧郁而沉重的身影。她又想象着已经做了娜塔莎的丈夫的霍霍尔,和已跟莎馨卡结了婚的自己的儿子。

“为什么呢?”霍霍尔激动地问道。这是明摆着的,甚至是好笑的。这就是因为人世间不平等!我们要让一切人都有平等的地位!我们要把头脑和双手所产生的一切都平均分配!让我们使人与人之间不再互相恐吓和嫉妒,不再贪婪和愚蠢!”

他们经常这样谈话。

安德烈又进工厂做工了,他把自己的工钱悉数交给母亲。母亲也好像从巴威尔手里接到工钱一样,毫不犹豫地收下了他的钱。

有时,安德烈眼睛里满含微笑地向母亲提议。

“妈妈,咱们读书吧?”

她就用戏谑的口气坚决地拒绝他,他的微笑让她觉得尴尬,她感到有点委屈。她想:

“如果你笑我,那又何苦呢?”

从这以后，她经常问他一些书里面她不懂的字眼。她问他的时候，眼光总是望着一边，做出一副毫不在意的模样。

安德烈猜出她在偷偷地自学，理解她的害羞心理。于是，不再提议和她一起读书。

不久之后，母亲对安德烈说：

“眼睛不行了，安德留夏。配副眼镜才好。”

“好啊。”他答应着，“咱们星期天一同进城去，叫医生给您配一副眼镜。”

十九

她这已经是第三次去请求和她儿子见面，但是，每次都被宪兵队的那个将军，紫脸膛上长着个大鼻子的白发小老头很不客气地拒绝了。

“再过一周，大婶，不能再早，再过一周，我们给你想想法子，但是，现在，是不行的……”

他又圆又胖，使她联想起了熟透的、放了许多日子的、外皮上已经生了霉菌的李子，他总是用一根很尖的黄色牙签剔着那口细碎的白牙。小小的碧色眼睛，很殷勤地微笑着，他的声音，也是和蔼可亲的。

“他很客气，”母亲一边想着，一边对霍霍尔说，“老是笑容满面的。”

“是啊！”霍霍尔尔说，“他们表面上很好，彬彬有礼，总是带着微笑。假使有人命令他：‘喂，这个正直善良的人对我们来说是危险分子，快绞死他，那么，他们也会面带微笑地去绞死人，绞了之后，他们还是依旧带着微笑吧！”

“跟上回来搜查的那个比，他老实些。”母亲比较了一下。

“那个一看就知道是狗腿子……”

“他们都不是人，是工具，是用来打人的锤子。使用他们来收拾我们弟兄，让我们变得温顺，他们本身就是统治者的工具，人家叫他们做什么就做什么，既不想也不问为什么要这样做。”

她终于被许可见儿子了。

星期天，她老老实实地坐在监狱办公室的一角。在那间矮小污秽的房间里面，还有另外几个等着接待的人。看样子不是第一次来到这里，互相都认识。在他们之间，倦怠地、慢慢地开始了像蛛网一般牵牵扯扯地谈话。

“喂，您听说了吗？”一个胖乎乎，浑身肉墩墩的、在膝头上放着一个皮包的女人说，“今天早上做弥撒的时候，教堂里的领唱撕破唱歌班的孩子的一只耳朵。”

一个中年男人，身着退伍军人制服，大声咳嗽着说：

“唱歌班里净是些调皮捣蛋的小孩子！”

一个身材矮小，秃顶，颚骨高耸，脚短手长的男人，似乎很忙地在办公室里来回地走动着，嘴巴也在不断地发出忧心忡忡的抱怨声。

“现在的社会，生活好了，可人却越来越狠了，那么次的牛肉，要十四戈比一斤，面包也涨到两戈比半了！”

时不时有面容枯槁，穿着笨重的靴子的囚犯走进来。他们走进了幽暗的屋子，眼睛立刻眨动起来。有一个脚上发出了脚镣的声音。

屋里一片宁静，令人感到难以忍受的宁静。好像大家早已弄熟了，对自己的处境习惯了。有的一声不吭地坐着，有的在懒洋洋地期望着，还有些在慢条斯理地和被监禁的人谈话。因为等待得有些不耐烦，母亲感到心在颤动，她茫然地望着周围的一切，那种沉重的单调令她深感惊异。

她身边坐着一个矮个子的老妇人，脸上满是皱纹，但是，她的眼睛却充满年轻的活力。她扭转着很细的脖子，倾听着别人的谈话，同时格外热诚地看着大家。

“你的什么人关在里面？”符拉索娃悄悄地问她。

“儿子，是个大学生，”老妇人马上高声回答，“你呢？”

“也是儿子，是个工人。”

“姓什么？”

“符拉索夫。”

“没听说过。进来很久了吗？”

“第七个礼拜了……”

“我儿子是第十个月了！”老妇人说。在他的声音里面，母亲感到有一种宛若自豪的奇妙的东西。

“真是的，”秃顶老头说，“坚持不下去了，大家都很着急，一切都在涨价。偏偏人的价格降低到再也听不见平静的声音了。”

“对，没错。”军人说，“简直不成体统了，应该来一个坚决的命令：‘不准说话！’应当这么办，坚决的命令。”

说话的气氛渐渐变得活跃，话题也渐渐统一。每个人都想赶快陈述出自己对生活的意见，大家在窃窃私语！母亲从他们身上感受到一种陌生的东西。平常在家里，谈话不是这样，总是比较容易了解，简单，响亮。

一个长着络腮红胡子的胖看守叫着母亲的名字，从头到脚把她看了一遍，对她说：“跟我来吧。”一瘸一拐地把她带了进去。

她亦步亦趋地跟在他身后，很想推他一下让他走快一些。巴威尔站在一间小屋里面，笑容满面地伸出了手，母亲紧紧地握住了他的手笑着，频繁地眨着眼睛，因为找不出适当的话，只是低声地说：

“你好……你好……”

“妈妈，你静一静心！”巴威尔握着她的手说。

"没有什么。"

"母亲,"看守打着哈欠说,"得离远一点, 你们中间应该拉开一些距离……"

巴威尔在询问母亲的身体,家里的事情……母亲在期望着别的什么问题,努力想从儿子的眼中看出些什么,可一无所获。他和平常一样的平静,不过脸色稍稍有点发青,而且眼睛好像大了一点。

"莎夏向你问好呢!"她说。

巴威尔的眼睛动了动,脸上出现一种温柔的神色,微微地一笑。一股刺骨的悲痛,刺疼了母亲的心。

"你马上就会自由了,"一种屈辱和烦恼掠过她的心头,她说了出来,"为什么叫你坐牢呢? 那些传单不是又撒的到处是吗? ……"

巴威尔的眼里放出希望的光芒。

"又撒出来了?"他很快地问。

"不准说这些话!"看守懒洋洋地命令,"只许谈谈家常的事情……"

"这难道不是家常事?"母亲反问一句。

"我不知道,不过这是禁止的。"看守心不在焉地坚持说。

"妈妈,谈谈家常的事情吧,"巴威尔说,"妈你在做什么?"

她感到自己身上奔涌着一种年轻人的朝气,回答说:

"我拿这些东西到工厂里去……"

她停顿了一下,带着微笑接着说:

"菜汤,麦糊,玛丽亚店里所做的东西,和其他的食物……"

巴威尔领会了。他的面容因为极力控制内心的喜悦而颤抖,他搔着头发,亲切地、用一种母亲从来没有听到过的声调说:

"妈妈有了工作,真是太好了, 你不闷得慌了!"

"那次撒传单的时候,我也被搜查了一次呢!"母亲似乎很自负地说道。

"又在说这些,"看守严厉地说,"我不是告诉过你不许说的? 没有自由就是让他什么也不知道,你还满口胡说! 你得明白什么话是不准说的。"

"好了,妈妈,别说这些了!"巴威尔说,"马特维 · 伊凡诺维奇是好人,不要使他生气。他和我们处得很好。他今天是偶然来监视一下,平常总是副监狱长来看守着的。"

"好了,到时间了 。"看守看看表,宣告着。

"那么,谢谢妈妈!"巴威尔说,"谢谢,好妈妈。不要担心,我不久就能出去了……"

他用力抱住母亲,亲了一下,母亲很感动,幸福地哭起来。

"走吧!"看守说。

他一边领着母亲出去,一边嘀咕着说:

"别哭了,会放的,这儿都住不下了……"

到了家里,她满面笑容,激动地耸着眉毛,对霍霍尔说:

"我很机灵地告诉他了,他知道了!"

接着,她又伤感地叹了口气。

"他一定是明白了,不然他不会和我那么亲近的,他从来不是那样子的!"

"哈哈哈!"霍霍尔笑起来。"人各有所求啊,而母亲总是寻求安慰……"

"不,安德留夏,我是说,"母亲颇感惊讶,"人真是容易适应,儿子被抓走了,关在监狱里,但他们却好像没事似的跑出来,坐着,等着,聊着,你看,受过教育的人都是这样容易习惯,那么我们普通老百姓不是更不必说了吗?……"

"那是当然的,"霍霍尔带着他的特有的微笑说,"不论怎样,法律对他们要宽松些,而且,和我们相比,他们更需要法律,所以法律在他们的额头上敲了一下,他们也不过皱一皱眉头就行了。自己的手杖打自己,总要轻一点……"

二十

一天傍晚,母亲坐在桌子旁边打毛线袜子,霍霍尔在那里正读着关于罗马奴隶起义的书,这时候,忽然听见重重的敲门声,霍霍尔去开了门,维索夫希诃夫挟着一个包袱,戴着帽子、满腿污泥地边说边走进来。

"碰巧经过这里,看见你家还亮着灯,所以来打个招呼。才从牢里出来的。"他用一种奇怪的声音解释着,并跟符拉索娃有力地握了握手,说:"巴威尔问候您。"

他一面说,一面颇有些迟疑地坐到椅子上,拿他那双阴暗而怀疑的眼睛,向周围望了一遍。

以前母亲讨厌他!他那剃的光光的头和小三角眼,都使她感到可怕。但是,现在她却非常高兴,并亲热地微笑着,很起劲儿地说:

"你瘦了!安德留夏,煮点茶吧……"

"我已经点上了茶炉!"霍霍尔从厨房里说。

"就你一个人出来了吗?还有别人吗?巴威尔怎么样了?"

尼古拉低着头回答道:

"巴威尔还在里面等呢,就放了我一个。"他仰起脸来看着母亲的脸,慢慢地像是从牙缝里挤出似的说:"我对他们说:'够了,放了我吧!不然的话我就打死个把人,然后死给你们看!'于是,他们就把我放了。"

"啊!"母亲禁不住向后退了一步,当她的视线和他那细而尖锐的目光相遇时,不禁眨了眨眼睛。

"菲佳·马琴怎么样啊?"霍霍尔从厨房里大声喊着,"在做诗吗?"

“还在写。我真不明白,”尼古拉摇头晃脑地说,“他难道是只鸟吗?失去自由还继续歌唱!我现在只明白一点,我不想回家……”

“哎!说到家了,你哪里还有家呢,”母亲皱起眉头,“既没有人,又没有生火,冷冰冰的!”

他眯缝起眼睛,默默地坐了片刻,从兜里掏出一盒香烟,然后慢慢地点了一支吸着。他看着眼前渐渐散开的淡灰烟雾,恰似一只阴郁的狗似的,冷笑了一下。

“是啊,冷冰冰的,到处是冻死的蟑螂和老鼠。彼拉盖雅·尼洛夫娜,你让我在你这里住一晚上,行不行?”他躲开视线,闷声闷气地问。

“那当然可以呀,我的爷!”母亲毫不犹豫地答应了。但是,和他在一起,她觉得有点不舒服似的。

“现在这年月,儿子因为父母而害臊。”

“什么?”母亲战栗了一下,问道。

他朝她看了一眼,然后闭上了眼睛。于是,他的那张麻脸,好像变成了瞎子的脸。

“我是说,儿子觉得父母可耻,”他重复了一遍,深吸了口气。“巴威尔是用不着,但我的父亲却很可耻。我这一辈子也不回他的家里去了,我没有这样的父亲,也没有家!我这是被警察监视住了,要不然,我早想逃到西伯利亚去,我去解放那些被流放的人,叫他们逃走!”

母亲那敏感的心立即察觉到了他的苦恼,但是,他的创痛唤不起她的同情。

“嗯!既然如此,还不如逃走。”她说了一句,生怕沉默会让他不高兴。

这时,安德烈从厨房里走过来,笑着说:

“你在谈什么高深的问题呢?”

母亲一边站起来,一边说:

“该弄些什么吃的东西才好……”

维索夫希诃夫凝视着霍霍尔,突然说:

“我想,非得把有些人杀掉才行!”

“哟嘿!这又是为什么呀?”霍霍尔问。

“省得有这种人……”

瘦高身材的霍霍尔摇摇晃晃站在屋里,两手叉在衣袋里,俯视着里面的客人。

尼古拉被烟气围绕着,稳稳地坐在椅子上。在他灰色的面孔上,现出了红色的斑点。

“依萨·高尔博夫这个家伙,非叫他的脑袋搬家不可,你等着瞧吧!”

“为什么?”霍霍尔问。

“叫他再也干不了侦察和告密的勾当,我父亲就是因为他才堕落的,是他让我父亲去做密探的。”尼古拉用一种愤恨敌视的眼光看着安德烈,说道。

"原来是这样!"霍霍尔喊了一声。"但是,谁会把这事说成是你的错?傻瓜!"

"什么傻瓜、什么精豆,都是一样的!"尼古拉断然地说,"比方说吧,你是个精豆,巴威尔也是个精豆,但是,在你们看来,我跟马琴或者萨莫依洛夫一样,大概都是傻瓜,或许,你们相互之间,也是这样地想吧?不要说谎,反正我是不相信,而你们呢,偏偏也排开我,叫我孤立起来。"

"尼古拉,你心里有着痛苦呢。"霍霍尔坐在他身旁,静静地,很和气地说。

"是有痛苦,你也一样,不过,你们比我高贵一些罢了。但是,照我看来,咱们都是没用的家伙!你信不信我这话?唉?"

他尖锐地望着安德烈,龇着牙等他回答。他的麻脸,一动也不动,但他厚厚的嘴唇哆嗦了一阵,好像什么热东西烫了他似的。

"没有什么不信的!"霍霍尔用他碧眼里悲哀的微笑,温暖地抚慰着尼古拉含有敌意的眼光,缓缓地说,"我很理解,当一个人的心里的伤口还在流血的时候,争论就是羞辱他,我知道,好兄弟!"

"不要跟我争论,我不会争论!"尼古拉垂直双眼,叨咕着说。

"我想,"霍霍尔接着说,"我们每个人都是光着脚走在碎玻璃上,每到困难时刻,都有同感。"

"无论你说什么都是废话!"尼古拉慢慢地说。

"我的灵魂,就像狼一般地在号叫!"

"我不多说了,不过我明白!你目前的这种情绪,很快就会过去的。也许不能彻底根除,但肯定是能过去的!"

他笑了笑,拍了拍尼古拉的肩膀接着说:

"兄弟,这就是和麻疹一样的儿科病,我们每个人都得过,强的人轻些,弱的人重些。人们虽然认识了自己,但当他还不明白整个人生以及个人在人生中的位置时,这是最容易染的毛病。你认为全世界只有你一个是好吃的黄瓜,所以大家都想吃你。但是,过了一些时候,等你自己明白,你的灵魂的善良的部分,和他人心里的比较起来并没有什么多和少,那时候你就会感到舒服一点。

而且!你还会有些羞愧,你自己的钟是那么小,在礼拜的钟声齐鸣的时刻根本听不见,那为什么要爬到钟楼上去敲它呢?将来你会明白,你自己的钟声只有融入到别的钟声里时才听得见,单独的时候,那些旧的钟声会把你那小钟的声音沉没在嗡嗡嗡的声音里面,就如同苍蝇沉没在油里一样。我所说的,你懂了吗?"

"好像懂吧,"尼古拉点头作答,"可我无法确信!"

霍霍尔笑了起来。他很快地离开座位,在房间里激动地走着。

"我以前也不相信,哎,你真是个货车!"

"为什么是货车呢?"尼古拉盯着霍霍尔,阴冷地苦笑着。

"有点像!"

突然，尼古拉张开大嘴高声地笑起来。

“你怎么啦?”霍霍尔站到他面前，吃惊地探问。

“我想，只有白痴才会欺负你!”尼古拉摆着头说。

“怎样欺负我?”霍霍尔耸着肩膀说。

“我不知道!”尼古拉说，“不知是为了表示好心肠还是厚道，他龇着牙，我的意思是，谁要是欺负了你，一定会内疚的。”

“你胡说些什么!”霍霍尔笑着说。

“安德留夏!”母亲在厨房里叫他。

安德烈走了进去。

房间里只剩下尼古拉一个人了，他仔细地打量着四周。伸直了穿着笨重的靴子的两脚，看了一会儿，便俯下身去用手在肥胖的小腿肚子摸了摸，把手拿到跟前，专心致志地望着，然后把手翻了过来。手掌生得很厚，指头很短，上面盖着一层黄色的汗毛。他把手挥了一下，站起身来。

当安德烈把茶炉拿进来的时候，他正站在镜子前面端详自己，说道：

“我很长时间没看到自己长什么样了……”

接着，他笑了一下，摇着头继续说：

“丑陋的面孔!”

“你这是为了什么?”安德烈好奇地看着他问。

“莎馨卡说的，脸是心灵的镜子!”尼古拉慢悠悠地回答。

“瞎说，”霍霍尔喊到，“她的鼻子像弯钩，颧骨高得像尖刀!但是，她的心，却像一颗天上的星。”

尼古拉朝着他望着，憨笑起来。

他们开始喝茶。

尼古拉抓了一个大个的马铃薯，在面包上撒了很多的盐，于是，静静地，像牛一般的大吃大嚼起来。

“工作怎样?”他边吃边问。

安德烈很高兴把工厂里的发展状况告诉他，于是，他又沉下了脸，瓮声瓮气地说：

“这还得要多长时间?还得再快点……”

母亲无言地看着他，心中隐隐泛起对他的敌意。

“工作不是马，可以用鞭子赶!”安德烈说。

尼古拉顽固地摇了摇头。

“太慢，我受不了了，我该做什么呢?”

他凝望着霍霍尔的脸，无力地摊开手，满脸无奈地等着回答。

“我们应该学习并且去教别人!这是我们的任务!”安德烈低着头说。

尼古拉又问:“那么要等到什么时候才干呢?”

“在时机没有成熟之前,我想我们非受几次打击不可。”霍霍尔笑着回答。“ 但是,,我们要什么时候去战斗,那可不知道! 我要知道,我们应该先把头脑武装起来,然后再武装两只手,我想……”

尼古拉又开始吃起来。

母亲皱着眉,打量着他那宽脸,竭力想在他脸上找出什么可以使她对他那笨重的四方的身材不感到讨厌的东西。

每当和他小眼睛中刺刀一样的目光碰到一起的时候,她总是胆怯地颤动着眉毛。

安德烈好像有点不安, 忽儿一会儿脸上堆满笑容,谈起话来,忽儿又不说什么,开始吹口哨。

母亲觉得她理解他心中的惊慌。

尼古拉沉默不语地坐在那里,霍霍尔有话问他的时候,也只是给他一个简短而不很高兴的回答。

两个主人觉得小小的房间里异常狭小和憋闷,他们有时是她,有时是他, 不时地向客人瞥上几眼。

他终于站起身来说:

“我困了,我在牢里住了这么长时间,一下被放出来,又走到这儿,太累了。”

他走进厨房,唧唧咯咯地响了一会儿后,便像死一般的睡着了。

母亲竖起耳朵听着四周的安静,和安德烈耳语道:

“他在想些什么可怕的事情……”

“这个年轻人的确很郁闷!”霍霍尔摆动着头表示同意。

“ 但是,就会好起来的! 我以前也有过这种时刻,心灵不再有光明的时候,总是堆满了烟灰。好,妈妈! 你睡吧! 我再读一会儿书。”

母亲走到墙角挂着印花帐子的床边去了。

安德烈坐在桌边看书,听见母亲的祈祷声和叹息声。他快迅地一页一页地翻着书,兴奋地擦着额角,或者用他细长的手指捻捻胡须,或者蹭来蹭去地挪着他的两只脚,钟摆在那儿来回地晃动着,窗外的冷风在那里叹息着。

母亲细微的祈祷声传入他的耳中:

“啊,上帝! 世上倒有多少人,各有各的哀苦在呻吟着。

快乐的人们到底在什么地方?”

“这种人已经有了,有了! 不久就会有许许多多 ,唉,许许多多!”霍霍尔应着。

二十一

日月如梭,时光一天天地流逝！那是各种各样的、面貌不同的日子。

每天都有新奇的事发生,而这一切已不再会使母亲紧张恐惧了。

每天夜里！都有陌生人跑来,不安地悄声地和安德烈讲话,到了深夜,方才竖起衣领,用帽檐遮住眼睛,小心翼翼地在黑夜中悄然离去,在他们身上,能感受到一种被压抑住的激动,好像他们都想唱歌,都想欢笑, 但是,他们没有时间,他们都很忙。

有些人,喜欢讽刺人却又神态庄严;有些人,活力充沛而又乐观;还有些人,沉默寡言喜欢苦思冥想。在母亲看来,他们这些人都有一种共同的顽强的信念,虽然每个人的长相都不一样, 但是,在母亲眼里,似乎所有的脸都重叠汇成一张脸,瘦瘦的、镇定的、坚毅的、光明的脸,黑色的眼睛中发出深沉的、温和而又严肃的目光,正像到哀玛乌司去的基督的目光一样。

母亲估量着他们的人数,心中暗暗地把这些人汇集在巴威尔的四周, 只有在这么一大堆人中间,巴威尔在敌人眼中才不特别显眼。

一次,城里来了一个活泼的金发姑娘。她拿来一卷东西,交给了安德烈。回去的时候,她那双快乐的眼睛闪着光,对符拉索娃说:

"再见,同志!"

"再见!"母亲含笑而答。

母亲目送她出去,微笑地望着她的同志离去,很敏捷地迈动她小巧的双脚,在路上走,她像春花一般的新鲜,像蝴蝶- 般的轻快。

"同志,"直到看不见这个女客人之后,母亲说,"可爱的姑娘！愿上帝给你一个对你忠诚的同志!"

在这些城里人的身上,母亲经常发觉一种儿童般的气质, 于是,她总是宽厚地微笑。但是,最令她为之感动而又惊异的是他们的信念,她更加清楚地感到这种信念的本质,他们对于正义的胜利的梦想,使她得到安慰和温暖, 听他们谈话,母亲常常因为不由自主地感到一种忧伤而叹息, 于是,叹息不已。可是特别使她感动的,却是他们的率直,他们那种优美的、慷慨无私的作风。

现在,对于他们谈起的生活问题,母亲已经懂得很多了。

她感到他们确实是发现了人类苦难的根源,因此也就习惯地同意了他们的思想。但是,在心灵深处,还是无法相信他们能够按自己的思路来改变生活,不相信他们有力量带动全体工人。每个人都只顾今天吃饱,假使眼前可以吃一顿,谁也不愿管明天。走这条遥远而艰难的道路的人没有太多,而能够在这条路的终点看到人们亲如一家的理想世界的人更少，正因为如此，这些心地善良的人们，尽管都已经长了胡子，而且有时显得面容憔悴，但在母亲看来，还跟孩子一样。

“我心爱的人们啊！她摇着头心想。

他们都在过着仁爱，严肃而理性的生活，都在谈些善良的事情，心甘情愿地把自己的知识教给别人，他们奋不顾身地做这种事情。她觉得这种生活虽然危险，还是值得热爱的，她叹息着，回头看看，她的过去像一条狭长的暗淡的带子，平平地拖在身后。

她的心里在浑然不觉中形成了一个牢固的信念，意识到自己对于新生活是一个有价值的人。从前，她从未这样想过，但是，现在她很清楚地看到！她对大家是有用的。这是一件新的、愉快的、能使她抬起头来的事情……

她每次都准时把传单带进工厂。她把此当作自己天经地义的事。因此，她成了暗探们熟悉的人，并且被他们盯梢。她被搜查过许多次，但是，每次检查，都是在工厂里发现了传单的第二天。

假如她没带东西进厂，就故意地引起便衣和看门人的猜疑！他们抓住她，搜查她，她装出生气的样子，和他们争吵，于是，羞辱他们一场，就走开了，她很为自己这种充满机智的手段而自得。她是很喜欢这种游戏的。

尼古拉因为厂里不再要他，他只好在一个木材商那里做工。

他每天在工区里运木梁、木头、劈柴。母亲几乎天天碰见他，两匹黑瘦的老马拼命地拖曳着，四条腿都在颤悠，疲倦地眨巴着乌蒙蒙的眼睛，它们颤颤巍巍地拉着一车湿木材或是一车晃荡作响的木板。尼古拉在车的旁边，垂下了缰绳，亦步亦趋地走在后边！他那褴褛的衣衫，穿着笨重的靴子，将帽子推到后脑勺上，那种样子，像是从土里挖出来的一段树根似的。他望着自己的两脚，也在摇着头。

他的马时常撞上迎面过来的人和大车，在他周围，怒骂声像黄蜂似的跟随着，恶狠狠的呵责声划破了空气。

他总是闷着头不吭声，吹声尖厉的口哨，用沉闷的声调对马嘟囔着：

“喂，留心点！”

每次大家聚在安德烈那儿念新近出版的外国报刊时，尼古拉也来参加。

他每次都坐在一个角落里，一言不发地听上一两个小时。念完了之后，年轻人们都要进行冗长的辩论，而尼古拉却从来也不参加争论。他待得比大家都时间长，等只剩下他和安德烈两个人的时候，他才提出一个阴郁的问题：

“谁最坏？”

“第一个把东西变成私有的人，最坏！但是，这个人早在几千年前就已经死了，所以，我们现在已经无法和他生气了。”霍霍尔开玩笑地说，可是他的眼里却闪动着不安的光。

“那财主呢？财主们的狗腿子呢？”

霍霍尔挠挠头，摸摸胡子，用浅显易懂的话，谈了很久关于人和生活的道理，可是听起来似乎所有的人都不好。尼古拉对这种看法觉得不太满意。他紧紧地噘着厚嘴唇，不同意地摇着头，不信任地说出了他的不同意的观点，然后，阴郁地、不满地，走出房间去。

有一次，他说：

“你说的不对，肯定有一些恶棍！我对你说，我们得锄一辈子，像锄生满了杂草的田地一样，毫不留情！”

“哎，对了，有一次考勤员依萨谈到您了！”母亲想了起来，告诉他。

“依萨？”沉默了片刻，尼古拉问。

“唉，就是那个专爱监视大家，到处窃听的家伙，近来常常在这条街上走来走去，朝我们窗子里偷看……”

“偷看？”尼古拉重复了一遍。

母亲已经睡下了，看不见他的表情，但是，她明白了她不该对尼古拉说这种话，因为霍霍尔慌张地、像是调和似的说：

“就让他溜来溜去地偷看吧！他有空闲的时候，他自然得散散步呀……”

“不，别说这个。”尼古拉有点不高兴，“他就是恶棍！”

“为什么是坏人？”霍霍尔立即就问，“因为他愚蠢吗？”

尼古拉并不回答他，走了出去。

霍霍尔慢腾腾地疲乏地在屋里踱着步子，发出像蜘蛛在房里爬行似的悉悉索索的声音来。他把皮靴脱了，他常常如此，为了不妨碍符拉索娃的睡眠。但此刻母亲并没有睡着，尼古拉走了以后，她惊慌地说：

“我很怕他！”

“是啊！”霍霍尔慢慢地拉长了声音说，“他是一个容易走极端的孩子。妈妈，以后您对他千万不要再提依萨，那个依萨确实是一个暗探！”

“有什么奇怪呢？他的教父就是宪兵！”母亲说。

“尼古拉也许会杀死他的，”霍霍尔忧心忡忡地说，“您看，我们生活中的长官们对待他们的下属，培养出了什么样的关系？像尼古拉这样的人，要是受到了屈辱，并且难以忍受的时候，会有什么结果呢？鲜血在空中四溅，落在地上像肥皂泡一样。”

“怕得很，安德留夏！”母亲低声说。

“不吞下去苍蝇是不会呕吐的，”默默地停了片刻之后，安德烈说，“总之，妈妈，他们的每一滴血，都是人民的几缸眼泪所酿成的。”

他沉默了一会儿，忽然又加了一句说道：

“这是正当的事情，但是，并不能给人什么安慰！”

二十二

假期中的一天，母亲从铺子里回来。她推开家门，站在了门槛上，忽然，好像被夏日的雨淋了似的，禁不住心花怒放，房间里面，洋溢着巴威尔那种充满了力量的声音。

“是她来了！”霍霍尔喊了一声。

母亲看到巴威尔很快地转过身来，脸上洋溢着一种对她来说有着重大希望的神采。

“来了，终于回到家里了。”事出突然，她不知所措地说，坐了下来。

他脸色苍白，弯下腰看着母亲，眼角缀着滴滴明亮的泪水，嘴唇在颤动着。他沉默了一会儿，这当口儿，母亲也是在沉默地望着他。

霍霍尔轻快地吹着口哨，从他们身边走过到院里去了。

“谢谢您！妈。”巴威尔用低沉的语调说。一边用颤抖的双手握住了她，“谢谢您！我亲爱的母亲！”

母亲被儿子的神情和叫声感动得热泪盈眶，她伸出手抚摸着他的头发，抑制住强烈的心跳，低声说：

“基督保佑你！为什么要谢我？”

“啊，这是因为你为我们的伟大事业助了一臂之力，所以谢谢你！”他说。

“一个人要是能够称自己的母亲在精神上也是亲生的母亲，这是无比幸福的啊！”

她默默无语，一边用她饥渴的心吞下了他的话，一边欣赏着她的儿子，他现在是如此光华、如此亲近地站在她的面前了。

“妈，我知道有很多事令您伤心，你每天都很难过。我想，妈妈是不会和我们站在一起，不会接受我们的想法的，你只会像从前那样忍受，默默地忍受下去。——我一想到这些，是很难忍受的！”

“安德留夏教我懂得了许多事情！”她插嘴说。

“他刚和我谈起你了！”巴威尔笑着说。

“叶戈尔也是一样，他是我的老乡，安德留夏还教我读书写字。”

“噢！妈妈有些害羞，所以一个人偷偷努力，是吗？”

“他看出来了！”母亲有些尴尬，可是她太高兴了，以至于有点不安，她向巴威尔说道，叫他进来吧，他怕打扰我们，所以特意走开了，他是没有母亲的。”

“安德烈！”推开了到门洞去的门，巴威尔喊，“你在哪儿？”

“我在这儿劈点柴。”

“到这儿来呀!”

他犹豫着走进厨房里,很关切地提醒道:“得告诉尼古拉,叫他拿柴来,差不多快烧完了。妈妈,你看,巴威尔怎么样? 监狱不但没折磨他,反而把这个暴徒养胖了”

母亲笑了,她的心里感到无比幸福,一阵阵抽动, 但此时却有一种贪心而谨慎的东西在她脑子里冒出了,希望看到儿子像往常那样恬静。她心里太好过了,她希望这种平生初次经历的快乐,永远就像它刚来到那时那样生动有力地藏在她的心里。她害怕这种幸福会减退,所以尽可能地迅速地要将它关在自己的心里,就像捕鸟的猎人把偶然捕到的一只珍贵的好鸟关起来一样。

“吃饭吧,巴沙! 你还没有吃吧?”母亲慌忙地说。

“没有,昨天看守告诉我今天就自由了,所以没吃没喝。”

“我回来碰见的第一个人是西佐夫老头,”巴威尔讲述着,“他看到我,就从街对面过来和我聊聊,我跟他说我是危险分子,现在被警察监视,你和我一起讲话得注意。‘不要紧,’ 他说。关于他的外甥,你猜他怎么问他外甥的,他说? 他说:‘菲奥多尔在那里行为好吗?’ 于是我说:‘在监牢里怎么才叫行为好呢?’他说:‘就是他在牢里有没有说什么对同志们不利的话?’ 于是,我和他讲,菲佳是一个忠实而聪明的人。于是,他摸着胡子,傲然地说:‘我们西佐夫一家,绝不会有没出息的子孙的!’”

“他是一个有智慧的老人!”霍霍尔点头说,“我们经常跟他聊天, 是个好人,菲佳也会被放出来了吧?”

“我想所有的人都会获得自由的,他们除了掌握依萨的报告外,什么证据也没有,而依萨又能说出些什么呢?”

母亲在房间里走来走去,望着她的儿了。

安德烈听着他说话,反背着手,立在窗子旁边。

巴威尔在房里走着。他的胡子长得很长。一圈圈又细又黑的胡子,密密麻麻地长在两腮上,衬得他淡黑的脸略显苍白。

“坐下吃饭吧。”母亲把热腾腾的食物放在桌上,命令儿子。

在吃饭的时候,安德烈讲起了雷宾的事情。他讲完之后,巴威尔不无遗憾地说:

“如果我在家,我不会让他走的 ,他带了些什么走了,他怀着一肚子怒火和一个迷糊的脑袋走了。”

“哦,”霍霍尔苦笑着说,“已经是四十岁的人了,并且他自己也跟他脑子里狗熊式的想法做过漫长战斗了,要使他改变可不容易。”

他俩又开始用母亲听不懂的话争辩起来。

饭后,他们争得更激烈了,像噼里啪啦的小雹子一样。有时,他们的语句很简单。

“我们应该半步也不后退地在我们的路上前进！”巴威尔坚决地说。

“这样，我们在道路上要遇到几千万反对我们的……”

母亲专心致志地听着他们争论，明白了巴威尔不大喜欢农民，而霍霍尔庇护他们，主张唤醒农民，她觉得安德烈说的话她明白些，而且也觉得对，可是每次他对巴威尔说些什么的时候，她总是竖起耳朵，屏住呼吸，等待着儿子的回答，想早点知道霍霍尔的话是否使他生气。但是，他们两个，还是照样毫不生气地相互地嚷着。

有时母亲问她儿子：

“巴沙，真的是这样？”

他带着笑回答：

“真的是这样！”

“您呀，亲爱的先生。”霍霍尔用一种亲热而略带嘲讽的口吻，“您吃得多，嚼不烂，都横在喉咙里了。你喝点水冲冲吧！”

“不要开玩笑！”巴威尔告诫他。

“我此时的心情像是在开追悼会呢！……”

母亲静静地笑着，摇了摇头……

二十三

春天来了，白雪初融，露出了掩在下面的泥泞和煤渣。泥泞一天天地更加明显起来，满是泥泞的工人区好像是披着又脏又破的衣片。

白天，家家的房檐上都滴着雪水，灰灰的墙疲惫地、汗涔涔地在冒烟。夜晚，无数的冰凌柱隐隐约约地反射着阳光。太阳越来越频繁地在天空中出现了，溪水已经不断地发出淙淙的声音，向沼泽地流去。

大家已经着手准备庆祝“五 一”。

工厂和工人区到处是讲解“五一”节意义的传单，连平时不听宣传的青年，看了传单后，也说：

“这是应该庆祝的！”

尼古拉闷闷不乐地微笑着，喊道：

“是时候了，不再躲躲藏藏了！”

菲佳·马琴非常高兴。他更疲惫了，由于他谈话，动作都显得很激动，更像一只关在笼子里的云雀。

那个沉默寡言、老成持重的在城里打工的雅考夫·索莫夫经常和他在一起，因为坐牢的经历而头发更红的萨莫依洛夫、华西里·古塞夫、蒲金、德拉古诺夫和其他几个人,主张拿起武器，但是,巴威尔、霍霍尔及索莫夫等几个人不同意他们的意见。

叶戈尔来了。他总是满头大汗,忙得喘不过气的样子,他开玩笑地说道：

“对现行制度进行改造的事业,是一个伟大的事业,诸位同志,为了更好地完成这个目标,我得去买一双新皮靴!”他指着自己脚上那双又湿又破的皮鞋说,“我的套鞋已经破得无法再修了,我的两只脚每天都泡在水里。在我们还没有明确地与旧世界决裂之前,我不会埋到地里去的,所以我反对萨莫依洛夫同志的武装起义,我提议用一双结实的靴子,把我武装起来,我深深地相信,为了社会主义的胜利,我的提议比一场非常厉害的打架还要有益！……”

就用这种巧妙的话,他把各国人民如何为着减轻自己的生活负担而斗争的历史,讲给工人们听。

母亲非常喜欢听他讲话,她从他的讲话中形成了一个奇特——最恶毒、经常麻痹人民的、最奸诈的人民的敌人,是一些小个的,挺着大肚子,满面红光的小人,这些人都是没有良心的,他们是恶毒、贪得无厌而奸诈的家伙。当他们无法在沙皇的统治下立足的时候,他们就挑动劳动人民起来反抗沙皇。但是,当人民起来从皇帝手里夺取了政权之后,他们就又用欺瞒的手段把政权抓到自己手里,而把人民大众赶进狗窝里去。一旦人民大众和他们抗争,他们就把人民大众成千上万地杀掉。

有一次,她鼓起勇气,把从他话里面所创造出来的那幅现实生活的图画,讲给他听,不好意思地微笑着请教：

“是这样的吗,叶戈尔?”

他转着眼睛,哈哈大笑起来,两手按着胸前,急促地喘着气。

“毫无疑问,妈妈,您已经把握住历史的脉搏了。在这黄色的底子上面,还有些点缀,就是绣上一些花，但是，这并不能改变本质！就是那些胖小人才是罪大恶极,他们是最有害的毒虫！法国人民替他们很好地取了一个名字,叫做布尔乔亚 。妈妈,记住,布尔乔亚。他们吃我们的肉,吸我们的血!”“那就是财主们吗?”母亲问。

“对,他们的不幸就在于此,你想,要是给婴儿的食物中加铜,这个孩子就不能正常发育,就会长成一个矮子,假使大人中了黄金的毒,那么他的心灵立刻会变成一个小小的、僵死的、灰色的、花五个铜子就可以买到的橡皮球一样的东西。”

有一次谈到叶戈尔的时候,巴威尔说：

“你要知道,安德烈,心里有苦痛的人,最喜欢开玩笑。”

霍霍尔沉默了一会儿,眯着眼睛说：

“如果你说得对,那么全俄罗斯的人都笑死了。”

娜塔莎来了。

她曾关在另外一个城市。但监牢生活并没有使她发生什么变化。

母亲看出来了,娜塔莎在的时候,霍霍尔总是比平常高兴,和别人说笑,或用一些轻描淡写的话挖苦人,以博取她的一笑。但是,等她走了之后,他就忧伤地、不停地吹着口哨,一点儿也提不起精神,在房里走过来走过去。

莎馨卡也常常跑来,总是蹙着眉头,总是忙忙碌碌的。不知什么缘故,她的身体更加消瘦了。

有一次,巴威尔送她到门洞里,没把门带上。母亲便听见了他们很快地谈着话。

"是你拿旗?"姑娘低声问。

"是我。"

"已经决定了?"

"是的,这是我的责任。"

"又要坐牢!"

巴威尔沉默不语。

"你不能。"她说,但又立刻打住了。

"什么?"巴威尔问。

"让给别人……"

"不!"巴威尔高声地说。

"您想一想吧,您很有威信,大家都拥护您!您和那霍德卡是这儿的领袖,您们的身体自由的话,你们可以做更多的工作,你想 下,这样,您是会被流放的,到那么远的地方,长时间地!"

母亲察觉到姑娘的声音里有一种熟识的感情,忧虑和恐惧。莎馨卡的话,像冰冷的水一样滴滴洒在她的心上。

"不,我已经决定了。"巴威尔说,"无论如何我都不改变。"

"我求你都不行?"

巴威尔忽然换了一种非常严肃的口吻:

"你不应该这样,你怎么啦?你不应当这样!"

"我是人!"她声音很低。

"是好人!"巴威尔也是低声说,可是显得有点异样,好像是透不过气来,"是我所珍爱的人,所以,所以你不应当这么说……"

"再见!"姑娘说。

听着她的脚步声,母亲知道她差不多像跑一般地走了,巴威尔跟在她后面,走到院子里去。

一种沉闷压抑的恐惧,紧紧地揪着母亲的心。他们在说些什么,但她已经感觉到,不幸的事情即将发生了。

"他在想干些什么呢?"

巴威尔和安德烈一同回来,霍霍尔摇着头说:

“唉,依萨那个东西, 该拿他怎么办呢?”

“我们得警告他,让他放弃他的诡计!”巴威尔皱着眉头说。

“巴沙,你打算做些什么?”母亲低着头问。

“什么时候? 现在?”

“一号……五月一号?”

“噢!”巴威尔放低了声音说,“我举旗开路,这样一来,我大概又要进监牢了。”

母亲忽然感到眼睛火烫,嘴里干得让人难受。他拿起母亲的手,抚摸着。

“请你理解我,这是肯定要做的!”

“我什么都没有说呀!”她说着,慢慢地抬起头来。当她的眼睛和儿子的倔强的视线相遇的时候,她又弯下了脖颈。

他松开了手,叹息着,略有些责怪说:

“妈妈不要难过,应该为我高兴。要到什么时候,母亲们才能很欢喜地送自己的儿子去就义呢?”

“加油,加油!”霍霍尔插嘴说,“卷起了长衫,我们的老爷马上加鞭!”

“我并没说什么呀,母亲说,我并不阻挡你,假如说我心疼你, 这也不过是母亲的心!”

他从她身边走开了。

母亲听到一句尖利而猛烈的话:

“妨碍人类生活的爱……”

母亲颤抖了一下,她生怕他再说出什么使她心疼的话,所以赶紧说:

“不必说了,巴沙! 我知道,你非得这样做不可,你没别的法子, 为了同志们。”

“不!”他说,“我这样做,是为着自己。”

安德烈站在门口——他比门还高,好像镶在门框里似的,怪模怪样地屈着膝,用一边肩膀抵住门,另一边肩膀和脑袋全伸进了门里。

“你少说几句吧,先生。”他哀伤地用略凸的眼睛望着巴威尔的脸,他的神情很像石缝里的蜥蜴。

母亲很想痛哭一场,她不愿让儿子看见她哭,所以突然自言自语地说:

“哎哟,我的天啊! 我忘记了……”

于是,她走进门洞里的角落,头靠在墙上,任由屈辱的眼泪往下淌。她无声地哭着,倍感自己的衰弱,仿佛和眼泪一起流出来的还有她的心血。

从半掩的房门里,传出低低的争吵声。

“你干什么,伤害自己的母亲,你很高兴吗?”霍霍尔质问。

“你没有说这种话的权利!”巴威尔喊道。

“我看着你像蠢山羊一样地跳,却一声不响,那才算是你的好同志! 你为什么说那些话呢？唉？”

“是或不是,什么时候都应果断地说出来。”

“对母亲?”

“不管对谁,束缚自己的爱和友谊,我都不要……”

“真是好样的,擦擦你的鼻涕！揩了之后,到莎馨卡那里也照这样说吧！这是应该和她说的……”

“我已经说了！……”

“说了,你瞎说,你对她说得要亲切和温柔得多,我虽然没听见,可我想象得到,在母亲面前装什么英雄好汉……告诉你吧,傻子,你的英雄主义是一分钱也不值的!”

符拉索娃迅速地擦干了泪水,生怕霍霍尔让巴威尔尴尬,赶快推开门,走进厨房。她全身打着寒颤,心里充满了悲凉和恐惧,高声地搭话:

“哎,真冷呀,都是春天了……”

她盲目地在厨房里挪移东西,为的是努力扰乱房间里放低了的谈话声,所以更提高了声音说:

“一切都变了, 人们开始疯狂起来,天气反倒冷了。从前这个季节,早已暖和起来了,天朗气清的,太阳……”

房间里面静了下来。她立在厨房中间等待着。

“听见了吗?”霍霍尔轻轻地问。“这一点应该了解, 鬼东西！这在精神方面比你高尚……”

“你们不喝茶?”母亲用发抖的声音问。为了掩饰她的颤抖,不等他们回答就又说:

“为什么呀,我觉得天冷得厉害!”

巴威尔慢慢地走到了她的身边,低头望着她,谢罪似的微笑着说:

“妈妈,请您原谅!”他轻轻地请求着,“我还是个孩子, 我是个傻瓜……”

“别管我。”母亲把他的头搂在自己怀里,伤心地说。

“什么都不要说吧！上帝保佑你,你的生活是你自己的选择！但是,不要让我生气吧！哪个做母亲的能不担心呢？那是不可能的……对于任何人,我都是担忧的！你们,都是我的亲人,是珍贵的人！除我以外,还有谁来替你们担忧呢？……你在前面走,其余的人是一定能够不顾一切跟上来的……巴沙!”

热烈而高尚的思想在她心头涌动,忧愁和痛苦的喜悦,使她的心灵生了翅膀,但是,她不知道说些什么才好,苦于无法表达,所以挥着手,用她燃烧着明亮而尖锐的疼痛的眼睛,望着儿子的脸。

“好,妈妈！我知道,你是会谅解我的!”他低着头喃喃说,带着微笑他又看了她一眼,然后不知所措又欢喜不尽地转过身去,补充说:

“我永远都会记住这件事，一定!”

母亲推开了他,朝房间里面望了望,用和蔼的恳求的口气对安德烈说:

“安德留夏！请你不要骂他吧！你虽然比他年纪大一点。”

霍霍尔朝母亲站着,一动也不动,奇怪而滑稽地低吼道:

“哼,我不但要骂他,还要揍他!”

她慢慢地走到他身边,把手伸给他,一板一眼地说:

“你可真是个好人!”

霍霍尔转过身来,像牧牛一般歪着头,两只手紧紧地捏着背在背后,绕过母亲身边走到厨房里。从那里传来他不高兴的嘲笑似的声音:

“巴威尔,赶快走吧,不然我会把你的头咬下来！我是在说笑话呢,妈妈,你别当真！我把茶炉煮开。哦,家里的炭！这么湿,真见鬼!”

他不再说话了,当母亲走进厨房时,他坐在地上吹炭呢。

霍霍尔并不抬头看她,只是说:

“你放心,我不会动他一指头的！我这个人和蒸萝卜一样的软和！加上……喂,朋友,你别听,我也是爱着他的！但是,我对于他的那件背心,有点看不上眼！你看,他穿着那件新背心,得意得很呢,连走路都把肚子挺得老高,什么人都被他推开。再看一看我的背心吧！这不也挺不错的吗？但是,为什么要推人呢？不推已经很挤了。”

巴威尔苦笑了一下,问道:

“你哆嗦够了没有？你唠叨了这么长时间,总该满意了吧!”

霍霍尔坐在地上,双脚叉开搁在茶炉两边,眼睛望着炭火。母亲站在门口,和蔼而哀伤地注视着安德烈圆乎乎的后脑勺和弯下去的长脖颈。

霍霍尔把双手支在地上往后一倒,两手撑在地板上,用稍稍泛红了的眼睛望着他们母子二人,眨眨眼睛,然后低声说:

“你们全是善良的人，真的!”

巴威尔弯下腰,捏住了他的手。

“不要拖!”安德烈低沉地说,“我会被你拖倒的。”

“有什么害羞的呢?”母亲忧郁地说,“亲一下不好吗？紧紧地、紧紧地拥抱着……”

“好吗?”巴威尔请求。

“当然好呀!”霍霍尔站起身来答应着。

他俩紧紧地拥抱在一起,屏息着静静拥抱了一会儿,融成了一个燃烧着热烈的友情的灵魂。

母亲的脸上流出幸福的眼泪,她一边擦眼泪,一边不好意思地说:

“女人是最容易哭的,伤心也哭,欢喜了也哭！……”

霍霍尔用柔和的动作推开了巴威尔，也是一边用手指抹着眼泪，一边说：

“好啦！穷开心够了，该去受苦了！嘿！这些混账的炭，吹着，吹着，吹到眼睛里去了……”

巴威尔低着头，正对着窗户坐下，静静地说：

“这种眼泪有什么可害羞的！”

母亲走过去坐在他的身旁。心里充满了一种振奋人心的激情，温热而柔和地包住了她的心。她觉得悲伤，但又感到喜悦和安宁。

“我来收拾碗碟，妈妈，您坐一会儿吧！”霍霍尔一面说，一面走进房间来，“休息一下吧，让您伤心了。”

房间里回荡着他歌声似的话语。

“我们现在的生活真是美好啊，真正的人的生活！

“是啊。”看着母亲，巴威尔附和着。

“所有的东西都改变了！”她接下去说，“悲伤也不一样了，欢喜也不同。”

“理应如此！”霍霍尔又说，“是因为崭新的思想在形成，我的亲爱的妈妈，新的思想在生活中逐渐长大。有一个人用理性的火焰照耀着生活，一边走，一边高喊：‘喂，全世界的人们，团结成一个大家庭吧！’所有的心都在呼应着他的召唤，把它们健全的那部分结合成为一颗巨大的心，像银钟一般坚强，响亮……”

母亲紧紧地抿住了嘴唇，以免嘴唇颤抖。牢牢地闭上了眼睛，为了不使眼泪流出来。

巴威尔举起一只手来，仿佛要说什么，但是，母亲拉着他另一只手把他按了下来，并轻声说：

“让他说下去！”

“知道吗？”霍霍尔站在门口说，“在人类征途上还有数不清的苦难！从他们身上，还要榨出许多的鲜血。但这一切悲愁，乃至我的鲜血，跟我心灵中和大脑里存在的东西比起来，已经算不了什么。我已经很富有了，就如同一颗星星放出的光芒那样多彩，我可以忍受一切，因为在我心里，已经有一种不论是谁，不论是什么东西，不论什么时候，都不能消减的欢喜！在这种欢喜里面，包藏着一种力量！”

他们一直喝茶，喝到半夜。关于人生、人们和未来，讲了许多知心的话。

每当母亲懂得了一种想法之后，她总是感叹一声，从她过去的生活里面，寻找一些悲伤而残酷的东西，于是，用这些像她心里的石块似的东西，来证实她所了解的思想。

在这次充满温馨的讨论中，她的恐惧消失了。现在，她的心情就好像有一天听她父亲说了几句严酷的话之后那样，他说：

“别丢人现眼！如果哪个笨蛋和你成婚，我绝不干涉！不论哪个姑娘都要嫁人；不论哪个女人都要生孩子，无论哪个父母为儿女哭泣！你不也是人吗？”

自从听到这番话,她仿佛看到自己面前是一条无可选择的、永无止境的在凄凉而漆黑中伸展的小路。因为知道这是无法逃避的,她的心里是一种愚蠢的听天由命的态度。现在,也是这样。只不过,感到了新的悲哀的到来,她内心好像在对什么人说:

"要拿,尽管拿了去吧!"

她心里的痛苦减弱了一些,这痛苦就像是一根紧绷着的琴弦,在她心中颤巍巍地弹奏着。

尽管她的灵魂因为预计到即将到来的痛苦而震荡,却隐藏着一丝微弱但却没有消失的希望:总不至从她身上把一切都拿完,都抢光吧?总会有些剩下来的吧?

二十四

一大清早,巴威尔和安德烈刚刚出门,考尔松娃就来慌张地敲窗子,她着急地喊着:

"依萨被人杀了!去看热闹吧!"

母亲猛地颤抖了一下,她的脑海中立刻闪现出杀人者的名字。

"是谁?"胡乱地披上披肩,她简单地问。

"凶手才不会在依萨身边,坐以待毙,杀了人就溜了!"玛丽亚回答。

她在街上说:

"这会儿又开始搜捕罪犯了。你们的人昨晚都在家,你们真幸运,我是证人。昨天夜半时分,我从你们门口走过,朝你们窗子里望了一眼,你们都围着桌子闲谈呢……"

"你怎么,玛丽亚?你怀疑他们是凶手?"母亲吃惊地喊道。

"那是谁呢?肯定是你们的人!"玛丽亚确信地说。

"大家都知道,他在监视他们的举动……"

母亲愣住了,呼吸很急促,用手按住胸口。

"你怎么了?你别怕!杀人者偿命!快点走吧,不然尸首就被收拾走了……"

母亲一想到维索夫希诃夫,这痛苦的念头就使她站不稳。

"嘿,真这样干了!"她呆呆地想。

工厂的墙附近有所房子,前些日子失火烧毁了。看热闹的人挤得水泄不通,踏在木炭上面,把街上的灰烬踩得飞飞扬扬,搅起了漫天尘埃,大家在那儿嗡嗡地嚷着,就像一窝蜜蜂。有许多女人,还有更多的孩子,有小商小贩,酒铺里的堂倌,有警察,还有一个叫做彼特林的宪兵,他是个身材高大的老头,留着很密的银丝般的鬓发,胡须胸前挂满了奖章似的闪闪发光的东西。

依萨背倚在一段圆木上面,没戴帽子的光头耷拉在右肩上。右手还塞在裤兜里面,左手的指头抓进松软的土层里了。

母亲看了看他的脸,依萨的一只眼睛,阴森森地盯着那顶丢在摊开的两脚之间的帽子,嘴巴半张,好像很惊讶的模样,茶褐色的短胡须向一旁翘着。他那长着一个尖脑袋和雀斑小脸的干瘦身子,死后缩得更加小了。

母亲呼了口气,画了十字。尽管他生前是那样的让她讨厌,但是,现在却引起她隐隐的怜悯。

“没有血!”有人低声耳语,“大概是用拳头打的……”

一个粗暴的声音喊道:

“谁胡说八道?把他的嘴堵上!”

宪兵猛地一顿,伸出两手推开了女人们,威吓地问:

“刚才是谁嚷的?唉?”

宪兵驱散了人群,有些人四散而逃,不知是谁幸灾乐祸地笑了起来。

母亲回到了家里。

“没有人同情他!”她想。

尼古拉高大身躯的影子似乎不停地晃荡在她眼前,他的细小的眼睛冷酷地望着,右手好像受了伤似的摇晃着。儿子和安德烈回来吃中饭的时候,她劈头就问:

“怎么样?谁都没有被抓去?关于依萨的事?”

“没有听说!”霍霍尔回答。

她看得出来,他们两个人的心情都很沉重。

“没有人提到尼古拉吧?”母亲低声地问。

儿子严肃的目光扫视着她的脸,咬字格外清晰:“谁也没有说什么,大概连想也没有人想吧。他不在此处,昨天中午到河边去了之后还没有回来呢。我早就问过别人。”

“啊,谢天谢地!”母亲宽松地透了口气,说道,“谢天谢地!”

霍霍尔朝她望了望,低下了头。

“那人躺倒在那儿,”母亲若有所思地讲着,“脸上的表情好像吃惊的样子。没有谁为他说好话,甚至同情他的人也没有。身体小小的,难看得很。他好像晕了过去,不知被什么东西打了一下,倒下来,就那躺在了地上。”

吃饭的时候,巴威尔突然扔下勺子,说道:

“我真不懂!”

“什么?”霍霍尔问。

“因为饥饿而杀死牲畜,这已经是很令人厌恶了。打死野兽或者猛兽,那是可以理解的!我可以亲自动手杀人,如果那个人对于别的人来说已经变成了猛兽的话。但是打死这么一个可怜的东西,怎么硬得起心肠下手呢?”

霍霍尔耸耸肩膀,跟着说:

“他比猛兽可怕。蚊子吸了我们一点点血,我们不也要打死它吗?”霍霍尔又补充了一句。

“那当然!但是,我说的不是这个,我是说,这令人讨厌!”

“那有什么办法?”安德烈又耸着肩膀说。

“你也能打死这种家伙吗?”沉默了许多时候,巴威尔沉思地问。

霍霍尔圆睁了眼睛,对他看了看,又望了母亲一眼,然后悲哀地、但却很决断地回答道:

“为了同志,为了工作,我没有什么干不了的!杀人也可以!哪怕是亲生儿子!”

“哎呀!安德留夏!”母亲轻轻地感叹。

他对她苦笑了一下,说道:

“没有什么别的选择!生活本来就是这样的!”

“是啊!”巴威尔慢慢地拖长了声音,“生活就是这样的!”

似乎心灵突然受到了触动,安德烈突然激动起来,他站起身来,两手一挥,说道:

“那你们准备干什么?为了世界上人类之间充满友爱的日子早点儿到来,我们现在必须仇恨某一些人。那些阻碍前进的人,那些为了自己的安逸和名利出卖同伴的人,必须铲除干净!假使犹大在人类前进的道路上准备出卖正义的人们,那么,如果我不去消灭他,那我自己也变成犹大了!我没有这种权利吗?那些东西,我们的老板,他们有权利拥有军队、刽子手、妓院、监牢、苦役和其他一切足以保护他们平安舒适的可恶的机构吗?有时候我们自己不得不拿起他们的棍棒,那有什么办法呢?我是绝不拒绝去拿的。

“他们成千上百地杀人,所以我有权利在敌人的头上,在一个靠我最近的、最危害我的工作的敌人头上,给他一下!生活就是这样的!我从心眼里厌恶这种生活,不赞同这种生活。我知道,他们的血,是没有任何价值的!结不出任何果实的!只有用我们的鲜血才能培养真理,而他们的血是腐臭的,会毫无踪影地消灭掉,我知道这一点!但是,我可以自己承担责任,要是看见,就把他们杀掉,这是应该的!不过我只是说自己的事!我的罪过,会和我一起死亡,绝不会给未来留下什么污点。绝不会给未来抹黑,除了我以外,绝不会玷污任何人!”

他激动地在房里来回走动,用力地挥舞着一只手,好像在空中切什么东西,使它和自己分开似的。母亲的心里感到一种深深的担心和莫名的悲伤!感觉到有些东西伤了他的心灵,使他很疼痛。而关于杀人的那种惨状的可怖的念头,仍然不能使她忘怀。“假使不是维索夫希诃夫,巴威尔的伙伴里面,是没人去干这种事的。”她想。巴威尔垂下了头,在那里静听着安德烈的话,而安德烈还是在侃侃而谈:

“我们选择了这条道路，就得战胜阻碍。我们应该善于献出一切，整个身心。献出生命，为着工作而死，这是很简单的！要献出更多的东西，比生命还宝贵的东西。那时候，你的最贵重的东西，你的真理，才能有力地成长起来！”

他站在房子的中间，脸色苍白，微微地闭着双眼，举起一只手，庄重地承诺说，说道：

“我相信人们互相敬爱，人人都成为其他人面前一道星光的时刻即将来临！因为取得了自由而骄傲自豪的人们，将要自由地在大地上行走。到那个时，所有的人都是诚恳直率的，任何人都没有嫉妒心，人与人之间再没有恶意。那时候，将不再是为了生存！而是为人类工作，人的形象高高悬起。自由的人们可以达到任何的境界。那个时候，人们是为着美，生活的真理和自由，谁用宽厚的心灵拥抱世界，谁最深切地爱世界，谁就是最好的；谁是最自由的，谁就是最好的，在他们身上，才有最大的美！这样生活着的人们是伟大的！”

停顿了一下，他挺起胸膛，用他响亮的声音，洪亮地说：

“所以，为了这种伟大的生活，我任何事情都愿意做。”

他的脸庞忽然抖了起来！眼睛里的泪水忍不住潸潸流下。巴威尔抬起头来，脸色煞白，他睁大了双眼，凝望着安德烈。

母亲从椅子上欠身坐起，她隐隐地觉得有种阴郁的担心正在缓缓临近。

“你怎么啦，安德烈?”巴威尔轻轻地问。

霍霍尔摇一摇头，像弓弦一般地挺直了胸，望着母亲说：

“我看见的……我知道……”

母亲飞快地站起身，跑来握住他的双手，安德烈想挣脱出他的右手，但是，母亲把它捏得很牢，她热切地小声说：

“我的好孩子，你小心点！我亲爱的……”

“等一等！”霍霍尔低沉地说，“我告诉你们那件事是怎样发生的。”

“不必了！”她满眼泪水地望着他低声说，“不必了，安德留夏。”

巴威尔潮湿的双眼注视着自己的同志，慢慢地走到他跟前。

他的脸色苍白，强颜欢笑地慢缓而小心地说：

“母亲担心是你干的……”

“我不怕！我不相信！即使她看见，也不会相信的！”

“等一等！”霍霍尔并不瞅他们，自顾摇着头，一边想挣脱出他的右手，一边说，“不是我干的，但是，我当时可以劝阻他不要去干。”

“不要说了！安德烈！”巴威尔说。

巴威尔用自己的一只手紧握住他的一只手，把另一只手按在他的肩上，似乎想平息他那高大身体的颤抖。霍霍尔把头倾过来，朝他们断断续续地低声讲述：

“我是不赞同这样干的，这你是知道的，巴威尔。事情这是样的：你前脚回来，我和德拉古诺夫站在大街拐角上,这时候依萨从转弯的地方走了出来，站在旁边，他盯着我们恶毒地笑着。德拉古诺夫说:‘你看！那东西整夜都在监视我。我去收拾他!’他就走了，我以为他回去了,于是,依萨走到我跟前。”

霍霍尔喘了口气。

“从没有任何人像他那样羞辱我,那条狗!”

母亲静静地拉着手,把他拉回到桌子旁边,费了好大劲儿才使他坐到椅子上。她自己也与他肩并肩地坐下来。巴威尔在他们两人面前,阴郁地摸着胡子。

“那家伙跟我说,他们已经搞清楚了我们所有的人的姓名,统统写在宪兵的黑名单上,要在五月份前全都逮捕。我没搭理他,脸上堆着笑，但是,心里却气得要命。他还说,看我是个聪明的小伙子,不该走这条路,最好是……”

他稍微停了一下,用左手抹了一把脸。只见他干枯的双眼,明亮地闪动了一下。

“我知道了!”巴威尔说。

“他说,最好是乖乖听话,唉!”

霍霍尔挥挥手,使劲伸了伸紧紧捏住的拳头。

“乖乖听话,真该死!”他咬牙切齿地说,“说这种话,倒不如打我一个巴掌的好!”这样我倒还好受些,对他也许也舒服。但是,他把那种恶臭的唾沫吐在我的心上,我真是忍受不住了。”

安德烈痉挛地从巴威尔手里拔出自己的手来,用低沉而厌恶的口吻说:

“我给了他一巴掌就走了。之后,我听见背后德诺古诺夫的声音:‘碰上了吧?’可能他躲在拐弯的地方。”

沉默了一会儿,霍霍尔说:

“我没有回头去看,可是我感觉到,听见了殴打的声音,我心安理得地回家来了,就仿佛踩了一只癞蛤蟆似的。哪里成想,今天到厂的时候,大家都说依萨被打死了！我不敢相信，但是,手上有点疼痛，动起来不太灵活,其实不是疼,倒像是短了一截。”

他向手上斜瞄了一眼,说道:

“大概一生都洗不掉这个污点了。”

“只要心里无愧就行了,我亲爱的孩子!”母亲低声劝慰。

“我不是说自己有罪过,不是的!”霍霍尔断然地说,“我讨厌这种事！这对我是多余的。”

“我不了解你!”巴威尔耸着肩膀说,“他不是你杀的，但是,即使……”

“朋友,我明明知道杀人而没有阻止。”

巴威尔肯定地说:

“我完全不懂。”

他又想了一会儿,说道:

“倒也可以明白,但我可不会有那种感觉。”

汽笛声响了。

霍霍尔歪着脑袋,听着那强烈的吼声,振了振身子,说道:

“我不去上工了!”

“我也不去了。”巴威尔应声附和。

“我去洗个澡。”霍霍尔勉强地笑着说完后,就不声不响地收拾了东西,黯然神伤地大步走出门去。

母亲悲伤地望着他的背影,对儿子说:

“巴沙,你怎么想呢?我明明知道杀人是一种罪恶,但是,对谁都不怪罪。依萨很可怜,他就像钉子那么大。方才我看见他,就想起他以前威胁说要吊死你,没想他却先死了,我也不恨他,而且他的死,并不让我高兴。只是觉得可怜。但是,现在连可怜都不觉得了。”

她猛的停顿住,想了一想,好像吃惊似的微笑着又说:

“哎呀,巴沙,我说的话你听见了吗?”

巴威尔没反应,他只顾低头在屋里走来走去,双眉紧蹙若有所思地说:

“生活就是这样,大家是怎样地在那儿互相敌视。心里不愿意,可是却打了!谁是被打的对象?打那些同样没有权利的人。他比你更糟糕!因为他更愚痴。警察、宪兵、暗探,这都是我们的敌人,可大家都是人!他们也被更上一层的人奴役,不被当人看。都是一样!他们把一部分人和另一部分人对立起来,用愚民思想和恐吓的言语蒙住了他们的眼睛,缚住了他们的手脚,压榨他们,讹诈他们,互相践踏,互相殴打。把人变成枪棋,当作棍棒,当作石头,而说:‘这是国家!’”

他靠近母亲身旁。

“妈妈,这难道不是罪恶吗!这是对几百万人类的最下贱的屠杀,是对灵魂的扭曲!你还不清楚吗?这就是杀伤灵魂。看一看我们和他们的不同吧!无论谁打了人,谁就会惭愧、羞耻、苦痛。不快,这是主要的!但他们倒好,却好像什么事没发生过、毫不怜悯、肆意地屠杀千千万万的人,心满意足地杀戮!他们把所有的人和一切东西都压死,仅仅是为了保护金银财宝,为了保护毫无意义的纸片,为了保护赋予他们支配的一堆可怜的垃圾。你想想看,他们杀害人民的血肉之躯,奴役人民的灵魂,并不是为了保护自己,他们这样做不是为了自己本身,而是为了他们的财产。不是从内心防守自己,而是从外面。”

他紧紧地握住了母亲的手,弯下腰来,一边摇晃着她的手,一边继续说:

“妈妈如果您能体会这一切的卑鄙下流和肮脏,那么,你一定能够理解我们的真理的,一定能够看到我们的真理是如何的伟大而又光辉!”

母亲激动地倏地站起来,心里充满了想把自己的心和儿子的儿融成一团火焰的愿望。

"等一等,巴沙,等一等!"上气不接下气地说,"我已经感觉到,等一等吧!"

二十五

门洞里发出巨大的响声,有人来了。

他们两个禁不住大吃一惊,面面相觑。

门被缓缓地打开了,雷宾笨重地走了进来。

"啊!"他仰起头来,脸上挂着微笑,说道,"我们的福玛先生什么都喜欢,喜欢酒,喜欢面,喜欢人家向他问安!"

他穿着一身短皮袄,脚上穿着草鞋,腰带上面塞着一双墨黑的手套,头上戴顶毛乎乎的皮帽子。

"巴威尔,你身体好吗?放出来了好啊!尼洛夫娜,日子过得怎样?"他一笑就露出满口的白牙,满面都堆着笑容,他的声音比从前稍稍和软了一点,脸上的胡子长得更加浓密了。

母亲非常欢喜,走到他身边握住他那黑色的大手,闻着有益于健康的、强烈的柏油气味,说:

"啊呀!原来是你……我真高兴!"

巴威尔望着雷宾情不自禁地微笑。

"好一个乡巴佬!"

雷宾慢慢他脱了皮袄,说:

"唉,又变成乡巴佬了!你慢慢地变成先生了,我是向后退呀!"

他一面拉直了竖条亚麻布衬衣,一面走进房间来,格外认真地朝室内扫了一遍,说道:

"家具没什么变化,书架倒充实不少!好,讲讲吧,近来工作怎样?"

他大咧咧地叉开两腿坐下来,手撑在膝上,用他黑色的眼睛好像询问般地瞪着巴威尔,脸上浮现出亲切的微笑,静候下文。

"工作很顺利!"巴威尔告诉说。

"耕地后播种!放空炮可没用,收获了庄稼酿些酒,喝醉了就倒下睡,是吧?"雷宾打趣地说。

"您过得怎样?米哈依洛·伊凡诺维奇?"巴威尔坐在他对面说。

"还挺好,没什么。在哀格里来耶沃住了下来,你听说过哀格里杰耶沃这个地方吗?是一个很好的村子。每年赶两次集,全村大概有两千多口,人可凶得很!因为没有地,所以都是租人家的地,土地贫瘠得很。"

“我给一家富农当雇工,那儿的雇工像死人身上的蛆!熬柏油、烧木炭。工钱只有这里的四分之一多,而劳累却比这大两倍。唉!在那个富农家里,共有我们七个雇工。没关系,都是青年人,除我之外,也都是本地人,他们都认得字。有一个小伙子叫叶菲姆,烈火般的性子,不得了!”

“您怎么样,时常和他们聊天?”巴威尔颇感兴趣。

“我的嘴没白搁着,我把这儿的三四张传单都拿去了。但是,我还是用《圣经》进行宣传的时候多,因为那里面还有些东西可利用,书很厚,是官方教务院正式印的,他们总可以信得过了!”

他对巴威尔挤了挤眼,带着微笑往下说:

“但这些还有限,我这次是到你这里搬书来了。我们来了两个人,跟我来的就是这个叶菲姆。是来搬柏油的,顺路来转一下。我想在叶菲姆没来之前能拿上书,给他知道是不必的、多余的。”

母亲望着雷宾。除了觉得他脱了西服之外,还脱下了一些什么东西。总之,他已经比以前温和多了,眼睛也不像从前那样率直了,而是带了些圆滑的神情。

“妈妈,”巴威尔说,“麻烦您一趟,去取些书回来,那边知道给你什么样的,你只说乡下用的就行了。”

“好!”母亲说,“我这就去,等生好了茶炉。”

“你也参与这事了吗?尼洛夫娜?”雷宾笑着问。“好,我们那边喜欢看书的人很多,是一个教员教的,人人都说这个小伙子不错,虽然他是僧侣出身。离我们那七俄里路,还有一个女教员。不过,他们是不用禁书做教本的,他们都是安分守己的人,都怕惹事儿,都不敢招麻烦,但我却拿那些最激进的禁书。警察局长或者僧侣们看见了,他们总以为是教员散的!我暂时躲在旁边见机行事!”

他对自己的主意扬扬得意,咧着嘴直乐。

“啊呀,你真是!”母亲想,“看上去像只熊,心里却像狐狸一样狡猾。”

“你有什么意见?”巴威尔追问,“假使他们怀疑教员们散布禁书,叫他们坐牢呢?”

“那只好认命呗。有问题吗?”雷宾问。

“是你而不是他们散发传单!你才该去坐牢!”

“怪人!”雷宾拍着膝头,苦笑一下,“谁知道是我散的呢?有谁相信一个平头百姓能干出这种事来?书啊什么的,都是先生们的事,这些事的责任应该他们承担的。”

母亲察觉到巴威尔并不理解雷宾,她看到他收敛目光,好像有些生气,于是,她委婉而谨慎地说:

“米哈依洛·伊凡诺维奇是想由他来做工作,让别人来担罪名。”

“对啦!”雷宾摸着胡子说,“先临时这么安排。”

“妈妈!”巴威尔神态凛然地喊了一声,“如果我们的同志中有一个人,就比如是安德烈吧,借我的手去干了什么事情,而我却白白坐了监狱,那么妈妈你怎么想呢?”

母亲禁不住打了个寒颤,满腹狐疑地看了看儿子,不同意地摇着头,说道:

“难道可以这样出卖朋友吗?”

“啊哈!”雷宾故意把声调拖得很长,“我明白了你什么意思了,巴威尔!”

他嘲笑了挤了挤眼,朝母亲说:

“妈妈,这种事是比较复杂的。”

他又用训导的口吻对巴威尔说:

“你的思想还太天真,兄弟!做地下工作,诚实是没有用的。你考虑考虑:在谁身上查出了禁书,就会抓谁进牢里去,而不是教员,这是一层。第二,教员教的虽然是检定的书籍,但是,书中的实质,完全和禁书没有两样,不过是字句有出入,真理少些,这是二层。就是那些人,他们也期待着同样的事情,不过他们走的是小道,而我们走大路而已,在官府看来,都是一样的罪,对不对?第三,我跟他们毫无责任与义务关联,俗语说得好,‘马下人不是马上人的朋友,’假使受牵连的是老百姓,我就不会这样干的。他们呢,一个是僧侣的儿子,另一个是地主的女儿,他们为什么要使百姓们起来,我是不明白的。

绅士老爷们的想法,不是我这个乡巴佬想得到的!我自己做的,我当然了解,但绅士老爷们肚里想些什么,我可不知道。他们舒舒服服地当了几百年的老爷,剥我们百姓的皮,现在突然地醒来了,让老百姓也睁开眼睛!我是不喜欢听童话的,兄弟,而这种事情就和神话似的。不论哪位绅士,都和我离得很远。冬天,在田野里走路,前面隐隐约约好像有个什么动物,是狼,是狐狸,或许是狗,是看不清的!离得太远!”

母亲的目光注视到儿子的脸上溢出悲悯与忧伤的表情。

但是,雷宾的眼里,却充满了阴险的光,他自满地望着巴威尔,兴奋地用手梳理着胡子,接着说:

“我可没工夫拍马屁。我们面临如此残酷的生活。在狗窝里和在羊圈里不同,各有各的叫法吧。”

“母亲想起几个熟识的名字,开始发言:“也有为了大家伙的幸福,丢了性命,或者一辈子在监牢里受罪的。”

“那些人是特殊情况!对他们的态度也不是一码事!”雷宾说,“农民有了钱,就变成了绅士,绅士们没钱了就降为农民。袋里的钱空了,心灵就会自然纯净起来。巴威尔,你还记得吗?你从前教过我,人的生活和想法是统一的,假如工人说好,老板一定说‘不行’,工人说‘不行’,老板按着他们的本性,一定会喊‘很好’!这样一来!农民和绅士在本质上是不同的。如果农民们肚子吃饭了,绅士们在晚上就睡不稳。当然,什么人中间都有坏坯子,所以我也不同意偏向所有的农民。”

他站起来,健壮的身躯周围似乎有些暗淡。他的脸色铁青,胡子有些颤,好像牙齿在无声地打寒颤,他压低了嗓门,继续说:

“五年来,我进过不少工厂,离农村真是太远了!这次回到乡下,看了看,简直无法忍受我所看到的那种生活!你能理解吗?我受不了!你去看看,世界上竟然还有这种耻辱!在那儿,饥饿和贫穷如影随形,面包是遥不可及的,捞不到!饥饿吞噬了人们的灵魂,毁坏了人们的面孔!人们在那里不是生活,而在难以忍受的贫穷里腐烂着。加上周围衙门里的老爷们,好像乌鸦似的窥伺着,看你还有剩下的一块面包没有?看见了,就抢去,还给你一个耳光。”

雷宾往四周扫了一下,一只手支着桌边,身体屈向巴威尔。

“当我又一次看到这种生活,我感到恶心。我看,吃不消!然而,我到底还是战胜了自我, 不行,灵魂,别再顽皮了!我这样想。于是,我留了下来。即使我无法给你面包,我总可以给你!于是,我就给我的精神煮粥喝!我对他们又爱又恨,这种心情,像一把小刀子似的,插在我心里搅动着。”

他的额头上布满汗滴,咄咄逼人地缓缓走近了巴威尔。他把手放在巴威尔的肩上,只见他的手在发抖。

“帮帮我吧,给我些书看看吧,要那些看了后让人热血沸腾的书。应当把刺猬塞进脑壳里,浑身是刺儿的刺猬!告诉你城里的朋友们,替你们做文章的人们,让他们给我们农村也写些文章吧!希望他们写出的东西能使乡村滚沸起来,使人们能去赴汤蹈火!”

他举起了一只手,逐字地低声而清晰地说:

“用死亡来对付死亡,对啦!就是为了使人类再生而死!为了使整个地球上无数的人民复活,死几千人也不要紧!对的,死是很容易的。只要大家能够获得新生,只要大家能够站起来,那就好了!”

母亲斜着眼看了一下雷宾,把茶炉拿进来。

他那些低沉而坚决的话压住了她。她感觉到他的神色与她丈夫相像的地方,她的丈夫也是这么龇牙咧嘴,卷起袖子,指手画脚的,在他身上,也是那么充满着一种焦躁的仇恨,虽然急躁,然而却是无声的憎恶。不过,雷宾是说出来,而且不像丈夫那样叫人害怕。

“这当然需要!”巴威尔点头同意了,“给我们材料吧,我们给你们印报纸……”

母亲微笑着看了她的儿子一眼,摇了摇头,然后默默地穿好了衣服,走出门去。

“给我们印吧!材料有的是!要写得浅显,让小牛犊都听得懂!”雷宾应道。

房门被推开了,有人走了进来。

“这是叶菲姆!”雷宾望着厨房门说,“叶菲姆,到这里来!这就是叶菲姆,他叫巴威尔,就是我常和你说起的那个。”

在巴威尔前面,站着一个身着短外衣,长着一双灰眼和亚麻色头发的宽脸青年,手里拿着帽子,眉头紧锁地打量着巴威尔。他身体很好,看样子很有力气。

"您好!"他的声音有些嘶哑。并跟巴威尔握了手,尔后用手捋了捋挺直的头发。

他向屋里四下环顾了一周,便蹑手蹑脚地走近书架。

"哦,给他看见了!"雷宾对巴威尔使了个眼色,说道。

叶菲姆转过头来,向他看了看,一边翻书一边说:"您这儿书真多呀!你们一定是没工夫读吧。可是在乡下,看书的时间多得很哩……"

" 但是,不想看书吧?"巴威尔问。

"为什么?想看!"年轻人擦擦手掌,答道,"老百姓也开始想事情了,'地质学'是什么?"

巴威尔解释给他听了。

"这对我们毫无用处!"年轻人将它放回书架,说道。

雷宾很响地透了口气,插嘴说:

"乡下的人们注意的,不是土地从什么地方来,而是土地是怎么样被分散到各人手里,换句话说,绅士老爷们是怎么从老百姓的手里夺走了土地。地球是静止还是转动,这都无关紧要,哪怕你用索子把它吊住,只要它给我们吃的就行,哪怕你用钉子把它钉住,只要它养活我们就行!"

"《 奴隶史》。"叶菲姆又读了一遍书名,向巴威尔问道:

"这是说我们的吗?"

"还有关于农奴制度的书!"巴威尔一面说,一面把另外一本书拿给他。

叶菲姆把书接过来,翻弄了一下,放在了旁边,静静地说:

"这些都已是历史!"

"你们自己有土地吗?"巴威尔问道。

"我们?有!我们家弟兄三个一共有四亩地。都是沙地,拿来擦铜,倒是很好,可用来种庄稼,可就完全不成了。"

静默了片刻,他又开口说:

"我已经和土地没任何关系了,土地是什么呢?又不能给我们饭吃,反而束缚我们的手脚。我在外面做了四年雇工。今年秋天,就该服兵役了。米哈依洛伯父说,"别去!现在的军队都是官府逼着去压迫人民的。可是,我倒想去。斯吉潘·拉辛的时候和普加乔夫的时候,军队镇压过人民。现在该不是这样了。你看怎样?"他凝视着巴威尔,认真地探问。

"现在该不是这样!"巴威尔笑容满面地回答," 但是,很难!必须懂得和士兵谈话的方式及内容。"

"我们学一下就会的!"叶菲姆说。

“如果被当官的抓住,是要判死刑的!”巴威尔好奇地望着他说。

“那是毫不留情的!”年轻人很镇静地表示同意,又开始翻起书来。

“喝茶吧! 叶菲姆! 我们就要走了!”雷宾对他说。

“就走吧!”年轻人答应着,又问道:“革命就是暴动吗?”

安德烈满面通红地走进来,神情似乎很不高兴。他一声不响地和叶菲姆握了手,然后在雷宾身旁坐下来,朝他看了看,咧着嘴笑了笑。

“为什么这么闷闷不乐地看人?”雷宾在他膝盖上拍了一下,问道。

“没什么。”霍霍尔回答。

“他也是工人?”叶菲姆望着安德烈问道。

“也是!”安德烈回答,“怎么样?”

“他是初次看见工人!”雷宾替他说明着,“他说,工人是一种不同的人。”

“有什么不同?”巴威尔问。

叶菲姆很专心地看着安德烈,说道:

“你们的骨骼都是凸出的,农民的比较圆润一些。”

“农民站得稳!”雷宾补充说,“他们能感觉到自己脚下的土地,即使他们自己没有土地,他们也会感觉到,这是土地! 可是工厂里的朋友们却像鸟儿,没有故乡,没有家,四处迁移! 就是女人也不能把他捆在一个地方,他动不动就‘再见,亲爱的’去找乐土,而农民则固守一处,想把自己四周布置得很好一些。看,母亲来了!”

叶菲姆走到巴威尔跟前,问道:

“能否借给我些书?”

“请随便!”巴威尔爽快地答应了。

年轻人的眼睛中燃起了贪心的火焰,他很快地说:

“我保证就还给你! 我们有许多人常来附近运柏油,我要他们捎来还你。”

雷宾早已穿戴整齐,紧紧地捆好了腰带,对叶菲姆说:

“我们该走了!”

“好,我来读一阵它!”叶菲姆指着书籍,开心地答应着。

他们走了之后,巴威尔望着安德烈,很高兴地喊道:

“看见这些家伙了吗? ……”

“是啊!”霍霍尔慢腾腾地说,“好像乌云一样。”

“是说米哈依洛吗?”母亲说,“似乎从没在工厂里待过,完全变成一个农民了! 一个多么可怕的人!”

“可惜你方才不在这儿!”巴威尔对安德烈说。

安德烈坐在桌子旁边,阴郁地望着自己的茶碗。

“你看刚才那场讨论多有意思, 你不是常常谈什么心的问题吗? 看雷宾多么够劲, 他把我打得一败涂地! 我简直连反驳他都不能,他对人总是充满怀疑,他把他们看得那么不值钱！妈妈说得很好，在他心灵深处有一种令人恐惧的力量！”

“这点我也明白！”霍霍尔幽怨地说，“人民被误导了！他们起来的时候，会把一切都挨着个地推翻喽！他们需要的只是空空的大地，所以他们要把土地弄成荒漠，要将一切都捣毁！”

他说得很慢，显然有些漫不经心。

母亲关心地碰了碰他。

“你醒醒吧，安德留夏！”

“等一等，妈妈，我的亲人！”霍霍尔安静而又和蔼地请求道。

他忽然又激动起来，使劲用手拍了一下桌子，开始说道：

“对，巴威尔，假如老百姓暴动了，他们会把土地毁掉的！好像黑死病之后似的，他们会纵火烧毁一切的，叫自己的屈辱的烙印也像烟灰一样地消。”

“接着就会妨碍我们前进！”巴威尔冷静地插嘴说。

“我们的目的就是防止这种事情的发生！我们的任务，巴威尔，是要阻止它！我们最接近他们，他们信任我们，会跟着我们向前走的！”

“噢，雷宾说，叫我们替他们出一种农村的报纸呢！”巴威尔告诉他。

“这是非常必要的！”

巴威尔微笑着说：

“我不曾和他辩论，觉得心里很不舒服！”

霍霍尔摸着头，镇静地说：

“辩论的机会多得是呢！你吹你的笛子吧！脚跟站不稳的人，自然而然会跟着你跳舞的！雷宾说得很对，我们的脚下是感觉不到土地的，而且也不应感觉到，因此我们的目标是动摇大地。我们动一下，人们就会离开大地，动两下，就会离得更远一些了！”

母亲笑盈盈地说：

“安德留夏，所有的东西在你眼里都轻而易举！”

“唉唉，对啦！”霍霍尔应着，“简单！和生活一样！”

过了一会儿，他又说：

“我到田野去走走！”

“刚洗了澡就出去？外面有风，会着凉的呀！”母亲关心地警告。

“就想去吹风！”他回答。

“小心，会感冒的！”巴威尔亲热地说。

“还是躺着歇一会儿吧。

“不，我一定要去！”

他穿上外套，默不做声地走出了门……

“他很难过！”母亲叹了口气说。

“你知道吧，”巴威尔朝她说，“你方才说得很好，你和他说话时，已经称呼‘你’了！”

母亲很惊异地向他望着，回答道：

“我怎么一点儿也没留意到怎么会变成这样的！他已经成为我的亲人了，我真不知该说什么好！”

“您的心地真善良，妈妈！”巴威尔由衷地平静地说。

“我不过是想帮助你和大家！如果能够做到就好了！”

“不要忧虑，一定做得到！”

她轻声地笑起来，并说：

“可是，我就是不会不担心！”

“好，妈妈！别说了吧！”巴威尔说，“你要知道，我是非常、非常地感谢妈妈你的！”

她不愿让自己的眼泪使他难堪，所以走进了厨房。

直到夜晚，霍霍尔才疲倦地走了回来。

“差不多走了十俄里，我想……”说完这句话，就马上躺在床上睡觉了。

“有作用了？”巴威尔问。

“别吵了，我要睡了！”

话说完之后，便像死了一样再不吭声了。

过了一会儿，维索夫希诃夫跑来了，穿着破破烂烂的衣裳，和平时一样，满脸不悦。

“你听说没有，是谁把依萨给打死了？”他笨重地在房间里走着，对巴威尔发问。

“没听说。”巴威尔简练地回答。

“真有忍心干这事的人！我一直想亲手杀了他！这是我分内的事儿，对我最适合！”

“尼古拉，别再说这种话了！”巴威尔和蔼地劝慰他。

“你到底是怎么回事呀？”母亲亲切地接过去说，“你的心肠很软，却非要大吼大叫的，到底为什么呀？”

在这种时刻，母亲看见尼古拉觉得非常高兴，甚至觉得他那张麻脸也比以前顺眼了许多。

“除了干这个，我一无所用！”尼古拉耸动着肩膀说，“我整天想，哪儿是我的归宿呢？没有我的归宿！和人们聊天，我不会！我经历了各种各样的事情，受尽人类的全部耻辱，但是，我不能说话！我的灵魂是哑的！”

他走到巴威尔身边，垂着头，手指在桌上转着，用一种孩子般的口气，绝不像他平常那样，可怜巴巴地说：“您给我一些重活吧，老弟！这样无意义地继续下去，我真受不了！你们大家都在做工作，我呢，只是看着工作进行！站在一旁。我在搬运木材,木板。难道我生活的意义仅仅就是这样吗?快给我一些繁重的工作吧!”

巴威尔握住了他的手,把他拉近自己。

“我们一定会让你工作的!”

可是这时从帐子里发出了霍霍尔的声音:

“尼古拉,我教你排字吧,以后你做我们的排字工,行不行?”

尼古拉走到他跟前说:

“如果你教会了我,我送你一把小刀。”

“让你的小刀滚开吧!”霍霍尔喊着,忍不住笑了起来。

“非常好的小刀!”尼古拉仍坚持说。

巴威尔也忍俊不禁了。

于是,维索夫希诃夫站在房屋中间,问道:

“你们在取笑我吗?”

“哦,对啦!”霍霍尔边回答边从床上跳下来,“好,咱们到郊外去逛逛,晚上的月亮非常迷人。去不去?”

“好吧!”巴威尔说。

“我也去!”尼古拉说,“喂,霍霍尔,我很喜欢你笑的模样。”

“我很喜欢你要送我东西的模样!”霍霍尔边笑边说。

他在厨房里穿衣服的时候,母亲唠唠叨叨地对他说:

“穿多点!”

他们三人走了之后,她透过窗户望着他们离去的背影,然后又看看圣像,低声地说:

“主啊,愿你帮助他们!”

二十六

时间一天天飞快地消逝。

母亲整天忙碌,连想一下“五一”节的时间都没有。整天忙忙碌碌地奔走使她疲惫不堪,只有每天夜晚上床的时候才隐隐约约觉察到心中的创痛。

“但愿这一天早一点来吧!”

天亮时分,厂里的汽笛又鸣响了,巴威尔和安德烈匆忙喝了茶,吃了面包,将许多事情托付给母亲后,就去上工了。

母亲每日里就像轮轴上的松鼠似的跑来跑去,煮饭,煮贴传单用的紫色胶水和糨糊。有时候,有人跑来,把巴威尔的信塞给母亲时,便把那种兴奋传染给她,然后又走掉了。

号召工人们庆祝“五一”的传单,几乎每晚都贴到墙壁上,这些传单贴得到处都是,甚至在警察局的大门上也贴着。每天早上,警察们一边埋怨,一边在工人区巡视,把墙上的标语撕去刮去。但是,到了午后,那些传单又飘满街头,在路人的身边飞舞。

城里派来的密探站在街角侦察,用阴险的目光打量那些去吃饭和吃完回来的兴高采烈的工人。对于警察的束手无策,大家都觉得很有趣,连上了岁数的工人都在嘲讽说:

“他们在干什么呀?嗯?”

无论在哪儿,工人们都聚在一起热情地谈论着那令人欢欣鼓舞的呼吁。

热火朝天的生活开始了。这一年的春天,大家觉得生活更有意义了。对于所有的人,都带来了一种新的东西;它激怒了某些人,他们怒骂图谋叛乱的人;对有些人来说则是隐隐约约的希冀和担忧;对有些人带来的是由于意识到自己是唤醒大家的力量而感到强烈的喜悦。

巴威尔和安德烈差不多是整天整天地工作,汽笛快要呼叫的时候,才回到家里来。两个人都疲倦不堪,哑着嗓子,脸色苍白。

母亲知道他们是在树林里或在沼泽地里开会。她还了解到,每夜都有警察在工人区附近骑马巡逻,都有便衣偷偷溜进来逮捕或搜查有的工人,驱散群众,有时把个别的人逮捕了去。她也心里很清楚,儿子和安德烈每晚都可能被捕,但是,她反而有点希望这样,她觉得这对他们倒要好些。

依萨的死是件稀奇古怪的事,但却没有任何人提起。在出事之后的两天,警察曾经传讯过一些嫌疑犯,但是,审问了十来个人之后,他们再也提不起兴趣了。

玛丽亚和母亲谈到了对警察的看法,她和这些警察处得还挺好。她说:

“哪能抓到罪犯?那天早上,大概有一百多人看见依萨,其中至少有九十个都会给他一家伙。这七年来,他对任何人都干过无耻的事。”

霍霍尔简直是大变样。他的脸瘦得厉害,眼皮似乎沉甸甸地搭在凸出的眼球上,几乎把一半眼睛都挡住了。从鼻孔到嘴角布满很细的皱纹,他忙得顾不上日常的生活,但是,他的感情却日渐激昂,好像陶醉了一般,并且使得大家也陶醉在狂喜里,每当他谈起未来的事情,谈起自由和理智胜利的美好而光明的节日的时候都是如此。

当别人对依萨的死不闻不问时,他又厌恶又悲哀地带着微笑说:

“他们不但不同情劳苦民众,就连那些用来侦察我们的走狗,也是看得一钱不值!不爱惜忠实的犹大,只爱惜钱!”

“这事不要再谈了,安德烈!”巴威尔断然地说。

母亲也随声应和着:

“朽木一碰就会碎!”

“说得对，但是，并没有什么可高兴的！”霍霍尔忧虑地说。

这是他的口头禅，在他的嘴里，这话好像有一种特殊的，全知全能的意味，同时也有着忧愁和辛辣的意思。

终于，5 月 1 日这天到了。

跟往常一样，汽笛声短促而尖利地叫起来了。

一夜都没睡好的母亲跳下床来，生好了头天夜里准备好了的炭火。她想和往日一样去敲儿子和安德烈睡的屋门，但是，寻思了一下，挥了挥手，就在窗外坐了下来，用手托着腮，好像牙痛似的。

蓝蓝的天空上飘浮着朵朵白色的和浅粉色的薄云，好像被汽笛的吼叫惊吓了的鸟儿一样，飞快地飘浮着。

母亲仰着头，看着云彩想心事。她觉得头很重，因为夜里失眠而充血的眼睛也觉得干燥，但她的心里异常的平静，心脏跳动得很均匀，心里想的是一些普通平凡的事物。

“茶炉烧得有些太早了，都开了！今天让他们多歇一会儿吧！两个人都熬得够受了。”

刚刚升起的太阳一边高兴地游戏，一边往窗户里偷看。她把一只手放在阳光下面，明媚的阳光洒在她的手上，她沉思而亲切地微笑着，用另外一只手轻轻地把阳光抚摸了一下。过了一会儿，她站起来，把茶炉上的烟囱拿来了，格外小心地不弄出声响来，洗了脸，她开始祷告，画了很多十字，默默地动着嘴唇。她的脸上放着光辉，右边的那道眉毛，一会儿儿慢慢地推上，一会儿又突然地放下。

第二次的汽笛声比较小，不像上次那样干脆，在那种粗重而潮湿的声音里面，微微有点颤动。

母亲觉得今天的汽笛声响得似乎特别长。

屋里面传来霍霍尔响亮而清晰的声音。

“巴威尔！听见了吗？”

有一个光着脚丫在地上走，有一个舒舒服服地打了个哈欠。

“茶炉烧好了！”母亲喊道。

“我们这就起来！”巴威尔快乐地答话。

“太阳升起了！”霍霍尔说，“天上的云在飘浮！今天这云是多余的。”

他走进了厨房，头发乱乱的，面容憔悴，但看起来心情愉快。

“早安，妈妈！晚上睡得好吗？”

母亲走近他的身边，压低声音说：

“安德留夏，你可要和他并排走啊！”

“那当然！”霍霍尔在她耳边轻轻地答应，“只要我们在一起，无论什么时候都是并肩走，你放心吧！”

“你们在那儿说什么悄悄话呢?”巴威尔问。

“没有什么,巴沙!”

“妈妈让我洗得干净点,姑娘们要看咱们的!”霍霍尔一面回答着,一面走到门洞里去洗脸。

“起来,饥寒交迫的奴隶!”巴威尔低声歌唱。

太阳更加耀眼了,风把浮云吹得无影无踪了。

母亲正在准备茶具。她一边摇头,一边在想,这情形多么古怪呀,早上他们两个都面带笑容,高高兴兴地开玩笑,可是中午会有些什么在等待他们呢? 谁也不知道。连她自己不知何故也很镇静,差不多觉得欢喜。

他们喝了很长时间的茶,他们喝茶喝了许久。

巴威尔和平常一样,缓慢而仔细地用勺子搅好了杯里的糖,在一块面包上面,小心地撒上食盐。

霍霍尔老在桌下挪动他的两脚, 他向来要很久才把两脚放得舒服, 看着蒸汽折射的光线在天花板和墙上移动,便讲起了他的故事。

“十几岁的时候,我想用茶杯去捕太阳。我拿了茶杯,蹑手蹑脚地往墙上猛力一扑! 结果呢,不但划破了手,还挨了一顿揍。挨了打之后,走到院子里,看见太阳躲在水潭里,我想要用脚踩它,结果只是泥浆满身,又挨了一顿打……怎么办呢? 我向太阳大声骂道:‘我一点都不痛! 红毛鬼! 一点都不痛!’不停地朝它们伸着舌头,这才发泄完了怒气。”

“怎么是红毛鬼呢?”巴威尔笑着问。

“我们对面的打铁铺里,有一个红胡子红脸的铁匠,他是一个又愉快又和气的男人,我觉得太阳很像他。”

母亲忍不住地说:

“你们最好是计划一下你们的事!”

“重新考虑已经商量好了的事情,只会使事情更糟!”霍霍尔温和地说,“妈妈,如果我们都被抓了去,尼古拉·伊凡诺维奇一定会来告诉你怎么办的。”

“那很好!”母亲叹了一口气说。

“想到街上去!”巴威尔梦幻般地说。

“不,还是在家待一会儿好!”安德烈制止说,“我们何必白白地让警察们眼睛疼呢? 他们已经把你了解得够明白的了!”

菲佳·马琴跑了来,满脸春风,双颊泛红。他全身都洋溢出欢喜的劲头,欢乐的气息把等待中的枯燥一扫而光。

“开始了!”他说,“群众们已经出发了! 大家涌到街上去了,人人都斗志昂扬。工厂门口,维索夫希诃夫,古塞夫,萨莫依洛夫在那里演说。大多数人都回家来了! 咱们走吧,到时候了! 已经十点钟了!”

“我要走了!”巴威尔坚决地说。

“看吧,”马琴预言道,“吃过午饭,全厂都会活跃起来!”

他跑了出去。

“这孩子像风中的蜡烛,起起落落地燃烧着!”母亲轻声嘀咕,想送儿子出去。她站起身走进厨房,穿上自己的外衣。

“妈妈,您到哪里去?”

“和你们一块儿去!”她说。

安德烈扯着自己的胡子,朝巴威尔望了望。

巴威尔迅速地整了整头发,走到她身边:

“我什么话都不和妈妈讲……妈……也不要向我开口说,好吗?”

“好的,好的,愿基督保佑你们!”她说。

二十七

她走到大街上,听见外面充满了骚动的、像是在等待着什么似的嗡嗡的人声。当她看到各家的窗口和门口拥着成堆成堆的人群,他们都用惊奇的眼光望着她的儿子和安德烈的时候,她的眼里,蒙上了一层灰露似的斑点,一会儿变成透明的绿色,一会儿又变成混浊的灰色,在她眼前晃动着。

一路上不断有人和他们打招呼,在那些问好里面,含着一种特别的意味。在她耳际,可以听见那种断断续续的低声谈话:

“看,他们就是今天的首领!”

“我们不知道是由谁来指挥。”

“我并没有说什么坏话呀!”

在另一处,院子里有人忧心忡忡地喊道:

“警察把他们全抓了去,他们就完啦!”

“正在抓呢!”

女人的尖厉的叫声,令人害怕地从窗户里散布到大街上:

“你要想明白,你怎么啦,没有妻子儿女还是怎么的?”

他们经过靠厂里伤残津贴生活的,没有脚的卓西莫夫门口的时候,他从窗户里探出头来嚷道:

“巴什卡!你这个小浑蛋,干这种事情,你这么干肯定丢饭碗!等着瞧吧!”

母亲停下来,打了一个寒颤。这样的叫喊引起了她的厌恶,她瞪了瞪那个残废者蜡黄浮肿的脸。他呢,一边骂人,一边把脸躲开了。于是,母亲加快了脚步,赶上去,努力想不落后一步地跟在儿子后面。

巴威尔和安德烈似乎无动于衷,就连沿途人们的喊声,似乎也没有听见。他们镇定自若,昂首挺胸地前进。

正在走着的时候,有一个因谨慎清白地生活而赢得大家敬重的老人,朴实的米洛诺夫,站在他们面前。

“达尼洛·伊凡诺维奇,您今天也不去上工了?”巴威尔问。

“我们家女人要生孩子!况且,又是这样不太平的日子!”米洛诺夫注视着他的同伴们,解释了一下,然后又压低嗓门问:

“听说你们和厂长为难,打碎他的玻璃窗?”

“您以为我们是醉鬼?”巴威尔惊叫了一声。

“我们不过是列队举旗在街上走走,唱唱歌!”霍霍尔说,“请您听着我们的歌吧,我们的歌声唱的就是我们的理想!”

“我早就明白你们的理想!”米洛诺夫沉思地说,“我看过传单了!嗬,尼洛夫娜!”他叫了一声,他睿智的双眼微笑地望着母亲,“连你也去参加暴动啊?”

“能在进坟墓之前和真理一起走走也是幸福的!”“嘿,你呀!”米洛诺夫说,“怪不得他们都说,厂里的禁书都是你带进去的!”

“谁这样说?”巴威尔问。

“大家都这样说呗!那么,再见吧,你们要小心!”

母亲静静地笑了,她对这种传说感到非常开心。

巴威尔面带微笑,对母亲说:

“你也会蹲监狱的,妈妈!”

太阳高高地挂在天上,把它的温暖洒向春天的令人振作的新鲜空气里,云儿移得慢了,慢慢变得稀薄而透明。云影从街道上和房屋上缓缓逝去,笼罩在人们身上,好像是要给工人区来一次扫除,扫去了墙上和屋顶上的灰尘,擦去了人们脸上的苦闷。

大街上慢慢喧闹起来。喧哗声越来越大,渐渐地盖住了远处传来的机器声。

许多地方,从窗子里,院子里,钻进或飞进母亲耳中那些惊慌失措而凶恶的、喜悦而认真的话语。但是,现在,母亲很想和他们辩论,向他们致谢,说服他们,她很想参加这一天的光怪陆离的生活。

在街道后面那条小窄巷里,聚集了一百多个人。从人群里面,传来了维索夫希诃夫的声音。

“我们的血好像野莓子的浆汁一样,都被榨干了!”粗笨的语句,降落在群众的头上。

“不错!”几个声音一同喊出来了。

“这小子在讲呢!”霍霍尔说,“好,我去帮帮他的忙!”

他那瘦高而敏捷的身体钻进了人群中,就像螺旋塞钻进瓶盖里一样,巴威尔拦都拦不住。接着,便传来了他那悦耳动听的声音。

“朋友们! 据说世界上有形形色色的民族,什么犹太人,德国人,什么英国人,鞑靼人, 但是,我不同意这种说法! 在地球上,只有两种人,两类水火不容的种族,富人和穷人! 人们穿着各式各样的衣服,说着不同的语言。但是,仔细看一下,有钱的法国人、德国人、英国人,是怎样对待劳苦大众的? 那么就可以看见,对工人说,他们所有的人都是吃人的恶魔,他们都该让骨头噎死!”

人群中一片哄笑。

“再从另一面看看吧,我们可以看见,法兰西、鞑靼、土耳其的工人,不都是和我们俄罗斯的劳动人民一样过着牛马不如的生活吗?”

到街上来的群众越来越多,大家都是伸长了脖颈,踮起了脚尖,一声不响地,一个跟着一个地挤进了巷子里来。

安德烈把声音提得更高了。

“在外国,工人已经理解了这个简单的真理,所以,在今天, 在光辉灿烂的 5 月 1 日……”

“警察!”有人喊叫。

只见四个骑马的警察,挥舞着鞭子,从大街上一直朝巷子里的人群闯过来,嘴里喊着:

“快走开!”

群众们蹙着眉毛,慢慢地让开一条道,有些人爬到围墙上。

“让那些猪狗们骑上马,它们就会神气活现地乱嚷我们是斗士!”有人用洪亮的、挑战的声音喊。

只有霍霍尔一个人,独自站在小巷的中间,两匹马摇着头,朝他冲过来。他从容不迫地避开了, 同时,母亲抓住了他的一只手,把他拖到身边,叨咕着说:

“刚才说好了和巴沙一起的,现在就一个人以卵击石!”

“对不起!”霍霍尔微笑着表示歉意。

母亲感到心乱如麻,疲惫不堪。这种疲劳从内心上升到头顶,使她头晕目眩,悲伤和欢乐在心中奇怪地轮流出现。她只巴望着中午饭的汽笛,早些呼叫起来。

穿过广场,向教堂走去。教堂四周,在围墙里,早已挤得水泄不通,有的站着,有的坐着,这儿共有五百多个充满喜悦之情的青年和小孩。群众在那里波动,大家都颇感担心地抬着头,远远地朝四处张望,等得都快失去耐心了。人们都感到了一种无可名状的惊慌。有些人的眼神里透着不知所措的神情,有些人表现出很勇敢的样子。妇女们压低声音悄悄地嘱咐着什么。男子们懊恼地避开了她们,时时可以听见低声的咒骂。含有敌意的乱哄哄的喧闹声,笼罩着这五光十色的群众。

“米青卡!”一个低低的颤抖的女人的声音,“当心你自己……”

“别再烦我了!”回答的声音。

那边,西佐夫正在用庄严的声调,富有说服力地说着:“不,我们不应小看年轻人!他们比我们更懂得事理了,比我们更有勇气,是谁坚持反对‘沼泽戈比’?是他们!这是我们应该记住的。他们因为那个事件进了监狱,但是,得到好处的是大家!”

汽笛响了,黑色的声音淹没了一切人声。人群波动了一下,坐着的站了起来,在这瞬间,大家屏住了鼻息,竖起两耳提防着,很多人的脸变得异常苍白。

“同志们!”巴威尔嘹亮而镇定的声音响了起来。干燥而赤热的云雾,遮住了母亲的眼睛,她忽然用一种坚定的姿态,站在她儿子的后面。

大家都向着巴威尔转过身去,就像被磁铁吸引的铁粉似的团团围在他的身边。

母亲望着他的脸,她只看到他那双明亮的、勇敢的、燃烧着的眼睛。

“同志们!现在,我们要公开宣告,我们到底是什么样的人!今天,我们要高高地举起我们的旗帜,举起理性的旗帜,真理的旗帜,自由的旗帜!”

长长的白色旗杆,在空中一划,便倾斜下来,把人群切开,隐没在人群中间。过了 一会儿 ,在众目仰望的上空,仿佛赤鸟一般的招展开劳动人民的大旗。

巴威尔一只手往上举起 旗杆摇了几下,这时候,几十只手,抓住了白色的旗杆,母亲的手也夹在里面。

“劳动人民万岁!”他喊。

几万个声音,轰然地跟着呼喊起来。

“同志们,我们的党,我们精神的支柱,社会民义工党万岁!”

人们动了起来,明白旗子含义的人,都纷纷挤到旗帜下边。

巴威尔旁边,站着马琴、萨莫依洛夫和古塞夫兄弟;尼古拉歪着头,推开了两旁的人们跑过来,还有许多母亲所不认得的、眼睛里放射着光辉的年轻人,把她挤开。

“全世界劳动者万岁!”巴威尔叫着。几千人的响应变成了震耳欲聋的响声,充满着力量和喜悦。

母亲抓住尼古拉的手和另外一个人的手,泪水似乎堵塞了胸口,但是,她没有哭泣。她双腿颤抖,用颤动的声音说道:

“亲人们!”

尼古拉的麻脸上面,布满了欢笑。他望着旗子,一只手朝着旗子伸过去,嘴里低低地叫着,过了一会儿 ,他忽然用那只手搂住了母亲的脖子,吻了她一下,尔后笑了起来。

“同志们!”霍霍尔用自己柔和有力的声音压住了群众的喧闹声。他像唱歌一般开始了讲演。“我们今天为着新的神,为着真理和光明之神,为着理性和善良之神,向十字架的道路前进!我们离目标还很远,紧靠着我们的是荆棘!谁不相信真理的力量,谁就没有勇气用生命来维护真理;谁不相信自己,谁害怕受苦受难,就让他从我们身边走开吧！坚信我们能够胜利的朋友，请跟我们来；看不到我们理想的，就请他不要和我们一起走吧！等待着我们的只有痛苦。同志们！排起队来！自由人的节日万岁！五一节万岁！"

群众们团结得更紧密了。

巴威尔把旗子一挥，旗帜顿时在空中飘扬起来，在阳光照耀下，鲜红的旗帜仿佛在微笑着，一步步地向前面飘扬。

旧世界打得落花流水！

菲佳·马琴高声响亮地唱起来，几十个声音，合成了有力而柔和的波浪和他应和着。

"粉碎那旧世界的锁链，奴隶们起来！"母亲的嘴角露出激动的微笑，跟在马琴后头。从他的肩上，她望见儿子和旗帜。在她周围，到处是欢乐的脸庞和各种颜色的眼睛。走在群众前面的，是她的儿子和安德烈两个人。她听出了他俩的声音，安德烈的柔和而润泽的声音和儿子的宽阔而低沉的声音，非常和谐地融在一起：

"起来！饥寒交迫的奴隶！""起来！全世界受苦的人！"

人们从四面八方跑过来，迎着红旗叫喊着，加入到队伍里面，跟着大伙儿一块前进，他们的喊声被歌声吞没了，这首歌，平时在家里唱的时候，声音压得最低，可是在街上，它是那样平稳而坚决地流散出来，带着一种令人生畏的力量。在歌词里，有一种钢铁般的英雄气概，号召人们走向未来，而且诚实地说明了这个道路的险阻。就在这首歌的伟大的、不能动动摇的火焰里，熔化了痛苦的沉渣和平日感情的沉淀，对于新事物的恐惧，完全化成了灰烬……

在母亲的身旁晃动着一张又惊又喜的脸庞，跟着是一个颤动的，抽泣的声音，喊道：

"米加！你到哪里去？"

母亲一面走，一面对她劝慰：

"让他去吧！不必担心！刚开始我也是非常畏惧，现在我儿子在最前面。前面举着旗的就是我儿子！"

"强盗！你们到哪里去？前面是有军队的营地！"

突然有个瘦高个子的女人用她干瘦的手抓住了母亲的手，说：

"老妈妈，您听他们唱的！米加也在唱……"

"您不用害怕！"母亲低声地说，"这是伟大的事业！你想 如果人们不为基督去赴死，根本就不会有基督！"

她的脑海中忽然冒出了这个想法，那个思想所包含的明白而简单的真理使她吃惊，她看了看这个紧紧抓住她手的女人，出其不意地微笑起来，又重说了一遍：

"假如人们不为基督而死，根本就不会有基督的！"

西佐夫走到她的身边，脱下了帽子，挥动着它，像是给歌儿打拍子，说道：

“公然出动了，老太太，嗯？大家想起了这支歌，这是什么歌呢？嗯？”

“你们把儿子送来吧！”“他们什么都不怕！”西佐夫说，“我的儿子已经在坟墓里了……”

因为心脏跳动得太厉害，母亲慢慢落在队伍后边。人们把她挤到一旁，挨近了围墙旁边。拥挤的群众的波浪，浩浩荡荡地在她的身边流过，人数是非常的众多，这使母亲觉得高兴。

起来！全世界受苦的人！好像空中吹响了巨大的喇叭，那声音，唤醒了人们，或者唤起了战斗的准备，或是唤醒了难以名状的喜悦，或者唤起了对新事物的预感，或是唤醒了火焰一般的好奇；有些地方，激发起模糊的希望与战栗，有些地方，把长年累月积聚的仇恨打开一条出路。所有的人，都昂首望着前方那迎风招展的红旗。

“前进！”有人欣喜若狂地喊道，“兄弟们，好极了！”

有些人，仿佛感到一种溢于言表的伟大，所以就狠狠地骂了起来。但是，这种仇恨，这种奴隶般的阴郁而愚昧的仇恨，一旦阳光照临到它的身上，就像一条毒蛇一样盘旋在恶毒的语言上，发出咝咝的声音。

“邪教徒！”有人从窗子里伸出拳头来恐吓，用破锣般的嗓子喊。

有个尖厉的叫声，总是缠绕在母亲的耳边：

“反抗皇帝陛下吗？反抗沙皇陛下吗？暴动吗？”

兴奋的面孔在母亲眼前一闪而过，男人们、女人们兴高采烈地从她身边跑过去，歌声带领着群众像一大股黑色的熔岩一样向前面流去。歌声用它独有的压力，冲破了前面的一切，扫清了路上的障碍。

母亲远远地望着前方迎风飘扬的红旗，她虽然不能看清，也好像看见了她儿子的容貌神情，他那青铜一样坚毅的前额，燃烧着信仰的火焰的双眼。

但是，她终于落在群众的后面，落在那些预感到结局而不慌不忙地走着，用一种冷漠的好奇心看着前面的人群中。他们一边走，一边低声而自信地说：

“在学校附近驻着一个连，还有一个连，驻扎在工厂旁边。”

“省长来了！”

“当真？”

“我亲眼看见的，的确来了。”

一个人好像很快乐地骂道：

“他们到底还是怕我们的弟兄们！不论军队，还是省长。”

“我的亲人啊！”母亲的心猛烈地跳动着。

但她周围的谈话，都是毫无生机、一潭死水的。她加快了步伐，想离开这些人，要超过他们那缓慢而懒散的步伐,对母亲来说,还是很容易的。

突然,游行队伍的前方好像碰住了障碍似的,它的身体并不停止,但摇晃着退后了一步,发出不安的骚动。歌声也跟着颤动了一下,接着,更快速更嘹亮的歌声响起来了。但歌声的波浪,又慢慢地低了下去,朝后面滚了过来。声音逐个地从合唱里面退出来。然而,也有个别的声音,想尽力把歌声提到原来的高度,推动它向前:

"起来!饥寒交迫的奴隶!"

"起来!全世界受苦的人!"

然而,在这歌声中,已有了恐惧,已经没有了团结一致的自信了。

究竟前面发生了什么事,母亲一点也看不见,听不见。她挤过人群,快步地朝前走去,但是,众人迎面又向她退来,有些人歪着头、皱着眉,有些人尴尬地微笑着,还有些人嘲笑地吹着口哨。她悲哀地望着他们的脸,她的眼睛默默地对他们询问,要求,呼唤……

"同志们!"传来了巴威尔的声音。

"军队和我们是一样的人,他们不会打我们的。为什么要打我们呢?为了我们拥有着大家所渴求的真理吗?这种真理,他们不是也需要吗?现在,虽然他们还不懂得我们的真理,但是,他们和我们站在一起,不在杀人和劫掠的旗帜下,而是在自由的旗帜下前进的日子,已经近在眼前了!为了使他们早一天明白我们的真理,我们应当继续前进。前进吧,弟兄们!永远地前进吧!"

巴威尔的声音果断而响亮,每一个字都铿锵有力地在空中回响。但是,游行的队伍仍在接连不断地败溃,人们零零散散地向左右人家里躲避,靠着墙壁站着。此时,队伍变成了楔子的形状,巴威尔站在楔子的尖端,在他头上,火红的飘扬着劳动大众的旗帜,散开的队伍,又像一只黑鸟,宽宽地张开了两只翅膀警戒着,随时都准备飞起,巴威尔是那只黑鸟的嘴。

二十八

母亲看见一排排模糊的人站在大街的尽头,像一堵灰色的墙,挡住了通往广场的道路。他们肩上的刺刀,那些锐利的刀刃,放着阴气森森的光。这堵纹丝不动的墙向工人们吹来一阵阴毒的风。这股阴气吹进了母亲的胸膛,刺进了她的心窝。

她挤在群众里面,站在旗帜下和那些熟识的和不熟悉的人们混杂在一起的地方,挤到这里,她仿佛有了主心骨。

她的肩膀紧紧地靠在一个身材魁梧。那人是个独眼,就扭过头来看着她。

“你怎么啦？你是谁？”他问。

“巴威尔·符拉索夫的母亲！”她一边回答，一边觉得膝盖以下在发抖，下嘴唇不自觉地松弛下来。

“哦！”独眼说。

“同志们！”巴威尔说，“永远向前进，我们没有第二条路！”

周围一片寂静，似乎连针掉在地上的声音都能听得一清二楚。旗子举了起来，摇晃了一下，若有所思地在人们头上飘扬，平稳地向着灰墙般站着的兵士们前进。

母亲身体发抖，闭上了眼睛，惊叫了一声，巴威尔，安德烈，萨莫依洛夫，马琴，只有四个人离开了人群一直朝前走。

菲佳·马琴的嘹亮的声音，缓缓地在空中颤动。

“你们已经做了牺牲。”他唱。

“这是最后的斗争！”两个低沉的叹息一样的粗重声音，跟着唱起来。

人们迈着细步走在大路上，慢慢地向前面行走。忽然，一个坚决的、下了决心的新的歌声，又流动起来。

“你们为了它，已经尽可能地献出了一切。”

菲佳的歌声，如同一条鲜艳的丝带，在空中飘荡。

“为了自由！”

同志们齐声唱着。

“嘿！”有人在周围讽刺地叫嚷。

“唱起追悼歌来了，狗崽子！”

“打这个家伙！”有人愤怒地喊了出来。

母亲双手按住胸口，向周围望了望，看到刚才挤满了街道的群众，都迟疑地站在那儿，迟疑不决地望着拿了旗子前进的人们。跟在他们后面的，只有几十个人，每前进一步，总有几个向两边躲开，就如同街中间的路是烧红的铁板，烫疼了他们的脚。

“专制将要打倒！”

——在菲佳的嘴里，歌儿发出了预言。

“人民就要起来！”一股响亮的合唱坚定而勇敢地跟着他唱起来。

但是，透过这整齐的歌声，有一些低微的谈话：

“在发号施令了！”

“预备！”在他们面前，发出了一声尖厉的喊叫。

刺刀在空中画出一道闪亮的弧线，发出阴险的微笑，迎着红旗直伸过来。

“齐步走！”

“他们出动了！”独眼说，两手塞在衣袋里，大踏步地向路旁逃避。

母亲目不转睛地看着。

灰色的军服潮水般地涌过来，充斥了整个街道，他们向前托着银光闪闪的钢齿梳子，脚步齐整地，冷酷地向前行进。

她大踏步地走近她儿子的身边，同时看见安德烈也是很快地跨到了巴威尔前面，用自己的身体遮住他。

"并肩走，同志！"巴威尔厉声喊道。

安德烈唱着，反背着双手，高仰起头颅。

巴威尔用肩膀顶了他一下，又喊道：

"并排走，旗子才能在最前面，你没有这种权利！"

"散开！"一个身材矮小的军官，挥舞着雪亮的军刀，尖声地喊叫。他直着腿。抬起了脚，用靴子在地上乱踩。

他那双擦得很亮的长靴映入母亲的眼帘。

在他旁边稍后一点，有一个身材魁梧、脸刮得铁青、留着白色唇髭的人，他穿着红里子的灰大衣，下身穿着镶有黄色丝带的宽筒军裤。他也像霍霍尔那样反剪双手，紧紧皱着浓浓的白色眉毛，望着巴威尔。

母亲此时已经历了太多的事件，在她的脑海中，有一种声音在高呼，随着每次的呼吸都可能从喉咙里跳出来。这呼喊使她喘不过气来，但是，她两手抓住了胸口，抑制住这个呼声。

群众们挤开了她，她磕磕碰碰，一片茫然，几乎是不自觉地向前走去，她觉得她身后的群众在逐渐减少，从对面逼过来的寒冷的巨浪使他们彼此地散开了。

守卫着红旗的人们和灰色的队列，渐渐地靠近。兵士们的面孔，现在清晰可见了，这些面孔挤成一条又脏又黄的丑陋的带子，挤满了一条街。在这条带子上，高低错落地装饰着各种颜色的眼睛，在它前面，刺刀的尖端，寒光逼人。刺刀对准了人们胸口，还没有碰着他们，就已经把他们一个个地剔出了队伍，使他们四分五裂地败下阵来。

母亲听到了身后奔跑的脚步声。仓皇失措的声音，不断地在叫喊：

"散开，兄弟们！"

"符拉索夫，快跑！"

"回来，巴威尔！"

"把旗子丢开，巴威尔！"维索夫希诃夫阴郁地说，"交给我，我把它藏起来！"

他用一只手抓住了旗杆，旗子稍稍往后倾斜了一下。

"放手！"巴威尔喊了一声。

尼古拉好像被火烫了似的把手放开。

歌声完全消失了。

人们纷纷驻足,紧紧地围着巴威尔。但是,他仍旧排开了众人,勇往直前。

忽然,全场鸦雀无声,它如同是不知不觉地从天而降,立刻把人们笼罩在透明的云雾里。

红旗下面只有不过二十来个人,但他们却是坚决地站在那,是一种为他们担忧和想要对他们说些话的模糊愿望,指引着母亲朝他们靠近。

"去把他手里的东西夺下来,中尉!"传来那个高个儿老头平稳的命令声。

他伸出手,指着旗子。

那个矮小的军官跑到巴威尔跟前,伸手抓住了旗杆,尖叫道:

"松手!"

"拿开你的手!"巴威尔高声地威逼。

旗子忽而倾向左,忽而倾向右,空中好像飘忽着红红的云,一会儿儿又笔直以竖了起来——军官被推了出来,一下子坐在地上。

尼古拉攥紧了拳头,伸直了胳膊,飞快地从母亲面前跑过去。

"把那些家伙抓起来!"老头跺着脚,大吼一声。

几个兵士跳向前去。有个人抡了一下枪托,旗子抖了一下,就倾倒下来,隐没在灰色的兵士里面。

"啊呀!"有人悲伤地叫了一声。

母亲发出了尖厉的叫喊。但是,在兵士的队伍里面,她听见了巴威尔清朗的声音。

"再见了!妈妈!再见了!亲爱的!"

"他还活着呢!他惦记着我呢!"母亲的心猛地跳动了两下。

"再见了,我的妈妈!"安德烈喊道。

母亲努力地踮起脚,挥舞着双手,竭力地想看看他们。在兵士们的脑袋之上,她望见了安德烈的圆脸——他微笑着,和母亲打招呼。

"亲爱的……安德留夏!巴沙!"她叫着。

"再见了,同志们!"他们在士兵的队伍里叫喊着。

回答他们的喊声的,是许多凌乱的反响,这反响是从窗子里,从屋顶上,以及从上面什么地方发出来的。

二十九

有人推了母亲一把。

她透过发花的眼睛看见了她前面那个身材矮小的军官。

他的脸通红，神色慌张，对着母亲喊道：

“滚开，老太婆！”

母亲上上下下端详他，看见了在他脚边断成两截的旗杆，在一段上面，还有一块完整的红布。

她俯下身去把它捡起来。

军官从她手里将旗杆夺下去，往旁边一扔，跺着脚大声喊叫：

“滚开！”

在兵士中间，忽然响起一阵歌声。

起来！全世界受苦的人！

周围一切都突然旋转、动摇和战栗起来。在空中发出了一种和电线的模糊的声响相似的、粗重而惊慌的嗡嗡声。

军官飞快地跑过去，暴躁地尖叫：

“叫他们闭嘴，克拉衣诺夫曹长！”

母亲趔趄地走到被他扔在一旁的断旗杆边，又把它拾了起来。

“蒙住他们的嘴！……”

歌声混杂，断断续续，终于还是消失了。

有人抓住了母亲的肩膀，迫她转过身去，在她背脊上推了一下。

“走，走……”

“把街道打扫干净！”军官叫道。

母亲在离开自己十步左右的地方，又看见一堆聚集的群众。他们在那里吼叫、嘀咕、吹口哨。然后又缓缓地由街上往后退，躲进了人家的院子里。

“快走，死老太婆！”一个年轻的留着胡须的士兵，走到她的身边，在她耳边吼了一声，把她推到人行道上。

她拄着旗杆吃力地走着，她的两条腿直不起来，为了避免倒下，她的另一只手扶住墙壁或者围墙。人们在她面前往后退，在她旁边，在她后面，都是兵士们。他们边走边吼：

“走，走……”

兵士们从她身边走过，她停下脚步，环顾了一圈。

在街道的一头，稀稀拉拉地站着一队士兵，挡住了广场的出口。广场上空无一人。广场的另一边，也有一排灰色人影，正在那里慢慢地向群众逼近。

她想转回身去，但又无意识地向前走去，走到一条小巷前，忽然走了进去，这是一条窄小而无人的巷子。

她重新又站住，深深地吐了口气，耸着耳朵听着。在前面什么地方，好像有喧闹的人声。

她拄着旗杆,接着步履艰难地前行。她猛然间出了一身汗,动着眉毛,嘴唇哆嗦着。在她心里,有些话像火花一样迸出来,它们迸发着,拥挤着,点燃起执拗的、强烈地想说出它们,叫喊出来的愿望。

小巷忽然向左拐了进去。母亲转过拐角,看见密密地挤着一大堆人;不知是什么人正在大声说着:

“弟兄们,碰上刺刀可不是闹着玩的。”

“他们怎样了呢?嗯?他们朝着刺刀走过去,站住了!我的兄弟,毫不畏惧地站在那儿了。”

“巴沙·符拉索夫也是那样的!”

“霍霍尔呢?”

“背着手在那儿笑呢,这鬼……”

“亲爱的人们!”母亲挤进人群,喊道,人们很恭敬地给她让开。

有人忽然笑了起来:

“看,拿着旗子!手里拿着旗子!”

“别做声!”另一个人厉声制止他。

母亲平静地向左右摊开了手。

“请你们听一下吧,为了基督!你们大家,都是亲人,你们大家,你们都是真诚忠实的。你们睁开眼睛看一下吧,方才出了些什么事呀?我们的亲骨肉,在这个世界上四处寻求真理!为了大家!为了你们大家,为了你们的后代,他们选择了自我牺牲的道路……去寻找美好的未来。他们希望过那真理和正义的生活,他们希望大家都幸福。”

她的心跳得厉害,胸口觉得堵得慌,喉咙干燥而辣热。在她内心深处,产生一些拥抱一切事物和所有的人们的慈爱的话,这些话灼烫着她的舌头,使她更有力更自由地述说出来。

她看见,大家都在静静地倾听;她感到,大家都紧紧地围着她,在那儿思索着。在她心里燃起了一个愿望,现在对她已经是很明白的愿望:想说服大家跟着她的儿子、跟着安德烈,跟着一切被兵士带去、现在成为孤单的人们向前走。

她环顾四周那些眉头紧锁、聚精会神的面孔,用一种温和的力量继续说下去:

“我们的孩子们在世界上是走向着欢乐的生活,他们是为着大家,为着基督的真理,我们那些恶毒的、欺诈的、贪欲的家伙,用来压迫我们,绑缚我们的一切东西,都是他们要反对的!我的这些亲人,要知道,就是为了全体人民挺身而出的,他们是为着全世界,为着全体工人而去的!别离开他们,别抛弃他们,别把自己的孩子丢在孤单的路上。可怜我们自己吧!相信儿子们的信仰吧!他们得到了真理,为了真理而牺牲,请你们相信他们吧!”

她声音嘶哑,疲惫不堪,全身发软,身体摇晃了一下。旁边一个人,立刻扶住了她的胳膊。

"她是代表上帝说的!"有人感动地叹息着。

"上帝的话!善良的人们!大家快听她讲啊!"

又有一个人对她产生同情。

"嗨呀,看她多么难过呀!"

大家用责备的口气反驳他:

"她哪儿是伤心呀,她是在骂我们这些傻瓜,你要懂得!"

响亮的、战斗的声浪,在人群之上波动不已:

"正教的信徒们!我的米加是个诚实纯洁的人,他干了些什么呢?他跟着伙伴们去了,跟着亲爱的同伴们。那个老太太说得不错,我们怎么能抛弃我们的孩子?难道他们对我们干了什么不好的事情?"

母亲听了这些话,激动不已,她的泪水静静地流淌着,仿若是对这些话的回报。

"回家去吧,尼洛夫娜!回去吧!老妈妈!你辛苦了!"西佐夫大声问候。

他脸色煞白,凌乱的胡须抖动着,忽然间,他皱起了眉头,用尖刻的目光向大家看了一眼,伸展了身子,清清朗朗地说道:

"我儿子马特威,在工厂里压死了,这是你们都知道的,假如他现在还没死,我肯定叫他和同伴们一同去的!我一定说'马特威!你也去吧,去吧,这是对的,这是光荣的'!"

他忽然又闭上了嘴,默默不语了。大家也都忧郁地沉默着,但好像有一种清新的、并不使大家害怕的巨大的情感有力地笼罩着所有的人。西佐夫又举起手来,在空中挥动着,他继续说:

"这是老年人的话,你们不会认得我!我在这干了三十几年了,今年我都五十三了!我的侄子,一个心地纯净的孩子,今天又被抓了去了!他也和巴威尔一起走在前头,就站在旗子旁边。他挥了挥手臂,弯下腰来,握住了母亲的手,说道:

"这位老太太说的是大实话。我们的孩子都希望过上合乎正义、合乎理智的生活,但是,我们却舍弃了他们,我们都逃了,逃跑了!尼洛夫娜,回去吧!"

"你们都是我的亲人!"她用红肿的眼睛望着大家,说道,"生活就是为了孩子们,所有的土地是孩子们的!"

"回去吧!尼洛夫娜!哪,拿着拐杖。"西佐夫把那一段旗杆交给母亲,并嘱咐着。

大家用忧伤而崇敬的目光目送着母亲。人群中响起一阵同情的话语,仿若是对他的送别。

西佐夫沉着地把人群拦开,大伙儿都默默地让开路。有一种很茫然的吸引力,促使他们一边交谈着,一边不慌不忙地跟在她身后。

到了自己家门口,母亲便转过身来,拄着那段旗杆,给大家鞠躬,无比感激地道谢:

“谢谢你们!”

她重新想起了自己的思想, 想起了仿佛是由她自己心里产生出来的新思想,她说:

“假如人们不是为了他的光荣而牺牲,我主耶稣基督就不会存在了。”

人们望着她,一片寂静。

她又给大家鞠了一躬,然后走进院子里。

西佐夫低着头,尾随其后。

人们站在门口,谈论了一会儿。

于是,大家四下散开了。

第二部

一

这一天余下来的时光,是在一片片斑驳复杂的回忆中度过的,是在一阵阵难以抗拒的疲倦中挨过来的。在她眼前,那个瘦子的军官就像一个灰色的斑点似的跳动着,巴威尔的青铜色的脸庞发射出光茫,安德烈的眼睛里含着微笑。

她在房间里坐立不安!时而站在窗前!眺望街上,一会儿蹙起眉毛,战栗着,四面张望着,时而又起身不停地徘徊着,仿佛在惘然地寻找什么。

她喝了水,但是,仍然不解渴,再多的水也浇不灭那隐隐微燃着的凌辱和悲伤。

一天被裁成了两半,开始那半儿很有内容,可是现在呢,什么都没有了。仿佛面对着一片凄凉的空虚,在她脑海里不断出现着一个难以解答的疑问。

"现在怎么办?"

考尔松诺娃来了。她手舞足蹈地大说了一通,时而悲泣,时而高兴,还跺着脚板,不停地提出一些安慰和许诺,一会儿又在恐吓什么人。可是,这些都不能打动母亲的心。

"哼!"她听见玛丽亚那刺耳的声音,"到底把大家弄得发怵了吧!厂里的工人们起来了,全厂都起来了!"

"唔,唔!"母亲摇着头低声说。但是,她的眼睛却呆呆地瞪着,仿佛又看到了先前她与巴威尔、安德烈游行分手那一刻的情景,她哭不出来,饱受压抑的心早已干枯了,嘴唇也是皲裂干燥的,嘴里觉得火热难捱。两手发抖,背上的皮肤也在微微抽搐。

傍晚时分,来了几个宪兵。

母亲沉着镇定地面对他们的到来。

他们趾高气扬!吵吵闹闹地闯了进来。

脸色蜡黄的军官龇牙咧嘴地问:

"怎么样?您好吗?我们已经是第三次见面了,不是吗?"

母亲用干燥的舌头舔着嘴唇。军官装腔作势地不停地教训着,母亲觉得他只是在捉弄她。他的话,她一个字也没听进去,她自顾想自己的事。一直等他说道:

“老婆子，如果你没有本事教训你的孩子尊敬上帝和沙皇，那就是你没有管教好他们。”过了一会儿，她才开了口，这时她正站在门口，对他看也不看一眼地低声说：

“不错，孩子们是我们的裁判官。他们要很公正地责备我们，因为这是我们没有和他们在一起！”

“什么？”军官大声喝问，“大声点！”

“我说孩子们是我们的法官！”她叹着气不耐烦地重复了一遍。

军官恼怒了，大声叫嚣了一阵。可是他怕，只在母亲身上回荡，并没有让她生气。

玛丽亚·考尔松诺娃也是见证人之一。她低眉顺眼地站在母亲身边。每当军官问她话的时候，她总是很慌张地深深行礼，并用同一句话回答：

“我不知道，大人！我是没文化的女人，做小生意的，笨得很，什么都不知道。”

“好，闭嘴！”军官动着唇髭，发号施令。

她一面行礼，一面把大拇指塞在食指与中指中间，做了个轻蔑的动作，偷偷地对他晃一晃，轻轻地对母亲说：

“哪，给你！”

军官叫她搜查符拉索娃的身上时，她把眼睛眨了眨，又睁得圆圆的，朝军官瞟了一眼，吃惊地说：

“大人，小人不会做这种事！”

军官把脚一跺，破口大骂起来。

玛丽亚只好垂下眼睑，低声央求母亲说：

“没法子，解开扣子吧，彼拉盖雅·尼洛夫娜。”

她仔细摸着母亲的上衣，脸涨得通红，小声说：

“唉，真是些混账东西，你说对不？”

“你说什么？”军官朝她所在的搜身的角落里望了一眼，厉声喝问。

“我说的是女人家的事，大人！”玛丽亚由于害怕含混不清地回答。

到后来，军官让母亲在记录上签名。

尽管母亲的手并不习惯拿笔杆，但还是用印刷体写了几个粗大的字：

“工人的寡妇，彼拉盖雅·符拉索娃。”

“你写的是什么？为什么要这样写？”军官轻蔑地歪着脸喊道。过了一会儿，又冷笑着说：

“真是没有教养的家伙！”

他们走了。

母亲双手捂在胸口，站在窗前，高高地昂起头，久久地，一动不动地，用茫然的眼光望着前方。她紧闭着嘴唇，紧咬牙关，不大一会儿她就感到牙痛了。

洋灯的煤油点干了。火苗不住地发出响声，并渐渐地熄灭。母亲吹灭了灯，站在黑暗中。烦恼的阴云堵在她的胸口，她感到胸口很闷。她站了许久，眼睛和腿都觉得疲倦了。

她听见玛丽亚在窗子下面站住,用带着醉意的声音喊道:

"彼拉盖雅!你睡了吗?真是不幸的苦命的人,睡吧!"

母亲和衣躺在床上,好像路人一失足一下子跌进深渊一般很快陷入了噩梦之中。

她梦见在通往城里的路上,沼泽的后面有个金色的沙丘,有人在一个又一个的洼坑里挖沙。巴威尔站在沙丘的边上,向那些洼坑倾斜的断崖上面,用仿若安德烈的声音轻轻地、清楚地唱着:

"起来!饥寒交迫的奴隶!"

她一直向前,走过沙丘,便把手遮在额头上,眺望儿子。衬着淡蓝色的天空,他的身影格外清晰分明。她不好意思走到他面前,因为她怀了孕,她的怀中还抱着一个婴儿。她一直朝前走去。野外有许多孩子正在踢球,皮球是红色的。婴儿想挣脱她的手,到孩子那里去,因此放声大哭起来。母亲让他含了乳头,又转过身来走回去。

然而,沙丘上已站满了兵士,明晃的刺刀正对着她。她很快地朝矗立在草地中央的教堂跑过去。教堂是白色的,轻飘飘的,仿佛它本身也是用云朵砌成的,而且高插云霄。那里好像在举行葬礼,棺材很大,是黑色的,棺材盖紧紧地盖着。但是,教士和暗祭们都穿了白色袈裟在教堂里走来走去,嘴里唱着:

"基督死而复生了!"陪祭一边点香,一边微笑着向她点头。他的头发是浅褐色的,样子也很快活,就好似萨莫依洛夫一样。上面,从拱顶射下一道道阳光,有手巾那么宽。两边唱诗席里的孩子们轻轻地唱着:

"基督死而复生了!"

"抓住他们!"教士站在教堂中央,忽然大叫了一声。他身上的袈裟不见了,脸上长出了很吓人的灰白唇髭!大家一哄而散,陪祭也是丢了香炉就逃命,双手抱住了头,跟霍霍尔一样。

母亲怀中的婴儿掉到了人们的脚边,他们就绕着婴儿的身旁跑过去,害怕似的望着赤裸裸的小身体。母亲跪在地上,向他们高喊:

"不要扔掉孩子,把他抱起来!"

"基督死而复生了!"

霍霍尔反剪双手,笑呵呵地唱着。

母亲俯身抱起婴儿,把她放在一辆板车上。尼吉拉在车旁慢慢地跟着,哈哈大笑地说道:

"我被指派了一件很艰苦的工作。"

路上很湿,人们从窗口伸出头来,有的人吹着口哨,有的叫喊着,挥着手。

天空晴朗,阳光明媚,所有的阴影都从这个世界上消失了。

"唱吧!妈妈!"霍霍尔鼓励着她,"生活就是这样!"

边说他边唱了起来,他的歌声压低了所有的声音。母亲跟在他的后面走着,她突然绊了一跤,迅速地跌进了一个无底的深渊,有一种令人毛骨悚然的吼声回响在耳旁。母亲一下子惊醒了,全身发抖。好像有人用着粗暴的手掌抓住了她的心,又恶意地揉捏着它,轻轻地压榨它。

上工的铃声响了起来,她知道这肯定是第二次了。房间里乱糟糟地堆着书籍、衣服,一切都被移动过了,弄乱了,地上踩得很脏。

她起身,顾不上洗脸,来不及祷告,开始动手收拾屋子。

到厨房,迎面便看见那根带着红布的旗杆。她恼羞成怒地把它拾了起来,想把它丢在暖炉下面,可是,她叹了口气,却把那破碎的红旗解了下来,又仔细叠好,藏在衣袋里,把旗杆在膝盖上折断,丢在暖炉的炉台上。然后用冷水洗了窗户,擦了地板,生了茶炉,穿上了外衣。

一切都做好,当她再一次在窗前坐定的时候,心里又出现了那个问题。

"现在怎么办?"

忽然,她记起今天没有祷告,于是,来到圣像前,站了几秒钟,重新坐下,心里觉得非常空虚。

周围寂静得出奇,好像昨天在街上那样大喊大叫的人们,今天都躲在家里,回想着那个不平常的日子。

蓦然,一幅年轻时见到过的情景展现在她的眼前:

在那个属于查乌莎依洛夫老爷的古老的花园里,有一个长满了睡莲的大池子。一个阴沉的秋日,她刚好从池边走过,看见池子当中有一只小船。池水黑黑的,非常平静,小船好像是贴在凄凉地落着黄叶子的黑水上。一只孤单单没人没桨的小船,一动不动地停滞在晦暗的水面上,被干黄的枯叶包围着,使人感到一阵阵透彻心底的痛楚和悲哀。

母亲记得当时她在池边呆立了许久,心里好生奇怪,是谁把这只小船从池边推开的,到底为了什么?那天晚上,查乌莎依洛夫家的管家的老婆,一个老是蓬着一头黑发、步履轻盈的小个儿女人,在这个池子里投水自尽了。

母亲不由自主地摸了摸自己的脸,她的思绪抖颤着回到了昨天的印象中。于是,她深深地陷入了昨天记忆的情形中。两眼直呆呆地瞅着早已冰凉的茶碗,就这样僵坐了许久。

实际上,母亲心中升起了一种希望,希望看见一个聪明而质朴的人,以便向他请教许多问题。

就在这种心境下,吃过午饭后,尼古拉·伊凡诺维奇来了。可是,母亲一看到他,又突然惊醒起来。她没有来得及回答他的问候,就低声说:

"啊,您不该到这儿来!这样太不小心了!被人看见了会把您抓去的呀!"

他紧握着母亲的手!扶了一下眼镜,凑近母亲!迅速地说:

"事先我早跟巴威尔和安德烈讲好了,万一他俩遭到不测,第二天我就接你到城里去住!”他亲切地解释着,随后又担心地问:“到家里来搜过了?”

“早来过了,翻了个一塌糊涂,那些人,真是半点良心和廉耻都没有!”她大声回答。

“他们要这些干什么?”尼古拉耸了耸肩膀评说着,接着向母亲说明搬进城里去住的必要性。

母亲听着这似乎出自亲人之口的满含关怀的话语,脸上浮现出幸福的微笑,双眼和平地望着尼古拉;她虽然听不懂他的理由,但却深感惊奇,自己为什么对他有这种亲近感和信任呢?“若是巴沙要这样做,”她说,“而且对您没有妨碍……”

他示意她不用再说。

“您不必多虑。我只单身一人,我姐姐也是偶尔才来上一趟。”

“可是! 我不想靠别人养活!”她脱口而出。

“如果您愿意,总会有工作可做的!”尼古拉宽慰地说。

对母亲来说,所谓“工作”,已经和她的儿子、安德烈以及一班同志们所做工作的概念,不可分割地融在一起了。她朝尼古拉走近一步,望着他的眼睛,问道:

“真的吗? 我有工作可做?”

“对。您可以帮我收拾收拾我那个小窝。”

“我说的不是这个,不是家务!”她认真地轻声说明。

她有些失望地叹了口气,觉得他并没有理解她的心意,便使她的感情受了伤害。尼古拉站起身来,那双近视眼里带着微笑,沉思地说:

“哦,有了! 在跟巴威尔见面的时候,您能不能想法子问问他,那些需要报纸的农民的地名。”

“我知道,她一下子高兴起来,我知道他们在那儿,并且照您的话把事情办好。有谁会想到,我身上带着禁书呢? 工厂里也拿进去过,感谢上帝!”

她忽然想象着自己背着口袋,拄着拐杖,沿着大路,经过森林和村庄,到什么地方去。

“啊,亲爱的,把这件事交给我吧! 求你了!”她说,“为了你们,我什么地方都敢去。我可以走遍各省,不论什么地方我都可以找到的! 我可以当一个巡礼的女人,不分冬夏地四处走,一直到死,我的命运又有什么不好呢?”

她觉得自己真的成了一个没有家的四海漂泊的女人了,站在农舍的窗下,靠着基督的名义,挨家挨户地请求布施, 于是,禁不住有点悲伤起来。

尼古拉小心地握住母亲的手,用自己的温热的手把它抚摸了一下。然后看一看表,说:

“这事暂且放一放吧!”

“哦,我亲爱的,”母亲喊着,“孩子们是我们做母亲的最宝贵的东西,是我们的心肝儿,他们已经献出了他们的自由和生命,毫不利己地走向牺牲, 我当母亲的,怎能什么事都不管不做呢?”

尼古拉的表情肃穆了,他尊敬而又亲切地望着母亲,郑重地说:

“您知道吗? 这样的话,我真的是第一次听到。”

“我还能说些什么呢?”她黯然地摇了摇头,随即又无力地摊开了双手,“要是我能够说明当母亲的心,那是……”

她被自己内心力量激励着,那力量不断膨胀着,她站起身来;愤怒的言语像一股汹涌的热潮,使她的大脑兴奋起来。

“大多数人听了都会被感动的,哪怕是歹人,是没廉耻的人……”

尼古拉听着也站起来,再看一看表。

“她,就这样决定,您搬到城里我那儿去,好吗?”

她默许地点了点头。

“什么时候? 快些好吧!”他问过之后,又温和地加了一句,“可当真啊,不然我要替您担心。”

母亲有些惊讶地看了看他, 他们两个有什么关系吗? 他低下了头,不好意思地微笑着,站在她前面, 驼背,近视,穿着普通的黑衣服,他身上的一切都显得和他有些不大相称……

“您还有钱吗?”他垂下眼睑问。

“没有了!”

他马上从口袋掏出了钱包,打开了递到她的眼前。

“请,请拿……”

母亲不禁微笑了,摇了摇头 说:

“一切都是新式的! 连钱也不算什么了。人们为了钱失掉了自己的灵魂,可是您把钱看得很淡。您有一好像是专门为了布施似的。”

尼古拉淡淡地笑了起来。

“钱只不过是一种让人厌恶的东西! 不论是给或者是拿,总是叫人很不舒服。”

他抓起母亲的手用力握了握,又要求了遍:

“早些搬来吧!”

他说完之后,他像平时那样若无其事地走了。

母亲送他出门,心里想 :

“这样的好人,可是不知道爱惜……”

她不能理解, 这是使她觉得不快呢,还是只叫她惊奇?”

二

尼古拉来后的第四天,母亲搬到他家里去了。

货车拉着她的两只箱子离开了工人区,路过田野时,她回头望了一下,突然觉得她永远不会再看见这个地方了，她有生以来最难挨，最不知所措的日子，是在这里度过；那充满了崭新的欢乐、崭新的悲愁的，充满了迅捷与激动的另一种生活，也是在这里开始的。

一片被煤烟染成了黑色的土地上，工厂的烟囱高耸入云，就像一只极大的、暗红色的蜘蛛似的伸开了脚爪。工人们住的平房，紧挨在工厂的周围，一间间灰色扁平的小屋子密密麻麻地挤在沼泽地的一边。那一方方毫无生气的小窗，无奈地相互对望着。跟工厂一样颜色的教堂，高出这些工人们的住房，它的钟楼比工厂那根烟囱稍低一些。

母亲轻叹一声，觉得脖子被衣领勒得难受，于是，就整整衣领。

"咻，咻！"车夫挥动着鞭子，嘴里不停地嘟哝着。

他是个瘸子，分辨不出年龄，目光空洞，须发灰暗稀疏，好像退了色似的。他左右摇动着身子，跟货车并排向前走。可以看出，不管是向左走还是向右拐，对他都无所谓。

"咻，咻！"他有气无力地叫喊着，那条瘸腿可笑地摆动着，脚上穿的长筒靴粘满了泥巴。

母亲下意识地看了看周围，无论眼前还是内心都一样，空空落落……

马不停地晃着头，似乎有些疲倦了，在那被太阳晒暖了的很深的沙土上，用力地一步步地走着。沙土轻轻地发出声音。这辆好久没有烧油的破马车发出吱吱咯咯的响声。这些声音混合起来和灰尘一起飞荡在马车后面……

尼古拉·伊凡诺维奇所住的地方在郊外一条萧条败落的街上，住的是一所小小的绿色侧屋，紧紧依附在一幢古旧臃肿而又阴暗的二层楼房旁边。

侧屋前是草木繁茂的园子，柴丁香花，槐树枝条，栽种了不长时间的银色的杨树叶子，亲切地朝三个房间的窗户窥探观望。这几间房屋里清洁安静，花木的影子悄悄地洒落于地板之上，无声无息。靠墙摆着几排书架，上面密密地排列着各种各样的书。墙壁上挂着许多幅画像，画像上每个人的样子都很严肃。

"您看住这间行吗？"尼古拉将母亲领进一间小小的房间，向她征求意见。

这间小屋，有两扇窗，一扇可以看到庭园，一面窗子对着野草丛生的院子。房间里面，靠着墙壁也摆满了书橱和书架。

"我还是住厨房吧，"她说，"厨房里很亮，也很干净。"母亲意识到，听了这话以后，尼古拉不太自然。他不自然地、好像很为难地劝阻母亲去厨房住。所以母亲只好答应，他立刻就高兴起来。

这三间房子，都充满了一种与众不同的气氛，呼吸起来，让人觉得非常轻松和舒服，可是说话的声音却不自觉地要压低下来，身在其中，绝不想大声说话，因为那样会妨碍墙壁上那些凝神沉思的人们。

"花儿该浇水了。"母亲摸了摸花盆里的泥土，说道。

"对！对！"主人似乎有点不好意思地赞同，"我喜欢种花，可是没有时间服侍。”

母亲认真地打量着他,她看出来了,在他自己的这样安逸的家里,尼古拉也是非常小心,对他周围的一切都感到生疏。他总是将脸凑近要看的东西,用右手细长的指头扶着眼镜,眯起眼睛,带着默默地疑问的神气观察着他感兴趣的东西。

有时,他把东西拿起来,举到眼前,聚精会神地观察着,好像他是和母亲一同刚走进这间屋子似的,跟她一样,对屋子里的一切都感到陌生和不习惯。

看到他这样,母亲心中立刻明白了她在这间屋子里的地位。母亲跟在尼古拉后面,注意观看各样东西安放的地方,又问了他的生活习惯。他用带着歉意的语气一一回答着她,好像明明知道什么都做得不对,可又不会找别的办法似的。

母亲先给花浇了水,又整理好随便扔在钢琴上的乐谱,然后望了望茶炉,说:

“最好擦一擦。”

他听了,伸出手指在早已发灰的铜壁上抹了一下,然后把手指拿到眼前,非常认真地观瞧起来。

见到他这样,母亲真有些忍俊不禁。

上床准备睡觉时,母亲开始回想这一天的事情,做梦似的又从枕头上抬起脑袋把周围望了一遍。对她来说,这是有史以来第一次住在别人家里,但是,她却丝毫也没感到拘束。

她很关心地回想着尼古拉的每个动作,心中有一个愿望,要尽自己最大可能来照顾他,使他在生活里感到亲切、温暖。尼古拉那笨手笨脚的样子,滑稽的样子,他身上特有的气质,以及他浅色的眼睛里闪耀着的孩子般的聪明的神情,都使她备受感动。

一段时间后,她的心又想到了儿子,她的眼前,又浮现了被新的声响所包裹着,被新的意义所鼓舞着的5月1日!这一天的痛苦,跟这一天本身所有的东西一样,都是特别的,这种痛苦,并不是将人打昏的拳头,把人打得脑袋耷拉到地上,而是如同无数的针刺着心灵,从内心唤起无言的愤怒,叫人把压弯了的背脊勇敢地挺起来。

“全世界的孩子都在行动了!”她的耳廓中充斥着她所不熟悉的城市夜生活的声音,脑海中浮现出这个念头。是一种疲惫无力的声响,从远方吹来,在庭园里把树叶弄得簌簌作响,爬进开着的窗子,又悄悄地在这间屋子里消失了。

次日清晨,她擦净茶炉,烧了开水,轻手轻脚地拿出了碗碟杯盘,然后坐在厨房里等着尼古拉醒来。

先是一阵咳嗽,不一会儿,尼古拉一手拿着眼镜,一手按着喉咙,从门口进来了。

母亲回答了他的问候,搬着茶炉到房间里。于是,他开始洗漱,把水溅了一地,把肥皂、牙刷都掉在地上,不住地哗啦哗啦地把水撩到脸上。

喝茶的时候,尼古拉与母亲聊天:

“我在地方自治局里工作,有些事让人心里很难受,我眼睁睁地看着我们的农民们是怎样破产。”

他惭愧地笑了,接着说:

“人们被饥饿威胁着,不到年龄就进了坟墓,孩子们生下来就很瘦弱,好像秋天的苍蝇一般地死掉。我们什么都清楚,同时也知道这种不幸的原因,每天我们都眼巴巴地看着这些事,领着薪水。老实地说,除了这个什么都不干。”

“您是个大学生?”母亲问他。

“不!我是个教师"我父母在维亚特卡一家工厂做经理,我最初是个教师,后来因为在乡下给农民分发书籍,所以坐了牢。出狱之后,当了书店的店员,因为在农村分发书籍给农民而进了监狱,后来,又被流放到阿尔罕格尔斯克。在那里,又跟省长发生了冲突,于是,反懈送到了白海沿岸的乡下,我就在那里住了五年。”

他那沉静淳厚的声音,回荡在阳光灿烂的房间里。

母亲对于这一类的故事,已经听过多次,但是,她总不能理解,为什么他们可以如此心平气和地讲述自己的这种经历,把这种事情都看作命里注定不能更改。

“今天我姐姐要来!”他说。

“已经结婚了吗?”

“是个寡妇。她丈夫充军去了西伯利亚,后来从那里逃出来,两年前在外国生肺病死了。”

“她比您大多少?”

“六岁,她时不时地照顾我,您可以听听,她的钢琴弹得多么好!这是她的钢琴呢,这儿的东西多半是她的,我的只是些书。”

“她住什么地方呢?”

“到处是家!”他引以为豪地微笑着回答。

“什么地方需要勇敢的人,她就在什么地方。”

“也是干这种工作的?”母亲问。

“当然!”他说。

不多一会儿 ,他出门上班去了。

母亲开始思考着这些人每天所执着的“这种工作”。她感到自己面对着他们,正像面对着黑夜里的一座高山。

正午时分,来了一个身穿黑衣服、身材修长的年轻太太。

母亲开了门,请她进屋,她把黄色的小箱子往地上一扔,迅速地握住了母亲的手,问道:

“您是巴威尔·米哈依洛维奇的母亲,对不对?”

“是。”母亲打量着她一身华贵的衣服,困惑迷惘地回答。

“和我想象的一样,弟弟给我写了信,说您会搬到这里住!”这位年轻太太在镜子前面摘着帽子,继续说:“我和巴威尔·米哈依洛维奇是老朋友,他常常跟我讲起您。"

她的声音略显沙哑，话语缓慢，但她的动作很敏捷，很有力度。她那双灰色的大眼睛满含着微笑，显得年轻而明快，可是眼角上已经明显地有了些细密的皱纹。小巧的耳朵上面好像已经有了几根白发在闪着银光。

"我想吃点东西！"她说，要是能喝上一杯咖啡就好……"

"我现在就煮。"母亲答应着，一面从橱柜里拿出咖啡具，一面低声问，"巴沙真的常常讲起我？"

"讲得很多……"

她摸出一只小巧的皮烟盒，点起一根烟抽起来，在室内边走边问：

"您一定特别替他担心吧？"

母亲眼睛看着煮咖啡的酒精灯的蓝色火苗，脸上挂满了微笑。刚才在这位太太面前所感到的那种不安，现在在这种由衷的喜悦里面一下子就消失了。

"我的好孩子，你真是那样地时常提起母亲！"她心里这样满意地想着，嘴上却慢慢地说道，"当然，不怎么放心，可是以前更厉害呢，现在我已经知道，他不是自己一个人……"

她望着这位太太的脸，询问：

"您叫什么名字？"

"索菲亚！"她说。

母亲敏锐地打量她，可以看出，在这个女人身上，有一种豪放的、过分敏捷和急躁不宁的神情。

她很快地喝着咖啡！满有信心地说：

"现在最重要的是不让他们一直关在监牢里，要让他们的案子尽快地判决出来，只要一判了充军，我们马上就设法帮助巴威尔·米哈依洛维奇逃出来，在这里，他是不能缺少的人。"

母亲半信半疑地望了望索菲亚。

索菲亚看了看四周，想找个地方扔烟头儿，最后将它插在花盆里的泥土上。

"这样花会干死的。"母亲不自觉地说。

"对不起！"索菲亚说，"尼古拉也总是这样对我说。"她从花盆里取出烟头儿，将它扔出窗外。

母亲有些不好意思，尴尬地说：

"我应说对不起，我下意识说的。我哪里能指使您呢！"

"我这么随便，您为什么不能说我呢？"索菲亚耸了耸肩膀，关心地问，"咖啡给煮好了，应多谢您！为什么杯子只有一只？您不喝？"

突然，她将双手一下搭在母亲的肩上，把她拉近自己，凝视着她，用一种惊奇的口气问道：

"难道您还客气吗？"

母亲笑了笑，说：

“方才不是连烟头的事情都说了吗？这不能叫客气吧？”

于是，母亲毫不遮掩自己的吃惊与不安，就像询问家常一般地说：

“我才来一天，但却感觉在自己家里一样，丝毫没有陌生感，想要说什么话，就都说了出来了。”

“这样才好呢！”索菲亚高兴地说。

“我被搞糊涂了，有时连自己也不知自己是怎么了，”母亲接着说道，“从前啊，想对一个人说句真心话，总是对他的脸色左看右看地看清楚，可是现在呢，总是直直快快地说出来，那些以前不敢说的话，开口就出来了。”

索菲亚又抽起了烟，她亲切地，含情脉脉地用她灰色的眼睛望着母亲。

“您是说要设法让巴沙逃走吗？那么，他成了一个逃亡者，叫他怎样生活呢？”母亲提出了这个颇叫她不安的问题。

“那不妨事的！”索菲亚又给自己倒了些咖啡，回答母亲，“就像其他许多逃亡者一样地生活呗……我刚才接了一个人，把他送到了另一个地方，他也是个非常重要的人，判了五年的流刑，可是只住了三个半月。”

母亲认真地看着她，笑了笑，摇着头低声说：

“那一天，五一那一天，我真的不知道该如何是好了！我觉得有点不自在，好像同时走着两条路：有时候呢，好像什么都明白，可是有时候又忽地一下子像掉在云雾里面。现在，我看到了你，像您这样的夫人，也干着这样的事情。您认识巴沙，又是那样看重他，我觉得非向您道谢不可呢。”

“要向你道谢才对呢！”索菲亚友好地笑起来。

“什么？向我？可不是我教育的他！”母亲叹了口气推辞说。

索菲亚将烟头放到茶盘上，一甩头，金色的秀发垂肩披下，一缕缕地披在肩背上。

“好，现在我该把这一身豪华的衣服脱下来啦！”

说完这句话，她就走开了。

三

傍晚时分尼古拉才回来。

三人共进晚餐。吃饭的时候，索菲亚一面微笑着一面讲述她是怎样去接那位从流刑中逃出来的朋友，如何帮他掩护，怎样地提心吊胆，唯恐遇到密探，以及那个人的态度是多么滑稽等等。她的口气让母亲觉得她好像是一个工人很圆满地完成了一件困难工作，语气中充满了自豪。

这时，索菲亚已经穿上了一件宽松的青灰色衣服，显得她个子更高了，动作也好像安闲舒缓了,眼睛仿佛变成了黑色的。

"索菲亚!"吃完了饭,尼古拉说:"你又有新的工作了。你知道 我们一直计划把报纸发送给农民,可是因为这次的被捕,跟那边的联系失去了。现在,只有彼拉盖雅・尼洛夫娜能够指示我们,该怎找到负责在农村里散发报纸的人,你和她一起去一趟吧,得尽量早些去。"

"好!"索菲亚吸着烟回答,"彼拉盖雅・尼洛夫娜,我们这就去吗?"

"当然就去!"

"很远吗?"

"大约有八十俄里。"

"好极了! 可是,现在我要弹一会儿钢琴。彼拉盖雅・尼洛夫娜! 稍微来一点音乐不会妨碍您吗?"

"噢,当然,您不必征求我的意见!"母亲坐在沙发的一端,说明自己的意思。她能看出来,他们姐弟俩好像不再对她注意了,可是,她不知不觉地被他们吸引住了,而且禁不住要参加他们的谈话。

"哦,尼古拉,你听! 这是格利格的曲子,我今天拿来的。你把窗子关上。"

她打开乐谱,左手轻抚琴键。琴弦发出了低沉的、和谐的声音,似乎还有一声轻轻的叹息,又添加了一种丰满的声响。从她在右手下发出了一阵异常清丽的抖音,昏暗的背景中忽地一下飞散开来。

起初,母亲并没有沉浸入这种声音。她在这种响声里,只听到一片杂乱无章的音响。她的耳朵听不出那复杂的旋律。她只是半睡半醒地望着盘腿坐在宽大的沙发的另一端的尼古拉,注视着索菲亚严整的侧影,和她那满头浓密的金发。

和煦的阳光洒在索菲亚的肩上,可是不多时候就移上键盘,拥抱了她的手指,在她的手指上跳动着。音乐渐渐地充盈了室内,一点一点复苏了母亲的心。

母亲心中无端地想起了过去,从过去回忆的黑暗洼坑里面,浮动出了一件早已忘记了的,可是现在已令人痛苦的、历历在目的过去的屈辱。

那一次,丈夫酒气冲天地深夜归来,一把将她从床上扯了下来,抬腿就朝她的腰眼踢了一脚,骂道:

"滚出去! 贱货! 老子已经讨厌你了!"

为了免遭毒打,她飞快地抱起两岁的孩子,跪在地上,用自己的身子护住孩子的身体。

孩子光着身子,这一闹就把他吓哭了,温热的身子在她怀里打着寒颤。

"滚蛋!"米哈依尔吼着。

她站起来,奔进厨房,扯了一件上衣,又用围巾裹了孩子,默不做声,既不叫喊也不抱怨。就那样,衬衣上只披着件上衣,光着脚跑到街上。

虽是五月了,夜里依然很凉。街上冷冷的土粒粘在她脚心上,粘在脚趾间。孩子不知怎么回事,又是哭闹又是折腾。

她解开衣扣,将他紧紧地搂在胸前。

就那样,心中充满了恐惧 ,在街上走来走去,她嘴里低声哼着催眠曲:

"喔——喔——喔,喔——喔——喔!"

天快亮了,她心里既害羞又担忧,生怕有人出来看见她这么狼狈地半露着身体。

她便走到沼泽附近,在那长满了小白杨的地上坐着。就这样大睁着双眼呆呆地望着黑暗,在夜色的包围中坐了许久。

她胆怯地唱着,用歌声抚慰着睡着了的孩子和自己深受屈辱的心。……

"喔——喔——喔……喔——喔——喔……喔——喔——喔!……"

忽然,一瞬间,一只漆黑的鸟无声地从她头上掠过,直飞向了深处,这只飞鸟唤醒了她,叫她站起身来。她冷得全身发抖,走回家去,准备去接受早已习惯了打骂和恐吓。

一阵冷漠,低沉的和弦最后轻叹了一声,接着,就岑寂无声了。

索菲亚转过头来,低声问弟弟:

"你喜欢吗?"

"非常喜欢!"她像大梦初醒似的,颤动了一下,说,"非常喜欢!"

母亲的心,依然被往事撩拨着。可是从旁边不知哪儿忽然发出了另外一种想法:

"你看,人们和和气气地、安静泰然地生活着!不吵架,不喝酒,也不为了一块面包争抢,和那些在黑暗中生活着的人们完全两样。"

索菲亚吸着烟,她好像很喜欢吸,一根接一根不停地吸。

"这个曲子是死了的阿斯嘉最喜欢的,"她很急迫地吐了一口烟雾,说完之后,又重新手抚琴键,弹奏出柔弱而悲切的和音,"从前,我是多么喜欢给他弹琴。他是个多情善感的人,对什么人都同情,对什么人都充满……"

"她一定是在追想她的丈夫,"母亲觉察出来了,"哦,她还带着微笑。"

"是他让我知道了什么是幸福,"索菲亚轻声地说着,好像是在用轻快的琴块给她伴奏,"他是多么懂得生活呀!"

"是啊!"尼古拉摸着胡须,应着姐姐,"他的心地真好!"

索菲亚扔掉重新点燃的烟!回身问母亲:

"这种嘈杂的声音没妨碍您吧?"

母亲心不在焉地说道:

"您不必问我,我什么都不懂。我坐在这儿一边听着,一边想心事呢。"

"不,您绝对能听懂的。"索菲亚说,"凡是女人,没有不懂音乐的,尤其是在她悲伤的时候。"

她忽然猛地一按琴键,弹出一阵清脆响亮的声音,恰似一个人听到了有关自身的不幸的消息似的,这消息敲击着她的心,引起了这种令人警醒的惊心动魄的声音。一阵活泼的音律,仿若吃惊似的颤动起来,又惶惶惑惑地匆匆消失;紧接着,一声愤怒的叫喊!突地窜出来,把其余的音响都压了下去。一定是发生了一件很不幸的事情,可是,这不幸的事情所引起的不是怨诉,而是愤怒。后来,终于出现了一个亲切而有力的人,他唱着一首优美动听的歌曲,似乎在劝说大家,叫大家都跟着他走。

母亲觉得她真心地想对这些人说些赞美、感谢的话。她完全陶醉在音乐里,脸上生动地浮现出微笑,由衷地相信自己可以替他们姐弟二人做一件他们需要的事。

她用眼睛寻找了一下应该做的工作,然后悄悄地走到厨房里,准备茶炊。

但是,她觉得她满心的愿望还是没有完全满足。她倒着茶,不好意思地笑着说着,她的心好像被她自己那些温暖的话所爱抚着,而这些亲切的话有一半是给他们姐弟俩听的。

"我们这些经常挨饿受苦的人,其实对一切也都有感觉,可就是不会用话说明白。懂是懂了,可是,嘴笨得很,这是很惭愧的。我们常常因为惭愧,对自己的念头生起气来。生活真是从四面八方鞭笞着你,你想要休息一下,可是就是这种念头它不让你休息。"

尼古拉静静地坐着听母亲说,时不时地擦擦眼镜。

索菲亚忘记了那燃着的烟头,只睁大了眼睛!出神地盯着母亲的脸庞。她侧身坐在钢琴前,时不时地用她右手那细长的手指轻轻地按着琴键。这种轻美的谐音,和着母亲那发自内心的低语。

"现在,对自己的或别人的事,我也能做点评论了,因为我现在渐渐明白了,能够做比较了。从前啊,虽说是生活着,可是一点比较都没有。我们的生活,家家户户都是一样的。现在,我看到别人的生活,想起自己过去的生活,觉得十分伤心、难受!"

她降低了声调!接着说:

"也许,这话有些说得不对,有些不必说,因为这些话是你们都知道的。"

她的声音好像带了哭腔,可眼光中却都是笑意。她望着他两个,接着说:

"我想把我心里的话都对你们说出来,好让你们知道,我是多么地希望你们好啊!"

"我们知道!"尼古拉低声表白。

母亲觉得她仍然没有说完她想说的话,她又对她们讲起了她认为的非常新鲜、非常重要的事情。提起以前自己悲哀,痛苦的生活,她嘴边挂着惋惜的微笑,丝毫也没有抱怨和疾恨。尤其是讲到过去灰色悲惨的日子,列举被丈夫殴打的情形时,她竟然是心平气和的。只是屡遭打骂的原因之小,叫她吃惊,自己每每不能避免遭这种打骂,又使她感到奇怪。

尼古拉姐弟俩静静地听着,被这个平凡人的平凡故事深深感动,因为故事虽然普通,却蕴含着更重要的东西。大家都把这个人看作牲畜,而这个人自己也是沉默不响,长久地把自己看作牲畜。好像千千万万个人的生活都借她的嘴说了出来;她全部的生活是平凡而又简单,她的故事有着代表性。

尼古拉双肘支在桌上,手托着头,身体一头不动,紧张地眯着眼睛,透过镜片盯着母亲的脸。

索菲亚靠在椅背上,偶尔颤动一下,同情地摇摇头。她的脸仿佛变得更清瘦、更苍白了,整个过程中,她没有吸烟。

"有一次,我觉得我是一个不幸的女人,好像我的一生是在害着热病。"索菲亚垂着头低声说,"当时正被流放,住在一个小县城,整天没有事情可做,思想也老是琢磨关于自己的事情。我将自己的一切不幸堆积起来,由于无事可做,便想着要权衡一下它的重量。这些不幸是,和亲爱的父亲争执,因为被学校开除而感到受辱,亲密的同志的叛变,丈夫的被捕,重新入狱,流刑,丈夫的死。那时候,我以为我是一个最不幸的女人。可是,将我的不幸再加上十倍,彼拉盖雅·尼洛夫娜呀,还是抵不上您一个月的生活中的痛苦,那是长年的、持续的折磨啊!但是,人们到底是为什么要忍受这无尽的痛苦呢?"

"他们习惯了!"符拉索娃叹了口气回答她。

"以前我总认为我是深入了解这种生活的。"尼古拉若有所思地说,"可是,现在听到的这些,和书里写的,或是跟自己支离片断的印象都不相同,这是从身受迫害的人的经历中亲耳听到的,这真是可怕的事情!杂乱无章的事情就这样重复累积成过去的可怕的岁月。"

三个人颇为投机地谈论着、细数着、讨论着生活的悲哀。

母亲被记忆深埋着,她搜索出以前点点滴滴的痛苦与屈辱,构成了一幅沉重的、充满了无法言表的恐怖的画面,她的青春就是在那无言的恐惧中度过的。最后她说:

"啊,说得太多了,你们该休息了,这些话是永远也讲不完的。"

姐弟俩听了她的话后,便默默地站起来跟她道晚安。

母亲能感觉出来,尼古拉鞠躬的时候比以前更恭敬了,握手也比以前更热情了,索菲亚将她送到卧房门口,站在门口低声说:

"请休息吧,祝您晚安!"

她的声音满含关切,目光温柔动人,亲切异常地观看着母亲的脸。

母亲把索菲亚的手紧紧地握在自己的手掌里,无限感激地说:

"多谢您了!"

四

几天之后,母亲和索菲亚穿上了穷市民的家常衣服,来到尼古拉面前。

尼古拉看到：她们都穿着破旧的花布长衣，外套一件短袄，背着口袋，手里拿着拐杖。这种打扮使索菲亚显得矮了一些，她那些苍白的脸显得格外严峻起来。

尼古拉紧紧地握了握姐姐的手和她道别。

在这个时候，母亲又一次体会到了她们之间那种朴素平静的相处方式。这些人不接吻，也不说爱抚的话，可是他们之间的关系是十分真挚的和关切的。她从前所接触和熟悉的那些人们，虽然常常接吻，常说爱抚的，可是他们经常像饿狗一般打架撕咬。

一路无语，她们穿过城区来到郊外。两人肩并肩地，沿着那条两旁长着老白桦树的大路一直朝前走去。

"您不累?"母亲问索菲亚。

索菲亚高兴地，好像夸耀小时候淘气的事情似的，开始向母亲讲述她的革命工作。

她常常用的是假护照，或改用别人的名字，有时候化了装逃避暗探的注意，有时候将好几普特的禁书送到各个城市，帮助流放的同志逃走，将他们送到国外。

在她家里，曾设过一个秘密印刷所。当宪兵发觉了要来搜查的时候，赶紧在他们到来以前的一刹那间化装成女仆，在门口迎接客人，然后就溜走了。她外套也不穿，头上包着薄薄的头巾，手里提着盛煤油的洋铁壶，冒着严寒酷冷从城市的这头跑到那头。

一次，她到一座陌生的城市拜访朋友，当她已经踏上他们所在的寓所的楼梯时，她发现朋友的家正在被搜查。此时再退出来已经不可能了，于是，她放大胆儿，机智地按响了住在她朋友下面的那家人的电铃，然后提着皮包走进了毫不认识的人家，毫不隐瞒地说出了自己所处的境地。

"假使你们愿意，那么不妨将我交给宪兵，可是我想，可是我想，你们一定不会干这样的事情。"她用一种信任的口气确切地说。

那家人被吓坏了，一夜没有睡好，不时地怕有人来敲门。可是，他们非但没有把她交出来，第二天早上还和她一起嘲笑了那些宪兵。

还有一次，她装作修女，和追踪她的暗探坐在同一节车厢里的同一条凳子上。密探扬扬自得地夸耀着自己如何聪明，自己被蒙在鼓里，却一点都不知道。她还对她讲了探捕犯人的方法。他以为他所注意的女人一定是坐在这一班车的二等车厢里，所以，每当到站停车的时候，他总是出去看看，回来的时候，总是说：

"没有看见，一定是睡了。他们也要疲倦的，他们的生活也和我们一样的辛苦呢！"

母亲听着她的故事，不禁被逗得笑了起来，双眼含着爱抚望着她。

身材苗条修长的索菲亚摆动着她那双健美的腿，轻快而稳健地走在路上。在她的步伐之中，在她虽是低哑却很有精神的话语和声调之中，在她整个挺直的身形里都包含着一种精明、健康、快活勇敢的神气。她的眼睛闪烁着青春的光芒，和周身上下所有的地方一样,充满了朝气蓬勃的欢乐。

“您看,这棵松树多好!”索菲亚指着一棵松树,兴高采烈地对母亲说。

母亲站住看了看那棵树,觉得它并没有十分特别之处。

“是很好的树!”母亲嘴角挂着微笑应道。说话间,她看见微风吹拂着索菲亚耳朵上的那几根白发。

“云雀!”索菲亚灰色的瞳仁里一下子闪出温柔的亮光,她的身体好像要离开地面似的,迎着一种晴空中不知是什么东西发出的音乐飞去。她不时俯下柔软的身体采摘地上的野花,用她纤细灵活的手指轻轻地抚弄着摇曳不已的花朵,有时她还会情不自禁地哼起快乐动听的歌曲。

这一切使母亲更愿意亲近这位浅色眼睛的女人。母亲不由自主地紧靠着她,努力地要跟她走得步调一致。

但是,有些时候,母亲也觉得索菲亚的举动有些过分,并且引起了她内心的不安:

“米哈依洛恐怕不喜欢她。”

但是,不大一会儿之后,索菲亚说的话又是很单纯、很真挚的了,母亲亲切地端详着她的那眼睛。

“您还是这么年轻!”母亲感慨地说。

“啊,我已经三十二岁了!”索菲亚朝她喊道。

符拉索娃笑了一笑。

“我不是指年龄,仔细看您的面容,谁都可以看出来,您不是特别年轻了,可是看到您的眼睛,听到您的声音,那真叫人惊奇呢,好像您还是个年纪轻轻的姑娘呢!您的生活虽然这么不安定,这么苦,这么危险,可是您的心总是带着笑……”

“我不觉得有多苦,同时我也不能想象,还有比这个更好和更有趣的生活……我以后要叫您尼洛夫娜,彼拉盖雅对您好像是不相称的……”

“随便您了!”母亲思索着说,“您喜欢叫我什么就叫什么吧。我一直在看着您,听着您说话,心里也一直在想着您。我觉得,您知道怎样接近人的心灵,这让我很快活。在您面前,一个人可以把心里所有的一切都毫不羞怯、毫不担忧地都直截了当地说出来,不设防备地向您敞开心扉 。在我看来,你们大家都是英雄,你们能够征服世界上的一切罪恶,一定能征服!”

“我们相信一定能够征服,因为我们是和工人大众站在一起的。”索菲亚充满自信地高声应和,“在工人大众里,包含着一切的可能,和他们在一起,所有的目的都能达到!只是,他们的意识现在还没有能够自由地成长,非去唤醒他们的意识不可……”

听了她这一番话,母亲心中产生了一种复杂的感觉,不知什么缘故,母亲对索菲亚产生了一种不会使人感到屈辱的友爱的怜悯,并且想从她嘴里听到一些别的、更普通的话。

“你们这样劳苦,有谁来酬报你们?”她悲伤地低声问。

索菲亚带着自豪快乐的语气说:

“我们已经得到报酬了。我们终于知道了该怎样去生活,我们可以拿出我们全部的精神和力量,此外还有什么奢望呢?”

母亲侧头看了她一眼,又低下头来不安地寻思:“米哈依洛恐怕不会喜欢她。”

清新的空气令人心旷神怡,尽管她们不是在疾步向前,却走得非常轻快。

母亲觉得她好像真的走在朝圣的路上。她想起了那时她走很远的路去修道院参拜圣像的心情,她常跑到离村子很远的修道院去参拜施行奇迹的圣像时的那种欢欣的心情。

索菲亚时而低唱一曲关于天空与爱情的悦耳的歌曲,或者突然念出一些歌颂田野、森林和伏尔加河的诗歌。

母亲带着微笑听着,她受到了诗歌和音乐的节奏的影响,不由自主地随着诗的韵律和音乐的拍子点着头。

她心里,像夏日晚霞中古朴美丽的小花园一样,充满了温和静穆的沉思。

五

第二天,她们终于来到那个要找的村子。

一个正在耕田的农民告诉了她们柏油工地的地点。不多一刻,她们顺着一条陡峭的、布满像楼梯似的一个个树桩的林中小道走去了,而后,到了一块小小的圆形的林中空地,地上乱堆着木炭和粘满柏油的木片子。

“总算到了!”母亲不安地看着四周,一边不安地自言自语。

用木杆和树枝搭成的小屋旁,雷宾浑身墨黑,敞着衬衫,露出胸膊,正在跟叶菲姆等几个小伙子坐在桌子旁吃饭。他们的饭桌,就是在打进地里的木桩上搁了三块没有刨平的木板。

雷宾最先看到她们,随即把手搭起眼篷,默默地等着。

“米哈依洛兄弟!近来好吗?”母亲老远地喊着打招呼。

他这才站起来,安闲地迎了上去。当他认出了是她时,就站住了,脸上带着笑容,用黑手摸了摸胡子。

“我们去朝拜圣地。”母亲边向前走边说,“我想,正好顺便来看看您!啊,这位是我的朋友安娜。”

母亲似乎对自己刚撒的这个小谎十分满意,于是,便斜过眼来对索菲亚严肃而端庄的脸瞅了一下。

“你好!”雷宾并不很快乐地笑了一下,然后对索菲亚行了礼,又说,“不会说什么假话,这儿不是城里,没有说假话的必要!这儿都是自己人。”

叶菲姆坐在桌旁,瞪大眼睛仔细打量着这两个女人,然后对同伴们嘀嘀咕咕地讲了几句。等她们走到桌前,他站起来默默地朝她们行了个礼,可是他的同伴依然坐着一动不动,似乎根本没有看见她们。

“我们在这里跟出家隐居差不多。”雷宾边说边轻轻地拍了拍符拉索娃的肩膀,“谁都不来,东家不在村里,主妇进了医院,所以,我好像在做经理。请在桌子旁边坐下吧。想喝点茶吗? 叶菲姆! 拿点牛奶来!”

叶菲姆不紧不慢地进了屋。

两个巡礼的女人从肩上取下口袋。

一个瘦高的年轻人起身帮她们,过去给她们帮忙。另外一个矮胖的头发蓬乱的小伙子,好像寻思什么似的,把胳膊撑在桌上,望着她们, 一会儿搔搔头, 一会儿低声哼唱。

柏油的怪味儿和烂树叶子的臭味混杂着,熏得人头都发晕。

“他叫雅柯夫。”雷宾指着瘦高个儿的小伙子介绍说,“这边的叫伊格纳季。唔,你的儿子怎样?”

“在牢里!”母亲伤感地回答。

“又在坐牢?”雷宾惊讶地喊道,“大概他很喜欢……”

伊格纳季停止了唱歌,雅柯夫从母亲手里接过了手杖,说:

“请坐!”

“您怎么啦? 请坐呀!”雷宾对索菲亚说。她于是便默默地坐在木板子上。仔仔细细地打量起雷宾。

“什么时候抓去的?”雷宾关心地问,他也在母亲的对面坐下,摇了摇头,高声感叹道:“尼洛夫娜,您真是不幸!”

“没什么!”她说。

“怎么? 习惯了?”

“也不是什么习惯不习惯,只不过是知道了不这样是不行的。”

“对!”雷宾说,“好,你讲吧。”

叶菲姆端出了一壶牛奶,从桌上取了茶碗,又用水洗了洗,然后倒了牛奶,送到索菲亚面前,并且用心地听着母亲的话。他的这些动作都做得十分小心,一点声响也没有。

他们讲完了之后, 大家彼此谁也不看谁,一点儿声响也没有。

过了 一会儿 ,伊格纳季坐在桌旁,用手指在桌上轻画着。叶菲姆站在雷宾后面,将臂肘放在雷宾的肩上。雅柯夫靠在树上,两手交叉着放在胸前,低着头。

索菲亚正用眼睛的余光偷偷打量着这些农民。

“对啦!”雷宾沉闷地拖长了话音,“就应该这样公开地干!”

“如果我们也这样闹腾一下子,”叶菲姆接过话茬苦笑着说,“非得让乡下人打个半死不可。”

“肯定是这种结果!”伊格纳季点了点头,表示同意,“哼,我要到厂里去做工去,那边要好些。”

“您说,巴威尔要受审判吗?”雷宾问,“那么,判决会是个什么样的结果呢?哎,打听过没有?”

“做苦役,或者是终身流放到西伯利亚。”母亲有些沉痛地低声作答。

三位年轻人同时抬头看着母亲,谁也没说什么。

雷宾低下头去,缓缓地追问。

“那么,他在计划这次游行之前,总是知道他要遇到什么危险的吧?”

“当然知道的!”索菲亚高声回答。

所有的人都沉默着,谁也不再动弹,好像有一个冰冷的念头把大家都给冻住了。

“原来如此!”雷宾满脸郑重的表情,郑重地说。

“我也想,他肯定是知道的。不经过深思熟虑,他绝不会轻举妄动的,他是个严肃而又有头脑的人。喂,大家听见没有?人家呀,明明知道了要吃刺刀,要被判苦役,还要去干!即使他的妈妈倒在路上,他可能都来不及看上一眼,而是从她身上跨过去!尼洛夫娜,他一定会跨过你的身子勇往直前的吧?”

“一定会的!一定会的!”母亲哆嗦了一下回答他,重重地叹了口气,向周围看了看。

索菲亚静静地摸了摸母亲的手,她皱着眉头,目不转睛地瞅着雷宾。

“这才是真正的人!”雷宾低声夸赞了一句,然后用他那深色的眼睛朝在场的人望了望。

大家都肃然无语。

一道又一道细细的阳光宛如金色的丝带挂在空中。乌鸦们在树林里大胆而自信地喧噪着。

母亲又想起了五一那天,便有些伤感,再加上怀念儿子和安德烈,心里就更难受了。她手足无措,茫然地看着四周。

狭窄的林间空地上,横七竖八地堆着柏油木桶,还有些连根挖出来的树桩。挤满了浓密生长的橡树与白桦,自然而然地把这块空地裹在里面。树木们被寂静地束缚着,凝然不动,只把它们暖和宜人的深色影子洒在地上。

忽然,雅柯夫离开树木,走到一旁,然后站在那儿把头一甩,用枯燥的嗓子高声地问道:

“你们是不是想让我们和叶菲姆也起来反对那些人?”

“你以为是去反对谁?”雷宾阴郁地反问他,“他们要用我们自己的手来绞杀我们的自己人,这就是他们玩的把戏!”

“我还是要去当兵!”叶菲姆的声音不大,语气却很坚定。

“谁强留你啦?”伊格纳季高声说道,“去吧!”

他盯着叶菲姆,不无带嘲笑地说:

“到时要是想对我开枪,要瞄准脑袋,不要弄得人家半死不活的,要一下子结果了才行。”

“知道了!”叶菲姆刺耳地喊了一声。

“大家先慢点争论!”雷宾说话的同时也严厉地望着他们,慢慢地举起了手。“这个女人真了不起!”他指着母亲说,“她儿子的问题现在大概很糟……”

“你何必提这个?”母亲忧郁地低声发问。

“应该提!”他阴沉地回答,“应该让人知道,你的头发不是无缘无故地变白了的。可是,这样就能把她吓倒了吗?尼洛夫娜,你拿书来了?”

母亲看了看他,犹豫了片刻,回答道:

“拿来了!”

“好!”雷宾的手掌在桌子上拍了一下,压抑不住内心的兴奋,“我一看见你,立刻就明白了,要不是为了这件事,你何必到这儿来呢?大家看见你心里就明白了,儿子被捕了,母亲接着干!”

他的手威严有力地上下挥舞着,满腹不平地叫喊道。

母亲被他的言语吓了一跳,她急切地望着他,她看出来哈依洛的脸一下子变得厉害了,他消瘦了。胡子变得长长短短,参差不齐,可以明显地感到胡子下面的颊骨。淡青色的眼白上布满了红丝,仿佛很久没有睡觉了。鼻子不再坚挺,阴险地弯着,原本是红色的衬衣已让柏油浸透了,领口敞着,露出干枯的锁骨和浓黑的胸毛,整个形象看上去,好像比以前更阴郁、更悲惨了,就仿佛经历了许多事。那双干涩的红眼睛,闪动着不可遏制的愤怒的火焰,照耀着他阴暗的脸颊和鼻骨。

索菲亚的脸色苍白起来,默默地打量着这些农民。伊格纳季眯起了眼睛,摇着头。雅柯夫又站在小屋旁边,用黑黑的手指生气似地剥下木杆的树皮。叶菲姆在母亲背后沿着桌子走来走去。

“前几天,”雷宾继续说,“地方自治局的议长叫我去,对我发问:‘你这坏蛋跟教士讲了些什么鬼话?’‘我为什么是坏蛋?我拿自己的力气挣饭吃,从来没有干过坏事。就是这样!’我不卑不亢。那家伙气得大喝了一声,挥起拳头直朝我的牙齿砸过来……后来,将我监禁了三天三夜。好,你就这样虐待我们老百姓吗,是吗?你这个恶鬼!我不会饶了你的!如果不是我,别人也会替我报仇!你死了,也要找你的孩子报复,父债子还!你记清楚!是你亲手撕裂人民的胸膛,给你自己种下了恶果!恶鬼呀,不会饶你的!就是这样。”

仇恨的怒火在他胸膛燃烧着,连说话的声音也在颤抖,使母亲听了很害怕、很担心。

“我对那教士说了些什么呢?”他的声调稍微有些平缓了。

“有一天,村会开过之后,他和农民一起坐在街上,对他们说,人和家畜一样,所以 向来缺不了敌人!于是,我开玩笑说:‘要是派狐狸做了林中的官,那么树林里只会剩些羽毛,鸟儿都没有了!'那士瞅了我一眼,告诉人们要忍受,并且要祷告上帝,赐给他忍受的力量之类的话。我听了之后说,祷告的人太多了,大概上帝已经没有工夫听祷告,所以不听了!他盯住我,问我念哪些祷文?我回答他,我像所有老百姓一样,一辈子都在念一个祷文:'上帝呀,请你教我们替那些贵族搬砖头、吃石子!'他没有让我讲完。啊,您是贵族吗?"雷宾的叙述戛然而止,雷宾突然掉转语锋问索菲亚。

"为什么说我是贵族呢?"索菲亚突然吃了一惊,立刻向他反问。

"为什么?"雷宾感到好笑,"你命中注定如此呀!就是这样。您以为花布头巾就能遮住贵族的罪恶,让人们无法看见了吗?教士就是化成灰,我也能看出他来。方才您的臂肘碰到桌子上的水渍时,您就颤动了一下,又皱起了眉头。您的脊背那么挺直,一点也不像个工人。"

母亲十分害怕他这种令人难以忍受的讽刺会惹恼索菲亚,连忙严厉地说:

"她是我的朋友,米哈依洛·伊凡诺维奇,她是个好人,因为干这种工作连头发都白了,你说话不要这么过分……"

雷宾重重地叹了口气。

"难道我说了什么让她生气的话了吗?"

索菲亚望了望他,冷冷地问:

"您有话要对我讲吗?"

"我吗?有的!最近这儿来了一个新的伙伴,是雅柯夫的堂兄弟,他生了肺病,可以叫他来吗?"

"有什么不可以呢?去叫吧!"索菲亚回答。

雷宾眯起了双眼,朝她觑视着,然后压低了声音说:

"叶菲姆,你去走一趟,叫他晚上来,就是这样。"

叶菲姆戴了帽子,一声不响,对谁也不看一眼,慢悠悠地走进森林里去了。

雷宾望着他的背影点了点头,小声对大家说:

"正烦着呢,该他去服兵役了,他,还有雅柯夫。雅柯夫干脆地说:'我不能去。'其实他也不能去,可是又想去。他想去鼓动兵士,我劝他说,那是用脑袋撞南墙……可是他们预备拿起枪来就走。是啊,他在烦恼着呢,伊格纳季方才讥讽他,那也不起作用!"

"绝不是没有用的!"伊格纳季忧郁地说着,但眼睛并不看着雷宾,"到了那边,他们会逼着他服从,他就会变得和其他士兵一样。"

"不至于吧!"雷宾沉思地说,"可是,假使能够逃避兵役,那当然更好。俄罗斯这样大,到哪儿去找他?弄到一张护照,乡下什么地方都可以去。"

"我就这样办!"伊格纳季边用木片敲自己的脚边说,"已经决定了反抗,就坚决地反抗吧!"

谈话到此为止了。

蜜蜂和黄蜂匆匆地飞来飞去,嗡嗡地响着,使那寂静的空间显得格外寂静。小鸟啁啾不已;远处飘来一阵歌声,歌声在广袤的田野上荡漾着。

雷宾沉默了片刻,雷宾忽然想起了什么:

“好,我们该去上工了。你们要休息一下吧?小屋里有床。雅柯夫!你去给她们拿些枯叶子来。好,老太太把书给我吧。”

母亲和索菲亚解开了口袋。

雷宾弯下身子看看口袋,满意地说:

“哦,真不少!这件事干了许久了吗?您叫什么名字?”他问索菲亚。

“安娜·伊凡诺夫娜!”她回答,“干了十二年了,怎么样?”

“不,没有什么。那么,坐过牢?”

“坐过。”

“懂了吗?”母亲颇有些责怪地说,“你刚才还对她那么粗鲁?”

他没有回话,手里接过一叠书,露出了满嘴的牙,又固执地说:

“请您别介意!老百姓和贵族,如同油和水,怎么着也溶和不了。”

“我又不是贵族,我只是个普通的人!”索菲亚带着温柔的微笑反驳他说。

伊格纳季和雅柯夫走到他面前,伸出了手。

“给我们吧!”伊格纳季说。

“都是一样的?”雷宾向索菲亚问道。

“各种的都有,里面还有报纸。”

“哦!”

他们快步进了小屋。

“农民们被发动起来了!”母亲用沉思的眼光望着他们的背影,轻轻地评判。

“可不是吗?”索菲亚小声附和着,“我从来没有看到像他这样的脸,简直像个殉道者。到里面去吧,我想看看他们。

“他不太懂礼貌,您不要跟他生气。”母亲低声请求般地劝慰她。

索菲亚笑了出来。

“您真是好人,尼洛夫娜。”

进门的时候,伊格纳季抬起头来,对她们瞥了一眼,他把手指插入鬈曲的头发里,低头接着看膝头的报纸。雷宾站着,把报纸放在从屋顶缝隙里洒下来的阳光底下,翕动着嘴唇念着。雅柯夫跪在地上,脑部抵着床铺,正准备看书。

母亲走到小屋一角坐了下来,弯腰坐了下来。索菲亚搂着母亲的肩膀,默默不语地看着屋里的情景。

“米哈依洛伯伯!这儿在骂我们农民呢!”雅柯夫头也不回地说。

雷宾扭过头来,看了他一眼,然后笑盈盈地说:

“那不是恶意的!”

伊格纳季咽了口唾液,抬起头来,闭着眼睛说。

“这儿写着:‘农民已经不是人类。’当然,已经不是了!”

一道被侮辱的阴影浮上了他那张单纯坦率的脸。

“哼,让你到我们的处境来试试看,你会变成个什么样子, 自以为聪明得了不得似的!”

“我得躺一下,”母亲悄悄地对索苦亚说,“到底有些累了,那些气味熏得我头晕。您怎么样?”

“我不想睡。”

母亲躺到了床上,说话间就迷迷糊糊地打起瞌睡来。

索菲亚在她旁边殷勤地照看着她,时不时地看看他们几个读书的情形。时不时有黄蜂和野蜂来打扰母亲,索菲亚就及时地把它们轰走。母亲迷离的双眼看到这种情景,心里有种说不出的高兴,索菲亚的这份热诚令她深感欢欢。

雷宾走到跟前来,用低深的声音悄悄地说:

“她睡了?”

“嗯。”

他凝视着母亲的脸,沉吟了一会儿,然后叹了口气,轻声说:

“跟着儿子,干儿子没有干完的事,她大概是第一个吧,是第一个!”

“不要吵醒她,我们到那边去吧!”索菲亚说。

“唔,我们得去做工了。还想谈谈,只好等晚上再谈了! 喂,我们走吧。”

他们三个一齐走了,剩下索菲亚待在小屋旁边。

母亲心里想着:

“啊,好了,谢天谢地! 他们已经相处得很好了。”

她呼吸着带有树木和柏油清香的空气,静静地睡着了。

六

柏油工人们终于做完了事,满怀喜悦地收了工。

母亲被嘈杂声吵醒了,她打着哈欠,一边微笑着从小屋里走出来。

“你们都忙着,我倒像贵妇人一样,在这儿睡觉!”她用温柔慈爱的目光望着大家伙,嘴里客气地解说着。

“大家会原谅你的!”雷宾说。他的举止和神态比下午平和多,好像疲劳吞下了他的过度的兴奋。

“伊格纳季! 弄点茶吧!”他说,“我们这儿是每天轮流着弄饭吃,今天轮到伊格纳季给我们弄吃喝了!”

“可不可以请谁来替我!”伊格纳季说。他动手搜集了生火的木片和枝条,一面留神听大家说话。

“有客人,是谁都喜欢的。”叶菲姆在索菲亚身旁坐下来说。

“我能干点儿什么,伊格纳季!”雅柯夫低声说着,一面走进小屋。从里面拿出面包,一片片地切好,按座分放。

“哟嘿!”叶菲姆低声说,“有咳嗽声儿。”

雷宾侧耳细听了一下,点了点头,确信地说:

“不错,是他来了。”

他扭过脸来对索菲亚解释道:

“证人马上就到了。我恨不得和他一起走遍所有的大城市,让他站在广场上,让老百姓都听听他说的话。他讲的虽然老是那一套,但确实应该让大家听听。”

夜色渐浓,森林更加寂静,于是,衬得人们的话语也温柔多了。

索菲亚和母亲老是望着他们,他们的动作都很缓慢、笨重,好像格外地小心。同样,他们几个也在观察着这两个女人。

这时,一个驼背瘦高的男子从森林里走了出来。他拄着拐杖,走得很慢。远远的,远远地就听到了他的喘息咳嗽声。

“我来了!”他说了三个字就咳嗽起来了。

他穿着一件长长的、一直拖到脚跟的旧外套。微黄的直发,头发从他揉得皱巴巴的圆形帽下面,稀稀拉拉地搭下几绺来。瘦骨嶙峋的黄脸上长着浅色的胡子,嘴巴微张着,眼睛深陷进去,从黑眼窝儿里发出点点热病患者常有的那种光亮。

当雷宾替他和索菲亚介绍的时候,他向她问道:

“我听说,您是来给我们送书的?”

“是的。”

“我代表大家伙谢谢您!群众本身还不能懂得真理,所以懂得真理的我代表他们前来致谢。”

他不停地喘息着,说话时,大口大口贪婪地呼吸着空气。他的每句话常常中止,双手看上去无力而瘦削,手指缓慢地在胸前移动着,想解开大衣的纽扣。

“这么晚了在树林里对您是有害的。树林里树叶很多,又潮又闷人。”索菲亚好心地劝说着。

“对我,已经没有什么有益的东西了!”他边喘边说,“对我,只有死是有益的!”

他这么说让人听了很难过,他整个的身形让人看了顿生怜悯,谁都会感到爱莫能助,只有哀叹世事的无情。

他坐下来的时候,慢慢地曲下膝盖,好像生怕把腿折断似的,然后擦了额上的冷汗。他的头发干枯地耸立着,如同死人的一般。

篝火燃了起来,周围的一切都开始颤动,开始摇晃。被火烧着了的眼睛,好像害怕似的逃进森林里去了。

伊格纳季胖乎乎的脸在火光上方闪动了一下。于是,火光熄了,发出了煤烟的气味。寂静和黑暗又密集在林中空地上,仿佛也来听病人的低诉。

“但是,对老百姓来说,我还是有点用的,我可以做这种罪行的证人。啊,你们看看我,我只有二十八岁,但是,我也许马上就去见上帝了!十年之前,我可以毫不吃力地背十二普特的东西,一点都不在乎!我想,像我这样棒的身体可以一直活到七十岁都不生病。可是才过了十年,十年已经全完了。老板夺去了我的寿命,剥夺了我四十年的生存权力,四十年啊!”

“你听,他每次都这么说的!”雷宾低声说。

篝火再一次熊熊燃烧起来,比刚才更旺了。影子往树林乱窜,又猛退到火边,围着火焰无声地狂舞着,抖动个不停。火堆里的湿树枝发出噼噼啪啪的响声,表达着怨怒。一阵阵的热空气摇动着树叶,使它发出私语一般的音响。愉快活泼的火焰,仿佛是在游戏,互相拥抱着,红色的火舌向上卷起,散出一个个的火星,燃起的枯叶轻舞着,天上的星儿好像在对那些火花微笑着频频招手。

“这不完全是我的话!千千万万的人,虽然不知道这对于生活在苦难中的人民有什么有益的教训,都在说同样的话。不知有多少做工做成残废的人,一声不响地被饿死了。”他佝偻着身子,全身抖动地咳嗽起来。

雅柯夫拎了一只桶放在桌上,丢下一把青葱,对病人说:

“来,萨威里,我替你弄了些牛奶来了。”

萨威里摇了摇头表示不要,可是雅柯夫一把抓住他的胳膊肘,将他扶了起来,搀到了桌子前面。

“唉,”索菲亚带着责备的口吻低声向雷宾说,“为什么叫他到这儿来?他随时都可能死掉。”

“对,可能!”雷宾附和着说,“不过,让他说说吧。为着一点儿意思都没有的事情,把命都送了,那么为着大家,就让他再忍耐一下吧,不要紧的!就是这样。”

“你倒是很欣赏你这么做似的。”索菲亚高声评说。

雷宾对她瞅了瞅,阴冷地回嘴道:

“只有贵族才会欣赏基督被钉在十字架上受苦的情景呢。我们是向人学习,我们希望,您也得学一点才好。”

母亲又担心地动了动眉毛,对他说:

“你呀,别说了吧?”

吃饭的时候,病人又讲了起来:

“他们拼命让工人工作,这是为着什么?我们的老板,我们的性命是在工厂里送掉的,我们的老板送了一套金的洗脸用具给歌剧院的一个女演员,连尿壶都是金的。这个金尿壶里有我的气力、我的生命。你看,我的寿命就是为这种东西而浪费掉的。他用工作榨干了我的生命,他用我的血汗来讨他姘头的欢心,我的血汗就换成了那只金尿壶!”

“据说人是上帝按他自己的样子创造的,”叶菲姆苦笑着说,“可是却把他们胡乱糟蹋……”

“不能再沉默了!”雷宾拍着桌子说。

“不能再忍受了!”雅柯夫低声补充了一句。

伊格纳季听了只是苦笑了一声。

母亲看得出来,三个年轻人都聚精会神地倾听着,每逢雷宾开口的时候,他们都是非常专注地凝视着他的脸。萨威里的话在他们脸上引起了异样的、满怀怨恨的苦笑,好像他们对于病人没有一点怜悯的感情。

母亲将身体稍稍挪向索菲亚,悄声问道:

“他讲的都是真的?”

索菲亚高声回答说:

“不错,是真的!送金器的事报上也登过,那是莫斯科的事。”

“可是,那个坏蛋依然若无其事地活着!”雷宾低声说,“应该把他判处死刑,把他带到老百姓面前,把他切成一块一块的,把他肮脏的肉喂狗吃。人民起来的时候,一定要大大地惩罚他们。为了人民所饱受的压迫与耻辱,群众是要叫他们大流血的。这些血,是群众的血,是从群众的血管里面吸出去的。群众才是这血的真正的拥有者!”

“冷得很啊!”病人说。

雅柯夫扶他起来,搀着他到火堆前。

篝火依旧旺旺地烧着,没有长脸的影子们吃惊似地望着火焰的快活游戏,在火边颤动着。

萨威里在树桩上坐下来,伸出干瘪的只剩皮包骨头的手烤火。

雷宾将头向他那边示意了一下,然后对索菲亚说:

“这比书本要深刻生动得多!机器切断了工人的一只手或者是轧杀了一个工人,完全可以怪他自己不小心。可是吸干了一个人的血,就一脚把他当东西似的踢开,是无论如何也说不过去的。不论怎样杀人,我都能明白,可是为着自己的娱乐去折磨人家,是我无论如何也不能理解的。老百姓为什么一生下来就得受折磨,我们大家为什么要受苦呢?这完全是贵族为了好玩,为了作乐,为了活得有趣,为了用血可以买到一切,女戏子、马、银制的餐刀、金做的面盆……还替他们的孩子买些什么贵重玩具。你们去做吧,你们出力去做,我呢?可以靠你们的劳动储蓄金钱,甚至可以买金尿壶送给情人。”

母亲听着这一切,看着眼前的一切,在她面前的黑暗里,又像光带一般闪耀着一条巴威尔和他的同志们所走的道路。

吃过晚饭,大家又坐在火堆旁。

篝火吞噬着树枝,发出熊熊的火焰。他们后面,垂着沉沉的夜幕,夜幕遮住了森林和天空。

病人一双大眼盯着火堆,不时咳嗽得全身颤抖,全身都跟着颤动,好像他的残余的生命,急切地想早一秒钟逃出这个被疾病折磨殆尽的身躯,急不可耐地从他的胸口冲出来。火焰的反光在他脸上跳动,可是他的皮肤仍旧像死的一般,只有他的眼睛还像余下的两堆柴烬在那里微微发光。

“萨威里,你还是到屋里去吧?”雅柯夫弯下腰来问他。

“为什么?”他费力地说,“我要在这儿坐一会儿！我和大家在一起的时候已经不多了!”

他默默地看了看众人,接着就有气无力地苦笑了一下,说道:

“与你们在一起,我觉得很舒服。看着你们,我心里想,也许这些人会替那些被剥夺了生命的人、替那些惨遭杀害的老百姓们伸冤报仇。”

大家都沉默着,没有谁开口回答他。不大一会儿,他就无力地垂下了头,打起瞌睡来了。

雷宾望了望他,低声说:

“他刚来这儿的时候,见到谁都讲这一套话,讲对于人的这种侮辱。他的整个心思都放在这件事上,好像他的眼睛已经被这件事给遮住了,除了这个,他就什么也看不见。”“不过,别的还要看到什么呢?”母亲思索着说。

“如果有成千上万的人,为了让主子可以胡乱花钱,天天都累死累活的,还要把性命送掉,那么还要看到什么呢?”

“听他的话真叫人腻烦!”伊格纳季小声嘟哝,“这种话,听上一遍就不会再忘记了,可是却总三番五次不停地讲。”

“一切的一切,都包括在这一件事情里,要明白呀！全部的生活都包括在这件事情里!”雷宾满脸阴郁地说,“他的故事我已经听过十遍了,可是,有时候还是要怀疑。有时,心肠发软的时候,好像不愿意相信一个人会做出这样荒谬、丑恶的事情来。那时候,我觉得有钱人和穷人都是同样可怜。只是走入了迷途！穷人是因为饥饿,另外一面,是被金钱迷住了眼睛。喂,你们仔细想想,喂,弟兄们！你们打起精神来,好好地想一想,都凭良心想一想!”

就在此时,病人动了动,他睁开眼睛,在地上躺下来,仿佛十分疲乏。

雅柯夫悄悄地站起来,进屋拿了件皮袄盖在他身上,重新又回到索菲亚身边坐了下来。

红通通的火焰带着微笑热情地燃烧着,映照着周围黑蒙蒙的人影。火旁人们的声音,伴着火焰轻快的噼啪声沉思着融在一起。

索菲亚不知疲倦地讲着全世界人民为获得生活的权利而进行的斗争,包括德国农民的反抗,爱尔兰人的不幸,法国工人锲而不舍的追求自由的丰功伟绩。

在这被天鹅绒般的夜色所笼罩着的森林中,在这被树林包围着、被黑暗的天幕笼罩的林中空地上,在这熊熊跳跃的火光面前,在这一圈好像带着敌意似的人影中间,震撼了饱食终日、贪得无厌的人们的世界的那些事件,一一苏醒过来。全世界的战斗得疲乏了的人民,流着鲜血,一个个地走过。那些为自由和真理斗争的战士的名字,又从尘封的历史中跳了出来……

索菲亚略带沙哑的声音如同流水般轻淌着,好像来自遥远而真实的远方。就是这种声音唤醒了人们的希望,给人们增加信心。

大家都聚精会神地聆听着这些志同道合者的故事,每个人都认真地凝视着这个女人的苍白而消瘦的脸庞。在他们面前,全世界人民共同的神圣的事业,为争得自由而永不妥协的斗争越来越鲜明地放出了光辉。从以前的勇士身上,从遥远的、从以前他们所不知道的陌生国度里的人民里,在他们不知道的外国人中间,看到了自己的思想和希望,使他从理智和情感上都想参加这个世界,因为他们在这个世界里发现了许许多多的朋友。这些朋友,在很久之前就已经同心协力、义无反顾地决定要寻找到人世间的真理,并且花费了无限的痛苦的代价来使自己的决定神圣化。为了那光明灿烂的新生活的到来,抛头颅洒热血,和所有的人们在精神上接近的感觉产生了,而且不断地增长着一种与这些朋友在心灵上靠近的感觉。

“总有一天,世界上的工人阶级都会自信地昂起头颅,坚决地说:‘够啦!我们再不过这种生活了!’”索菲亚非常有信心地说,“那时候,那些只是靠着贪婪而有力的强者,他们的虚幻的力量就会丧失殆尽!土地也就会从他们的脚下化为乌有,他们连立足之地也不会再有了。”

“那是一定的!”雷宾点着头说,“如果,不怕死,什么事情都可以成功!”

母亲细心地听着,眉梢高挑,脸上始终挂着惊喜的微笑。她感到先前她认为在索菲亚身上的那些多余的东西,诸如急躁、锋芒太露、过于豪放等,现在都消失了,都消失在她那流畅平稳故事之中了。

沉静的夜色、跳动的火苗、索菲亚的脸庞,都使她欢欣不已,然而,但最令她高兴的是农民们的那种严肃而认真的态度。他们恐怕妨碍故事的继续,怕打断使他们和世界联结的那根光辉的线,所以每个人都是一动不动地坐着。他们中间,偶尔有人起身给篝火添点儿柴,当有烟灰或火星散飞出来的时候,他们就迅捷地用手挥挡着,尽量不让烟和火星飞到她们那里。

有一次雅柯夫站起身来,低声说:

“请稍等一下再讲!”

他跑进小屋,拿出衣服,然后和伊格纳季一起默不作声地为这两个女人盖好肩头、裹住双脚。

索菲亚接着讲下去,她描述着胜利的日子使他们相信自己力量的信念,让他们清楚的意识到,他们的命运和那些为富人无聊的娱乐享受而忍辱负重地劳碌了一生的人们的命运是相同的。

准确地讲,那些话并没有多么深刻地打动母亲。然而,因为索菲亚的言语而唤起的要拥抱一切人类的那种伟大的情感,使她心中也对那些人充满了感谢和虔诚的情意,那些人冒着危险去努力接近那些被劳苦的铁链缚住了的人,是他们带来了真正的真理与光明。

“上帝啊!愿您保佑他们!”她闭了双眼,心中默念。

天色渐亮,索菲亚感到疲倦了，于是,沉默下来,她微笑着看了看那些正在沉思之中逐渐变得开朗起来的面孔。

“我们得走了!”母亲说。

“是得走了!”索菲亚劳累不堪地应道。

年轻人中,不知谁沉重地叹息了一声,仿佛是在依恋,又好像是在惋惜。

“你们要走了,这真是怪可惜的!”雷宾用他从来没有用过的温柔的声音说,“您讲得真好! 您让大家心灵靠在了一起,这是一件重要的工作! 现在我们知道了千百万人都有着和我们同样的希望,心也变得更加善良了。这种心境就是最伟大的力量!”

“你善待别人,别人不一定会善待你!”叶菲姆一边笑谑地说着,一边快速地站了起来,“米哈依洛伯伯,她们是得回去了,趁现在天黑没有人看见。要不然,将来我们把书分了,官府里又要来人查这些书的来路了。或许,有人会记起,有两个巡礼的女人到过这儿。”

“那么,好吧,真是多谢了! 妈妈! 谢谢你的工作!”雷宾打断了叶菲姆的话,赞叹道,“我看着你,心里就一直想着巴威尔的事, 你能干这样的工作,真了不起呀!”

他的态度温和,脸上挂满了善意的微笑。尽管天气很冷,可是他却只穿一件衬衫,领口还大敞着,露着胸膛。

母亲关心地望着雷宾高大魁梧的身躯,亲切而关心地劝说道:

“天气很冷,得多穿件衣服!”

“里面有热正发着呢!”他回答说。

三个年轻人在篝火旁悄悄说着什么。病人盖着皮袄,躺在他们脚边。

天际露出了鱼肚白,夜色渐渐褪去,树叶轻摇,十分欣然,好像是在等待太阳。

“那么,再见了!”雷宾握着索菲亚的手亲热地告别,“到城里的时候,怎样才能找到您呢?”

“找我就行了!”母亲说。

小伙子们簇拥着,慢慢走到索菲亚面前,默默地和索菲亚握手。他们亲切的态度虽然有些扭捏,但从他们每个人的脸上,都明白地看出了一种充满了感谢和友情的、又不肯轻易流露出来的满足。这种新鲜的感觉大概使他们感到惶惑。因为一夜没睡,他们的眼睛有些发干发涩,但目光中仍含着微笑。他们一声不响地望着索菲亚,很不自然地站在那里表示告别。

“不喝点牛奶再走?”雅柯夫问。

“哎呀,有牛奶吗?”叶菲姆插嘴道。

伊格纳季不好意思地挠着头发解释道:

“没有了,刚才都让我碰翻了。”

大家都不禁笑了。

虽然他们表面上是在说牛奶,可是母亲感到,他们心里是在想着别的事情, 他们是在默默地祝母亲和索菲亚平安和顺利。

他们的这种态度，显然也感动了索菲亚，也使她内心涌动着一种不所措的感觉，唤起了一种纯朴的谦逊，这使她说不出别的话来，只是轻轻地说：

“多谢了，同志们！”

他们互望了一眼，好像这简单的一句话深深地打动了他们。

这时候，病人沙哑地咳了起来。

篝火渐尽了。

“再见了！”农民们低声说。

这句饱含不舍与伤感的话久久萦绕着她们，久久地伴送着她们朝前走。

黎明的曙光中，她们缓步走在林间的小路上。

母亲跟在索菲亚身后，不无感慨地说：

“样样都很顺利，好像做梦一样，真好！大家都想知道真理，亲爱的，大家都是这样！有点像盛大节日里晨祷前的教堂。教士还没有来，教堂里面又暗又静，很是可怕，可是参拜的人们已经都陆续来到了，圣像前面点起了蜡烛，蜡烛亮起来了，照亮教堂，渐渐才赶走黑暗……”

“对啦！”索菲亚愉快地回答道，“只是这儿的教堂是整个世界。”

“整个世界！”母亲沉思着点了点着，禁不住跟索菲亚的话又重复了一遍，“真好，简直叫人不敢相信。您真会讲话，讲得真好！我原本还一直担心，生怕他们不喜欢你呢。”

索菲亚沉默了片刻后，充满怜爱地小声说道：

“跟他们在一起，人会变得单纯了。”

两个人就这样边走边谈，谈论这几个年轻人是多么留神听着，沉默着，还有他们是如何笨拙可笑地表明他们对这两位女人无微不至的关心与发自内心的感谢。

她们穿过田野，太阳已经在上升了。虽然眼睛还不能望见太阳，可是淡紫色的阳光已薄薄地铺满了大地。

露珠在草丛中闪烁着春天般令人欢欣鼓舞的五彩光芒。小鸟们早已经醒来了，愉快而自由地歌唱着，使大地的早晨充满了生气。一群肥胖的老鸦也忙忙碌碌地叫着，又展开沉重的翅膀飞着。不知在什么地方，黄鹂急促的叫声不绝于耳。

山峦脱去了夜的阴影，脱掉了它丘陵上的夜的阴影来迎接太阳。

“有时候，某一个人讲了半天，你也听不懂，除非他能对你说出一句简单的话，那时候，就会让你豁然全明白过来！”母亲一边思考一边说，“那个病人的话就是这样。工人们饱受压迫的事，我早就听人说过，自己也知道些。可是，从小就习惯了，心里早已经不怎么感到难受了。现在，那病人突然讲了那么桩气人又丑恶的事情。天哪！难道工人们一生的劳苦，就是为了让老板开开玩笑吗？这是怎么说也说不过去的！”

母亲一直不能在头脑中摆脱这件事，在这件事的阴暗而无耻的光亮里，使她明白了他从前曾经知道,但现在差不多已经忘记了的那些同一种类的胡乱而丑恶的行为。

“可是,他们对一切都不感兴趣了,对一切都讨厌了!我听见过这样的一个故事,有一个地方自治局的议长,当他的马走过村子的时候,一定要逼着老百姓对他的马行礼,谁不行礼就抓起谁来。他这样做到底有什么必要呢?真是莫名其妙,莫名其妙!”

过了一会儿,索菲亚小声地唱了起来,尽管声音不高,但她唱的歌却像清晨一样充满朝气!

七

尼洛夫娜的生活过得异常平静。这种平静有时甚至连她自己都吃惊。儿子在监狱里,她明明知道有多么严重的后果,可是每一次她想起这事的时候,恰恰与她意志相反,就会不由自主地回忆起安德烈、菲佳和其他许多人。

儿子的命运包含了所有与他志同道合的人,不断地在她眼前长大,引起了她的冥想。对巴威尔的思念日益强烈。这种想念像一道纤细的、强弱不同的光线,不断地向四面分布着,触到一切,就好像打算照亮一切,将一切集中在一幅画里,让她也感到它们的存在,不让她一天到晚老是想念儿子,为儿子担着心。

索菲亚待了不久就走了,过了五天,她才十分高兴活泼地回来了。可是,没几个钟头,就又不见她的影儿了,直到过了两个星期才又露面。她生活的范围好像非常之广,似乎她的活动范围无边无际。她只是偶然抓空儿来看看弟弟,每次她的到来,都使他的屋子里弥漫着她的勃勃生气和动人的音乐。

母亲也爱上了音乐。

她听着音乐,觉得总有一阵阵温暖的浪头冲打进她的胸膛,涌流到心里,于是,心的跳动就变得十分平静均匀。恰如种子种在了深耕的、灌溉得宜的膏腴之地里一样,思绪在柔美的乐声中迅速地生根发芽,被音乐的力量激起的言语,有如花朵一样纷纷绽放。

然而,对索菲亚到处乱扔东西、乱扔烟头、乱弹烟灰的那种散漫脾气,尤其是对她的那种毫无顾忌的言语谈吐,母亲却难以习惯,这一切,和尼古拉那平静沉稳的态度、永远不变的温和严肃的举止言谈比起来,更显得特别惹眼。

在母亲眼里,索菲亚急于表现出一副老成庄重的样子,可是看起来仍然是把人们当作了很有趣的玩具。

她总说劳动是何等神圣,但因为她自己的不注意,往往总是不合情理地增加母亲的劳动量。她常常讲自由,可是母亲看出,她的那种激烈的偏执,不断的争论却明明地侵害了别人的自由。她总是那么矛盾,母亲清楚这些,所以在对待她时便非常注意,非常小心,对待索菲亚总不能像对待尼古拉那样,内心怀着一种经常不变的美好而可靠的温暖之情。

尼古拉总是非常辛苦,过着单调劳苦的日子。

早上八点钟喝茶、看报,并将新闻讲给母亲听。母亲听他讲着,就好像非常逼真地看见了似的,看见生活的笨重的机器,是怎样无情地将人们铸成金钱。

母亲觉得他和安德烈有许多相似之处。他和霍霍尔一样,谈到人的时候并不会有恶意,因为他认为在现在这种不合理的社会制度里,一切人都是有罪的。但是,他对生活的信心不及安德烈那样鲜明,也没有安德烈那样热忱。

他说话时总是沉着冷静,像个严正的法官,虽然他说的是可怕的事情,但脸上仍是带着同情的微笑,但是,他的目光却始终冷峻坚定。母亲看见这种目光,心里就明白了,这个人不论对什么人、对什么事都不会宽恕,而且不能宽恕,母亲觉得这种坚决对他是很困难的,于是,心里便觉得很舍不得尼古拉,也因此更喜爱他了。

尼古拉在九点钟准时出去办公。

这时,母亲收拾好房间,预备上午饭,洗了脸,换上整洁的衣裳后,便坐在自己的房间里翻看书上的插图。

现在,她已经可以看些简单的书了,只不过是非常吃力。看书看不多大一会儿,就会觉得疲倦,字句的连续也就弄不清楚了。可是书中的图画却像有吸引孩子似的吸引了她,这些图画在她面前展开了一个能够理解的、差不多可以触摸得到的、新鲜美妙的世界。大的城市、好看的建筑物、机械、轮船、纪念碑、人类所造就的无限的财富,人类所创造出的伟大的文明。于是,生活也就无限地扩大起来了,每天都在她眼前展开未知的、巨大的、奇妙的事物,是生活用它的丰饶财富和无限的美景越来越强烈地刺激着母亲那颗早已苏醒过来的如饥似渴的心灵。

母亲最喜欢看的是大的动物画册。虽然文字是外国的,可是却能凭着画面使她对于大地的美、富饶和广大,有了一个非常鲜明的概念。

“原来世界这么大啊!”有一次她对尼古拉感叹地说。

所有的昆虫,尤其是蝴蝶,最让她欢喜。她往往总是惊讶地望着这些图画,好奇地说:

“尼古拉·伊凡诺维奇!这是多么好看的东西啊!是吧?这种好看的东西,什么地方都有,它们就飞舞在我们身边,我们一点都没在意。人们整天的只是忙忙碌碌,什么都不知道,什么都不欣赏,唉,也没有兴致。如果他们也能知道这世界是如此五彩缤纷,有着这么多叫人惊奇的东西,那他们可以得到多少乐趣呀!一切是为了大家,个人是为了全体,对不对?”

“对!”尼古拉微笑着回答。

之后,他又为她拿来了另外一些有插图的书。

晚上,他们家里总是聚集着许多客人,白脸黑发、态度庄严、沉静庄严的英俊小伙子阿历古赛·代西里取维奇;圆头、满脸满刺、总是遗憾似的咂着嘴的罗曼·彼得罗维奇;身材瘦小、留着尖尖的胡子、声音很细、性子很急,喜欢大叫大喊,说出话来好像锥子一般尖利的伊凡·达尼洛维奇;以及一直拿自己、拿朋友们、拿他的逐渐加重的毛病开玩笑的叶戈尔;还有其他许多远道而来的客人。

尼古拉每次都陪着他们安静地说上很长时间,他们谈话的题目总是关于全世界的工人。

有时候他们非常兴奋,指手画脚地高谈阔论,喝茶喝得很多很凶;一边是他们大声讨论,尼古拉默默地起草传单,写完之后,向大家诵读一遍,然后立刻用印刷字体将传单抄写出来。

在这之后,母亲总是仔细地把断掉的草稿的碎片拾起来烧掉。

每晚,母亲都为他们沏茶倒水。当他们谈起工人的命运与前途以及如何迅速有效地向工人宣传真理,提高工人的热情等事情时的热烈情绪,都感到很惊奇。他们常常生气,各不相让地争执,你说我不对,我说你不对, 于是,双方都感到生气,可是不多一刻,却又争论起来。

母亲总认为,和他们比较起来,自己早已更深刻地了解工人的生活。她觉得他们也许并不十分清楚他们要面临多么艰巨的任务。她常常会怀着一些包容,乃至有点忧伤的感情。正像大人们看到在扮夫妻游戏,然而却不明白这种关系的悲剧性的孩子时的心情一样。她常常不由自主地拿他们的话跟巴威尔和安德烈的话比较。比较之下,她感到两方之间存在着差别,可是起初她不能懂得这种差别。她时常觉得这儿说话的声音比乡下还要大,她只好为自己解释为:

"知道得越多,说话的声音也就越响。"

但母亲又总觉得有些地方不对,好像这些人都是故意在互相鼓舞,有意地做出一副悲壮豪迈的样子,好像每个人都想向同志们证明,真理对于自己比对其他人更为接近、更为可贵;别人听了不服,也来证明真理对自己是更接近, 于是,开始了激烈而粗暴的争论。母亲觉得他们每人都想压倒别人。母亲心中充满了矛盾与不安,她动着眉毛,用哀求的眼光望着大家,心里想:

"他们已经忘记巴沙和其他同志了。"

母亲每次都极其认真地听他们谈论,她虽然听不太懂,可是却千方百计地探求着言语背后的感情。她能看出,在工人区人们说起"善"的时候,是把它看作一个完整的事物,这儿呢,却是将一切打碎,而且到处十分零碎;工人区里的人们有着更深、更强烈的感情,而这儿的思想却是很锐利的,有着将一切都剖开的力量;这儿更多的是谈论着破旧的事物。因为这种缘故,母亲深感巴威尔和安德烈的话对她更亲切,更让她容易沟通。

母亲还观察到,每当有工人来的时候, 尼古拉总是变得特别随便,脸上露出温和的样子,说话和平常完全不同,既不像是粗鲁,也不草率。

"这可能是为了让工人能明白他的意思!"母亲推测。

可是,这种猜想所得到的解释并不能让母亲完全放心。她不难看出,工人们似乎很拘谨,好像心里受着拘束,不像他跟母亲,跟一个普通妇女谈话那样容易而随便。有一天,尼古拉出去之后,母亲对一个年轻人说:

"你为什么这样拘谨? 好像小孩子要受考试似的。"

那个人大声笑着说。

"到了不习惯的地方,虾也会变成红色的,到底不是自己的弟兄嘛!"

有时莎馨卡也跑了来,但从不待很长时间。一副正经得不得了的模样,连笑也不笑。每次临走的时候,她总是向母亲询问:

"巴威尔·米哈依洛维奇怎么样? 他身体好吗?"

"唉,托您的福!"母亲回答,"没事,他很快活!"

"替我问候他!"姑娘说完就走了。

有时候,母亲也向她多唠唠几句,巴威尔被拘留了许久,还不曾决定出审判的日子。莎馨卡听了就锁住眉头,一声不响,她的指头却不由自主地抖动起来。

尼洛夫娜时时感到内心有一种愿望要对她说:

"好孩子,我知道你在爱她。"

但是,她每次都说不出口,她严肃的面孔、紧闭的嘴唇,以及事务般的枯燥的谈话,似乎已经拒绝了这种爱抚。

母亲只好无奈地叹口气,无言地握着她伸出来的手,想:

"我可怜的孩子。"

有一次,娜塔莎来了。她看见母亲非常高兴,抱住了她吻了又吻,然后突然轻轻地说:

"我的妈妈死了,死了,怪可怜的!"

她摇了摇头,利索地擦干眼泪,接着说道:

"我真舍不得她,她还不到五十岁呢,本来还可以活上好几年。可是话又说回来了,虽然死了,但也清静舒服了。她总是一个人在那儿,谁也不去理他,谁也不需要她,一天到晚只怕挨我父亲的骂。这样也算是生活吗? 人活着都希望有好日子,可是我的妈妈除了受气之外,什么指望都没有!"

"娜塔莎,您说得对!"母亲想了一想,说道:"人活着都是指望有好日子过,要是没有指望,那还算什么生活呢?"母亲和蔼亲热地抚摸着姑娘的手,关切地问她:"你现在只有一个人?"

"一个人!"娜塔莎轻快地回答。

母亲沉默了一会儿,忽然满脸微笑地朝她说:

"不妨的! 好人是不会孤零零地生活的,一定会有许多人跟着他。"

八

娜塔莎到县里一家纺织工厂做了教员，于是 ,尼洛夫娜就常常把禁书、宣传单和报纸送到她那儿去。

所以,这就成了她的工作。

每月里她总有几次扮作修道女,或是贩卖花边和手织品的小商贩,还扮成中等人家的市民或朝圣的和巡礼者,背上背了口袋或者手里拿了皮包,在全省范围里到处奔波。

不论是在轮船上、火车里,还是在旅馆、客栈里,她的态度总是镇定自若、落落大方。她经常与陌生人攀谈,她那善于交际的、亲切的谈话,见多识广的自信常引起人们的注意,可是她毫不害怕,也毫不在乎。

她喜欢与人交谈,喜欢听他们讲各自的生活和满腹的牢骚与不满。每逢看到人们有强烈的不满的时候,她心里就充满了喜悦,因为这种不满一方面能反抗命运的打击,因为有了这种不满！人们就会想到反抗！想到如何去解决它。

她越来越多地看到了人们的生活。不论在什么地方,都可以清清楚楚地看见要欺骗人、剥削人,千方百计为自身的利益而压榨别人、吸干别人鲜血的那种残酷无耻的、明目张胆的勾当。

她也看出,地上的物产虽然非常的丰饶,可是老百姓仍旧非常贫困,围着那无数的财富去过着挨饿的生活。城市里有许多个教堂,教堂里堆满了上帝用不着的黄金和白银,可是在这些教堂门口,讨饭要饭的男男女女都在那儿可怜巴巴地颤抖着,无助地渴盼着路人每一个铜板的施舍。

说实话,以前她也看到过这种情景,金碧辉煌的教堂和神父那织金线的袈裟,衣衫褴褛无处藏身的乞丐。但现在母亲明白这是不正常的,知道这是不能容忍的,对穷人来说是莫大的侮辱。她知道,教堂对于穷人,应该比对于富人更为接近、更为必需。

从画着基督的图画书上和有关他的故事里,知道了基督是穷人的朋友,穿得很朴素。可是,在穷人们来找他寻求安慰的教堂中,她看见,他却被黄金和绸缎无耻地裹着。这时,她就不由地想起了雷宾的话:

“借了上帝的名义来欺骗我们!”

于是 ,她不再热衷于祷告。

然而,她却时不时地想到基督,想到有些人,他们虽然不提到基督的名字,甚至好像不知道基督。可是在她看来,好像他们是在遵照基督的教训生活着,而且和基督一样,也将大地看作了穷人的王国,也想让所有人都平等地得到一份这世上的财富。

她每天都这样想着,这种想法日益在她心中成长壮大、加深,并包容了她的一切见闻,用它匀称安详的火光普照整个黑暗的世界,整个人类的生活。

她觉得她始终是用一种很模糊的爱,恐惧和希望紧密地联合着、感动和悲哀结合着的一种复杂的感情,爱的基督,现在和她更靠近了,而且与从前的基督大不一样了。基督变得更崇高,对她更容易理解了,基督的脸好像也变得更愉快、更光明了,好像基督受着人们的热血的灌溉,人们往往是为他慷慨地流出热血,却宁死不会说出他的难友的名字 ,真的复活了。

每次出门之后,再回到尼古拉那里的时候,母亲总是因为路上所见所闻的一切感到愉快、兴奋,再加上工作完成地很圆满很顺利,也为着圆满完成任务后的胜利。

"能这样四处走走,多看看,是再好不过的事情了!"晚上,她常对尼古拉这样说,"使你可以知道,生活到底是个什么样儿。老百姓已经被逼得走投无路了。他们受着屈辱,不停地奔波,可是,有谁过问他们到底愿意不愿意呢?他们是在琢磨着,这究竟是为了什么呀?为什么要压迫剥削我们?土地的产出那么多,为什么我们要挨饿呢?世界上到处都有知识,为什么我们就这么愚昧无知?慈悲的上帝看人是不分贫富贵贱,一律都当成他的孩子的,他究竟在哪里呢?人们不满自己的生活,渐渐就激愤起来,他们感觉到,要是他们再不替自己打算打算,那么这不合理不公平的生活就会把他们闷死!"

母亲心里越来越明显地感觉到,内心有那么一种渴切而执着愿望,就是要亲口向人们讲述生活中的种种不合理,有时候她竟很难抑制住这种愿望。

每次看到母亲看图画的时候,总是微笑着给她讲些非常美好又不平凡的事情。她被这种大胆的工作吓得半信半疑不知该说什么好,于是,惊讶万分地问尼古拉:

"这样的事当真能够成功?"

于是 ,尼古拉就执拗地、带着对自己预言的真实不可动摇的确信,隔着眼镜用和善的目光望着她,满怀信心地描述起未来的事情。

"人的理想是无限的,人的力量也是用不尽的!可是,世界在精神方面的发展,还是非常缓慢的。因为现在每一个人如果要使自己得到解放,需要积蓄的不是知识,而是金钱。可是,假使人们能够克服自己的贪心,能够摆脱强制劳动的时候,那么……"

她很难完全理解尼古拉的这番话。然而,对他的那种显示出他的坚决信念的感情,母亲是越来越心领神会了,因为这种感情令他的言语有了生气。

"世界上自由的人太少,这就是它的不幸!"他说。

这句话母亲可以完全理解 ,她认识一些完全没有贪心和恶意的人,她懂得假使这样的人能够再多些,那么生活的黑暗狰狞的面目就可以变得比较亲切,变得比较和善、比较光明。

"人们非要违反本来的意志,就非要变得冷酷无情不可!"尼古拉忧郁地说。

母亲一下子想起了霍霍尔的话,于是,连连点头表示同意。

九

有一次,向来回家都非常准时的尼古拉却回晚了很多。

一进家门,他进门连外套都顾不上脱,便兴奋而激动地搓着双手,急急忙忙地说:

“尼洛夫娜,今天有一个同志从狱里逃出来了。可是那是谁的呢?我还没有打听出来。”

母亲的心一下子抽紧了,身子晃了一晃,赶忙在椅子上坐下,低声问:

“会不会是巴沙?”

“也有这种可能。”尼古拉耸耸肩膀 说道,“可是怎样帮助他躲藏起来呢?现在到哪儿去找他呢?我方才在街上各处走了一遍,心里想,或许可以碰到他?这当然是很笨的,可是总得想个办法才好呀!我再去走一趟……”

“我也去!”母亲高喊了一声。

“您到叶戈尔那里去,或许他能知道点消息。”尼古拉边说边一溜烟地跑了出去。

她包了头巾,满怀希望地出了门。眼前有点发花,心脏跳得很快,双腿不听使唤地往前跑着。

她只顾低头朝前,周围的东西一样也看不见。

“等我到了那边,也许他正在那里!”这种希望好像电光一样在她心里闪着,催促着她走得更快些。

天气很热,她累得喘不过气来。

来到叶戈尔的楼梯口时,她连往上迈的力气都没了。于是 ,她就站住了,回头望了一望,不觉惊奇地低声叫喊了一句,同时把眼睛闭了一下,她仿佛看见尼古拉·维索夫希诃夫站在门口,两手插在衣袋里。可是,当她重新张开眼睛时,却一个人影儿也没有了。“心理作用!”她心里想着,一边拾级而上,一边留神细听动静。

下面的院里有轻微缓慢的脚步声。

于是 ,她立刻在楼梯拐角处站定,弯下腰来往下一看,她又看见一张麻脸在对着她微笑。

“尼古拉!尼古拉!”母亲欢呼着跑下去迎他。

可是她的心中却一下子失望起来,备感难受。

“你走你的!你走你的!”他小心的摇着手低声说。

母亲转身大步向上走,推门跨进了叶戈尔的房间。她一眼看见叶戈尔躺在沙发上,就上气不接下气地说:

“尼古拉……从监狱里逃出来了!”

“哪一个尼古拉?”叶戈尔腾的一下子抬起头来,慌张地问,“哪里有两个尼古拉?”

“维索夫希诃夫……到这儿来了!”

“好极了!”

这当口儿,他已经走进了房间,回头反锁上了门,然后摘下帽子,摸着头发,脸上挂着笑。

叶戈尔从沙发上坐起来,摇着头,急切地说:

“请过来吧!”

尼古拉满脸带着微笑走到母亲身边,和她握了握手:

“要是不看见你,说不定我会绝望地回到狱中呢!城里连一个熟人也没有,回到乡下,肯定马上又被抓住。我一面走,一面想,真傻!为什么要逃出来呢?正这个时候,忽然看见了尼洛夫娜在路上跑呢!我就跟着进来了。”

“你是怎么跑出来的?”母亲问。

他拘谨地坐在沙发沿儿上,不好意思地耸着肩膀,说:

“出人意料的!我在散步,另外几个犯人在打一个看守。那里有一个宪兵出身的看守,因为偷了东西被降下来了。那家伙专门做暗探,告密,弄得大家走投无路!那会儿大家一窝蜂似的揍他。看守们都害怕起来,跑来跑去,嘴里吹着警笛。我一看,牢门开着,外面就是城里的空地。我就不慌不忙地走了出来。如同做梦一般。走了一会儿之后,才算明白过来了,到什么地方去呢?回头一看,牢门已经关上了。”

“唔!”叶戈尔说,“先生,那您就该回转身去,客客气气地敲敲门,请他们放您进去。您就说,对不起,我有点舍不得走呢。”

“哎,”尼古拉不好意思地笑着说,“那不就太傻了!不过这样对于同志们总是很不好的,对谁都没有说一声。我走着,看见有群人在替小孩子出丧,我就跟着棺材,低垂了头,没跟任何人打声招呼。后来我在墓场上坐了一会儿,让风一吹,脑子里想起了一件事。”

“只想起一件?”叶戈尔问着又叹了口气,随后又添了一句,“脑子里未免太空了!”

维它夫希诃夫把头猛摇了一下,丝毫没有生气。

“不,现在我想的东西已经比以前多多了。可是,叶戈尔·伊凡诺维奇,你却老是在生病。”

“每个人都要做他能做的事!”叶戈尔一边咳嗽,一边回答他,“好,好,讲下去!”

“后来,我走进博物馆。在里面转了一圈,参观了一番,心里直盘算着该怎么办,我到哪里去呢?最后自己跟自己生起气来。同时,肚子又饿得要命!我在大街上,胡乱地走着,心里很不高兴。我觉得警察好像在盯着每一个人看。我心里想,我的这副尊容,是再也逃不过法庭的! 突然,尼洛夫娜从对面跑了过来,我赶快避开了,跟在她后面,就是这样,完了!"

"可我怎么没看到你呀?"母亲带着抱歉的口吻说。她对维索夫希诃夫细看了一下,觉得他好像比从前容易接近了。

"同志们一定在担忧。"尼古拉搔着头说。

"可是,你不可怜官府吗? 他们也为你担心呢!"叶戈尔调侃地说。他张开了嘴巴,开始翕动着双唇,好像咬嚼空气一般。"好啦,不要再说笑了! 快点儿把你藏起来才是正事儿,虽然叫人痛快,可是事情并不很简单。假使我能起来……"他透不过气来了,将双手在胸前,轻轻地抚弄着。

"你病得很厉害,叶戈尔!"尼古拉说着,低下了头。

母亲叹了口气,不安地将这很挤很窄的小房间打量了一遍。

"这是我个人的事!"叶戈尔回答说,"妈妈,您不必客气,问他巴威尔的事吧。"

维索夫希诃夫咧开嘴笑了笑。

"巴威尔很好! 身体很棒。在里边他是我的队长。和看管交涉也是他出面,总之,他在那里指挥,大家都尊重他。"

符拉索娃一边听着维索夫希诃夫讲着,一边点着头,并且用余光看了看叶戈尔的发青而浮肿的脸。

他那张脸死气沉沉,毫无表情,好像非常非常扁了,只有双眼中还放射着活泼愉快的光芒。

"饿得很,想吃点东西!"尼古拉像记起什么似的突然说。

"妈妈,面包在架子上,再请你走到走廊里,敲一下左边第二扇门,有一个女的会出来开门,让她把所有能吃的都拿来。"

"所有哪里吃得下?"尼古拉反对说。

"你放心,不会多的!"

母亲走出去,敲了敲门,便凝神听着,一面悲哀地想起了叶戈尔

"他可能活不了多久了。"

"谁?"里面问。

"叶戈尔·伊凡诺维奇叫我来的!"母亲低声回答,"他请你去一下。"

"就来!"里面不开门只是回话。

母亲等了一会儿,重新敲门。这次门就很快地开了,走出一个长得很高的戴眼镜的女人。

她边忙着整理她的上衣袖,一边严厉地问母亲:

"什么事?"

"我是叶戈尔·伊凡诺维奇派。"

"哦! 我们走吧。啊,我认得您!"她低声说,"您好! 这里暗得很。"

符拉索娃望了望她,想起了她曾经到过尼古拉家里。

“都是自己人！”她的脑子里这样闪了一下。

女人差点撞到母亲，于是，就让母亲在前面走，自己跟在后面。一边走一边问：

“他不舒服吗？”

“是啊，他躺着，他说让您拿些吃的过去。”

“哦，还是不吃为好。”

走进叶戈尔的房间的时候，他用沙哑的声音对她们说：

“朋友，我是不久就要到老家去了，柳德密拉·代西里耶夫娜！这个家伙们没有得到官府的同意就从牢里逃出来啦，胆子可真够大的！请您先给他点东西吃，然后把他藏起来。”

那个女人点了点头，很关心地望着病人，严厉地说：

“叶戈尔，有人到您这儿来，就应该立刻来叫我！我看，你已经两次没有吃药了，真不当回事儿！朋友们！到我那去吧！医院里马上就会派人来接叶戈尔。”

“那么，我不是要进医院？”叶戈尔无奈地问。

“是啊，我跟您一同去。”

“跟我进医院？唉，天啊！”

“不要再胡说！”

她一边说一边整理了一下叶戈尔胸前的棉被，对尼古拉仔仔细细地看了一遍，然后又检查玻璃瓶子里还有多少药水。她的声音十分镇静，每一个动作都很稳妥。她的脸色非常苍白，两道眉毛锁在了一起。

母亲很不喜欢她的这种神情，她的脸好像非常傲慢，眼睛里没有光泽，更不带着丝毫笑意，说话总是在下命令。

“我们走吧！”她继续说道，“我就回来！您先把那种药水倒一汤匙给叶戈尔喝下去，不要再让他说话。”

这样说完后，她就把尼古拉带了出去。

“她这个人真好！”叶戈尔叹了口气，坚持说：“她这个人真了不起呢！妈妈，你得帮她一下，她已经累了。”

“你不要说话！还是先吃药吧！”母亲温柔而体贴地劝说。

他吃了药，眯着一只眼睛说：

“就算不说话，最后也是照样得死。”

他的另一只眼望着母亲，他的嘴唇慢慢地展开来，算是笑了。

母亲忽然低下了头，强烈的同情心使她禁不住要落泪。

“不要紧，这是很自然的，有了活的乐趣一定要有死的义务。”

母亲疼爱地把手抚在他的额头，又轻声地劝说：

“不要说话了，好吗？”

他闭了眼睛，好像在听自己胸腔中的痰声。过了一阵儿，他又执拗地继续开口说话了：

“妈妈，不叫我说话是没有意义的！不说话有什么好处呢？不过是多受几分钟的痛苦。一方面，不愿失去跟好人谈话的乐趣。我想，像这个世界上的这样的好人，在那个世界里是不会有的……”

母亲十分担忧地打断了他的话。

“要是那位太太来了，她一定要骂我不该让你讲话。”

“她不是太太，她是个革命家，是个同志，是个好人。妈妈，她一定会骂你的。她对什么人都骂，老是这样的。”

叶戈尔慢慢地、费力地动着嘴唇，讲起了她这个邻居的历史，讲述中，他的眼睛里含着微笑。

母亲看出来，他是故意在那里说她。母亲望着叶戈尔那蒙着一层青色的脸，惊慌地想：

“他活不长了……”

柳德密拉走了进来，仔细地关上了门，对母亲说：

“您的朋友一定要换了衣服离开此地，越快越好。所以，彼拉盖雅·尼洛夫娜，你现在就得去替他弄一身衣服，把所有的东西都拿过来，只可惜，索菲亚不在这儿，把人藏起来那是她的专长。”

“她明天回来。”母亲将披巾搭在肩上，回答说。

每次她受了委托去办什么事的时候，她总是一心想很快很好地将它完成，除了她要做的事情之外，她什么也不再想。

此时，她也是很担心地皱着眉头，一本正经地问：

“您打算让他穿什么样的服装？”

“什么样的都好！反正他是在夜里走……”

“夜里反而不好，路上人少，容易被人注意，他又不很灵活。”

叶戈尔沙哑地笑了起来。

“可以到医院里去看你吗？”母亲问。

叶戈尔咳嗽着点了点头。

“柳德密拉用她的黑眼睛望着母亲的脸迅速地说：

“您可不可以和我轮流来照顾他！对吧？很好，可是，现在赶快去吧！”

她亲切地、却又命令似的拉起母亲的手，把她带出门外，站在了门口，压低嗓门说：

“我把您带了出来，请您不要生气！他讲话对他身体很有害，可是，我有希望……”

她捏着手，手指发出咯咯的声响，但是，她的眼皮却疲劳困倦地垂下来了。

这种话让母亲不好意思了，她含糊不清地说：

“您这是什么话呢？”

“您得仔细注意一下，有没有暗探?”她低声地嘱咐，接着她就抬起双手，在额角左右擦了一下，她的嘴唇在抖，面色好像比以前温和。

“我知道的!”母亲带着几分自负地说道。

走出门外，母亲停了下来，整了整围巾，同时悄悄地、却是目光炯炯地向四周看了一遍。在街上的人群里面，母亲已经能识别出暗探来，他们的步伐总是故意装得很悠闲的样子，但表情与动作都有些张狂，脸上带着疲劳和无聊的表情，还有那双张惶的眼睛，眼光尖锐得令人不快，眼色忽忽闪闪，像是提心吊胆、干了什么坏事，又非常拙劣地想掩盖起来，这些情形，母亲是很熟悉的。

这一次，母亲没有发现那些已认识了的暗探的面孔。

她不紧不慢镇定地走了一段，后来就雇了马车到了市场。她替尼古拉买了衣服，她分厘不让地与卖主讨价还价，这之中，她大骂着自己的酒鬼丈夫，让她每个月都花钱为他买新衣服。这个计策对商人并不起什么作用，可是母亲自己却觉得非常得意，因为她一路上已经想过了，警察局知道，尼古拉逃走之后一定要改装，所以市场里一定有暗探。

她怀着同样的孩子般的小心回到叶戈尔家里，不多一会儿，她就得完成把尼古拉送往郊外去的任务。

她与尼古拉一同走在大街上。她看到尼古拉低着头，沉重地跨着步子，那件很长的土红色大衣的下摆老是不断地缠住他的两条腿，他时不时地得伸手把帽子扶正，因为帽子总是滑到鼻子上，这幅情景真让母亲觉得好笑。

来到一条人迹稀少的街上，莎馨卡在那儿等着他们；因而，母亲就朝尼古垃默默点头告别，然后独自回家来。

“可是，巴沙还在里面，安德留夏也在……”她忧伤地想着。

十

一看见母亲，尼古拉就不安而焦急地大声说：

“您知道吗?叶戈尔的病情很严重，非常严重！他已经进了医院，方才柳德密拉来过了，要您到她那儿去。”

“到医院去?”

尼古拉颤抖的手扶了扶眼镜，又替母亲披了一件衣服，尔后，他用温暖的、干枯的手握着母亲的手，声音发颤地说：

“哦！您把这个包裹带去。维索夫希诃夫的事办好了吗?”

“都办好了。”

“我也去看看叶戈尔。”

由于疲劳，母亲感到有点头晕，可是尼古拉的那种不安的心情在她心里引起了悲剧的预感。

“他快死了。”一个这样的念头出现在母亲脑海中。

但当她走进那间明亮清洁的小病房时,看到叶戈尔倚着一堆白枕头坐在病床上,沙哑地大笑时,她一下子就安下心来了。

她微笑着站在门口:

“所谓治疗,这是一种改良。”

“不要瞎说,叶戈尔!”医生关心地低声阻止道。

“可是,我是革命家,我最讨厌改良!”

医生轻轻地将叶戈尔的手放到他膝上,站起身来,沉思的捋了捋胡须,然后开始用指头按压病人那浮肿的脸。

母亲跟那个医生很熟,他是尼古拉十分亲密的一个同志,名叫伊凡·达尼洛维奇。

母亲悄悄地站到病人面前,病人对她伸了伸舌头。

这时,医生转过头来,对母亲说:

“啊,尼洛夫娜!您好!手里拿的是什么呀?”

“大概是书。”

“他不能看书!”身材瘦小的医生命令似的说。

“他想把我弄成一个白痴!”叶戈尔抱怨着。

叶戈尔的胸膛里发出一阵阵沉闷短促的痰声和呼吸声。他的脸上,透出一层薄汗,他吃力地缓缓地抬起不听使唤的手,用手掌在额上擦了一下。浮肿的两颊显得异样地呆板,使他原来善良的宽脸变得很难看。仿佛眉目的样子都在死的阴影下消失了,只有因为脸肿而显得深陷下去的眼睛,仍是闪闪发光,带着可以包容一切的笑意。

“喂,科学先生!我累了,可以躺下吗?”他问。

“不行!”医生简单地答。

“好吧,等你走了我就躺下。”

“尼洛夫娜!请您别让他躺下!给他把枕头垫好。还有,请您不要和他说话,这对他很有害。”

母亲点了点头表示明白。

医生踩着细碎的步子很快走了出去。

叶戈尔垂下头,闭了双眼,安静下来了,只有手指还在慢吞吞地动着。

病房的白粉墙使人感到一阵阵干冷和悲哀。很大的窗子外面,可以清清楚楚地看见菩提树的繁茂的树顶。在那沾满了灰尘的暗色的叶片之间,很鲜明地闪动着一点点的黄叶,这是秋日将来的预言。

“死神正在不情愿地、慢慢地向我走过来。”叶戈尔并不睁开双眼,身子也一动不动,他接着说:“它看我是个非常和气的小伙子,好像有点可怜我。”

“不要说话了,叶戈尔·伊丹诺维奇!”母亲轻轻地抚着他的手,请求般地劝说。

“等一等,我就要不说话了。”

他急促地喘着,每句话说得都困难,因为体力十分衰弱,他总得停上好一会儿才能再接着往下说:

“您和我们在一起,这是很值得庆幸的,看了您的脸,心里就高兴。我常常问我自己,她的前途是什么呢?在前面等待着她的,也像大家伙面前的一样,是监狱和受肮脏的欺辱!当我想到这里,总觉得难受得很啊。您,不怕坐牢?”

“不怕!”她简单地回答。

“哦,那是当然的,可是不论怎样说,监狱总是令人讨厌的。我变成这样,完全是因为坐牢的缘故。凭良心说,我不愿意死。”

“或许,你还不会死!”母亲想这么说,可是望着他的脸色,却没能说出口。

“我是还能工作的……不过,要是不能工作,活着也是徒然,而且那样活着也没有什么意义。”

“话是对的,可是,但这并不能让人心里好受些!”母亲不禁想起了安德烈的话,重重地叹了口气,沉沉地叹息了一声。一天的奔波让她非常疲惫,肚子又饿。

病人单调至极的带痰的低语声充满了房间,微弱无力地在光滑的墙壁上爬行。

窗外菩提树的树梢仿佛沉重的乌云,它的那种悲哀的黑色使人看了觉得吃惊不已。所有的一切都凝结在黄昏的寂静中,没精打采地等待着黑夜的降临。

“啊,难受得要命!”叶戈尔说完,闭了双眼,不再开口了。

“睡一会儿吧!”母亲耐心地说,“睡着了也许会好受一些。”

接下来,她平心静气地听了听病人的呼吸,然后,向周围望了一遍,悄悄地坐在那里,心中充满了凄凉的悲哀,于是,不知不觉打起盹来。

门轻轻地响了一声,惊醒了她。她吓了一跳,看见叶戈尔的眼睛已经睁开了。

“我睡着了,对不起!”母亲低声说。

“我对不起您呢!”他也轻轻地说。

窗外暮色渐浓。雾的寒气令人睁眼都困难,一切都变得非常模糊,连病人的脸也是这样。

传来了一阵低语和柳德密拉的声音:

“灯也不开就在那里叽叽咕咕地说话。电灯开关在哪儿?”

说话间,房间里立刻充满了白白的冷光,只见身材修长挺直的柳德密拉,穿着一身黑衣服,站在了房间的中央。

叶戈尔全身猛地抖动了一下,将手放在了胸口上。

“怎么样?”柳德密拉惊叫着,朝他跑过来。

他呆呆的目光盯着母亲。此时此刻,他的眼睛好像很大了,而且是异样的发亮。

他大张着嘴,仰起了头,把手伸到前面。

母亲小心地握着他的手，屏着呼吸望着他的脸。

他的脖子猛地抽动了一阵，脑袋便倒了下来，尔后，他高声地说：

"不行了，完了！"

他的整个身子轻轻地抖了一下，脑袋无力地垂在了肩上，他的睁得很大的眼睛里，反映出照在病床上的死寂的灯光。

"我亲爱的！"母亲耳语般地说。

柳德密拉慢慢地离开床边，在窗前站定，双眼望着窗外，用一种母亲觉得是很陌生的、很高的声音说：

"死了！"

她弯腰用双臂撑着窗台，忽然，好像头上被人打了一下似的，颓然无力地跪了下去。她双手捧住脸，低沉地呻吟起来。

母亲将叶戈尔沉沉的双手叠放于胸前，把他那格外沉重的脑袋在枕头上摆好，然后，流着眼泪，走到柳德密拉的身旁，弯下腰来轻轻地抚摸着她浓密的头发。

柳德密拉慢慢地扭过脸来，她那没有光泽的眼睛像生病似的睁着，她站起身来，嘴唇还在发抖，低声说：

"在流刑的时候，我们住在一起，我们一块儿到了那里，坐过牢。有时候是很难受的，很多人情绪低落。"

不再流泪的哽咽声堵住了她的喉咙，她勉强抑止号啕痛哭，把脸凑近母亲的脸，悲哀的、亲切的情绪使她的脸显得温柔而年轻了，尽管没有流下泪水，但心中的哀伤仍使她的话不断停顿：

"可是，他从来都很乐观，讲些笑话给大家听，和每个人都开玩笑，勇敢地遮掩了自己的痛苦，竭力鼓励软弱的人，他的心敏感多虑。在西伯利亚的时候，无聊的生活容易使人堕落，使人发生诅咒人生的情绪，可是他很会跟这种倾向作斗争！"

"您不知道，他是个多好的同志啊！他的生活非常艰苦，可是从来没有人听他发过一句怨言！我和他是最亲密的朋友，他把他所有懂得的东西都教给了我，但他从不求别人的安慰与关心。"

说到这，她走到叶戈尔面前，弯下身体，吻着他的手，悲切地低声说：

"同志啊，我最敬爱的人，我感谢您，真心地感谢您，别了！我一定要像您那样工作，不知疲倦、不怕辛苦、绝不迟疑，终生劳作！永别了！"

悲痛的呜咽使她的身体颤动起来。她抽泣着将头伏在叶戈尔脚后的床上。

母亲一直无语地淌着泪。她很想抑制住自己的眼泪，她也想用特别的爱抚来安慰柳德密拉，更想说些亲切又悲哀的话来悼念叶戈尔。但她只能透过泪水，静静地望着他那消瘦的脸，望着他那仿佛进入睡眠的紧闭的双眼，以及发黑的、凝结在唇边的微笑。

病房里静谧安详，光线很。

伊凡·达尼洛维奇像平时一样，迈着匆忙而细碎的步子走了进来，进来之后，忽然站在了房中间，很快地将两手插进衣袋里，十分紧张而紧迫地问：

“很久了吗？”

没有人说话。

他边擦了擦额头，边摆动着身子来到叶戈尔身边，握了握他的手，然后退到旁边。

“这没有什么奇怪的，老实说，照他的心脏的情形，在半年前就该这样了，至少在半年前……”

他沉静而又尖利的声音很响亮，听起来好像与这种场合不大适宜。忽然，他打住了话头，背靠着白墙，伸出手没目的地很快地捻着胡须，同时，望着床边的两个女人。

“又少了一个！”他好像是在自言自语，声音很轻。

柳德密拉站起身来，走到窗口，推开了窗子。

过了片刻，他们三人互相紧挨着站到了窗前，一同望着秋夜的阴暗的景色。

黑色的树冠上方，星光闪烁，天空无限广阔深远。

柳德密拉挽着母亲的手，静静地靠着母亲。医生低垂着头，用手帕揩着眼睛。

寂静的窗外，不时固执地挤进一阵阵黄昏都市的喧哗与叹息。冷气扑面而来，吹动了人们的头发。但这种节令，这些情景并没有打动他们，柳德密拉仍在不停地颤抖，两颊上闪着晶莹的泪花。走廊里有惊慌不定的声音，有急促的脚步声，有呻吟，也有悲伤的低语。然而，他们动也不动地站在窗口，空洞地注视着空中的黑暗，没有一个人说话。

母亲觉得她没有必要待在这儿了。于是，她悄悄地抽出了手，一面慢慢地朝门口走，一面向死去的叶戈尔行礼。

“您要走吗？”医生轻轻地、头也不回地问询。

“嗯……”

路上，母亲又想起了柳德密拉，想起了她的难得流下来的眼泪：

“连哭也不会……”

叶戈尔临终的话，引起了她无限的感慨和轻轻的叹息。她缓慢地走着，眼前又浮现出他活泼的眼睛，他讲的笑话和关于生活的故事也在萦绕在她的耳际。

“好人活着虽然困难，可是死的时候倒很容易，我将来死的时候不知怎么样？”

后来，她又想起了还站在灯光明亮的病房里的柳德密拉和医生，想起他们背后的叶戈尔毫无生气的眼睛，心里便涌起了不尽的怜悯与同情。她沉重地叹了口气，加紧了脚步，她受着内心那股因悲痛而生的力量的驱使。

“得快点走！”她服从着在她内心轻轻地推动着她的一股悲伤的、勇敢的力量，边走边告诫自己。

十一

第二天,为了准备葬礼,母亲又忙活了一整天。

黄昏时分,母亲与尼古拉姐弟两个正在喝茶,莎馨卡忽然来了,她神情兴奋,不停地嘻嘻哈哈。她的两颊绯红,眼睛里闪烁着愉快的水亮。

母亲觉得她浑身上下都散发着一种快乐的希望。她的这种情绪,忽然加入到正在缅怀死者的悲哀的氛围中,两者不能融和,就像在漫漫黑夜里突然发出一团火似的,使大家手足无措、眼花缭乱,不知如何是好。

尼古拉沉思似的用指头敲着桌子说:

"您今天有些与往日不同,莎夏。"

"是吗?大概是的!"她回答着,幸福地笑了起来。

母亲拿责备的目光看了她一眼,没说什么话。

索菲亚用提醒的口吻对她说:

"我们正在谈叶戈尔·伊凡诺维奇。"

"他真是一个好人,是吗?"莎馨卡高声说,"我没有一次不是看见他微笑,说着笑话。而且他的工作又是干得那么出色!他是革命的艺术家,他像巨匠一样具备着革命的思想。不论什么时候,他总是朴素地、略带嘲讽的揭开那些伪善、暴行和奸邪的图画。"

她低声说着,眼光里透着沉思的微笑,但这种沉思并不能使她目光中那些谁都不了解、可是谁都一目了然的喜悦的火花熄灭消减。

他们不想让悼念朋友的悲哀被莎馨卡的快乐冲散,他们纯粹是无意识地维护着这种把自己浸沉于哀伤里面的权力,一面努力把莎夏引进他们的情绪里。"可是现在他死了!"索菲亚凝视着她,执拗地说。

莎馨卡不敢相信似的用眼睛看着所有的人,她的眉头皱起来了。她低下了头,慢慢地整理着头发,不开口了。

"死了?"过了 一会儿她忽然高声说,用挑战似的目光又向大家看了一遍,"所谓死了,这是什么意思?究竟是什么死了?我对叶戈尔的尊敬,我对他,对一个同志的爱,对他思想工作的怀念难道都不在了吗,难道都死了吗?这种工作难道死了吗?他在我心里唤起的感情,难道消失了吗?我从来都认为他是正直勇敢的、诚实的人,难道我对他这种看法动摇了吗?难道这一切的一切都不在了吗?我想,这对于我是永远不会死的。我以为我们常说一个人死了,就认为他的一切都消失了。'他的嘴巴死了,可是他的言语将要永远活在生者的心里!'"

莎馨卡兴奋起来,重新在桌旁坐下,用胳膊撑着桌面,带着微笑,用一件十分恍惚的眼光望着大家,比较镇静地说:

“或许，你们会笑我的话有些傻。可是，同志们，我深信，诚实的人是不死的；那些曾带给我们快乐，使我能过上像我现在所过的这种美好生活的人，是永远不死的。这种生活的复杂性、形形色色的现象，以及对我说来好像我的心灵一样可贵的理想的成长，使我感到陶醉。我们不肯表达出我们的感情，我们想得太多，这使我们的性格变得有些怪，我们只是用脑子去理解，从来不去用感情……”

“您是碰到了什么好事了吗？”索菲亚笑着问。

“是啊！”莎馨卡点了点头说道，“我觉得是一件很好的事！我和维索夫希诃夫谈了一个通宵。从前，我讨厌他，以为他是一个粗鲁无知的家伙。而且，过去他也的确这样。无论对于什么人，他总是暗暗地怀着恶意的愤怒，无论什么时候，总是把自己放在一切的中心上，嘴里凶狠地、粗鲁地嚷着‘我，我，我’叫人讨厌得要死。其中啊，带着一种小市民的、叫人生气的东西……”

她微微笑了笑，又用发亮的眼睛把每个人都看了一遍。

“现在呢，他把别人叫作同志了！应该亲自听一听，他是怎样说的。他是怀着一种怕羞似的、温柔的爱，这是不能用言语表达出来的！他现在变得非常单纯、非常真诚，心里充满了要工作的渴望。他找到了自己，看见了自己的力量，知道了自己缺少的是什么；最重要的，就是从他心里发出了真正的同志感情……”

符拉索娃听莎馨卡说着，她看见这个严肃的姑娘变得这么温柔而愉快，心里便觉得非常高兴。同时在她内心深处又产生了那么一种嫉妒的想法。

“那巴沙呢？”

“他呀，”莎馨卡继续说，“一心只想着同志们，你们知道吗，他劝我干什么？他劝我一定要设法帮助同志们出狱，唉，是的！他说这是非常简单、非常容易的事情。”

索菲亚一下子来了精神：

“您以为怎么样？莎夏？这个主意我看很不错！”

母亲听了，手中捧着的茶碗抖了一下。

莎夏抑制住自己的欢喜，蹙着眉毛沉思了一会儿，然后口气严肃地，但却愉快地微笑着回答说：

“假使一切都真像他所说的那样，他们应该试一下！这是我的责任！”

忽然她的脸一下子涨红了，于是，她不自然地在椅子上坐下来，沉默了。

“可爱的姑娘！”母亲带着微笑想道。

索菲亚也笑了一笑，尼古拉却温柔地望着莎夏，轻声地笑出了声。

这时，莎夏抬起了头，郑重地看着大家，她的脸色发白，眼睛炯炯发光，冷冷地、语气里带着怒意说：

“你们在笑，我明白你们的意思，你们以为我只是考虑我个人的事吗？”

“为什么？莎夏？”索菲亚站起身来朝她走过去，同时，很狡猾地问着。

母亲觉得这句话问得是多余，会使莎夏生气，因而，她叹了口气，耸了耸眉毛，好像责备似的望着索菲亚。“可是,我不赞成!”莎夏喊着,“如果你们要研究这个问题,我是不预备来参加并解决这个问题的……”

“莎夏,不要这样说!”尼古拉非常平静地说。

母亲走到莎夏面前,俯着身子,小心地摸抚着她的头发。

莎夏抓住了母亲的手,抬起涨红了的脸,困惑地望了望她。

母亲对她笑了笑,不知该对莎夏说些什么才好,只是悲伤地叹了口气。

索菲亚在莎夏旁边坐下来,抱住她的肩膀,面带微笑望着莎夏的眼睛说:

“你这个人真怪!”

“对,我这个人好像太傻了!”

“您怎能想……”索菲亚接下去想说自己的意思。

但尼古拉突然严肃认真地打断了她的话。

“关于帮同志们越狱的事,如果可能,当然谁也不会反对。第一呢,我们应该知道,狱中的同志们究竟是不是愿意。”

莎夏又低下了头。

索菲亚听着香烟,看了弟弟一眼,然后把手一挥,将火柴丢到了角落里。

“大概不至于不愿意吧!”母亲叹着气说,“只是我不相信,越狱是这么简单的事。”

大家便都不作声了。

其实,母亲倒是很想听他们讨论一下是否有越狱的可能。

“我要见一见维索夫希诃夫。”索菲亚忽然说。

“明天我告诉您时间和地点吧!”莎夏小声回答。

“他要做些什么工作?”索菲亚一边踱步,一边询问。

“决定了叫他到新的印刷所去当排字工人。在印刷所没有成立之前,暂时就住在看从人那里。”

莎夏的眉毛皱了起来,又恢复了她以往的冷峻的表情和声调,声音听起来也是冷冰冰的不一样了。

母亲正在洗碗,尼古拉走到她身边,对她说:

“后天你去看看巴沙尔,把一张字条交给他。要知道,我们应该了解。”

“我知道,我知道!”母亲连连回答他,“我一定交给他!”

“我要回去了!”莎夏说着,便快速地和众人握了握手,迈开似乎特别坚定的步子,身体挺得笔直,冷漠超然地走了出去。

母亲坐在椅子上,索菲亚把手放在她肩上,一边摇着她,一边笑着说:

“尼洛夫娜,您喜欢有这样一个女儿吗?”

“啊,天啊! 其实你不知道我是多么希望看见他两个能在一起呀,哪怕就是一天也好!”母亲几乎是带着哭声喊了出来。

“对,一点点的幸福,这对每个人都是好的!”尼古拉接着话音低声附和。“然而,没有人希望只有一点点的幸福。可是幸福多了,又会变得没有价值了。”

索菲亚坐在钢琴前面,弹出了一首忧郁的乐曲。

十二

第二天的早上。

十来位男女等候在医院门口,等待着他的同志的棺材出来。

暗探们认真谨慎地围住他们,耸起敏锐的耳朵想要听到只言片语,同时努力地观察着他们脸上的神态和举动。街对面,一队腰里带着手枪的警察向着他们盯望。

暗探们扬扬得意的神态,警察的嘲笑的表情,以及他们要显显威风的那种神气,让群众们无比愤怒。有的人为了遮掩自己的愤怒,故意讲着笑话;有的则阴郁地瞅着地面,竭力不去看这种令人备感欺辱的情形;有的压不住怒火,就索性嘲笑当局,说他们对手无寸铁,只有嘴巴还能说句话的老百姓居然也如此害怕。

秋月淡蓝色的天空,爽朗地映着黄色鹅卵石铺就的街道。秋风卷着落叶,把它们吹到人们脚下。

母亲站在人群里面,注意着张张熟悉的面孔,悲哀地想:

“太少了,人数太少了！差不多没有一个工……”

门终于开了,一具棺材抬了出来,上面放着系有红丝带的花圈。

大家一齐脱帽,像一群鸟在他们头上同时飞舞。一个红脸、留着浓密的黑唇胡的高大警官,快步冲到人群中间。一队兵士跟在他后面,把笨重的皮靴在石子路上踏得叮当响,蛮横无礼地推开群众。

警官用沙哑的声音像发布号令似地大声喊道:

“请把丝带解下来!”

话音刚落,这群人就把他紧紧包围住了,他们纷纷挥动着手臂,非常激动地推搡着、吵嚷着,也不知都在说些什么,乱作一团,难以分清。

母亲只看到面前闪动着一张又一张颤抖着嘴唇的脸,她弄不清楚谁是谁,其中好像有一个女人的脸颊上流着屈辱的眼泪。

“打倒暴力!”一个年轻的声音高喊了一句。然而,这喊声很显得孤零,在喧闹的声浪里立刻就被淹没了。

母亲心中无比伤痛, 于是 ,她对她身旁的一个穿得很寒酸的年轻男子激愤地说:

“怎么竟连给一个人出丧都受看管, 简直太不像话!”

群众的反抗情绪迅速增长着。棺盖在人们头上晃动,风吹拂着丝带,在人们的头上和肩上不停地缭绕飘动。每个人都可以清楚地听见红丝带那干燥的如同神经质般的碎嚓声。

母亲唯恐发生冲突,忙低声对周围的人说:

"算了,既然这样,就解了丝带吧!解了有什么要紧呢!"

一个激昂嘹亮的声音脱颖而出。

"我们严正要求你们,不要妨碍我们给这个让你们折磨死的同志送葬!"

又有一个尖细激动的声音唱了起来。

你在战斗中牺牲了。

"把丝带解下来!雅柯夫列夫,把它给切断!"

有拔刀的声音。

母亲闭上了眼睛,等待人们的呐喊。

但喧闹声反而逐渐小了。过了片刻,人们像被在追逐的狼似的骤然咆哮起来。到后来,大家又都低垂着头,街上只听见沙沙沙的脚步声。

已被洗劫的棺材上。摆放着被破坏得不成样子的花圈。

警察们骑在马上颤着身子,身子左右摇颤着,仿佛一派扬扬得意。

母亲在人行道上,棺材被人群簇拥着,母亲已经看不见它了。

群众不知何时又多了许多,几乎要挤满了街道。群众后面,也高耸着骑马警察的灰色的身形;徒步的警察手按马刀,在两旁走着;到处都是母亲熟悉的暗探的狡诈的眼光,正在仔细而尖锐地观望人们的脸。

"永别了,我们的同志,永别了!"——两个姣好的声音悲伤地唱着。

这时,突然发出了一声叫喊:

"不要唱!诸位,我们应该肃静!"

在这声叫喊里,有一种感人的威严气势。

悲哀的歌声停止了,谈话的声音也轻起来。只有踏在石子路上的坚定的脚步声,依然使沉痛的送别气氛回荡在大街上。这种脚步声,渐渐地升高了,升到了透明的天空中,仿佛第一声春雷传来的沉痛而喜悦的余音,让空气也为之震颤。

寒风如刀,恶狠狠地将灰尘与脏东西吹到人们的面前,吹动着衣服和头发,吹迷了人们的眼睛,拍打着人们的胸脯,在脚边乱窜。

在这种没有教士、没有令人心酸的歌声的肃穆的葬礼上,沉思的脸,紧蹙着的眉头,使母亲心中产生一种不安的感觉。她的思想慢慢地转动着,将她的感想用悲哀的言语表达出来。

为正义斗争的人还是不多。"

她低头走着,她觉得这里葬下的好像不是叶戈尔,而是另外一个她非常熟悉、非常亲近而又是她不能缺少的人。她悲伤难过得不知如何是好。她还觉得有些不安,因为她不赞成为叶戈尔送丧的人们所采取的方法,于是,心里像被什么堵住了。

"当然,"她心想,"叶戈鲁什卡是不相信上帝的,他们大家也和他一样。"

但她不愿再想下去,于是,重重地叹了口气。

“啊,神啊,耶稣基督啊！难道说我将来也这样?”

人们到达了墓地,又在坟墓中曲曲折折地走了很久,最后才算走到一块满是矮矮的白色十字架的空地上。大家聚在坟墓旁边,沉默起来。

许多的坟墓之间,活人们的严肃的沉默仿佛唤起了一种恐怖的预感,叫母亲的心抖动了一下之后就好像停止了跳跃似的,仿佛是在等着什么。

风,在十字架上呼号而过,怒号着。棺盖上那被蹂躏了的花朵令人伤心地颤动着。警察们都在侧耳倾听,每个人的身体都坚硬地挺着,眼睛驯顺地望着警官。

一个身形高大的小伙子站到了坟上,他留着长长的头发,脸色苍白、黑黑的眉毛、头上没有戴帽子。

就在这时,警官猛地叫了一声:

“诸位!”

“同志们!”黑眉毛的男子开始说话了,声音洪亮悦耳。

“等一等!”警官喊道,“我宣布,这儿不准演讲!”

“我只讲几句话!”青年镇静地反驳后,接着又说:“同志们！我们应该在我们导师和友人的墓前宣誓,我们绝不忘记他的遗训:对于造成祖国的一切不幸的根源,对于压迫祖国的暴力,专制政体,我们每一个人都要终生不懈地替它们挖掘坟墓!”

“抓住他!”警官喊着。可是一阵嘈杂的叫喊声盖过了他的声音。

“打倒专制!”

警察拨开群众,扑到演说者的面前。那人虽然被紧紧地包围着,但还是高举起拳头在那高喊:

“自由万岁!”

母亲被挤了出来,她恐慌地靠住十字架,索性闭上双眼等着挨打。

一阵暴风骤雨般的嘈杂震耳欲聋声传来,脚下的土地似乎也在抖动,恐惧与凛冽的寒风让她喘不上气来。

警笛尖号着从空中穿过,有个粗暴的声音在发号施令,女人们在歇斯底里地叫喊,围墙的木材发出断裂的声响,脚板重重的踏在干燥的土地上发出低沉的共鸣。这混乱持续了许久。

母亲觉得闭着眼听这一切是很恐怖的。于是,她睁开双眼。这一刹那间,她突然喊叫了一声,伸着手向前冲去。

在她不远的前方坟墓间的窄路上,警察们围住了那个长头发的男子,同时拼命阻挡着从四周冲上前的群众。只见出了鞘的马刀在空中闪着冷嗖嗖的白光,在人们头顶上一起一落,而手杖和瓦砾上下飞舞着。扭打在一起的人们粗野地叫着,叫喊声混乱地盘旋在墓地之上。

那个青年苍白的脸在高处出现了, 就在那憎恶和愤怒的风暴上面,又响起了他坚决而洪亮的声音:

"同志们！别作无益的牺牲！"

他的话起了作用。

人们纷纷扔掉手杖，渐渐地退散开来。可是，母亲仍被那种不能抑制的力量所吸引着，继续向前挤。

这时，她忽然看见了尼古拉。尼古拉把帽子推到了后脑上，正在推着被气愤激怒了的群众，大声责怪似地叫着：

"你们别发疯啦！镇静一下吧！"

母亲好像看到他的一只手沾满了鲜血。

"尼古拉·伊凡诺维奇，走吧！"母亲忽地冲到他身边，关心地喊着。

"您要到哪儿去？那边会打您的。"

索菲亚站在母亲旁边，伸手搂住了她的肩。她头上没有帽子了。头发散乱，扶着一个差不多还是孩子的青年。

那个小青年用手捂着被伤了的还流着血的脸，用抖动的嘴说：

"放手，不要紧。"

"照顾他一下儿，带他回去！这儿是手帕，给他把脸包上。"索菲亚迅速地说着，顺便将小青年的手塞给了母亲。然后一边跑，一边叫喊着：

"快走啊，在抓人了！"

众人跟着四散而逃，警察紧追着，嘴里大骂着，手里挥舞着马刀，在坟墓中间笨重地跨着步子，双腿不时被大衣的下摆裹住，很不灵便。

小青年用狼一般恶狠狠的目光盯着警察的身影。

"咱们快些走吧！"母亲用手帕擦着青年脸上的血，低声喊道。

他不断地吐着带血的口水，含含糊糊地说道：

"您不要担心！我不疼。他用把子打我，我也用手杖结结实实地揍了他几下！揍得他哭了出来！"

他挥着带血的拳头，用已经沙哑了的声音喊：

"等着吧，不可能让你们这样就算完了！等全体工人阶级都发动起来的，不用动手就足以制伏你们！"

"快走吧！"母亲着急地催他。

于是，他俩快步朝坟场围墙的小门走去。母亲以为，围墙外面的空地上，肯定有警察躲着等他们，等着他们，等他们一出去，马上就会冲过来打他们。可是，当她小心地推开小门，朝那满是秋天的灰雾的空地上张望的时候，却发现静静地没有一个人，所以她立即就安下心来。

"让我替你把脸包起来！"她说。

"不，不必了，我一点也不觉得遗憾！他打了我，我也打了他，这是很公平的。"

母亲快速为他包扎好。一看见血，她心里就不由得充满了怜惜之情。当她的手指触到温湿的血时，她突然害怕不已地战栗起来，但，她还是能控制自己的。

母亲一句话也不说地拉着小青年飞似地跑过空地。

这时小青年说话利落多了,他友好地嘲笑说:

"您把我拖到哪里去,同志? 我自己还能走。"

可是,母亲觉得 他的身子在摇晃,他的步子很不稳,他的手在发抖。

他疲倦地问他,但并不给她回答的空儿。

"我是洋铁工人伊凡, 您是谁? 我们三个是在叶戈尔·伊凡诺维奇的小组里,三个洋铁工人,小组里一共十一个人。我们非常敬爱他,愿他到天国去吧! 虽然我是不相信什么神的……"

母亲在街上雇了辆马车,让伊凡坐上车之后,她悄悄地对他叮嘱:

"现在别讲话!"她边说边用手帕仔细地裹住他的嘴巴。

伊凡将手举到嘴边,可是已经不能把手帕取掉了, 于是 ,他只好无奈地将手放回膝头。但即使现在蒙着手帕,他还是含糊不清地嘟咕着。

"今天你们打了我,我是到死也不会忘记的! 在他以前,有一个大学季托维奇教我们政治经济学,后来被抓去了……"

母亲抱着伊凡,让他的头抵住自己的胸口,小青年的身体忽然沉重起来,也就不作声了。母亲有点被吓得不知所措了,她偷偷地望着马车的两边,生怕从哪儿会冒出几个警察,如果他们看见伊凡的头包扎着,立刻会抓住他,把他打死。

"他喝醉了?"车夫回转头来,善良地笑着问。

"甭提了,喝了不少烈酒!"母亲叹口气接应着话头。

"是您的儿子?"

"唉,他是皮匠。我是替人家做饭。"

"你苦啊!。原来这样。"

车夫抽了一鞭,又扭过头来接着问道:

"你听说了吗,刚才墓地那儿闹得可凶啦! 一个政治人物出丧,那人也是反对官府的……他们都反对官府的做法。当然,送丧的也是这样的人,是他的朋友。他们在那里喊着什么'打倒政府',说什么政府使人民破产。于是,警察就镇压他们! 据说有的人被砍得差点没命喽。当然,警察之中也有的受了伤。"他停顿了一下,难受地摇着头,用异样的声音说:"连死了也不得安宁,唉! 把死人都给吵醒啦呀!"

马车吱吱咯咯地在石子路上颠动着,伊凡的头轻轻地撞着母亲的胸口。

车夫侧身坐着,仿佛是沉思了之后说:

"老百姓已经被鼓动起来了,天下就要大乱了,对不对? 昨天夜里,宪兵闯到我们邻居家,一直闹腾到天亮,最后抓走了一个铁匠。据说,他们夜里将他偷偷带到河边推进河里给淹死了。可是,那个铁匠人倒不错。"

"他叫什么?"母亲问。

"那铁匠吗? 他叫萨威尔,外号叫叶甫钦珂。年纪不不大,可是懂得事却很多。现在的时势,懂得多好像是错误的! 他到我们这儿来的时候,总说:'赶马的朋友们！你们的日子怎么样？'我们说，'真的，还不如狗呢！'"

"停下！"母亲要求。

马车一停，把伊凡惊醒了，他低声呻吟起来。

"小伙子醉得可真不轻啊！"车夫说，"唉，伏特加，伏特加……"

伊凡全身无力地又摇又晃，踉踉跄跄地在院子里走着，嘴里说着：

"不要紧，我能走。"

十三

而索菲亚早已经回家来了。

她一见母亲进来，急忙前来迎接，嘴里正叨着烟卷，满脸兴奋的神情。她小心地把受伤的人安顿在沙发上，十分敏捷地给他解了绷带布，小心地照顾着他。她的眼睛因为烟雾而眯了起来。

"伊凡·达尼洛维奇，受伤的人被带回来了！尼洛夫娜，你累了吧？受惊了，对吗？好，您先休息一下吧。尼古拉，给尼洛夫娜拿一杯葡萄酒来！"

今天发生的一切确实让母亲思维一片混乱，她沉重地呼吸着，胸中感到有阵阵疼痛袭来，她含混不清地说：

"您不必照顾我。"

其实她整个身心都是在渴望着大家来注意她关怀她，给她安慰和爱抚。

一只手包着纱布的尼古拉，和衣着凌乱、头发像刺猬一般地直竖着的伊凡·达尼洛维奇一起从旁边的屋子里走了出来。

医生快步走到伊凡身旁，俯着身体说：

"拿水来，多拿些水来，还有干净的纱布和棉花！"

母亲听了准备去厨房里拿去，可是尼古拉用左手挽住她，把她带到餐室里去，并且亲切地说：

"他不是让您去拿的，是叫索菲亚去拿。今天，您可是激动得太厉害了吧？"

母亲看着他专注、同情的眼光，忽然不能抑制住感情了，她呜咽着大声说：

"亲爱的，这到底是怎么一回事啊！居然用刀砍，用刀砍人啊！"

"我看见了！"尼古拉将葡萄酒递给母亲，点着头说，"双方都有些太激动，可是，您不用担心，他们用刀背砍的，所以重伤的恐怕就一个人。他们在我眼前打了他一下，我就把拖了出来。"

尼古拉的脸和他的声音、房间里的光明与温暖，使她安下心来。她感激地望了他一眼，问道：

"您也被打了？"

"这只是我自己不小心，手不知在什么地方碰了一下，割破了一点皮，没什么。

喝茶吧，今天很冷，您穿得又单薄。”

母亲伸手接茶杯，却看见自己手指上满是凝固了的血迹，于是，不由自主地把手放到膝上，结果把裙子也弄湿了。她睁大了眼睛，竖起了眉毛，又歪着头看自己的指头。

她的头忽然晕起来，有一个念头在心里撞击着。

“他们对巴沙也要那样，他们会那样的！”

伊凡·达尼洛维奇单穿着一件背心，衬衫袖子卷着，走了进来，用他特有的尖细的声音回答尼古拉脸上的疑问，说：

“脸上的伤并不怎么厉害，可是脑壳破了，不过这也并不太厉害，小伙子身体很好！只是流血太多。送他进医院吧？”

“为什么？让他在这儿吧！”尼古拉高声建议。

“今天可以，明天大概也行，可是以后他在医院里对我比较方便些。我没有工夫出来看病人！关于今天坟场上的事，你要发传单吗？”

“当然！”尼古拉回答说。

母亲又悄悄站起来，要去厨房。

“您去哪儿，尼洛夫娜？”他担心地阻止了她，“索菲亚一个人能办得了！”

母亲对他瞥了一眼，异样地笑着，嘴唇抖动着说：

“我身上都是血！”

在自己屋里换衣服时，母亲又回想起这些人镇定的神态和他们快速处理事情的能力。这种想法驱逐了心里的恐怖，使她清醒起来。她走进病人躺着的房间的时候，索菲亚正俯在伊凡身上，对他说：

“同志，您说的是傻话！”

“我会给你们添麻烦！”他声音微弱地说自己的想法。

“您不要说话了，这样对您更有好处.”

母亲站在索菲亚背后，把手放在她的肩上，笑眯眯地望着伊凡的脸，带着亲热的表情，讲述他怎样在马车里说胡话，他的不小心的言语使她非常害怕。

伊凡听她讲着，眼睛狂热地放着光。他将嘴唇咂了一下，狼狈地高声说：

“唉，我这个傻瓜！”

“好吧，我们要到那边去了！”索菲亚替他盖了被子，这样说，“您休息吧！”

他们到餐室里谈了许多这一天发生的事。他们坚决地瞩目着将来，讨论着今后的工作，所以对今天的墓地的一幕，已经看作是很远的过去了。虽然大家都确实很累了，但思维仍很活跃，谈到自己的工作，从不掩饰自己的缺点。

医生紧张不安地坐在椅子上，尽力压低了自己的尖嗓音说：

“宣传，宣传！现在光是宣传是不够的，那个青年工人的话是对的！我们应该进一步去更广泛地鼓动工人，我说，工人是对的.”

尼古拉阴郁地学着他的口气说：

“各地印刷品都奇缺,但我们一直建立不起一个正规的印刷所。柳德密拉的气力已经要用尽了,如果不派人去帮她,她会被累垮的。”

“维索夫希诃夫怎么样?”索菲亚问。

“他不能住在城里。他只能在新的印刷所里干,可是柳德密拉那里还少一个人手.”

“我去行不行?”母亲低声问。

他们三个人的目光一齐落到母亲身上,沉默了一会儿 。

“好主意!”索菲亚高兴地说。

“不行,尼洛夫娜,这对您是很困难的!”尼古拉冷冷地说,“这样您就得住到城外去,不能再和巴威尔见面了,而且……”

母亲叹了口气,反驳道:

“这对巴沙来说根本不叫什么遗憾;对于我来说吧,这样的见面也只是使我伤心！什么话都不能讲。像个傻子似的站在儿子对面,有三个人盯着你的嘴巴,看你是不是会说出不该说的话来.”

近来的许多事都让她觉得很累。现在她听说有机会到城外,远离城里的悲剧,就急切地想抓住这个机会。

可是,尼古拉又转换了话题。

“您在想什么,伊凡?”他朝着医生问。

“医生抬起低垂在桌上的头,阴郁地回答说:

“我在想,我们人太少！必须更有劲地工作.而且,一定要说服巴威尔和安德烈,叫他们逃出来,他们俩什么都不大干整天坐在牢里未免太可惜了……”

尼古拉皱着眉头疑惑地摇了摇头,又飞速看了母亲一眼。

母亲心里明白,他们不愿在她面前说起她儿子的事,于是,就回到自己的房里去了。对于他们这样忽视她的愿望,心中感到有些生气了。她睁着眼睛躺在床上,听着他们的低语声,内心又一次充满了惶恐与不安。

这已过去的一天,仿佛向她暗示了一些疑虑与不祥;想起这些,母亲觉得难受。为了抛开这阴影,她就想起巴威尔。她希望他能够自由,同时这又使她觉得恐怖。她觉得周围的一切都很矛盾,都有发生剧烈冲突的危险。人们沉默的忍耐消失了,代之而起的是紧张的等待,激怒也显著地增强起来了,言语激昂起来,到处都充满了一种让人热血沸腾的气氛.

每一次散发的传单都会在市场上、小铺子里、仆人和手艺匠中间引起热烈的争论。城里每一次抓了人,大家谈论起逮捕的原因的时候,总是引起惴惴不安的、疑惑的、有时是不自觉地同情的反响。从前她总很怕听说的那些字眼:像暴动、社会主义者、政治等等,现在她也经常从一些普通人的嘴里听到了。

这些字眼,有人虽是用嘲讽的口气说着,可是在嘲弄的背后流露出掩藏不住的探究的心意;有人怀着恶意说着,可是在恶意之中听出了恐怖;有人沉思地说着,里面带着担心与希望。这种激动像波纹似的慢慢地、然而圈子很大地在那停滞了的黑暗生活上面散播开来。昏昏欲睡的思想渐渐醒来,对日常生活习以为常的麻木感也动摇了。

这一切,母亲比任何人都看得明白。因为对于生活的忧郁的面貌,她比别人知道得更清楚。现在,当她看到这张脸上的疑虑和愤怒的皱纹时,她觉得既是欢喜又是害怕。欢喜的是,因为她认为这是她儿子的工作;害怕的是,因为她知道,如果巴沙真的出了狱,他一定要站在大家的面前,站到危险的地方,而且很可能牺牲.

有时候,儿子在她眼里,就像童话中的英雄那样高大完美;他把她所听到的一切诚实的、大胆的话,她所喜欢的所有的人们的优秀品质,她所知道的一切光明勇敢的高尚行为,都集合到他身上去。每当这时,她感到又是感动、又是骄傲,心里充满说不出的欢喜,她常怀着这种心情望着儿子的形象,心里充盈着真诚的希望,默默地想:

"一切都会好起来,一切都会好起来的!"

她的母爱燃烧起来,压住了她的心,几乎让她感到了隐隐的疼痛。后来,这种母性妨碍了人性的成长,而且把人性烧光了,在这种伟大的感情的原来的地位上产生了不安与困惑,取而代之的是另一种还颤抖在灰色余烬中的惶恐与不安:

"他会死的……会没命的!"

十四

正午时分。

母亲终于在监狱事务室里见到了巴威尔。

透过迷蒙的泪水,她细细端详着儿子长满胡子的脸,找机会将那紧紧捏在手中的字条交给他。

"我身体很好,大家也都很好!"他低声说,"你近来怎样?"

"我还好! 叶戈尔·伊凡诺维奇死了!"母亲机械地回答。

"真的?"巴威尔惊叫了一声,然后悄悄地低下了头。

"出丧的时候,警察们闯来打架了,还抓去了一个人!"她直截了当地说明着事实。

副监狱长生气地咂了一声他薄薄的嘴唇,忽地一下跳起来,含糊不清地命令道:

"这是不准讲的,你是应该知道的! 不准谈政治!"

母亲也从椅子上站了起来,假装一副无知的样子,抱歉地说:

"我不是在讲政治,我是在讲打架的事! 他们打架了,那是事实。有一个人的头都打开了。"

“反正都一样！我请您住嘴！就是说，凡是跟你个人，跟你的家庭和家里没有关系的事情，都不准说！”

他觉得自己说得有些语无伦次，就重新坐在桌旁，一面翻着案卷，一面无精打采地，似乎很疲倦地补充道：

“我是要负责的，不错，……”

母亲向周围瞄了一眼，飞快地将手里的纸团塞在巴威尔的手里，然后如释重负似地喘了口气。

“我不知道该说些什么才好。”

巴威尔笑了出来。

“我也不知道呀！”

“那么就不必来！”副监狱长生气地说，“没有话好说，还尽跑到这儿来添麻烦！”

“快要审判了吗？”母亲沉默了一会儿，不得不找话说。

“两三天之前检察官来过，说快要……”

他们聊着一些大家都觉得没必要说的话。

母亲感到巴威尔一直用亲切温柔的目光望着她。他的那种镇定自若的态度和平常一模一样。只是胡须太长了，使他看上去显得老了一些，另外手腕也比以前更苍白了。

母亲真心地想让儿子高兴，想对他讲尼古拉的事情。于是，她并不改变谈话的声调，好像还在闲聊着，开口说道：

“我见过你的学生.”

巴威尔凝视着母亲，两眼中充满无声的提问。

为了让儿子记起维索夫希诃夫的麻脸，她灵机一动，用手指头在脸上点了几下……

“那孩子很好，身体也很健康。不久就可以找到事情做了。”

巴威尔明白了她的意思，会意地向她点了点头，眼光中满是微笑地点了点头：

“那真是好极了！”

“是啊，你瞧！”她很快意地说，儿子的喜悦之情更感动了她，她便更高兴了。

分手的时候，他紧紧地握着母亲的双手，真心地说：

“谢谢你，妈妈！”

与儿子有了身心上的交流，她陶醉得不知说些什么好。她甚至没有用话语来回答他，只是默默地握着他的手。

回到家里，莎夏已在等她了。

每次母亲去看望巴威尔，这个姑娘总要来的。但她从来不主动问巴威尔的情况；若是母亲自己也不讲的话，她只是静静地凝视着母亲的脸，也就感到满足了。然而，一见到母亲！她就担心地问：

“他怎么样?”

“没什么,身体很好!”

“字条交给他了?”

“交给了,我很秘密地塞给了他.”

“他看过了吗?”

“哪会看过呢? 那里怎能看?”

“对对,我忘了这一点了!”姑娘慢慢地说,“还要等一星期,一个星期! 您想结果怎么样 他会同意吗?”

她皱着眉头,目不转睛地望着母亲的脸,很认真。

“啊,我可不知道。”母亲一边考虑,一边回答,“假如没有什么危险,那为什么不出来呢?”

莎夏用劲摇了摇头,冷冷地问:

“您知不知道,病人可以吃点什么东西? 他想吃东西。”

“什么都可以吃! 我马上去.”

她快步进了厨房,莎夏慢慢地跟在她的身后。

“要我帮您的忙吗?”

“多谢,不要。”

母亲弯腰从炉子里取出一个钵子。

姑娘轻声地说:

“请您等一下!”

她面色苍白,眼睛里满是悲哀,用抖动着的嘴费力而迅速地低声说:

“我有件事要拜托您。我知道,他是不会同意的! 请您务必得劝劝他! 他这个人是不能缺少的,您对他说,为了工作是少不了他的。我一直在担心,怕他生病。您看,审判的日期老是定不下来……”

她努力地讲出每一句话。她挺直了身体,眼睛望着别处,声音忽高忽低。说完后她疲乏地垂下眼皮,咬往嘴唇,紧紧地捏着自己的手指,捏得咯吱咯吱地响。

母亲一下子被她的诚恳与激动弄得不知怎么办,但毕竟她很了解这种心情,于是,她满怀感激与忧虑激动得一把搂住莎夏,悄声地说道:

“亲爱的! 他是除了自己的话之外,什么人的话都不会听的,不管是谁的.”

她俩就这样沉默着紧紧拥抱在一起。

到后来,莎夏小心地从肩上拿了母亲的手,颤抖着说:

“是的。您的话是对的! 刚才这都是傻话,太神经质了!”

忽然,她变得严肃起来,简单地说:

“我们快把这东西给病人吃吧.”

她坐在伊凡床边,关心地、亲切地问道:

“头疼得厉害吗?”

“不很厉害,只是脑子里非常模糊！而且觉得浑身没劲儿。”伊凡好像怕羞似的把被头拉到下巴底下,像是怕光似的不断地眯缝着眼睛。

莎夏知道他不愿当着她的面吃东西,便就站起身来,走了出去。

伊凡坐在床上,望有她的背影,眨着眼睛说:

“真漂亮!”

他天生长着一对活泼快乐的浅色眼睛,小小的牙齿排列得很整齐,声调还有些像孩子。

“您几岁?”母亲沉思般地问道。

“十七岁.”

“父母亲在哪里?”

“在乡下。我十岁就到了这里, 从学校毕业之后就来了。同志！您叫什么?”

在被别人叫为同志时,母亲总是觉得又好笑又激动。

这一次她也是面带微笑地问他道:

“您想要知道我的名字做什么?”

年轻人不好意思地沉默了一会儿 ,后来说:

“我们小组里的那个大学生,就是我们一起看书的那一个,经常和我们讲起工人巴威尔·符拉索夫的母亲。五一示威的事,您知道吗?”

她有些紧张地点了点头。

“他第一个公开举起了我们党的旗帜!”少年自豪地说。

他的自豪感在母亲心中引起了共鸣。

“那次我没有参加,那个时候我们在,您等着瞧吧!”

他想象着未来胜利的喜悦,兴奋得不再说话。接着,他用汤匙在空中挥动着,继续讲:

“刚才说过的母亲符拉索娃,在这个示威之后也加入了党。他们说,这简直是个奇迹!”

听到年轻人真心的称赞,她笑了笑,觉得很是欢喜。欢喜的同时她又觉得有几分不好意思。她甚至想对他说:“我就是符拉索娃!”然而她忍住了,她带着一丝惆怅在心里嘲弄着自己:“唉,你这个老傻子呀!”

“好,您多吃些吧！赶快好起来,好去干有用的事!”母亲俯身对着他,突然激动地说。

房门被推开,旋即吹入一股秋天潮湿的寒气。索菲亚两颊红润,愉快地走了进来。

“暗探跟在铁后面,就像求婚的人追求富家小姐一样,真的！我得离开此地了。喂,凡尼亚,你怎么样了？舒服了吗？尼洛夫娜,巴威尔怎样？莎夏也在这儿?”

她吸着烟,一句一句地问,却不等回答。还一面用她那灰色的眼睛温柔地望着母亲和少年。

母亲望着她,心里暗自微笑着想道:

“我也成了一个好人了!”

她又俯身对伊凡说:

“快点儿好起来吧,孩子!”

然后她进了餐室。

这里索菲亚正在和莎夏谈话:

“她已经准备了三百本!她这样拼命地工作,差不多把自己累死了!这真是英雄主义!唉,莎夏,生活在这样的人们中间,做他们的同志,和他们一起工作,这真是莫大的幸福……”

“是啊!”姑娘低声回答说。

傍晚喝茶的时候,索菲亚对母亲说:

“尼洛夫娜,您又得到乡下去一趟。”

“要去就去吧!什么时候去?”

“两三天之后,可以吗?”

“好!”

“您坐车去!”尼古拉低声劝她,“雇了驿马,最好走另外一条路,经过尼柯尔斯柯耶乡.”

他停顿片刻,又皱起了眉头。这与他的面容很不协调,使他平日镇静的表情变得很难看,显得有些奇怪。

“经过尼柯尔斯耶太远!”母亲说,“而且雇马很贵.”

“您要知道,”尼古拉继续说:“在我看来,我是不赞成这次旅行的。那边很不安静,已经捉了人。有一个小学教员被带去了,得小心一些,应该等几天.”

索菲亚用指头在桌上敲着,接上去说:

“保证持续不断地散发印刷物,对我们是很重要的。尼洛夫娜,您不怕去吧?”她忽然问道。

母亲仿佛被小看了似的不高兴起来。

“我什么时候怕过?第一次做的时候都不怕,现在反倒会一下又……”她一句话没有讲完,就低下了头。每当别人很客气地问她怕不怕、方便不方便,或者问她是否能完成某件工作的时候,她总是从他们的语气中听出请求,她心中就很难过,并不像他们彼此之间那样没有疑问和担心。

“您真不应该问我怕不怕,”母亲心事重重地说,“你们相互之间怎么从来不问害怕不害怕的话呢?”

尼古拉听了很急虑地摘下了眼镜,然后又把它戴上。他向索菲亚凝视了一会儿。

让人很不自然地沉默使母亲不安起来,她怀着歉意从椅子上站起来,想找些话说,可是这时索菲亚碰了碰她的手,轻轻地请求说:

“原谅我！以后再也不问了！”

这话让母亲不再难过了，甚至觉得有些可笑。几分钟之后，他们又谈起了大家共同关心的到乡下去的问题了。

十五

黎明时分。

母亲乘了马车。在被秋雨淋湿的路上颠簸着前行。空气中吹送着潮湿的秋风，车马踩在泥浆中，水溅出许多泥点子。马车夫侧着身子对着她。像是沉思一般，忽然，他从沉思中醒来了似的用很重的鼻音说。

“我对我哥说，怎么样，我们分开了吧！这样我们就分开了.”

他猛地扬鞭抽了左边的马一下，生气地喝斥道：

“嘘！畜牲，走呀！”

秋天肥硕的乌鸦们小心翼翼地在收割过的田里蹦跳着。寒风发出呜呜地吼声，吹在它们的身上。它们不禁侧起身子，想抵御一下风势。而风吹动了它们周身的羽毛，让它们站立不稳；于是，它们只好让步了，懒洋洋、慢腾腾地振着翅膀飞到别处去了。

“可是，他并不跟我平分，我一看，剩给我的就那么点了！”

马车夫叨咕着。

母亲像在梦中一样听着他说话。回忆起自己最近几年来所经过的事情。当她把这些往事重温一遍的时候，都有一个她自己.

从前，不知为什么，也不知道是由谁的原因造成的，也不知道究竟为了什么，可是现在，许多事情都是在她眼前发生的，许多事情都是她亲自参与的。在她心中产生一种难以名状的复杂感情，交织着对自己的怀疑、自满、犹豫和无法说出的惘然与惆怅……

周围的一切都轻轻地、有节奏地晃动着，天上的灰色的云飘浮着，笨重地互相追逐。道路两旁，被打湿了的树木们摇荡着没有叶子的树枝树梢，从马车两边闪动过去了。田野扇形地展开，小山忽隐忽现。

车夫鼻音浓重的低语，马车的铃铛声，风的呼哨声和嗞嗞声，好像汇合成一条抖动的、曲折的小溪，在田野的上空单调地流动着.

“富人们到了天堂都不满足，真是这样的呢！他们还是要压迫人，官府也跟他们串通一气。”马车夫在座位上摇晃着，声音拖得老长。

到达了目的地，车夫给马松了缰绳，用一种不抱希望的口吻对母亲说：

“给我五个戈比吧，让我喝一杯也是好的啊！”

母亲拿了个铜板给他。

他将铜板在手里掂了一下,用同样的调子告诉母亲说:

"三个戈比喝烧酒,两个戈比吃面包."

过了中午,母亲又累又饿地到了很大的尼柯尔斯柯耶村。

母亲到驿站里靠窗坐下,将沉重的箱子放在自己的凳子底下。

透过窗子可见一块不大的广场,铺着踩得很平的干草,还有乡政府那顶子歪斜的深灰色的屋子。屋子门口的台阶上,坐着一个秃顶,但却长着胡子的农民,他只穿一件衬衣,正在那儿抽烟。有一头猪在草地上走。东闻西嗅仿佛很不满地晃着脑袋。

一堆一堆的乌云飘浮着聚拢到一起,周遭寂静阴暗。而生活好像躲得不知去向了,或者躲在某个角落里窥探。

忽然,一个县里的低级警官快速冲进广场,将棕色大马停在乡政府的台阶旁边,挥了一下鞭子,大声对那个农民吆喝着什么,吆喝声冲击着玻璃窗却听不清是什么。

农民站起来指了指远处。警官跳下马来,晃动了一下身子,又将鞭子交给了农民,然后抓着扶手笨重地跨上台阶,进到了乡政府的大门里面.

四处又恢复了寂静。

马掀起蹄子,在松松的土地上刨了两下。

一个十五六岁的姑娘走进驿站,脑后拖着一根黄短辫,圆圆的脸蛋上长着一对可爱的眼睛。她手里捧着一只边上有缺口的大托盘,盘子里放着餐具。她走近母亲,咬着嘴唇,不住地点头行礼。

"你好,姑娘!"母亲很亲热地打招呼。

"您好!"

姑娘将盘子与茶具摆在桌子上,忽然用很活泼的语气说:

"方才抓了一个坏人,就要带走了!"

"什么样的坏人?"

"我不知道!"

"那人干了什么坏事?"

"我不知道!"姑娘重复了一遍。"我只听说抓了人,乡政府的看门的跑去请警察局长去了。"

母亲朝外面望了望,发现来了许多农民。有的慢慢地、十分镇静地走着;有的边走边急匆匆扣着衣服的纽扣。大家都在乡政府门前的台阶旁站住了,眼睛望着左边。

姑娘也向窗外看了一眼,然后忽然砰地一声关上门跑了出去。

母亲有些担心了,将座位下的箱子向里塞了塞,把披巾朝头上一披,很快地走到门口,同时在心里努力压抑着一种忽然升起的莫名其妙的想逃的感觉.

当她上了台阶后,不禁猛地一抖。她觉得呼吸困难,腿也麻木了,反绑着两手的雷宾被牵着走在广场中央。

两个乡警与他并排着，手中的棍子有节奏地敲着地面，乡政府的台阶旁边挤满了看热闹的人，静静地仿佛在等待着什么。

此刻，母亲心中一下子空荡荡的什么都没有了。

她牢牢地盯看着，雷宾在说话，她能听见他的声音，但这声音就从她空虚阴暗颤抖着的心中消失了，没有回声。

母亲透了口气，恢复了知觉，台阶旁边站着一个蓄着浅色大胡子的农民，正用蓝色的眼睛盯着她看。

她不停地咳嗽着，用吓得发软的手抚着喉咙，费力地问：

"这是怎么回事？"

"唔，您看吧！"农民回答了，就转过身去。这时又来了一个农民，站在他的旁边。

乡警在众人面前站住。

群众明显增多了。这时，人群的上空突然发出了雷宾那粗壮的声音。

"正教的信徒们！你们听说过写着我们农民生活的真理的那些可靠的书吗？我就是因为那些书受苦的，那些书是我散给大家的！信徒们！"

人们忽地一下子围住雷宾。

他的声音铿锵有力，一字一句，使母亲逐渐清醒了。

"听见了吗？"另外一个农民用手在那蓝眼睛的农民腰上戳了一下，低声问道。

那人没吭声，抬头看了看母亲。另外那个农民也朝母亲看了一眼。这个人比较年轻，留着稀稀疏疏的黑胡须，瘦削的脸上全是雀斑。然后他们下了台阶到一边去了。

"他们在害怕！"母亲直觉地判断。

她的注意力逐渐敏锐起来。

高高的台阶上，她能清晰地看到米哈依洛・伊凡诺维奇那被打伤了的黑脸，看到了他眼睛里放出的热烈的光。

她希望雷宾也能看见她，于是，她伸长了脖子，踮起脚，勇敢地向前看着。

人们半信半疑阴沉着脸沉默不语，只有在后排的人群中，可以听到声音压得很低的谈话。

"老乡们！"雷宾提高了声调说，"那些书上的话都是真理，为了这些书，我连死都不怕，他们打我，折磨我，想要我说出这些书的来源，他们还要打我，可是我都能忍得住！因为这些书里讲的是真理，因为那些书中的真理比面包还要重要，就是这样！"

"他为什么要讲这些话？"站在台阶旁边的一个农民轻轻地问。

蓝眼睛的农民慢慢地说：

"现在反正是这么一回事 ，一个人不会死两次，死一次总是免不了的。"

群众们依旧死气沉沉地聚着,每个人的脸上都布满着阴郁,大家身上仿佛压着一种看不见却很重的东西。

一个警官摇摇晃晃地闯了出来,用喝醉了的声音怒吼道:

“谁他妈的在这儿讲话呢?”

他忽然跑下台阶,揪住了雷宾的头发,将他的头猛烈地推撞着。

“是你在胡说八道!狗东西!他妈的!”

群众有了反应,小声议论起来。

母亲的心剧烈地痛苦着,只得低下头。

这会儿忽然又听见了雷宾的声音:

“好,乡亲们,大家看啊!”

“住口!”警官打了他怀记耳光。

雷宾的身体不由自主地晃了晃,耸了耸肩膀。

“他们绑住了你的手,想怎么折磨你就怎么折磨你!”

“乡警!把他带下去!大家都走开!不准站在这儿!”那警官颇像一只被链索拴在一块肉前的狗,在雷宾身前乱蹦乱跳,用拳头在他脸上、胸上、肚子上用力地殴打着。

“别打了!”群众里面有人喊。

“为什么打人?”另外一个声音附和他。

“我们过去吧!”蓝眼睛的农民点点头说。

于是,他们俩镇定地向乡政府走去。

母亲善意地望着他们,轻松地吐了口气。

警官又笨拙地爬上台阶,在上边挥着拳头,发疯似的嚷着:

“我说,把他带到这儿来!”

“不行!”群众中不知是谁发出了一声有力的呼喊,母亲知道,这是那个蓝眼睛的农民的声音。

“大家听着!不能让他带去!到了那里,一定会被打死的。打死了之后,又会推到我们头上,说是我们打死的!不准带去!不准!”

“老乡们!”

雷宾的声音嗡嗡地响起来。

“难道你们就没有仔细想过自己的生活吗?难道你们不明白,你们是怎样地遭人剥削,怎样地受人欺诈,被人吸着鲜血吗?不论什么事情,缺了你们,没有你们是不行的,只有你们才是天下最有力的人,最该得到财富的人,可是你们看看,你们的权利呢?你们只有一种权利,就是饿死!活活饿死!”

农民们听了,立刻七嘴八舌地议论起来。

“他说得对!”

“叫局长出来!局长跑哪去了?”

“警官骑马去叫了。”

“那个醉鬼!”

“叫局长不是我们的事!”

这声浪越来越大,越来越高,大有排山倒海之势。

“你讲下去呀!我们不让他们打你。”

“解开他的手!”

“小心啊,别闯祸!”

“我的手特别疼!”雷宾那洪亮的声音盖过了一切声音。

“老乡们,我是不会逃的!我不会逃避我的真理,真理就在我心里。”

有几个人轻声讨论了几句,摇了摇头,一脸郑重地走了。可是,四面聚集而来的人逐渐增加着,他穿得很贫寒,好像刚刚披了衣服,满脸都是激动的表情。

他们围着雷宾,像一锅黑色的泡沫沸腾着。雷宾站在他们之中,像耸立于森林中的教堂一样。他高举起双手向群众挥动着,真诚而感动地说:

“谢谢你们,诸位乡亲,谢谢你们!我们的手应该由我们自己互相帮着来解开!没有别人会帮助我们的!”

他摸了摸胡子,又举起那只带血的大手。

“看!这是我的血,这血是为真理流的!”

母亲走下台阶,但在平地上看不到被群众包围住的雷宾,所以,又重新走上台阶来。她的心被一种说不清的喜悦撞击着,周身的血液也在奔涌着。

“老乡们!你们去找那些书来看吧。别相信官吏和教士的话,他们总是称那些带给我们真理的人为叛逆的暴徒!真理偷偷地在地上行走,它要在人民之中生根发芽,在官府方面看来,这是跟小刀和火一样的东西,他们不能接受它的。真理要把他们杀掉,把他们烧毁!而在我们看来,真理是我们善良友好的朋友。在雷宾看来,真理是该死的敌人!因为这个缘故,真理不得不首先躲藏着。乡亲们,你们听见没有?”

群众里面,响起了几声兴奋激动的欢呼。

“正教信徒们,大家听着!”

“喂,兄弟,你要完蛋啦!”

“是谁告的密?”

“教士!”一个乡警说。

有两个农民大骂起来。

“喂,大家小心!”群众里面发出了警告的声音。

十六

警察局长终于来了。

他向这边走了过来。他生就一张圆脸,身材很高大,体格很健壮。歪戴着帽子,一边的胡子向上翘着,一边的胡子往下耷拉,因此,看上去他的脸成了歪的,更显得他难看而蠢笨了,他的脸上带着迟钝的、毫无感情的假笑。他左手拿着马刀,右手在空中挥动。远远的,就可以听见他的沉重而又坚定的脚步声。

群众纷纷让路。大家脸上满是失望指责的神情。吵嚷议论声逐渐压低了,仿佛都钻到地下去了,场面上一片寂静。

母亲觉得眼睛发热,额上的皮肤在抖动着。她想挤进人群,于是,全身紧张地朝前冲去,但旋即又停住了。

“这是怎么回事?”局长站在雷宾前面,一边打量他,一边强硬地问,“为什么不捆起手来?乡警!绑起来!”

他的声音很响亮,但没有压人的气势与威严。

“本来是绑着的,不知是谁又给他解开了!”一个乡警回答。

“什么?不知是谁?是哪些人?”

局长看了看眼前的群众。他们紧紧簇拥着排成半圆形,好像严阵以待。

局长又用毫无生气单调的声调说:

“这都是些什么人?”

他用刀在蓝眼睛农民的胸口上用力捅了一下。

“楚马柯夫,是你干的吗?哦,还有谁,有你吗?米新?”

说完又扯出另外一位农民逼问道。

“滚开!浑蛋!要不走,给你们尝点厉害!”

他的声音里和表情上似乎永远都平板单调,既没有愤怒,也没有威吓的神气,他只是平静地说着,用他那又长又结实的手习惯地、有节奏地打着前边的人。

人们低着头,往后退了几步。

“喂,你们怎么啦?”他对乡警说,“绑起来呀!”

他嘴中不停地乱骂着,同时,望了望雷宾,恐吓着说:

“背过手去!混账东西。”

“我不愿意让人绑我的手!”雷宾不卑不亢,“我又不打算逃,也不反抗,为什么要绑我?”

“什么?”局长上前一步追问。

“你们虐待百姓虐待得也该够了!畜牲!”雷宾提高了声音骂道,“你们流血的日子也快要到了!”

局长在他面前耸动着胡须,朝他望着。然后退了一步,用他那种嗞嗞啦啦的嗓门儿吃惊地喊叫:

“啊,啊,龟孙子,这是什么话?”

说话的同时,飞快地抬手在雷宾脸上重重打了一记耳光。

“拳头是打不死真理的!”雷宾挺身上前喊道,“你没有权利打我!你这个狗东西!”

“我没有？我没有?”局长拉长了声调吼叫着。

他对着雷宾的头又是一拳。雷宾把身子一缩,闪了过去。局长的拳头落空了,身子随着晃了一晃,差点儿倒下去。

群众中有人高声嗤笑了一声,好像很解气的声音。

雷宾再一次愤怒地叫道:

“我说,你不敢打我,你这个魔鬼!”

局长看了看四周,人群黑压压地往前凑着,形成一个紧紧围绕的黑色的大圈。

“尼基塔!”局长朝周围张望着,高声叫喊。“喂！尼基塔!”从人群里面走出一个穿着短反袄的又矮又胖的男人。他低下他那个头发蓬乱的大脑袋,双眼望着脚尖。

“尼基塔!”局长捻着口髭,慢慢地说。

“打这家伙的嘴巴子,重重地打!”

一个穿着皮袄,又矮又胖的男人从人群中走了出来,抬起了他的大脑袋。

雷宾与他傲然相对,说了几句诚恳沉痛的话,这话好像重重地打在他的脸上。

“喂,大家伙你们看看,那个野兽想用你们自己的手来勒死你们自己！大家看一看吧,想一想吧!”

那个农民尼基塔抬起手来,对着他的头打了一下。

“这算是打了吗？浑蛋!”局长尖声叫喊起来。

“喂,尼基塔!”人群里面有人低声说他,“不要忘了上帝!”

“叫你打呀！打!”局长在他的颈子上猛推了一把。

那农民退到旁边,低下头阴郁而冷淡地对局长说:

“我不打了!”

“什么?”

局长的脸明显地抽搐了一下,他两脚跺了起来,嘴里大骂着,扑到雷宾身上,狠狠地打了一拳。雷宾身体晃了晃,想出手抵挡,可是,局长第二拳就把他打倒在地上了。局长困兽般号叫着,在他的周围暴跳如雷,拼命地用靴子朝他的头部、胸部、腰部乱踢一气。

人群立即骚动起来,他们波动起来,向局长冲过去,气势逼人,不可遏止。

看到这种状况,局长慌张地往后退着,慌忙从命鞘里抽出了马刀。

“你们想干什么？打算造反吗？是吗？这像什么话?”

他的声音顿了一下,突然一声尖叫,好像断了似的,后来就发哑了。也奇怪,他的嗓子一哑,他的力量也好像丧失掉了。只见他缩着脖子,弯了腰身,用茫然若失的眼光向四面张望着,每退一步都小心地用脚试着身后的土地,向后退了几步之后,他忽然声嘶力竭地叫起来:

“好啊！把他带走,我要走了。可是,你们这些该死的畜牲,你们应该明白,他是政治犯，他抗沙皇图谋造反，你们知道吗？你们还打算保护他吗？你们也是暴徒吗？啊！”

母亲纹丝不动地站着，眼睛睁得大大的。此时此刻，她没有力气了，也没有思想了，像在做着一个噩梦，心里满是恐慌与同情。在她的头脑里，群众的愤怒的、阴沉的、恶恨的喊声，像野蜂似的嗡嗡地响着；局长的声音在发抖；还有人在悄声说着什么。

“如果他有罪，审判他好！”

“大人，饶了他……”

“您怎么能这样打他，一点也不考虑法律呀？”

“怎么可以这样呢？如果谁都可以打人，那成什么样子了？”

人们分成两堆，一堆围着局长，嘴里一劲儿喊着，劝说着他。另一群围着伤痕累累的雷宾，恼怒地纷纷议论着，主持正义。

其中有几个人将他扶了起来。

乡警过来还想捆他的手。

“等等吧！恶魔！”大家齐声怒喝。

米哈依洛擦抹着脸上的污泥和血迹，一声不吭地朝四周望。

他的视线滑过了母亲的脸，母亲为之战栗了一下，身体向前倾着，不由自主地挥了挥手——可是雷宾已经转过脸去。几分钟之后，他的目光又转了回来停在了母亲的脸上。

母亲觉得这一次雷宾似乎挺直了身体，也抬起了头，染了血的面颊颤动起来。

“他认出来了，真的认出来了吗？”

母亲轻轻点了点头，心里又是悲戚，又是害怕，又是高兴，不由得颤抖起来。

但马上母亲就发现那个蓝眼睛的农民也站在他身边，也在目不转睛地盯着她。他的视线忽然在她心头引起了一丝危险的感觉。

“我这是在干什么呀？他们不会把我抓去的！”

农民在雷宾耳边低语了些什么，雷宾把头猛地一摇，用发抖的声音，但仍旧很清晰，很有精神地说：

“不要紧！世界上不止我一个人，真理，他们是抓不无的！我待过的地方，人们都会想起我，就是这样！哪怕他们把我们的老窝都捣毁，那里不再有我们的同志！”

“这是对我说的！”母亲当下就明白了。

“可是，雄鹰可以自由飞翔，人民被解放的那一天，总会到来的！”

一个女人提了一桶水，开始动手替雷宾洗脸，一面不住地叹息着。她那纤细的、怨诉地话声和雷宾的话声混合在一起，听不清在说什么。

一群农民拥在局长身后，并且越来越离他近了，其中有人高喊：

“喂！来一辆车子给犯人坐！当班的是谁的？”

然后就是局长气鼓鼓的声音：

“我可以打你，你可不能打我，你不能打我，你也不敢，笨蛋！”

“原来这样！你是什么？你是上帝吗？”雷宾怒吼着。

一阵杂乱的、不是很大的叫喊声淹没了雷宾的声音。

“老大爷，不要争论了！人家是官家！”

“大人，您不要生气！他有点疯了……”

“住口！你这个浑蛋！”

“现在马上就把你押到城里去。”

“城里也得讲道理吧！”

群众请求着、劝解着。

所有人的声音都乱糟糟地搅在一起，带着哀怨与无奈，又仿佛是绝望的声音。

乡警抓住了雷宾的手臂，带着他上了乡政府的大台阶，又推进了房门。

这样，人们从广场散开了，仿佛也是不约而同。

母亲发现那个蓝眼睛的农民又在皱着眉头看她，而且像是直朝她走过来，步子很大。

母亲的腿不禁抽搐起来，凄凉的感情缠绕着好恶心，令她很不舒服，甚至有种呕吐的感觉。“用不着逃走！”她在心中告诉自己，“用不着！”

于是，她牢牢地抓着扶手，一动不动地站在那儿。

局长站在乡政府的台阶上面，挥舞着双手，用他恢复原状的、没有精神的声音喝斥着没有去的人们：

“你们这些傻瓜，狗娘养的！什么也不懂，还想来管国家的大事！畜牲！他妈的！你们应该感激我，跪在我面前谢谢我才行！要不是我的心肠好，非叫你们一个个都去做苦役不行畜牲们！

二十几个脱了帽子的农民依旧站着，听他说话。

天色渐暗，乌云也逐渐多了起来。

蓝眼睛的农民走近台阶，叹了口气，用一种不重不轻的口气说：

“我们这儿的事就是这样……”

“是呀。”母亲低声答应说。

他真诚的目光看着母亲，问道：

“你是做什么的？”

“我想到乡下来收购些花边土布之类的东西。”

农民慢慢捻了几下胡须。接着，眼看着乡政府那边，冷冷地低声说：

“我们这里没有这种东西……”

母亲上上下下审视着他，等待着可以自然走进驿站的机会。

面前的人眉目清秀，似乎在沉思着，眼睛里透着一丝忧虑。他身材高大、宽肩，穿着补丁摞补丁的外衣和一件干净的洋布衬衫，下面是一条乡下人自织的呢料做的褐红色长裤,没有穿袜子的脚上套着一双破烂的鞋子。

母亲自己也不知为什么,她轻轻松了一口气。突然,她顺从着自己模糊的思念来得更早的直觉,连自己都感到唐突地问了一句:

"您那里可以过夜吗?……"

问过了之后,母亲觉得自己全身上下都紧张起来。

她挺直了身体,呆呆地望着他,在她的头脑中不断地闪现着一个好像刺痛了她的念头。

"我害了尼古拉·伊凡诺维奇。我要很久不能看见巴沙了……他们会把我打死的!"

农民并不看她,只用手整了整胸前的衣服,不慌不忙地说:

"过夜?怎么不可以?可是,我们家里的房子不好。"

"我是不会在乎的!"母亲无意识地回答着。

"那就行!"那人以惊奇的目光打量着母亲,重复了一句。

天完全暗了下来。在暮色中,他的眼睛里发出冰冷的光,脸色也显得十分的苍白。

母亲怀着好像下山时的心情,轻轻地说:

"那我就到你那儿去吧,你替我拿一拿箱子。"

"好。"

他耸了耸肩,又抚弄了一下胸前的衣服,低声说:

"看,马车来了。"

雷宾出现在乡政府的台阶上。他的双手被捆绑着,头和脸上好像用灰色的什么东西裹着。

"乡亲们,再见!"

他的声音在黄昏冰冷的暮色中回响着。

"你们要寻找真理,保护真理,相信那些带给你们真话的人们,为了真理,不要贪生怕死!"

"闭嘴,狗东西!"不知从什么地方传来了局长的声音。

"乡警,赶马走快些,傻瓜!"

"你们有什么贪恋呢?想想你们现在猪狗不如的生活吧?"

马车动了,雷宾坐在两个乡警中间,仍用低沉的声音喊道:

"饿死有什么名堂呢?为自由而奋斗吧,自由可以带给我们真理和面包,再见了,乡亲们!"

急速转动的车轮声,局长的呼喊声,混合在一起,冲乱了他怕话,淹没了他的话。

"这是对的!"那个农民猛地甩了一下头。接着,他又对母亲嘱咐道:"你在驿站里面坐一下,我就来。"

母亲走入室内,靠着桌子在茶炊前面坐下了,拿起一块面包看了一看,又缓缓地把它放回盘里。她不想吃东西,总有一种想吐的感觉。

这种感觉令人十分难受,吸引着她心里的热血,使她疲惫无力,更叫她感到晕眩。

在她眼前,不断浮现出蓝眼睛农民的脸,有的样子很怪,轮廓看上去很不清楚,似乎不能让人完全信任它。

她不知为什么,可能不敢也不愿去想他会出卖她。然而,这种想法已经在她心头产生了许久,并且十分沉重而又牢固地压迫着她。

"他已经看破我了!"母亲无力又无奈地想。"已经看破了,猜出了。"

但这种想法在灰心丧气的阴郁心情和一直想呕吐的感觉里逐渐减轻了。

窗外的喧闹被无声的寂静取代了,充分地暴露出乡村里特有的那种沉闷而令人担惊的气氛,这种空气让人倍感孤独,叫每颗心都充满了晦暗的情绪,如同被一种软软的灰暗的东西堵住了胸口。

姑娘进来了,站在门口问:

"要来个煎蛋吗?"

"不要了,我现在觉得什么也吃不下去了,刚才的吵闹打架把我吓坏了!"

姑娘走近桌旁,激动不已地却仍是低声地说:

"那局长可真厉害!我当时离他很近,清清楚楚地看见了那个人的牙齿都被打掉了,吐出来的都是浓浓的紫血,颜色那么深!眼睛也被打得看不见东西了!那个人是柏油工人。警官在我们那儿躺着,喝醉了酒了,还是一个劲儿地嚷着再拿酒来。他说他们结了帮,那个长着络腮胡子的就是首领。

"一共抓了三个,听说呀,还有一个逃了。另外还抓了一个小学教师,也是和他们在一起的。他们都不信上帝,劝人们去抢教堂,你看,他们就是这种人!我们这儿,有些乡下人很是可怜他,但也有人说,应该把他干掉!我们这儿有些乡下人凶得很呢,真吓人!"

母亲尽量平静自己的心情,甩掉惶恐和不安,忘掉可怕的期待,尽量集中注意力。虽然这个姑娘的话不连贯又说得很快。

姑娘见有人这么认真地听她说,心中很高兴,便越说越兴奋,几乎透不过气来了。而且她似乎丝毫没有结束话题的意思,仍是喋喋不休地说下去:

"告诉您吧,听我爹说,都是因为这两年闹灾荒!近两年啊,我们这儿一点收成都没有,老百姓都要苦死了!所以乡下人才变成了这样,真倒霉!在集会时也总是大喊大叫,争吵打架,不久之前,瓦修柯夫因为欠税,村长要卖他的家具,他就打了村长一个耳光。嘴里嚷嚷着说,这就是还给你的税。"

这时候,门外响起了沉重的脚步声。

母亲双手扶着桌子站了起来。蓝眼睛的农民走进来,连帽子也不摘就问:

"行李在哪儿?"

他轻松地一把提起箱子,顺手把它摇了摇,说道:

“空的? 玛利卡,把客人领到我家来。”

说完后,便头也不回地走了出去。

“在这里过夜?”姑娘问。

“是的! 我这是来收花边的,买花边!”

“这儿不织花边! 在企尼考伏和达利诺那边有人织,可是,我们这儿没人织。”姑娘对她说。

“我明天就到那边去。”

母亲结了账,另外给了她三戈比的小费,使姑娘非常高兴。

走到外面,她光脚在潮湿的泥土上地啪啪走着,步子迈得很快。一边走,一边对母亲说:

“您要不要我到达利诺去跑一趟,叫她们把花边都拿来? 要是她们来呢,您就不用去了。总共有二十里路呢!”

“用不着了,好孩子!”母亲和她并排走着,无比感激地回答她。

不能不说,空中的寒冷让她精神大振,于是,她心里产生了一个不很明确的决定。这决定慢慢扩大延伸着。

而母亲似乎还想加速它的成长,便不停地反复问自己:

“怎么办? 如果老老实实说了……”

四周的一切都是冰冷潮湿黑暗的。

人家的窗户里静静地透出红色的灯光,模糊不明地闪动着白黄色的光晕。在一片寂静里,不时传来家畜疲倦的哞叫声,以及偶尔的一两句的人们的呼叫声。

浓浓的、阴郁的哀愁深深地笼罩着村子。

“这边来!”姑娘叨叨着,“您投错了人家了,这家子穷得很!”

她摸到了门,随即把门打开了,冲里边活泼地喊了一句:

“塔齐扬娜大娘!”

喊完之后,姑娘就迅捷地走开了。

黑暗中传来她的声音:

“再见!”

十七

母亲双手搭着,站在门口,认真地打量着里面。

房子显得十分拥挤,但是,却很干净,这是显而易见的。有一个年轻女人从暖炉背后探出头来张望了一下,行了个礼,什么都不说就又进去了。在前面角落里摆着一张桌子,桌上点着一盏灯。

主人坐在桌子边,手指轻叩着桌沿儿,正目不转睛地望着母亲的脸。

“请进来!”过了 一会儿 ,他才开口让客,“塔齐扬娜,去叫彼得来,快些! 听见没有?”

女人看也不看客人一眼就飞快跑了出去。

母亲坐在主人对面,又仔细观察了一遍,她的箱子没有看见。让人心烦的寂静充满了小屋,只有洋灯的火焰发出勉强可以听到的爆裂声。

农民皱着眉头,似乎在沉思的脸,很模糊地在她的面前晃动,让她莫名地烦躁起来。

“我的箱子放哪了?”母亲忽然开口高声追问,这声音连她自己都没有预料到。

那人耸了耸肩,满怀心事似的说:

“不会丢了的!”

他压低声音,皱着眉毛接下去说:

“刚才在那个小姑娘面前,我故意当作那是空的,不,其实不是空的,里面装的东西重得很!”

“哦?”母亲问,“那么怎么样?”

他站起来,凑近母亲,俯下身来低声问道:

“你认识那个人?”

母亲一颤,但马上坚决地说:

“认识!”

这两个字似乎从她心中带出了光明,照亮了外面的一切。她放心地透了一口气,在凳子上动了动后,坐得更稳了。

农民咧开嘴笑出了声。

“您在跟那个人互相打暗号时,我看出来了。我凑近他的耳朵问了他,是不是认识站在台阶上面的那个女人?”

“那么,他怎么讲?”母亲急切地问。

“他? 他说,我们的同志多得很。不错! 他说,多得很。”

他有些不解地望着母亲,重又笑着说:

“那人真有力量! 胆子大得很,一点也不抵赖,什么都是‘我’,被打得那么厉害,他还是说他自己的。”

他柔弱的声音,棱角不很清晰的脸和坦诚的眼睛,使母亲越来越放心了。

母亲心中不安与沮丧的心情被对雷宾的深切的同情与怜悯一点一点取代了。

此刻,她再也忍不住了,带着猛然升起的痛苦的仇恨,绝望地喊了出来:

“那帮强盗! 那帮丧尽天良的东西!”

母亲就哭了出来。

农民沉沉地点着头,缓步走开了。

“当官的可找到了一帮好朋友,是啊!”

忽然,他又向母亲转过身来,低声对她说道:

“我猜,箱子里是报纸, 对不对?”

“对!”母亲抹着眼泪,率直地说,“给他拿来的。”

他皱着眉头,手摸着胡子,眼看着一边,沉默了 一会儿 。

“报纸到我们这儿来了,小册子也来了。这个人我们认识,以前看到过的!”

那个农民站住了,想了一会儿 ,然后又开口问:

“那么,现在您打算怎要安排这个箱子呢?”

母亲看了看他,挑战似的说:

“留给你们?”

他并不吃惊,也不反对,只是又重复了一句:

“给我们。”

他表示许可似的点了点头,放开了握着的胡子,用指头梳了梳胡子,然后坐下来。

记忆是如此固执,也是执拗而顽强的。它让母亲眼前不断地映出雷宾被折磨的惨痛情景。他的形象打消了母亲心里所有的一切思想念头,让母亲感到的都是挥不去的伤痛与屈辱;她对于箱子的事,对于其他的一切,母亲已没有心思考虑了。她的脸色很阴沉,眼泪从她的眼睛里忍不住地涌出来了,但每当她和主人说话时,声音却依然很镇定。

“他们掠夺人,压迫人,将人踩在泥水时,那些该死的东西!”

“他们有力量啊!”农民静静地回答,“他们的力量大得很啊!”

“可是,力量是从哪里来的呢?”母亲愤愤地叫道,“还不都是从我们这里,从人民手里夺去的吗? 一切都是从我们这里抢去的!”

农民的表情是轻松的,可他一副令人不解的面貌,使母亲烦躁起来。

“对啦!”他沉思似的拖长了声音说,“车轮……”

他机警地将头靠在门边侧耳倾听,听了 一会儿 ,低声说:

“来了。”

“谁?”

“自己人,一定是!”

推门而入的是他妻子,后面还有另一个农民。那人将帽子丢在角落里,快步走到主人身边,向他问道:

“喂,怎么样?”

主人肯定地点了点头。

“斯吉潘!”女人站在暖炉前面说,“恐怕客人肚子饿了吧!”

“不饿,多谢你,亲爱的!”母亲直截了当地回答。

农民走近母亲,快速沙哑地自我介绍:

“我们来认识一下,我叫彼得 · 叶戈洛夫 · 李雅比宁,蛋号叫‘锥子’! 对于你们的工作,稍稍懂得一些。我识一些字,可以说,不是傻瓜。”

他边握着母亲的手晃动着,一面对主人说:

“斯吉潘!你得当心!华尔华拉·尼古拉耶夫娜太太,当然是个好心肠的人!可是她说,所有这种事情都是胡说,没有道理。她说,那些乳臭未干的孩子和一些乱七八糟的大学生,因为不懂事,害得乡下人受苦。可是,我们不是看见,方才被抓去的人的确是个好人,是个可靠的人,就是我们面前这位年岁已不小的太太,看来也不是什么富家大户出身。请您不要生气,您是什么出身?”

他毫不停顿地一下子说了这么多,而且字字清晰。说话期间,他的胡子神经质地随着抖动;眼睛眯着,仿佛探测似的在母亲的脸上身上迅速地打量着。

他衣衫破烂,凌乱的头发很让人难受,好像刚跟谁打过架一样。但又似乎他是个胜者,所以带着胜利般的喜悦和兴奋。

他这种开门见山的讲话作风和直爽的态度,都叫母亲喜欢。她望着他的脸,回答了他的问话。

彼得再一次地握了握母亲的手,用他那破锣似的声音轻轻地干笑着。

“斯吉潘,你看见吗?这是很正当的事情!这是非常好的事情!从前,我不是也对你说过,一切都要我们老百姓亲自来干。太太是不会说出真理的,这对她没有好处。可是,不管怎么说,我还是敬重她!她是一个好人,也希望我们能有好处,可是只要有一点点,而且对她们自己没有损失!可是老百姓情愿一直干下去,就是吃亏、受损害,我们都不怕,懂吗?整个生活对我们老百姓都是有害的,到处都要吃亏,没有路可走,周围什么都没有,只有人从四面八方喊着,叫你‘别动’!”

“我懂!”斯吉潘点着头说,接着又加了一句:“她在担心那只箱子。”

彼得调皮地向母亲做了个鬼脸,并让她安心地挥着手继续说道:

“您不必担心!不会出乱子的,老太太!箱子在我家里,方才斯吉潘跟我讲起您,说您也跟这种事情有关系,而且认识那个人。我对他说,斯吉潘,你要小心些!这种非常严重的事情,是不能胡说八道的!喂,老太太,方才我们站在您旁边,您大概也能感到我们是什么人吧?正直的人,脸是看得出来的,因为,老实说吧,他们是不大可能在街上来回来去闲逛的!您的箱子在我家里……”

他坐在了母亲身边,用请求和热切的目光望着母亲。又说:

“如果您要出货,我们很愿意替您帮忙!我们特别需要那些小本的书。”

“她愿意把全部的书都交给我们!”斯吉潘插话。

“那真是再好不过的,老太太!我们都可以安排好!”

他从椅子上笑着跳了起来,笑了出来,一副兴奋难当的表情。

他一边快步地来回走着,一边满意地说:

“这件事真是巧到家了!虽说,这也是很平常的事儿。一个地方的绳子断了,但另一个地方早已打好了结等着!没有关系!老太太,那些报纸很好,特别有用处,它擦亮了我们的眼睛!老爷们当然讨厌它。我在离这里七里光景的一位太太家做工,做木匠。凭良心讲,她为人很好,给我许多书看。有时看了,心里会明白起来!总之,我们都感谢她!可是有一回我拿了一份报纸给她看,她看了有些生气,她对我说:‘彼得,快扔掉它!这是没头脑的小孩子们干的事情。看了这个呀,你的痛苦只会增加,不会减少,因为这些,你不是坐牢,就是流放西伯利亚。’”

他忽然不说了,想了一下,又问:

“请问您,老太太,那人和您是亲戚?”

“是外人!”母亲告诉他。

不知为什么彼得很得意地轻笑起来,还不住地点着头。

母亲立刻觉得自己不该用“外人”这个称呼,用在雷宾身上不太妥当,自己生起气来。

“我跟他不是亲戚,”她补充着,“可是,认识了很久了,一直很尊敬他,把他当作自己的哥一般对待!”

大家一下子都不知该说些什么了,这令母亲很难过。她不自觉地轻轻哭泣起来,一种特殊的感情使她难以抑制。

寂静填满了小屋,仿佛抑郁难挨地等待着什么。

彼得歪着脑袋站着,不知在倾听着什么。斯吉潘将臂肘搁在桌子上,不住地用手敲着桌面,似乎同时也在敲着他的沉思。妻子在阴暗之中靠着暖炉,一句话也没有,但她把凝视的目光送给了母亲,而母亲也不时地望望她,她的脸是椭圆形的,皮肤是浅黑色,鼻子直挺,下巴尖削。那对绿色的眼睛总是格外专注地瞅这个、瞅那个,目光勇敢锐利。

“原来是好朋友!”彼得低声说,“性子很强。对啦!他把自己看得很高,看法很正确!塔齐扬娜,这才是了不起的人呢,对不?你说……”

“他有老婆吗?”塔齐扬娜打断了他的话,好奇地问。问完话之后,她那薄薄的两片嘴唇又紧紧地闭上了。

“老婆已经死了!”母亲悲哀地回答。

“所以才会这样大胆啊!”塔齐扬娜用她那低低的胸音说。

“有家的人不会走这条路的,他们怕……”

“那么我呢?不是也有家吗?”彼得高声说。

“算了吧你!”女人撇了撇嘴唇,对他看也不看地说,“你算得了什么呢?只会说,偶然看看书。你跟斯吉潘鬼鬼祟祟地躲在角落里说点儿这个,说点儿那个,对大家又有多大的好处呢?”

“听我说话的人多得很!”彼得好像受了冤屈似的轻轻地反驳说,“我在这里像一个酵母,你这样评价我很没有道理。”

斯吉潘默默地朝妻子望了一眼,然后又低下了头。

“乡下人为什么要讨老婆呢?”塔齐扬娜问着。“大家说说,是为了要一个干活的帮手,可是,是为了干什么活呢?”

“你嫌活儿还不够多嘛！”斯吉潘低沉地插嘴说。

“这种活计有什么意思？还不是每天都在挨饿。生了孩子，没有工夫照管，因为要去干不能换面包的活儿。”

她走近母亲，在她身边慢慢坐下，一面固执地说着，一边瞅着大家，但她的语气中丝毫没有伤心和抱怨。“我生过两个孩子，一个在两岁的时候被开水烫死了，另一个是没有足月，生下来就是死的，都是为了这种该死的工作。我心里会快活吗？所以我说是说，乡下人讨了老婆只是碍手碍脚的，一点都没有好处，应该没有家累，应该去争取应该有的制度。像那个男人一样不顾一切地为真理而奋斗！

我说的对不对？老太太？”

“对！”母亲回答，“说得对，亲爱的！不这样是不能战胜生活的。”

“您有男人吗？”

“死了！有一个儿子。”

“他在哪儿？跟您在一起吗？”

“在牢里！”母亲说。

她觉得，这三个字除了包含着每天都在折磨着她的悲伤之外，还充满着平静的自豪。

“这是第二次坐牢了，这都是因为他懂得真理，而且敢公开地宣传。他还很年轻，可是他长得很漂亮，也特别聪明！这里的报纸，就是他想出来的主意，使雷宾走上这条道的，也是他，虽然雷宾的年纪要比他大上一倍！对，我儿子最近就要受审判了，全是因为他干了这种事，等判定之后，他就没法从西伯利亚逃出来，重新去干他的工作。”

母亲的自豪感随着话的增多不断膨胀着，乃至压迫住她的喉咙，逼着她寻找出最恰如其分的词语来塑造英雄形象。她深深觉得一定要用一种鲜明而又有理智的东西抵过那一天她所看到的充满无谓的恐怖和无耻的残暴的、叫她心痛的悲惨景象。

母亲不由自主地受着正常精神的驱使，想将她看到的一切光明纯洁的东西燃烧成一只照人心扉的火把。

“像他一样的人，一天一天逐渐增加着，而且一天一天地还在不断地增加着。他们每个人都誓死拥护人们的自由和真理……”

母亲不再提防什么，她把自己所知道的一切，为了从枷锁里解放人民大众的秘密工作，一口气都讲了出来，只是没有明确说出谁的名字。

她倾诉着她心中最珍爱的人与事，把自己的全部力量和心中的至爱，这种很晚才被令人激动不已的生活所赋予的感情，毫无保留地灌注到她的每一句话里、每一个字里。同时，她自己也怀着强烈的喜悦赞叹着在她生活的记忆里浮现出来的每一个人，这些人们被她由衷地爱戴着、美化着。

“这种工作，在全世界、在一切城市里，都同时进行着。好人的力量是没有限制的,这种力量正在不断地成长着壮大着,一直到我们胜利的那一天为止!"

母亲的讲述酣畅淋漓,每一句都轻松地运用了恰当的词汇。那股强烈的想冲刷掉今天沾染在心灵上的鲜血和污泥的愿望,像一根坚韧的丝线,如同穿起绚丽的珠子一样,很快地把这些言语词汇贯穿起来。

那些农民听着她的讲述如同被凝固了一样,连最初的位置也没有变半点儿,每个人的目光都严肃庄重地落在她的脸上;她甚至能听见,坐在她身边的那个妇人急促的呼吸声,这一切,让母亲增加了对自己刚才一番话以及她所许诺的话的信心。

"所有生活没有着落的人,所有受着贫穷之苦和不法行为压制的人,应该起来战胜有钱的人和他们的走狗!全体老百姓都应该欢迎那些为了我们在监牢里牺牲和受尽磨难的好人。他们毫无私心地引导大家伙,使大家伙都知道了幸福的道路;他们毫不骗人地说明了这条道路的艰难困苦,他们从不勉强谁,但你只要与他们一接触,便永远不会再想和他们分开了,因为你看见 他们的一切都是对的,只有这条路可走!已别无选择!"

母亲高兴的是她很久以来的愿望终于得以实现了, 现在她在亲口向大家讲述真理宣传真理!

"人民就应该跟随着他们也走上这条路。他们是不彻底打倒虚伪、贪欲和罪恶绝不罢休的!他们绝对要奋斗到底,团结成一个整体,成为一个人,同一个声音喊出:'我们是国家的主人,我们要自己来制定公平合理的法律。'"

母亲讲得有些累了,她停下来,朝周围望了一眼。她心里很有把握,她的话会有作用的。

农民们都望着她,似乎还想听下去。

彼得将双手交叉在胸前,眯起了眼睛,在他那生满雀斑的脸上,挂满了喜庆般的微笑。斯吉潘一只手撑在桌子上,身体向前探着,伸长了脖子,母亲都不讲了,他还保持着那副倾听的姿势。影子射在他的脸上,因此他的脸显得比较端正了些。他的妻子坐在母亲旁边,身子弯曲着,两肘支在膝盖上,眼睛盯着自己的脚。

"对啦!"彼得晃了晃头低声说,同时轻轻坐在椅子上。

斯吉潘慢慢地伸直了身体,望望他的女人,好像要拥抱什么似的张开了双臂。"假使要干,"他沉吟般地低声说,"那真得用全副精神去干!"

彼得胆怯地插嘴道:

"对,不要回头看!"

"这已经是在广泛地发动了!"斯吉潘接住话茬儿。

"全世界都有!"彼得又肯定了一句。

十八

母亲如释重负地靠在了墙上,她仰起了头,细心地听他们小声地但却颇为严肃的议论。

塔齐扬娜站起来回头看了看,回着看了看,便又坐下了。当她脸上带着不满而轻蔑的神情看着这两个农民的时候,她的那双碧眼里闪出了冷冷的光。

“看样子,您受过不少的痛苦吧?”她突然问母亲。

“可不是吗?”母亲感慨地回答她。

“您的话讲得真好!每句话都说到了我们心里。我刚才心里想呢,天哪,只要能让我看一眼这种人和这种人的生活也是万幸了。我如今这样难道也叫活着?就像绵羊一样!我也识得几个字,也看那小书了,我想得很多,有时想得夜里都睡不着觉。可是,想又有什么用呢?我不想也没有用,想也没有用。唉!”

她自嘲地说着,时而像切断线绳一样,突然将话停住。

那两个农民一直呆坐着无语。

风轻拍窗棂,屋顶的干草被吹得沙沙作响。风中的烟囱也发出微弱的声音。不知谁家的狗时不时汪汪地叫两声。雨点们好像不大情愿似的偶尔打在窗子上。灯的火苗颤抖了一下,暗了下来,随即又亮了起来。

“听了您的一席话,才知道人们为什么活着!您讲得真好!我听着您的每句话,总觉得这些我原来都是知道的啊!不是在您之前,我从没有听到过这样的话,而且想都不曾想到这样的事情。”

“该吃饭了吧!塔齐扬娜,熄了灯吧!”斯吉潘皱着眉头慢腾腾地说,“人家会注意,怎么楚玛柯夫家里老点着灯?对我们倒不要紧,可是对于客人也许不大好。”

塔齐扬娜站起身来,走到暖炉前。

“对!”彼得带着微笑声说,“老弟,以后非提防不可了!等到报纸分给大家之后……”

“我不是说我自己,我就是被抓了去,也没什么了不起的!”

他的妻子走到桌前,对他说:

“让开些!”

斯吉潘站起身来,躲到旁边,看着他的妻子摆了桌子,冷笑着说:

“我们的价钱是五个铜板一把,而且一把是一百个。”

母亲不禁对他油然而生一种怜悯之情,逐渐地,她也喜欢他了。说了刚才那一番话之后,她感到背负了一天的肮脏的重荷之后,现在已经恢复精神了,心里很是满意,所以希望别人也好。“您的这种想法是不对的!”她说,“那些除了人们的鲜血之外什么都不要的家伙对我们的估价,我们哪里能同意呢?你们应该在朋友中间给自己估价,不是为敌人,应该为朋友们……”

“我们有什么朋友呢?”那个农民低声反问,“连一片面包都……”

“可是我说,人民是有朋友的。”

“有是有的,可是不在这儿,问题就在这里!”斯吉潘沉思地说。

“你们应该在这儿找呀!”

斯吉潘想了一会儿,低声说:

“不错,应该这样。”

“大家坐下吧!”塔齐扬娜说。

吃晚饭的时候,刚才曾被母亲的话深深感动,似乎茫然失措的彼得,精神振奋地首先开口说话了:

“老太太,为了避人耳目,明天一早你就离开这儿。您坐车不要坐到城里去,只要坐到下站就行,要坐驿站的车子走。好不好?”

“为什么? 我可以送她去。”期吉潘说。

“不必了! 万一出了什么事,人家要盘问你,昨晚间住在你家了吗? 住了。好到哪里去了? 我送她走了! 哦,原来是你送走的呀! 那么请你到牢里去吧! 你明白吗? 何必这么着急抢着去牢里呢? 一切都有个次序。俗语说,时候到了,沙皇也会死的。这样呢,很简单,她住了一夜,第二天叫了马夫走的! 驿站附近的村庄,有人借宿过夜是很正常的,没什么稀奇。”

“彼得,你是从什么地方学会了这样害怕的?”塔齐扬娜嘲笑着问他。

“大嫂! 什么都应该知道!”彼得在膝上拍了一下,理直气壮地说,“能害怕的人,也能大胆。你还记得吧,华加诺夫就是因为这种报纸吃了自治局议长的苦头。现在,你不论给华加诺夫多少钱,他也不敢拿这种报纸了,不是吗? 老太太,相信我吧,我干这种事是很机灵的,不相信,你可以问问别人。小册子和传单,随便有多少我都可以给您好好地分散喽。这儿的乡下人,当然能够看书的很少,而且又都胆小,不过现在因为压得太厉害了,所以许多人都不由自主地想睁开双眼看看,这是怎么一回事情? 那些小书能够非常简单明了地回答他们。“就是这么一回事,您想想吧,考虑考虑吧!”“许多的例子都可以证明,不识字的反而比识字的懂得多,特别是如果那些识字的肚子都吃得饱饱的! 这一带地方,我到处都去过,什么事情都知道,所以您不必担心! 十是可以干的,可是要有头脑,要眼明手快,免得一下子就搞糟了。官府里也嗅得出来,好像乡下人里面刮出了一阵冷风,乡下人都不大有笑脸,态度不亲切,总之一句话,我们离官府越远越好!

前些日子他们到施莫利亚柯伏去逼老百姓交粮,那是一个离这不远的小村子,乡下人都动了火儿,纷纷把棒子棍子拿了出来。警察局长对他们说:‘你们这些狗娘养的! 这是反对沙皇呀!’那里有一个农民叫斯比华金,他就说:‘去他妈的沙皇吧! 连乡下人的最后一件衬衫都要从身上给剥下来,还说什么沙皇不沙皇呢?’你看事情到了这种程度,老太太! 斯比华金被带去坐了监狱,可是他的话却传播开了,连小孩子们都知道,人们一直会在心里重复着的!”

他并不吃饭,只顾低声说着话,同时活泼地闪动着黑色的似乎很狡猾的眼睛。如同从钱袋里抓出铜板一样,将他对于农村的认识、对农民生活的观察结果,非常慷慨地撒在母亲面前。

斯吉潘对他说了两遍:

“吃了饭再讲吧!”

彼得拿起一片面包,拿起了汤匙,可是眨眼的工夫没到,他就又像金翅雀唱歌一般滔滔不绝地讲起来了。

吃完晚饭,他终于站起来说:

“好,我得回去了!……”

他来到母亲面前,一边点头,一边握着母亲的手说:

“再见了,老太太!也许再也不能见面了。应该对您说,这一切都好极了!能遇到您,听到您说的那些话,是再好也没有的了!在您的箱子里,除了印刷品之外还有什么别的吗?还有一条羊毛头巾吗?是一条羊毛头巾。斯吉潘!你记住了!他马上就把您的小箱子拿来!斯吉潘,我们走吧!那么再见了!祝您好!”

他们走了,蟑螂的爬行声,屋顶上的风声、烟囱里响声和细雨打在玻璃上的声音,都清晰可闻。

塔齐扬娜从暖炉上和搁板上拿了衣服放在长椅上,为母亲准备睡觉的地方。

“那人很有精神!”母亲夸赞着。

主妇皱了皱眉看着母亲,回答说:

“他喊叫得虽然响,但远的地方还是听不见他的声音。”

“您的丈夫怎样?”母亲问。

“没什么,算是一个安分守己的农民吧。不喝酒,大家和和气气地过日子,还凑和,只是胆子很小。”

她伸直了腰,待了一会儿问:

“现在必要的,是鼓动群众起来造反,对吗?当然是的!大家都在这么想,不过每个人是自顾自地放在心里。我觉得这是应该大声说出来的,而且先应该有一个人敢站出来领头。”

她在长椅上坐下,一会儿又问:

“您说,许多年轻的小姐也做这种工作,穿工人的衣服,读报,难道她们真看得起这种工作,也不害怕吗?”

她仔细听了母亲的回答后,深深地叹了口气。后来,她垂下了眼皮,低下了脑袋,又说道:

“我在一家书里看到了‘没有思想的生活’这样一句话。我立刻就懂了!这样的生活我是知道的,思想是有的,可是没有联系,像没人看管的羊群一样,没有人、也没有什么办法把它们聚拢起来。这就是没有思想的生活!我真想逃出这样的生活,连头也不回,这样的烦恼,尤其是如果你懂了点什么之后!啧!”

在她那双碧眼的冷光里,在她瘦削的脸上,都能看出这种烦恼,她的声音中也包含着这种烦恼。

于是,母亲不断地想着找一些话来安慰她。

“亲爱的,不是您已经知道,应该怎么样?”

塔齐扬娜低声打断了她的话。

“可是还要会做。床已铺好了。请睡吧！”她走到暖炉旁，笔直地站在那里，好像是在思索。

母亲和衣睡下，觉得浑身酸痛难忍，关节又是酸痛又是疲乏，不禁轻轻哼了一声。

塔齐扬娜吹灭了灯。

黑暗立刻占领了小屋，母亲听到她又低声平静地说了起来。这声音听起来就如同在沉闷而黑暗的扁脸上擦去了什么东西似的。

“您不做祷告吗？我也这样想，上帝是没有的。奇迹也是没有的。”

母亲不安地翻了个身，无尽的黑暗透过窗子洒在她脸上，隐约可闻的一些声音固执地夹杂其中。她用耳语一般的声音，低低地胆怯地说：

“上帝，我是不知道的，可是基督，我是相信的我相信他的话，要爱你的邻人像爱你自己一样，这样的话我是相信的！”

塔齐扬娜沉默着。

在黑暗里，在那黑色的暖炉的前面，母亲可以看到她笔直站立的轮廓。

她丝毫不动地站着，母亲疲倦地闭上了眼睛。

忽然，传来了塔齐扬娜的冷冷的声音。

“因为我的孩子的死，我不能原谅上帝，也不能原谅人，永远不能！”

母亲微微抬起身，她十分理解这句话背后藏着的痛苦。

“您还年轻，不愁没有孩子。”母亲亲切地安慰着。

过了一会儿，那女人才喃喃低语道：

“不！我不行了，医生说过，我不能再生了！”

一只老鼠穿过地面。不知什么忽然发出很响的爆裂声，这声音就像无形的闪电一般，冲破了凝固的寂静。过了一会儿，又可以听到秋雨打在屋顶下草上的低语一般的声音和簌簌声，如同手指在屋顶上颤抖着摸索。雨滴没精打采地滴在地上，好像昭示着秋夜的迟迟的行进.

透过朦胧的睡意，母亲听到了门口和门洞里传来的低沉的脚步声。

门，被小心地推开了，紧接着是一声低低的呼唤：

“塔齐扬娜，你睡了吗？”

“没有。”

“她睡着了？”

“好像是的。”

忽然有灯光亮起来，跳动了几下，又沉入了黑暗之中。

农民走到母亲床边，拾起外套，用它把母亲的脚包裹好。

这种单纯而亲切地举动，暖暖地感动了母亲的心。她又闭上眼睛，微笑了一下。

斯吉潘悄悄地脱了衣服,爬上了床。

周围又静了下来。

母亲静静地躺着,仔细倾听着那些让人困倦的、寂静的、无力的扰动。在她面前的黑暗中,晃动着雷宾的流着血的脸.

床上传来冷冷的低语声。

“你看,是怎样的人在做这种工作?已经上了年纪,饱受了痛苦,辛辛苦苦地工作过,他们应该可以休息了,可是人家还在干!像你年纪还轻,又很懂事,唉,斯吉潘.”

另一个低沉润泽的声音说:

“这样的工作,不仔细想一想,是不能动手.”

“这种话我不知听了……”

话音断了,后来又发出了斯吉潘的低沉的声音:

“应该这样,先跟农民们个别谈一谈。譬如像阿廖夏·玛考夫,他很机灵,认识字,又受过他们的气。还有谢尔盖·萧林,也是个聪明的农民。克尼亚节夫,是个正直大胆的人,这几个暂时也够了!应该去看看她所讲的那些人。我拿着斧头到城里去,给人家劈柴,就说去挣几个钱。这里应该小心,她说得对,人的价值就在于工作。就像今天那个乡下人一样。那个人,即使在上帝面前,他也不会屈服的,他站得非常稳。可是尼基塔怎样呢?他也觉得难为情了,真是难得的!”

“在你们面前那样打人,你们还张着嘴巴看着.”

“你不能这样说,我们没有自己动手打他,你就应该说一声谢天谢地了!”

他低语了许久,他都这样说着,一会儿声音低得母亲听不见,一会儿又突然讲得很高、很响,这时,塔齐扬娜就拦住他:

“轻一点儿,不要吵醒了她.”

母亲沉沉睡去,睡魔像稠密的乌云一般将她裹住,把她搂抱起来,将她带入了另一个世界。

当塔齐扬娜唤醒母亲的时候,灰色的黎明还在茫然地望着小屋的窗子,整个村子仍然沉静在寒冷的寂静之中,教堂的钟声昏昏沉沉地飘荡在村子上空,尔后渐渐消失在远方的天际。

“茶炉生好了,喝点茶吧,不然一起来就走,会觉得很冷的.”

斯吉潘一边梳弄乱糟糟的胡子,一边问着他在城里的住址。

母亲觉得今天他的脸好看多了,轮廓也更清晰了。

喝午茶的时候,斯吉潘笑着说:

“真是巧得很!”

“什么?”塔齐扬娜问。

“这样相识!这么简单……”

母亲沉思着接下去说,语气非常确切。

“干着这样的工作,什么都是简单得叫人惊奇!”

分手的时候,夫妻两个都很小心地没有多说什么,可是对于母亲路上的安适却照顾得无微不至。

母亲坐在车上,心中便默默地强化了一个结论:这个农民一定能够小心而勤奋地工作个不停,像田鼠那样无声无息但又有耐性。在他身边,他的妻子一定经常发出不满的牢骚,经常闪耀着她那碧眼里的灼人的光辉,并且只要她活着,那种母亲思念死去的孩子的、那种充满了复仇之心的狼一般的忧愁,就会永远在她心中燃烧着。

母亲还想到了雷宾。

想起了他的热血、他的脸、他的热情的眼睛和他的每一句话语,她自己的心由于对暴力的无奈而疼痛地紧缩起来一直到进城为止,在晦暗的时光的背景上,在母亲眼前,一路上一直浮现着满面浓须的米哈依洛那结实的身形,他穿着破烂的衬衫,反绑着双手,头发散乱,脸上满是对敌人的愤怒与对真理的坚定。

同时,母亲想起了那些可怜巴巴地散落在地上的小村庄,想起了成千上万毫无思想地、终生默默地工作的无所期待的人们……

生活,像是一块未被开垦的高低不平的荒野。它正紧张地、无言地等待着开垦的工人们,无语地向那些自由、真诚的双手许着虔诚的诺言:

“请你种下理性和真理的种子吧,我可以百倍地偿还你们!”

想起自己工作的圆满完成,母亲的心感到了喜悦与自豪,但又好像怕羞似的,她抑制住了这种感觉。

十九

到家的时候,尼古拉蓬头垢面,手里拿着一本书来给她开门。

“回来了?”他惊喜地喊。“真快!”

他的一双眼睛在镜片后面亲切活泼地眨着,像看见了久别重逢的亲人。他帮她脱下了外套,满脸带着热忱的微笑,双眼直望着母亲,说道:

“昨天夜里忽然来人搜查,我心里琢磨,是为了什么呢?会不会是您出了什么事儿了?可是他们没有把我抓去。要是您真被抓去了,当然不会把我放过呀。”

他让母亲进了餐室,接着用轻快的语气说着他的情况:

“可是,现在要把我解雇了,这倒不值得难过。整天计算那些没有马的农民人数,我早已经厌烦透了!”

房间里乱七八糟一派狼藉,好像是有一个大力士傻性大发,从街上推着房子玩,直摇得屋里的一切都乱了套为止。相片堆了一地。壁纸被撕碎了,一条一片地挂在墙上。一块地板被挖了出来,窗台也翻了个个儿,炉子旁一地的煤灰。

母亲看着这似曾相识的情景，不禁摇了摇头，然而扭过头来看着尼古拉的脸，觉得他的脸上有着某种新的表情。

桌上摆着熄了的茶炉和没有洗刷的餐具，干果和香肠没放在盘子里，就搁在了纸上；面包皮、书籍、茶炉里用的炭，都胡乱地堆在了一起。

看着这些，禁不住笑出了声。尼古拉也难为情地跟着笑起来。

“这是我把遭劫的画面上又添了几笔，可是没什么关系的，尼洛夫娜，没什么关系的！我想他们还要再来，所以让它这样堆着吧。您这次出门怎么样？”

这句话让母亲心里又清晰地痛楚了一下，她面前立时又呈现出了雷宾的姿态。她觉得自己应该一回来就讲一下这件事，似乎很不应该。她缓步来到尼古拉面前，垂着头坐在了椅子上，竭力保持住镇静的姿态，唯恐有遗漏地认真讲述起来。

“他被抓去了！”

尼古拉的脸抖了一下。

“是吗？”

母亲抬起手拦住了他的话头，自己又接着讲下去，仿若她是坐在正义面前，向正义控诉迫害人类的罪行一般。

尼古拉把身子靠在椅背上，脸色苍白，嘴唇紧紧地咬着，认真地听母亲讲述，他缓缓地将摘下的眼镜放在桌上，然后伸手在脸上摸了一把，如同想拂去无形的蛛网一般。只见他的脸仿佛变得尖削了，颧骨异样地凸出了，鼻孔在掀动，母亲从来没有见过他这个样子，因此心里有点害怕。

母亲讲完之后，他站起身来，拳头深深揣进衣袋里，默然地在室内徘徊起来。

过了一刻，他才咬牙切齿地说：

“他一定是一个很认真的人。他在牢里一定很痛苦，像他那样的人关在牢里一定是特别难受的！哼！罪恶的当局！”

尼古拉想抑制住自己激动的情绪，所以将手更深地塞在衣袋里，但母亲仍能觉察出他的激动，并且自己也被这种激动给感染了。

他的眼睛眯成一条缝，好像刀尖一般。他又在室内踱开了，边踱边走边咬牙切齿地说：

“您看！这多么可怕呀！一小撮愚蠢的人维护着自己危害人民的权力，殴打人民，压迫人民，把大家压得透不过气来，您想想看，野性增长起来，残酷变成了生活的规律！有些人可以随便打人，因为他们打人可以不受惩罚而变得像野兽，他们有些虐狂，奴性与畜牲的习性可以充分表现的自由。有些人一心只想着复仇，还有些人被打得呆钝了，变成哑巴和瞎子。人民堕落了，全体人民都堕落了！”

他站在那儿，咬着牙齿，沉默了一会儿 。

“过着这处野兽般的生活，自己也会不知不觉地变成野兽！”他低声说。

可是，他抑制住了自己的激动，比较平静地、目光坚定地望了望母亲那张泪痕纵横的脸。

“但是，尼洛夫娜，我们不要再耽搁了！亲爱的同志们，大家都要振作起来！”

尼古拉面带苦笑，走到了母亲跟前，弯下身来，紧紧地握住了母亲的手，询问道：

“您的箱子呢？”

“在厨房里！”她说给他。

“我们门口有暗探，现在我们没有办法把这么多印刷品拿出去而不让别人看见，家里又没地方可藏了。我想，他们今天夜里肯定还得来。所以说虽然很可惜，但我们也只有把东西都烧掉烧什么？”母亲问。

“箱子里的东西。”

母亲猛然明白了他的意思，虽然心中依然很难过，但还是因为自己的成功而产生了自豪感，这种感觉使她脸上布满了自信而又光荣的微笑。

“箱子里连半张传单都没有了！”她说。精神一下子振奋起来，于是，一气讲出了遇见楚玛柯夫的事情经过。

尼古拉认真地听着，先是不放心地皱着眉，可后来却渐渐地出现了惊奇的表情，最后竟然抢着话茬儿说，欢呼道：

“啊呀呀！真是好极了！您呀，真是个幸运的人！”

他紧握着母亲的手，低声说：

“您对人的信任感动了他们，我真是像爱自己的母亲那样爱您的！”

她好奇地微笑着盯着他的一举一动；

她想知道，他为什么一下子变得这么活泼而快乐。

“总之，是妙极了！”他一边搓着手，一边微笑着说，“最近这些时日，我的生活过得非常愉快，因为总与工人们一起读书，谈话呀。因此说，在我的心里积累了很多非常健康的、纯洁的东西。尼洛夫娜，他们真是好人！我说的是那些青年工人，他们各个都坚强而又敏感，心中充满着了解一切认识一切的渴望。看见了他们，你就可以看见，俄罗斯成为世界上最光明的民主国家！”

他像宣誓一样地坚定而充满信心地举起了手，停了一会儿，又继续说：

“我总是那样坐在那写东西，人好像发酸了，在书本里和数字里发霉了。这样的生活几乎过了一年了，这真是不正常的情形。因为我一向是习惯了待在工人中间，离开了工人就觉得很不自在，要知道，我是强迫着自己过这种生活。可是现在，我重新可以自由地生活了，可以跟他们时常见面，跟他们一块儿工作。懂吗，我现在是迈进了新思想的摇篮，走到了青春的创造力的前面。这是惊人的朴实，惊人的美丽，令人非常兴奋，叫人变得年轻了、坚强了，使生活充满了活力！”

他有些不好意思但又非常愉快地笑了起来。

母亲也被他感动了，同时也很理解他的心情。

“还有，您真是个好人！”尼古拉欢呼着，“您把人描绘得非常鲜明深刻，您对他们的认识也很清楚！”

尼古拉坐在母亲身边,有点害羞地将兴奋不已的脸转向一边,理了理头发之后,又转过脸来了,望着母亲,贪婪而放心地听着母亲这流畅而又简单鲜明的故事。

"这回真是惊人的顺利!"他高兴地感叹。"这一回,您完全有坐牢的可能,但是,突然就变了!这样看来呀,农民好像也动起来了,然而这其实是很自然的!……那个女人,我好像清清楚楚地看见了她!现在我们一定要增加专干农村工作的人手!要人!我们目前缺的就是人,生活要求有几百个人手,几百个呀!"

"要是巴沙能出来就好了!还有安德留夏!"母亲低声说。

尼古拉望了望母亲,然后垂下了头。

"尼洛夫娜,这样的话您听了一定很难受,可是我还是要说:我很了解巴威尔,他绝对不愿意从狱中逃出来!他愿意在法庭上公开受审,他希望能光明正大地站在那里,他是不会逃避审判的,而且也没有必要!他到了西伯利亚总会逃走的。"

母亲叹了口气,轻声回答道:

"那有什么办法呢?他是知道怎样做才更好。"

"哦!"尼古拉从眼镜后面望着她,停顿了一下说,"要是您认识的这个农民能早点到这儿来就好了!要知道,雷宾的事必须写在传单上散发给农民,既然他的态度是这样勇敢,那么发一次传单对他是绝对不会有害的。好!我现在就写,柳德密拉可以很快地把它印出来,可是用什么法子能尽快送到那里去呢?"

"我送去!"

"谢谢您,不过不要您去!"尼古拉不假思索地说,"我想,维索夫希诃夫去不知行不行,您看怎么样呢?"

"要先跟他谈谈?"

"请您跟他谈谈吧!另外再教教他。"

"那么,我呢?"

"您不用担心!"

于是,他坐下来开始写了。

母亲边收拾桌子,边看着他。他手中的笔抖动着,在纸上写出了一行行的黑字。偶尔,他脖子上的筋肉猛地抖动一下,他便闭了眼,仰起头,下巴也随着抖起来。

母亲看他这样很不放心。

"好,写好了!"他站起来说,"您把这张纸藏在身上。不过,您要知道,宪兵来的时候,您身上也要被搜查的。"

"我才不怕那些畜牲们呢!"她镇定自若地回答。

傍晚时分,伊凡·达尼洛维奇医生来到这里。

"为什么官府一下子变得这么慌张起来?"他在房间里急急地来回走着,像是自问,又像是对别人发问,"夜里总共搜查了七家。病人呢?"

"他昨天就走了!"尼古拉回答说,"你看,今天是星期六,他们那里有朗诵会,他不想缺席。”

“哦,太傻了！头打破了不养着还去听朗诵会。”

“我跟他说了,可是他不肯听。”

“想要在同志们面前夸口。”母亲插嘴,“他会说,你们大家伙看看,我已经流了血了。”

医生看了看母亲,故意装出凶恶的样子,咬着牙说:

“哦,好一个凶恶的女人。”

“喂,伊凡,这儿没有你的事,我们在恭候着客人,你走吧！尼洛夫娜,快把张那稿子交给他。”

“又有稿子?”医生惊呼道。

“就是！你快拿去交给印刷所。”

“我拿上！就送去！别的还有没有?”

“别的没有了。门口有暗探。”

“我看见了。我的门口也有。没什么了不起的！那么,再见了！凶恶的女人,再见了。你们知道吗?墓地上的冲突,结果是一件好事情了！满城风雨地都在议论。关于这次事件的传单,你写得非常好,也很及时,一向我总主张嘛,坏的和平不如好的争吵。”

“得啦,你快走吧！”

“您的态度可不大客气呀！尼洛夫娜,跟我握手吧！那个小伙子做事到底太傻了,头破血流的还去,你知道他住的地方吗?”

尼古拉告诉了他。

“明天应该去看 他,这孩子很不错,对吗?”

“对！很不错。”

“应该好好关心关心他, 他的头脑是健康的!”医生一边往外走一边不停地说着。“正是这种青年才能成长为真正的无产阶级的知识分子。将来等我们要到那个大概已经无阶级对立的地方去的时候,他们就能接我们的班代替我们……”

“伊凡,你怎么变得这么婆婆妈妈了?”

“我很快活,这就是缘故。那么,你是准备去坐牢了?

希望你在里面休息休息,好好休息休息。”

“我谢你了,我并不累。”

母亲在旁边听他们说话。他们对青年工人的爱护,叫她觉得非常欢喜。

送走了医生,尼古拉和母亲喝着茶,吃了点东西。一边低声谈论,一边恭候着夜里的客人。

尼古拉久久地给讲述他的同志被流放的事情,讲到有些同志已经逃走了,化名继续工作着。

被撕去了壁纸的墙壁,听了这些无私地把自己的一切贡献给改造世界这项伟大事业的同志们的英勇事迹,吃惊得不敢相信,又将这些话轻轻弹了回来。

温馨的影子亲切地围着母亲,使他心中对那些未曾认识的人们萌发了温暖的爱意。这些人在她的想象中被勾描成充满力量的巨人。这个巨人自信地不知疲倦地在大地上走着,用他那热爱自己热爱劳动的巨腕,清除着地上千百年来虚伪的毒菌,晾给广大人民那单纯而又明白的真理。

这个伟大的真理慢慢苏醒了,用同样亲切的态度号召着所有的人们,帮助他们挣脱贪婪、恶意和虚伪,这三种用无耻的力量来征服和威胁世界的恶。这个巨人给她的感觉,正像她过去站在圣像前面,用充满快乐和感谢的祈祷来结束一天的生活时的那种感情一样,因为那时候她觉得那一天在她的生活中过得是比较轻松的。

但是,现在,她很少有这种感觉了。

然而,那种日子所唤起的这种感情却扩大了,变得更光明、更欢欣,似乎有生命似的在灵魂里生了根,越来越亮地燃烧起来。

“宪兵好像不来了!”尼古拉突然转了话锋恍惚般地说。

母亲朝他看了一眼,恼怒地说:

“哼!他们那些畜牲!”

“是啊,可是您该休息了,尼洛夫娜,您一定累坏了吧,您的身体真棒!虽说碰到这么多风风雨雨,都能轻而易举地忍受过去,真了不起!不过,您头发都白了。好啦,去休息去吧。”

二十

一阵很响的敲门声惊醒了母亲。

母亲睁眼侧耳倾听,正有人耐心地一下一下地敲着厨房的门。

这时的天还未亮,四周一片沉寂,由于这种无声,便使得这种执拗敲门声很容易引起室内人的惊慌。

母亲匆忙穿上衣服,几步走到厨房,站在门口问道:

“是谁?”

“是我!”一个陌生人的声音回答。

“谁?”

“请开门吧!”门外人用极其诚恳的语气低声请求。

母亲打开门锁,用膝盖推开了门,进来的是伊格纳季。

他兴奋地说:

“哦,没有敲错门!”

他浑身泥点,脸色有点发灰,眼睛深陷下去,只有卷曲的头发还是很有神气地从帽子底下向四面钻出来。

“我们那儿出事 了!”他反手关上门,小声说。

“我知道……”

小伙子非常吃惊。他眨巴着眼睛问道:

“您从哪儿知道的?”

母亲简洁地讲了一遍。

“那两个也被抓去了吗? 就是和你在一起的那两个?”

“他们不在家,他们去报到了 他俩是新兵! 连米哈依洛伯父算在里面,共抓去五个。”

他用鼻子吸了吸气,面带笑意地说:

“剩下了我。他们一定在查我。”

“那么你怎样能逃掉呢?”母亲问。

这时房间的门微微开了个缝。

“我?”伊格纳季在凳子上坐了下来,四周看了看 说道。

“在他们还没来之前,看林子的跑来敲着窗子说:‘小心吧,有人到你们这来了……’”

他微微笑了一下,又用外套的衣襟擦了擦脸,继续说:

“唔,可是米哈依洛伯父很镇静,他立刻对我说:‘伊格纳季,快到城里去吧! 那上了年纪的女人,你还记得吗?’他亲手替我写了一个字条。‘ 拿上走吧! ……’我躲在树丛里爬在那一动不动,后来就听到他们来了! 人数特别多,老远就能听到他们的动静,这些魔鬼! 工厂被围住了。我就躺在树丛里, 他们刚好从我身边走了过去! 于是 ,我马上站起来,拔腿就跑! 这不嘛,一口气整整走了一天两夜。”

他好像颇为自得,褐色的眼睛里闪着胜利的喜悦,厚厚的嘴唇激动地颤动着。

“我马上给你弄茶喝!”母亲立时拿了茶炉,匆匆地说。

“我把字条交给您……”

他费劲儿地抬起腿,皱着眉头,一副非常劳累的样子,呼哧呼哧地把腿放在凳子上。

这时尼古拉出现在门口。

“同志! 您好!”他眯着眼睛说,“我来帮你!”

他弯下腰替他解开满是泥巴的绑腿。

“啊!”小伙子把腿动了几下,低声应着。他的眼睛朝母亲惊奇地眨着。

但母亲并没在意他的目光,只是关心地说:

“脚得用伏特加擦一下。”

“对!”尼古拉附和。

伊格纳季不好意思地用鼻子嗤了一声。

尼古拉找到了字条,迅速打开,把这张灰色的揉皱了的纸条拿到眼前,读道:

“母亲,不要放弃工作,请您对那位很高的夫人说,请她不要忘记,关于我们的工作多写些东西！再见了！雷宾。”

尼古拉慢慢地垂下拿着字条的手，又低又缓地说：

“这真是了不起！”

伊格纳季望着他们，轻轻动着满是泥的脚趾；母亲扭转泪湿了的脸，端了一盆水放到小伙子面前，自己先坐在地板上，然后伸手来拿他的脚，但他一下子将脚缩回椅子下，吃惊般地问：

“干什么？”

“快把脚伸过来！”

“我去拿火酒来。”尼古拉说。

小伙子一听更是朝里缩脚，嘴里还含含糊糊地说：

“您怎么……也不是在医院里……不好意思……”

于是，母亲伸手解他另一只脚的绑腿。

伊格纳季用鼻子很响了嗅了一下，很不自在地摇着头，滑稽地张开了嘴巴，低着头看着母亲。

“你知道吗？”她声音发抖地说，“米哈依洛·伊凡诺维奇挨了打。”

“是吗？”小伙子害怕地低声说。

“可不是吗？他被带过来的时候已经被打得很厉害了，到了尼柯尔斯柯耶村，又让警官打了一顿，警察局长打了他的脸，后来还用脚狠狠地踢他，弄得满身是血！”

“这一套他们是拿手的！”小伙子皱着眉头说。同时，他的肩膀跟着战栗了一下。“所以我怕他们就像怕吃人的恶魔似的！乡村里的人也打他了？”

“有一个人打了，是奉了局长的命令，可是别人谁也不动手，还有人说，不能打人……唉！”

“嗯，乡下人也渐渐地明白了，什么人该站在哪一面和为什么站在这一面。”

“那边也有明理的人。”

“什么地方没有？逼得没路可走了！这种人什么地方都有，可是不容易找到呀，对不对？”

尼古拉拿着一瓶火酒进来，他在茶炉里加上炭，然后又悄悄地走了出去。

伊格纳季用好奇的眼光望着他的背影，悄悄地问母亲：

“这位老爷是医生吗？”

“在这种工作里是没有老爷先生的，大家都是同志。”

“我觉得很奇怪！”伊格纳季半信半疑地微笑着说。

“你奇怪什么？”

“就是这个。一种人，要打人的耳光；一种人，肯替人家洗脚，那么在这两种人的中间是什么呢？”

那扇通往房间的门是打开的，尼古拉站在门口说：

“在中间的是舔打人者的手、吸被打者的血的家伙,那就是中间的!”

伊格纳季恭敬地对他望了望,又沉默了片刻,然后开口说:

“大概就是这样吧!”

小伙子站起身来,实实地将脚踏在地板上,试着走了几步,嘴里说:

“好像换了一双脚! 谢谢你们!”

后来他们三人一起坐在餐室中喝茶,伊格纳季有力地说:

“我从前送过报纸,我很能走。”

“看报的人多吗?”尼古拉问。

“识字的人都看,连有钱的人也看,他们当然不看我们的。他们很清楚,农民们是要用他们的血来冲洗掉地上的地主和富人的,他们要自己来分得土地,他们要分得使以后永远不再有主人和雇工,还不是这样吗! 要不是为了这个,那么他们为什么要打架呢? 对不对?”

他说着不禁动了气,怀疑地、询问似的望着尼古拉的脸。

尼古拉只是一声不响地笑着。

“如果今天大家的斗争胜利了,可是明天又有了穷人和富人,那又何必呢? 我们心里很明白,财富就像河里的沙子一样,不会静止地停在那里,一定会向各处流去的! 不,要真是这样,那又何必呢! 对不对?”

“可是你不要生气呀!”母亲开玩笑似的说他。

尼古拉若有所思地说:

“你有什么法子可以把关于雷宾被捕的传单尽快送到那边去呢?”

伊格纳季竖起了耳朵听着。

“有传单吗?”他问。

“有。”

“给我,我去送!”小伙子搓着手,自告奋勇。

母亲没有看他,只是轻轻地笑了起来。

“你不是说过已经很累,而且又害怕的吗? 啊?”

伊格纳季用大手抚摸着自己的卷发,一本正经地说:

“怕是怕,工作是工作! 您为什么要笑呢? 唉? 您这个人呀!”

“唉,我的孩子!”母亲被他的话惹得高兴起来,情不自禁地喊道。

本来很镇静的他,一下子不好意思起来,干笑着。

“你看,又成了孩子了!”

尼古拉善意地说:

“您不能再到那边去!”

“为什么? 那么我到哪里去呢?”伊格纳季很担心地问。

“有人代您去,您只要详详细细地讲给那个人听,应该做什么和应该怎么做,好不好啊?”

“好吧！”伊格纳季不情愿地答应。

“我们给你弄一张相当的护照，给你找个看森林的工作。”

小伙子听了马上抬起头来，担心地朝他问道：

“假如乡下人来砍柴，或是有什么别的事，那我怎么办？逮住他们？绑上？这事儿，我做不来。”

母亲和尼古拉都笑了。

这下倒使伊格纳季局促不安了，并且心中很难过。

“您尽管放心！”尼古拉安慰他说，“保管您不必把他们逮住绑上！”

“那么也好！”伊格纳季说，他算是放下心来，愉快地微笑了，“我最好能进工厂，听说，那里的人都很聪明。”

母亲起身望着窗外，沉思着感叹：

“唉，这就是生活！一天哭五次，笑五次！好了，伊格纳季，完了吧？你去睡吧，你别想别的事儿了！”

“我不想睡。”

“去睡吧，去吧。”

“你们这儿的规矩很严！那好，我就去睡了。谢谢你们给我喝了茶，还有糖，又待我这么好……”

他躺到母亲床上，用手梳了梳头发，含糊不清地说：

“从此以后，这儿要有柏油的臭味了！这完全用不着，我一点都不想睡。他关于中间的人说得那话真好，那些魔鬼……我……”

说着说着，就响起了重重的鼾声。他皱着眉，半张着嘴巴，安安稳稳地睡着了。

二十一

傍晚。

地下室的一个小房间时。

伊格纳季坐在维索夫希诃夫的对面。他皱着眉头，压低了嗓音说：

“在当中的窗上敲四下！”

“四下？”尼古拉仔细地问着。

“先敲三下，像这样！”

他弯着手指，嘴里一面数着数，一面在桌上敲。

“一，二，三。过 一会儿 ，再敲一下。”

“明白了。”

“有一个红头发的农民出来开门，问你是不是要请产婆……你对他说是的，是工厂老板派我来的！这样，什么都不用讲，就明白了！记住了吧。”

他们面对面,头碰到一起。两个人都是一样的健壮结实。他们压低着声音说着。母亲交叉着的双手放在胸前,站在桌子前面望着他们俩。当她听到他们的一切秘密的记号、约定了的回答,心中暗自笑着:

"毕竟都还是孩子。"

壁灯照着堆在地上的旧水桶和洋铁的碎片片。满屋子里弥漫着铁锈和油漆的臭气以及潮湿发霉的味儿。

伊格纳季穿着一件毛茸茸的料子制作的很厚的秋大衣,他很喜欢这件衣服。母亲看见,他爱惜地摸着衣袖,歪着粗壮的脖子不停地打量自己。

看他这副样子,母亲心中暖暖地想:

"孩子!我亲爱的……"

"就是这样!"伊格纳季站起身来说,"记住喽,先到摩拉托夫那里,问老头子。"

"记住了!"维索夫希诃夫坚定地回答着他。

可是,伊格纳季显然还有点不相信他,又将刚才所说的重复一遍,最后终于伸出手来说:

"代我问候他们!他们都是好人,见面你就知道了。"

他满意地看了看自己的大衣,双手又摸了摸大衣,对母亲说:

"可以走了?"

"路认识吗?"

"唔,认识的。再见,同志们!"

他昂着头,挺起胸膛,歪扣着新帽子,很神气地把双手插进衣袋里,走了出去。亚麻色微黄的卷发在头的两侧抖动着。

"好啦,现在我也有工作了!"维索夫希诃夫亲热地走近母亲,高兴地说,"这几天我正闲得难受呢。为什么要从牢里逃出来呢?弄得现在整天东躲西藏的。要是在监牢里倒还能念书,巴威尔逼着大家用功,那是有趣的呀!喂,尼洛夫娜,越狱的事怎么样?"

"我不知道!"母亲说了,不自觉地叹了口气。

尼古拉将粗壮的大手搭在母亲肩头,把脸挨近她,悄悄地说:

"你去对他们说,他们或许会听你的话,这是很容易的!你自己去看一看也能知道,这儿监狱的围墙,旁边有一盏煤气灯。对面是块荒地,左边是墓场,右边是大街。白天有一个管煤气灯的人来擦灯。靠墙架了梯子,爬上去,在墙头挂两个挂绳梯的钩子,把梯子放进监狱的院子,就可以开步了!只要跟墙里面约定时间,叫里面的刑事犯人吵闹一下,或者我们自己吵也可以,这时候要走的人就可以爬过梯子,翻过墙头就行了!"

母亲看着他指手画脚地讲着他的计划。听起来,他的计划非常简单 明白而又巧妙。

从前,母亲总认为他是个愚钝的人。从前,尼古拉的眼睛里总是含着阴郁的憎恶和不信任来看待一切,他的眼睛似乎被重新改造了,放出了均匀的、温暖的光辉,说服着母亲，感动着母亲。

“你想想看，这要在白天干！一定要在白天干。因为谁都不会想到，犯人敢在青天白日之下，敢在众目睽睽之中逃走。”

“他们要开枪的！”母亲颤抖了一下提出问题。

“谁开枪？兵士是没有的，看守的手枪只能用来钉钉子使。”

“那么，这是非常简单的。”

“你将来会看见，这是真的！请你跟他们讲一讲，我这里一切都预备好了，绳梯，挂绳梯的钩子，这儿的老板可以扮擦灯的人，一切都胸有成竹。”

门外有人正在忙着、咳嗽着，又有铁器的响声。

“就是他来了！”尼古拉说。

从推开的门里塞进来一只洋铁浴盆，有一个哑嗓骂着：

“进去，鬼东西！”

紧接着是一个圆圆的光脑袋探了进来，眼睛凸出来，嘴上蓄着胡子，样子非常和善。

尼古拉帮他搬进了浴盆，一个高大、稍稍有点驼背的人走了进来，他咳嗽了一下，动了动光光的腮帮子，吐了口痰，用沙哑的声音招呼着：

“您好！”

“好，您问她就知道了！”尼古拉兴高采烈地说。

“问我？问我什么？”

“关于地狱！”

“啊哦！”老板用黝黑的手指抿着胡子，说道：

“雅柯夫·华西里耶维奇，你看，我跟她说简单得很，可是她不肯相信。”

“哦，不相信？就是说不愿意干。我和你想干，所以就相信！”老板很镇静地说，他忽然弯着腰，声音低哑地咳嗽起来。咳嗽停了之后，用手抚着胸，站在房间中央，喘了好半天，同时睁大了双眼看着母亲。

“这要由巴沙和同志们一起来决定！”尼洛夫娜说。

尼古拉沉思地垂下了头。

“巴沙是谁？”老板坐下来问。

“我的儿子。”

“姓什么？”

“索拉索夫。”

他点了点头，拿出烟袋，把烟斗塞进去装烟叶，断断续续地说：

“听到过，听到过的。我外甥认识他。我的外甥在牢里，他叫叶甫钦珂，听说过吗？我姓郭本。再用不了多久，年轻的都得被抓进去了，我们这些老年人倒逍遥自在！宪兵队里对我说，要把我的外甥充军到西伯利亚。要充尽管充吧，他妈的！”

他吸了一口烟，转过脸来对着尼古拉，又在地上吐了几口痰。

“那么,她不愿意? 那是她的事。人是自由的,坐厌了,就走走,走厌了,就坐坐。被抢了,不要作声,被打了,忍受着,被杀了,就躺下。这是谁都知道的! 可是,我要让萨夫卡逃出来。我要让他快点逃出来。”

他这阵前言不搭后语的话,叫母亲摸不着头脑,可是最后一句话又使她不由得羡慕起来。

母亲迎着寒风在风雨的街上走着,心里又想起了尼古拉:

“啊,他变得多么厉害了!”

她也想起了郭本,不禁像做祷告似的说:

“可见呀,对生活改变看法的人不止我一个!”

紧接着,她又想起了儿子的事:

“他要是答应了该多好啊!”

二十二

星期天,母亲又去监狱看了巴威尔。

当母亲在监狱办公室和巴威尔分别的时候,觉得手里有一个小纸团。

说也奇怪,她一下子像被纸团灼烧了一样,她急忙用请求和询问的目光朝儿子脸上望了望,可是却没得到答案。

他淡蓝色的眼睛依然是那样温和坚定地笑着。

“再见!”母亲叹着气说。

儿子又一次与她握手,脸上充满了亲切的表情。

“再见了,妈妈!”

她握着他的手不放,像在等待什么。

“不要担忧,不要生气!”他安慰着可怜的母亲。

她终于从这句话和他额头固执的皱纹里找到了答案。

“唉,你怎么啦?”她低下头来,含含糊糊地说,“那有什么?”

母亲快步走了出去,不敢回头,因为眼睛里的泪水和颤动的嘴唇,已经不能再掩住她的感情了。

一路上她觉得捏着纸团的手骨头都疼了,整个手臂非常沉重,肩上像被人狠狠打过似的。

回到家里,她一下将纸团塞进尼古拉的手,站在他面前等待着,当他展开捏紧了的那个纸团的时候,她似乎又看到了希望。可是尼古拉说:

“这是肯定的! 他是这样写的:‘我们绝不逃走! 同志们,我们不能逃走。我们谁也不愿意这样做。这会失去对自己的尊重。请你们注意那个最近被捕的农民。他应该受到你们的照顾,同时也值得为他花费气力。他在这里是非常困难的,每天都跟官吏冲突,已在地穴里关了一天了。他们在折磨他,我们大家都请求你们照顾他,安慰我的妈妈。请你们跟她说明,她一切都能理解的。'"

母亲抬起头来,颤抖地轻声说:

"嗯,何必要跟我说明,我懂!"

尼古拉很快地扭过脸去,掏出大手帕,大声擤了一下鼻子,含糊不清地说:

"我伤风了……"

然后又用手挡着眼睛,整了整眼镜,在室内走着说:

"看,我们反正是赶不及……"

"不碍事!让他们受审吧!"母亲说着皱起了眉头,只觉得心中充满了沉重的、模糊的忧伤。

"我刚才接到了彼得堡一个同志的信。"

"就是到了西伯利亚,他仍然能逃出来的,能逃吗?"

"当然能啊!这个同志说,案子马上就可确定了,判决已经知道了,全体流放。看见了吧?这些渺小的骗子把他们的审判变成了最庸俗的悲剧。您要懂得——判决是在彼得堡拟定的,在审判之前。"

"别再说这事儿了,尼古拉·伊凡诺维奇!"母亲插上了嘴,"不必安慰我,也不必和我说明。巴沙是不会错的。他不会让自己和别人白白地受罪。他爱我,那是绝对的!您看,他是在挂念着我。他不是写着,请您安慰她,对她说明,不是吗?"

她的心脏剧烈地跳动着,大脑因为兴奋而眩晕起来。

"您的儿子真是个好人!"尼古拉用异乎寻常的高声夸赞着。"我十分尊敬他!"

"那么,我们想一想雷宾的事儿吧!"母亲提醒。

她想马上应做一些事情,或走到什么地方去,一直走到疲乏为止。

"对,好的!"尼古拉边踱边答,"应该通知东馨卡……"

"她会来的,我去看巴沙,她总要来的!"

尼古拉满脸沉思地垂下了头,咬着嘴唇,捻着胡子,坐在母亲身旁。

"可惜姐姐不在这里!"

"趁巴沙没有出来之前干吧,一定会使他很高兴!"

母亲建议。

二人又陷入了沉默……

突然母亲慢慢地低声问:

"我真不明白,为什么他不愿意呢?"

尼古拉猛地站了起来,可这时门铃正好响了。

他俩顿时警惕地望了一下对方。

"是莎夏,唔!"尼古拉低声说。

"该怎么对她说呢?"母亲悄悄地问。

"是啊,要知道……"

“她太可怜了！”

门铃又响了一次，这次比上次声音好像低了，仿佛门外的人也在犹豫。

尼古拉和母亲不约而同地往外走，但到厨房门口，他却后退了一步，对母亲说：

“最好您去……”

“他不同意？”母亲替她开门的时候，姑娘断然而又直接地问。

“嗯。”

“我早知道了！”莎夏很随便地说，可说话的时候脸色变得苍白了许多。

她快速地解开外衣的纽扣，然后又重新扣上两个，想把外套从肩上脱下来，可是脱不下来。于是，她说：

“又是风，又是雨，真讨厌！他身体好吗？”

“好。”

“身体很好，很快活。”莎夏望着自己手，低声发话，“她写了个字条，要我们设法让雷宾脱狱呢！”母亲说着，但目光并不注意她，仿佛在躲着什么。

“是吗？我想，我们应该利用这个计划。”姑娘慢慢地说。

“我也这样想！”尼古拉出现在门口，“您好？莎夏！”

“到底是怎么回事儿？这个计划大家都赞成？”

“可是谁去组织呢？大家都在忙……”

“让我去吧！”莎夏站起身，很干脆地说，“我有时间。”

“您去干吧！可是要问问其他同志……”

“好，我去问！我这就去！”

她纤细的手指坚定地重新扣上了外套的纽扣。

“您最好休息一下！”母亲劝道。

莎夏轻轻地笑了一声，语气柔和地对母亲说：

“不要紧，我不累！”

她接着便默默地和他们握了手，又像平常那样冰冷而凛然地走了出去。

母亲和尼古拉走到窗子前，目送着她穿过院子，在大门外消失了。

尼古拉轻轻地吹起口哨，在桌子旁坐下，动笔写起来。

“她干着这样的工作，心里或许可以舒服些！”母亲若有所思地自言自语。

“当然！”尼古拉扭过脸来望着母亲，善良的脸上浮着微笑，关心地问：“尼洛夫娜，这种痛苦您大概没有体验过吧，想念爱人的烦恼，您恐怕是不知道的吧？”

“嗨！”母亲把手一摆，高声回答，“那里有这样的烦恼呢？从前我们只是害怕，最好不要嫁人！”

“真没有过您喜欢的人？”

她回想了一下，说：

“记不起来了。哪会没有喜欢的人呢？一定有过的，可是，现在是一点也记不得了！老喽！”

母亲瞅了他一眼，直接地带着些遗憾地说：

“被丈夫打得太厉害了，所以在嫁他以前的一切人和事，好像都忘得一干二净了，多少年的事了。”

他听着又转过脸去。

母亲出去了一会儿，再回来时，尼古拉亲热地望着她，轻声说起来，好像用语言安抚着自己的回忆。

“我从前也像莎夏一样，有过一段故事。我爱上了一个姑娘，她是一个少有的好人！我在二十岁的时候认识了她，从那时就爱她，老实说，现在还是爱她！跟从前一样地爱她，用整个的心，充满了感谢，永远地爱。”

母亲站在他身边，看着他那双充满了温柔与光明的眼睛。

他将双臂放在椅背上面，头搁在手上，眼睛眺望着远方。他的整个瘦长然而强壮的身体，似乎要向前冲去，像植物的茎追逐阳光一样。

“您就应该结婚呀！”母亲惋惜地劝告着他。

“啊！她在五年之前已经结婚了。”

“那么以前是为了什么？”

他想了半天，回答说：

“您想啊，我也不知道我们为什么总是这样：她在监狱里的时候，我在外面，我从监狱里出来时，她就出来或被流放了！这种情景和莎夏很像，一点也不错！后来，她被判流放去到西伯利亚十年，远得要命！我甚至想跟着她去。可是，她和我都觉得有点害羞。后来，她在那里遇上了另外一个人，是我的同志，是一个非常好的青年！后来他们一起逃走，现在住在国外，这样就……”

尼古拉讲完之后，摘下眼镜擦了擦，又对着亮光照了照，接着重新擦。

“啊，我亲爱的！”母亲内心充满爱怜，她一边摇头，一边说。她觉得尼古拉很可怜。同时，他又要使她发出了温暖的慈母般的微笑。可是他换了姿势，又把笔拿在手中，挥着手，像打拍子似的说：

“家庭肯定会分散革命者的精力的，这是不容怀疑的！孩子，生活没有保障，为了面包必须多工作。可是呢，一方面革命家非要不断地、更深刻、更广泛地发展他的力量不可，时代要求这样做，也必须这样做，我们应该永远走在人们的前面，因为，我们工人阶级是肩负着历史使命的，破坏旧世界，创造新生活！假使我们战胜不了小小的疲劳，或被眼前这小的胜利冲昏了头脑，落后起来，这是很不应该、很不好的，这就意味着对事业的叛变！凡是和我们并肩战斗的人，都不会歪曲我们的信仰，无论什么时候，我们都不应忘记，我们的任务是要获得全面，而不是小小的一点成绩。”

他的声音铿锵有力，脸色有点发白，眼睛里像是燃起了平时那种平静而又有节制的力量。

这时候，门铃声大作，打断了他的话。

这次来的是柳德密拉。

她身穿一件不合时节的薄外套,脸冻得通红。她一边脱下破套鞋,一边似乎生气地对他们说:

"审判的日子已经定了,在一个星期之后!"

"当真?"尼古拉在房间里喊着问。

母亲很快地走到她的身边,心里很激动,自己也不知道是害怕还是欢愉。

柳德密拉和母亲并排走着,带着嘲讽的口吻低声说:

"是真的!法院里已经公开宣布了,判决也已经定了。可是,这算什么呢?难道政府还怕它的官吏会宽待它的敌人吗?这样长期而热心地放纵自己的仆人难道还不能相信他们一定会变成卑鄙无耻的东西吗?"

柳德密拉在沙发上坐下来,用手搓着瘦瘦的脸颊,没有光亮的双眼里燃烧着轻蔑,声音饱含激愤。

"柳德密拉,不要这样白白地消耗火药!"尼古拉安慰着她。"他们又听不见您的这些话。"

母亲神情紧张地听着她的话,但实际上什么也没听进去,在她头脑中,只是不由自主地反复想着一句话:

"审判,再过一个星期就要审判!"她突然感到,有一种不可捉摸的、严酷无情的东西逐渐逼近。

二十三

母亲就在这重重疑虑的乌云里,在这苦苦等待的威压下,一声不响地度过了第一天、第二天。

第三天,莎夏来了。

她告诉尼古拉:

"一切都准备好了!今天一点钟……"

"已经准备好了?"他吃惊地问。

"这算得了什么呢?我只要替雷宾准备一个地方和一身衣服,别的都由郭本去办。雷空呢他总共只要走过一街就行了。维索夫希诃夫在街上接他,当然是化了装,替他披上外套,给他一顶帽子,指给他要走的路。我就等着他,给他换了衣服,然后把他带走就算成了。"

"不错!可是郭本是谁呢?"尼古拉问询着。

"您看见过的。您在他家里给钳工们上过课。"

"啊啊!想起来了!那个样子有点古怪的老头。"

"他是个老退伍兵,现在做洋铁匠。没有学问,可是他对一切暴力都怀有无限的仇恨，有几分哲学家的味道。”莎夏望着窗子，沉思着评价。

母亲一声不语地听着她的话，有一种模糊的思想在她心里慢慢地成熟起来。

“郭本想让他的外甥越狱，就是您喜欢的那个叶甫钦珂！他最爱干净，爱漂亮。”

尼古拉点了点头。

“他一切都预备得很周到，”莎夏继续说，“可是对于成功，我却开始有点怀疑了。因为散步的时候，大家都在散步；我想，犯人若是看见了梯子，很多的都想逃。”

说到这儿，她闭上了眼睛，沉默着。

母亲很关心地走近她。

“这样，大家伙就会互相妨碍。”

三个人都站到了窗口。

母亲在他俩身后，听着他们的谈话，心中觉得很乱。“我也去！”母亲忽然开口说。

“为什么？”莎夏问。

“亲爱的，我也去！也许会出乱子！您不要去！”尼古拉劝说道。

母亲望了望他，把声音放低了些，语气尤其固执坚定：

“不，我要去！”

他们飞快地互相望了一眼，莎夏耸耸肩膀释放然地说：

“我明白！”

她转身面对母亲，挽起她的手臂，身子靠着她，用率直的、让母亲听起来觉得很亲切的声调说：

“不过我还是要对您说……”

“亲爱的！”母亲伸出发抖的手搂住了莎夏，嘴里请求般地，“带我去吧，我不会妨碍您的！我需要去。我不相信能够那样逃走！”

“她也去！”莎夏对尼古拉说。

“这是您的事！”他低着头并不多说什么别的话。

“我们不能一起走。您从空地上走，到菜园那边去。在那儿可以看见监狱的围墙。可是，若是有人盘问你在那干什么的话，你怎么应付呢？”

母亲心里一下高兴起来，胸有成竹地说：

“总能找出话来敷衍的！你放心！”

“您可别忘了，监狱里的看守是认识您的呀！”莎夏提醒着母亲，“假使他们看见您在那边，那么……”

“我不会让他们看见！”母亲欢喜地说着，显得非常有把握。

她心中一直隐藏着的那线希望一下子狂热耀眼地燃烧起来了，使她非常兴奋。

“或许，他也会……”她麻利地换着衣服，心里这样想。

一小时之后。

母亲已站在监狱后面的空地上。

狂风裹着她,吹起了衣服,风袭卷着冰冻的大地,凶狠地摇撼着母亲走过的菜园的破栅栏,又反复冲击着监狱那不很高的围墙,随后翻进墙里,挟起院子里的喊声,把这些喊声吹得四散开去,再抛到天空之中。

空中的云朵很快飞了过去,露出一块青天。

母亲身后是菜园,前面是块墓地,在她右面十俄丈的地方,就是监狱。

墓地旁边,有一个兵士正在拉着长索训练马。还有一个兵士和他并排站着,脚跺得很响,一边叫嚷,一边吹着口哨,还不时地大笑……除了他俩,监狱附近再没有别人了。

母亲慢腾腾地走过他们身旁,向墓地的围墙走去,同时,眼睛的余光扫视着周围。忽然,她的腿猛地抖了一下,接着脚就像冻在地上一般不能向前移动了,走监狱的转角后面,有个驼背的男子背了梯子,像路灯清洁夫平时的样子匆匆走了出来。

母亲害怕地眨了眨眼,快速瞄了一眼那两个士兵,他们正在一个地方踏着步,马也正围着他们跑着;她急忙又朝背梯子的人看了一眼。这时,他已经把梯子靠在了墙上,正不慌不忙地往上爬。

他向院里挥挥手,很快爬下来,藏在墙角后。

这一刻,母亲的心脏跳得异常快,自己都能听到扑通扑通的声响。但她觉得时间像被凝固了似的。

梯子靠在灰暗的墙上,墙上全是泥斑,石灰已经脱落,露出了里面的砖,所以几乎看不出有梯子。

忽的,墙头露出了个黑乎乎的头,随后是身子,跨过墙头,便顺着墙爬了下来。紧跟着,又是一个戴着大皮帽子的头,一团黑黑的东西滚到了地上,很快地在墙角后面消失了。

米哈依洛挺直了身子,回头看了一看,猛地摇了摇头。“逃吧! 逃吧!”母亲用一只脚在地上跺着,话又不敢嚷出来。

她的耳朵被震得直响,传来了很大的叫喊声,现在墙头之上露出了第三个脑袋。

母亲手捂胸口,没有知觉似的看着。一个长亚麻色头发、没有胡子的人头,似乎要与自己的身体脱离似的,猛地冒了出来,接着,又在墙后消失了。

叫喊声越来越响,也越来越激烈。警笛的尖细的声音随风飘过来。

米哈依洛沿着墙根走去,已经走过母亲身边,走过监狱和住房之间的那块空地了。

母亲只觉得雷宾走得太慢,头抬得太高了,无论什么人只要朝他的脸上看一眼,都会过目不忘的。

母亲耳语一般地说:

"快！快！"

监狱的围墙后面，有什么东西啪地一声响，可以听见打碎了玻璃的声音。

那个叉着腿站着的士兵将马牵到了自己身边；另一个兵士把手拢放在嘴上，向监狱里喊着。喊完之后，他把脸转过来，侧耳静听那边的话。

母亲紧张地看了看四周。

她虽然亲眼见到了这一切，却不敢相信这是真的，她想象得非常可怕、非常复杂的事，竟然几分钟就完成了！说实在的，这种迅速的行动使她茫然若失，不知所措，仿佛经历了一场梦。

街上已经没有雷宾的踪影了。一个穿大衣的男子在走着，一个女孩子在奔跑。

监狱里跑出三个看守，他们紧排在一起跑过来，另一个兵士围着马跑着，拼命想要上马，可是那马偏就乱蹦乱跳，不让他骑上身，周围的一切好像也随着颠动着，不能平静下来。

警笛不断地吹着，似乎透不过气来。

那惊慌失措、不顾性命的叫喊声让母亲觉察到了一丝危险；她颤抖了一下，眼睛盯着看守们，双脚不由自主地沿墓地的围墙走去，只见看守们和兵士们都朝监狱转角的另外一面跑，转了个弯，就消失了。

母亲认出了那个副监狱长，外套纽扣都没扣好，也跟在他们后面朝那边跑去。

这会儿，不知从哪儿一下跑出来几个警察，还跑来了许多看热闹的老百姓。

冷冷的风像遇到了什么高兴事一样，旋转不停，猛烈地刮着。

母亲的耳朵里模模糊糊地填满了交织在一起的警笛声和叫喊声。这种纷乱、这种骚动使她欢喜不已，于是，她加快了脚步，心里想：

"照这样子，他也能逃出来！"

从墙角后面，突然冲出了两个警察。

"站住！"一个警察一边喘着一边吆喝道，"一个男人，有胡子的，你看见了吗？"

"往那边跑去了，怎么啦？"母亲指着菜园的方向，镇静地回答。

"叶戈洛夫！吹警笛！"

母亲走回家去了。

她似乎有些遗憾。胸口闷闷地像堵了一块让人气恼的东西。当她穿过空地，走到大街上的时候，一辆马车拦在她的眼前。她下意识抬起头来，看见车子里坐着一个生着淡色口髭，脸色十分苍白、神态十分疲惫的年轻人。年轻人也对母亲看了一眼。他是侧着身坐着，大概是因为这个缘故，他的右肩看上去要比左肩高些。

尼古拉很高兴地迎接母亲。

"那边怎么样？"

"好像成功了。"

她开始给他讲她所看到的情景，一边讲，一边努力地追想着一切的细节。她讲的时候就好像是在转述别人的话，所以对于它的真实性还抱着怀疑的态度。

“我们的运气特别好!”尼古拉搓着双手说,“可是,我真的特别为您担心! 鬼知道会出什么事! 尼洛夫娜,请您接受我的劝告,不要害怕审判! 审判越早,巴威尔就能越早地得到自由! 请您相信我的话,说不定流放的路上他就可以逃走! 所谓审判,也不过就是那么一回事而已……”

他向母亲描述开庭的大致情况,母亲听他说着,知道尼古拉在担心什么事,所以也想鼓起自己的勇气。

“是不是您以为我会对法官说什么?”她突然问,“怕我会哀求他什么?”

他猛地站起身,对她摇着双手,生气似的说:

“这算什么话!”

“我心里害怕,这倒是真的! 可是怕什么,我却不知道!”她沉默下来,眼光毫无目标地向四周看着。

“我有时觉得巴沙或许会受侮辱,会被嘲弄。他们会说,你是个乡下佬,你是个乡下佬的儿子! 你想干什么呢? 可是,巴沙的自尊心很强,他会特别激烈地回答他们! 说不定安德烈也要嘲笑他们。他们都是很容易激动的。所以我这么想,也许他一时不能忍受,他们会判得叫我们永远不能见面! 这辈子也不能见!”

尼古拉皱着眉头,沉默着捻着他的胡子。

“我不能把这种想法从脑子里赶出去!”母亲低声接着说,“审判是可怕的! 他们对一切都要挑剔、较量个没完! 可怕得很呀! 可怕的倒不是刑罚,而是审判、审问。连我自己也不知道该怎么说才好。”

她觉得尼古拉并不能完全理解她的心情。这便让她感到,要讲清自己的恐惧是格外困难的事情。

二十四

然而,这种恐惧犹如令人不能喘息的潮湿的霉菌,在母亲心里繁殖起来。终于挨到审判那一天,母亲带着压得她几乎直不起腰的阴沉恐惧的重负,走进了法院。

在街上,工人区里的熟人见了她都和她打招呼,但她只是默默地点着头,从沉闷的人流中走过去。

在法院的走廊和大厅里,她看到了几个被告的亲属,他们正在压低了嗓音谈论着什么。母亲觉得没有说话的必要,同时她也不大了解这些话的意思。大家都被同样悲伤的情绪笼罩着,这种情绪自然而然地传给了母亲,使得她更加难过。

“会在一块儿吧!”西佐夫对母亲说着,在长凳上把身子挪了一挪。

母亲只是顺从地坐下了。她整了整衣服,朝四周看了看。

她觉得眼前不断闪耀着红红绿绿的斑点和带子,闪耀着一根根黄色的细线。

“都是你的儿子把我的葛利沙害了!”坐在母亲旁边的一个女人低声责怪。

“不要说了,娜塔利亚!”西佐夫不高兴地制止她。

母亲侧眼看了看她,那是萨莫依洛娃,再过去坐着她的丈夫,是个五官端正的秃顶的男人,他蓄着很长的褐色浓须,他的脸却很瘦削。此刻,他正眯着双眼望着前面的动静,胡子不停地颤着。

昏暗的阳光透过宽大的窗子射了进来,均匀地布满了整个法庭,有雪花在玻璃上滑过。在两扇窗子中间,悬挂着巨幅的、装有金光灿烂的镜框的沙皇肖像。厚重的猩红色窗帘打着整齐的皱褶,掩在镜框两边。

肖像前面,是一张铺着绿毡的长桌,桌子的长度几乎和法庭的宽度相等。右手墙边的铁栏里,摆着两条木头长凳,左边摆着两排深红色的手圈椅。

穿着统一的绿领子、胸前和腹部钉着金钮扣的职员们,轻手轻脚地走动着。在浑浊的空气里,胆怯地飘着一些低语谈论声,还有药房里的复杂的气味。

这一切,颜色、光线、声音和气味,压迫着母亲的眼睛,随着呼吸一起闯进了她的胸间,在空虚的心房里填满了阴郁的恐怖,好像塞满了各种颜色的淤泥。

忽然有人大声说话了,这使母亲着实吃了一惊,大家都站起身来,她也就抓住西佐夫的手站了起来。

大厅左角的一扇很高的门开了,从里面蹒跚地走出一个戴眼镜的小老头儿。灰色的小脸,稀稀拉拉抖动着的银发,光滑的上唇凹在嘴里面,很凸出的颧骨与下巴架在制服高高的衣领上,好像衣领里面根本就没有脖子。一个脸长得像磁器的、面色红润的圆脸青年,在后面扶着他的手臂。在他们后面,还有三个穿绣金制服的人和三个文官,一起缓步走着。

一群人在桌旁磨蹭了半天,才在手圈椅上坐了下来。坐定之后,有一个敞着制服、脸刮得很干净、样子懒洋洋的文官,费力地翕动着嘴唇,低声地对小老头儿说着什么。小老头儿一动不动地听他说着,身体坐得又挺又直。

母亲在他的镜片后面,看到了两个暗淡的小斑点。

有个秃顶的高个子站在桌子一头的书案旁,不停地咳嗽着翻看文件。

小老头将身体向前晃了一晃,开口说话了。第一个字说得很清楚,可是以后的字却好像从他那两片灰色的薄嘴唇上溜走了一样。

“宣告,开庭。带人!”

“看!”西佐夫低声说,他悄悄地推了一下母亲,站了起来。

那扇铁栏后面墙上的小门开了,走出了一个肩上背着不带鞘的马刀的兵士。

兵士之后,走出了巴威尔、安德烈、菲佳·马琴、古塞夫兄弟、萨莫依洛夫、蒲金、索莫夫,另外有五个母亲不知名字的年轻人。

巴威尔面带亲切的微笑,安德烈也是微笑着跟人点头打着招呼。在紧张的不自然的沉默里,他们的出现带来了些许生气,所以好像使法庭里变得明亮了一些,也舒服了一些。制服上光华照人的金色也暗淡了一些,看上去比较柔和了。这种变化是每个人都感觉到了的。

勇者的自信与活力回荡在法庭里,也触动了母亲的心,使它觉醒过来。在这之前,坐在母亲身后的凳子上的人们一直都精神沮丧地在那等待着,此刻,他们不停地小声应和着。

“看!一点都没有害怕!”母亲听见了西佐夫低低的夸奖。

她右边,萨莫依洛夫的母亲却忽然地啜泣起来。

“肃静些!”一个严厉的声音警告大家。

“预先宣告。”又是那个小老头儿在说。

巴威尔和安德烈并排就座,马琴、萨莫依洛夫、古塞夫兄弟也和他们一起,坐在了第一排椅子上。

安德烈已经把胡子剃了。但他的唇须却留得很长,一直挂下来,使圆圆的头像猫儿的脑袋一下。他的脸上添了新东西,嘴角的皱纹里添了嘲笑的、狠毒的神情,还有眼光中的复仇的火焰。

马琴的上唇有了两道黑印,脸胖了一些。萨莫依洛夫还是像以前一样,满头卷发。伊凡·古塞夫像以前一样咧着嘴笑笑的。

“唉,菲奇卡,菲奇卡!”西佐夫低声叫着并埋下了头。

母亲听着小老头含混不清的问话,他问话的时候也不看着被告,他的头一动不动地在领口上面,又听到儿子简洁镇定的回答。她觉得审判席上的人不可能都是性情残暴的坏人。

母亲一边细细观察着法官们的脸,想猜出些什么,一边静静地细听着在她心里萌发着的新希望。

那个面孔像瓷人似的男子,面无表情地读着卷宗。他的平板单调的声音使法庭里充满了枯燥的气氛。浸沉在这种枯燥的气氛里的人们,都像麻木了似的动也不动地坐在那儿。

四个律师低声地,但却很有精神地和被告谈话。他们每个人的动作都有力而迅捷,像四只大黑鸟。

在小老头儿的一边,是个胖得眼睛都快没了的法官。他的肥胖的身子塞满了整个椅子。另外一边,坐着一个驼背的法官,苍白的脸上蓄着红口胡。他疲倦地将脑袋靠在椅背上,半闭着眼睛,仿佛是在思索什么,又好像什么都没思索。

检察官也是一副倦怠的样子。法官的后面,坐着肥胖的、样子倒很威风的市长,他在沉吟般地摸着他的胖腮和口鼻。贵族代表面色红润,头发斑白,留着大胡子,长着一双善良的大眼睛。

乡长挺着他的胖肚子。他的这个偌大的肚子显然使他觉得很窘,总是想用外套的前襟将它掩住,可是,前襟总是又滑下来。

“这儿并没有什么所谓的罪犯和法官,”巴威尔坚定的声音响彻大厅,“这里只有俘虏和战胜者。”

法庭里静极了,有那么几秒钟,母亲的耳朵里只有笔尖写在纸上的又细又快的擦响声和自己的心跳声。

连首席法官也在等着倾听什么似的。他的同僚动了一下，于是,他这才开口说话：

“唉,安德烈·那零德卡！您承认……”

只见安德烈稳稳地站起身来,昂首站着,捋着胡子,皱着眉头,望着首席法官,目光咄咄地盯着说话的人。

“我为什么要承认自己有罪呢?”霍霍尔耸耸肩膀,声音悦耳动听,就像平时一样不慌不忙,一字一句。“我没有杀人,又没有偷盗,我不过是看不惯这种让人们互相压迫、互相杀戮的社会制度……”

“简单一点回答。”小老头费力地说。这一次声音比较清楚。

母亲感到后面的人轻轻活动了起来,大家小声议论着,挪动着,仿佛想挣脱那种冷冰冰的晦涩语言的笼罩。

“你听见了他们怎么说吗?”西佐夫悄声问。

“菲奥多尔·马琴,您回答!”

“我不愿意说!”菲佳跳起来,明明白白地回答着。他的脸亢奋而发红,眼睛中放着光,不知为什么,他把双手藏在背后。

西佐夫轻轻地说了一声“啊呀”,吓得母亲立刻睁大了眼睛。

“我拒绝辩护！我什么都愿意讲！我认为你们不是合法的裁判人！你们是谁?人民将裁判我们的权力交给你们了吗？没有！绝对没有！我不承认你们!”

他坐了下去,把他那通红的脸躲在了安德烈的背后。

胖法官侧头与首席法官低声嘀咕了几句。

法官面色苍白地挑起眼皮,斜斜地瞥了一眼被告,接着伸出手来用铅笔在面前的纸上随便写了几句。

乡长晃了晃头,轻轻动了动双脚,又把肚子放在膝上,用两手遮着。

小老头脑袋像固定了,转着身子面向红胡子的法官,对他悄悄地说了几句话,红胡子法官低头倾听着。

贵族代表和检察官也小声说着,市长仍摸着腮听他俩说呢。

大厅中又响起了首席法官死板的声音。

“回得多干脆！直截了当,比谁说得都好!”西佐夫激动而惊奇地在母亲耳边夸奖着马琴。

母亲困惑地微笑着。

母亲觉得这一切都是一场闹剧而已,接着就要发生一件冷酷无情、顿时会将大家压倒的可怕的事情。但是,巴威尔和安德烈的沉着镇静的言语是这样的大胆而坚定,好像他们是在工人区的小屋里,让人觉得这不是在法庭。菲佳的激烈的态度使她的精神振作起来稍后,法庭里渐渐产生了一种大胆的空气,从身后人们的动静,她就更加欣然了,因为她明白和她有同样感觉的不单单是她一个人。

"您的意思怎么?"小老头儿说。

秃头检察官站起来,一手按在书案上,开始分列项地说起来。

从他的声音里,听不出什么可怕的东西。

但是 ,却有一种冷漠骇人的东西充满恶意地撞击着母亲的心,使她惊恐不安。

这种感觉并不威吓人,也不叫嚣,但却无声无息地增长着。它懒懒地、迟慢地在法官们周围摆动,好像用不能透过的云罩着他们,要把他们与外界隔开似的。

她莫名其妙地看着那群法官,对于她来说,他们是不可思议的。跟她的预料相反,他们并没有对巴威尔、菲佳发怒,也没有用言语侮辱他们。但是 ,她觉得法官们所问的一切,对他们都是没有必要的,他们仿佛都很不乐意问话,又极不情愿地听着回答,好像一切已经预先知道了,所以丝毫提不起兴趣。

他们面前的一个宪兵忽然大叫一声:

"据说,巴威尔·符拉索夫是祸首……"

"那么那霍德卡呢?"胖法官懒洋洋地小声说。

"也是一样!"

一个律师站起来说:

"我可以说话吗?"

小老头儿不知是在对谁发问:

"您没有意见吗?"

母亲觉得所有的法官似乎都不正常。他们的姿态和声音都露出病态的疲劳。疲劳与厌倦都明明白白地摆在他们脸上。显然,他们感到这一切,制服、法庭、宪兵、律师以及坐在手圈椅上问话和听取回答的责任, 都是不舒服的。母亲认识的那个黄脸军官站在他们前面,他态度傲慢,正滔滔不绝地讲着巴威尔与安德烈的事。

母亲听着,不由地暗暗骂着:

"你这个坏东西!你知道得并不多!"

此时此刻,母亲望着铁栏里的人们,已经不再为他们害怕了,也不怜悯他们了,对他们不应该怜悯;他们在母亲心里唤起的只是惊奇和使她感到温暖的爱。

那份惊讶是平和的,爱是光明的,令人欢欣。

他们健康年轻,坐在墙边,对于对面那些人的争论,几乎不再插嘴。偶尔,有人会轻蔑地微笑着与同志们耳语几句, 于是,同志们的脸上也掠过轻蔑的微笑。

安德烈和巴威尔差不多一直在悄悄地和一个律师谈话, 这个律师母亲曾在前一天在尼古拉家里见过。最活泼好动的马琴细心地听着他们的谈话。萨莫依洛夫常常对伊凡·古塞夫说些什么。

母亲看见,每次伊凡都是在尽力忍着笑,悄悄捅一捅身边的同志,他脸涨得通红,鼓起了腮,低下了头。已经有两次,他几乎都要噗哧一声笑出来,过后他又鼓着腮坐了几分钟,竭力想装得严肃一些。

不论哪个被告身上都充满了青春的活力,他们虽然要努力抑制青春的活泼奔放的感情,可是青春的活力毫不费力就把这些努力给打倒了。

西佐夫轻轻地推了一下母亲的臂肘,母亲便回过头来,只见西佐夫的脸上带着得意的,同时又有几分担心的表情。

他轻声说:

"唉,你看他们多么坚强啊!这些小伙子,态度多神气!对不对?"

法庭上,证人们平静地匆匆讲着,法官们冷漠无力地问着。胖法官用肥手捂着嘴打着哈欠。红胡子法官的脸更苍白了,时不时地,他举起手来,用指头使劲地按着太阳穴,哀愁似的眼睛茫然地望着天花板。检察官偶尔用铅笔在纸上划一下,然后又去与贵族代表说话了。贵族代表抚着他那灰色的长胡子,转动着美丽的大眼睛,很得意地点头微笑着。市长跷着腿坐着,用指头在膝上敲着,聚精会神地望着自己指头的动作。只有乡长仍旧将肚子放在双膝之上,小心地用手捧着肚子,低头坐在那儿,大概只有他一个人老老实实地细心听着这种单调的嗡嗡声。还有那个小老头儿,将身子埋在椅子里,纹丝不动地牢坐着。

这种状态延续着,摆脱不掉的无聊又让人麻木了。

"我宣布……"小老头儿说着,一面站了起来,可下面的话就被他薄薄的嘴唇给压住了。

于是,响音、叹息声、低低的惊呼声、咳嗽声和脚步声混合起来,充满了整个法庭。被告们被带了下去,他们出去的时候,满脸含笑地对自己的亲戚和朋友点头告别。

伊凡·古塞夫低声对什么人喊道:

"不要怕!叶戈尔!"

母亲和西佐夫一同走出大庭来到走道里面。

"要不要到酒铺里去喝杯茶?"老人关切地,沉思似的问她。"还有一个半钟头的时间呢!"

"我不想去了。"

"那么,我也不去了。你看,孩子们真是了不起,对吧?他们坐在那里,好像只有他们才是真正的人,其余的一切,都算不了什么!你看菲佳,啊!"

萨莫依洛夫的父亲手拿帽子走过来。他满脸带着阴郁的微笑说:

"我的葛里哥里不也是吗?他拒绝了辩护人,什么话都不愿意说。这种办法是他第一个想出来的,彼拉盖雅,你的孩子请律师,可是我的孩子却说不要!于是,四个人全都拒绝了。”

他的妻子不时眨着眼，用手巾的角擦着鼻子站在他身旁。

萨莫依洛夫抚摸着胡子，低头头说：

“居然有这样的事！我心想啊，这些鬼东西，他们这一切的打算都是枉然的，白白使自己受罪。可是，我忽然开始明白，他们的话或许是对的吧？他们的伙伴在工厂里不断地增加起来，他们虽然常常被抓去，可是他们像河里的鱼，是抓不完的！我还想，力量也许真的在他们那一边？”

“斯吉潘·彼得洛夫，这种事情对我们来说是不容易懂得的！”西佐夫说。

“不错，是很难懂！”萨莫依洛夫表示同意。

他的妻子用鼻子深深地呼了口气说：

“这些不要命的家伙身体倒很棒…。”

她满是倦意的宽脸上不禁笑了起来，她对母亲说：“尼洛夫娜，我刚才说全怪你的儿子不好，请你不要生气。老实说，究竟该怪谁不好，鬼才知道！刚才宪兵和暗探说，我家的葛里哥里也有份的，畜牲！”

很显然的，她也很为自己的儿子自豪，她也许并不了解自己的感情，但母亲却是很理解的，她带着和气的微笑轻轻地说：

“年轻人的心总是容易接近真理的。”

人们在走廊里走来走去，有的三五成群地聚在一起，兴奋而又沉思地低声谈论着。没有人孤单站着，每个人的脸都明明白白地显露出了想要谈话、询问和听人家说话的希望。

被两堵墙夹着的白色走廊里，人们好像被大风吹撼着一样前后摇晃着，好像都想找个稳住脚的方式。

蒲金的哥哥，一个瘦高个儿且显得有些憔悴的人，挥动着手，很快地跑来跑去，并对人说：

“乡长克莱巴诺夫这件事儿做得很不该、很不该。”

“别说啦，康士坦丁。”他的父亲，一个矮小的老头，一面劝他不要说，一面害怕地朝四面张望来张望去。

“不，我要讲的！我一定要讲出来！大家都说，他去年为了要把他的伙计的妻子弄到手，所以就把那个伙计给杀了。现在，他和那个伙计的女人同居了，这算怎么一回事呢？况且，他是个有名的贼。”

“算了吧，我的爹，康士坦丁！”

“对！”萨莫依洛夫说，“对的！审判是不大公平的！”

蒲金听见他的声音，赶快跑到他的前面，大家都跟在后面，他挥着手臂，兴奋地涨红了脸，大声说：

“审判杀人案和盗窃案的时候，审问的是陪审员和老百姓，农民和市民！可是现在来审问反对政府的人，审问的都是政府的官吏，这是什么道理？假如你侮辱我，于是，我打了你，然后再由你来审判我，那么当然，我是罪人，可是最初侮辱我的不是你吗？就是你呀！”

一个白头发、钩鼻子、胸前挂着奖章的法庭管理员，驱散了群众，并一本正经地指着蒲金说：

“喂，不准乱嚷！这儿又不是酒馆！”

“是的，先生，我知道的！可是你听着，要是我打了你，然后再由我来审判你，那么你会怎么想呢……”

“看我叫人来带你出去！”法庭管理员严厉地说。

“带到哪里去？为什么？”

“带你到外面去，省得你瞎嚷嚷。”

蒲金对大家看了一遍，声音平静地说：

“他们顶要紧的是要人不说话。”

“你以为应该怎么样？！”老头残暴地叫喊道。

蒲金把双手一摊，低了些声音说：

“还有一件事，为什么法庭上除了亲戚之外，不准大家来旁听？假使你审判得很公平，那么你当着大家伙的面来审判啊？怕什么呢？对不？”

萨莫依洛夫又重复地说着，可是声音已经响了一些：

“审判不公平，这是真的！”

母亲很想对他说说尼古拉对她讲的评论，可是这个问题她并不是完全理解，而且有些话现在已经记不大清楚。

她一边努力地回忆着，一边离开人群，走到一旁。

就在这会儿，她发现有个淡色胡须的年轻人正在看她。他把右手放在裤兜里，因此看上去左肩要比右肩低一些。

母亲对这个不太常见的姿势有点眼熟。可是，这当口儿，那人已经转过身去了。再加上母亲急于回想那些关于审判不公平的话，所以很快就把他惯例忘到脑后了。

但是，过了不多一会儿，母亲听见了一句不很高的问话：

“是她？”

另一个充满兴奋的声音响亮答道：

“对！”

母亲回头看了一看。

刚才那个肩膀一高一低的男子正侧身站在她旁边，正在跟旁边一个穿短大衣和长靴的黑发黑须的青年说话。

母亲的回想又似乎有了些希望似的动了一下。可是又得不出一个明确的回答。在她心里不可抗拒地燃烧着要对这些人们讲述儿子的真理的愿望,她想知道,她很想听听人们会如何来反对她,她想从他们的言语里来推测判决的结果。

"难道这样干也就算是审判了?"她小心而气愤地对西佐夫说,"他们只问是谁干的,可是为什么干,他们却不问。况且他们都是些老人,年轻人应该由年轻人来审判。"

"对对,"西佐夫说,"我们老年人很难懂得这些,很难!"

他这样说着,一边沉思地摇了摇头。

老管理员开了法庭大门,然后对人群喊:

"亲戚家人,拿出入场票来!"

一个生气的声音缓缓地说:

"什么入场票,简直像进马戏院!哼!"

人们都感到胸中充满了烦躁与愤怒。他们也渐渐地随便起来了,纷纷喧闹,和开门的嚷嚷着。

二十五

西佐夫坐在椅子上不停地嘀咕着,不知在说些什么。

"你说什么?"母亲忍不住问。

"唉,当人民是傻瓜!"

这时,响起一阵铃声。

接着有人很随便地宣布说:

"审判开始!"

人们都同时站了起来。法官重又按照原来的次序入席。被告也再次被带上来。

"坚持住!"西佐夫说,"检察官要说话了。"

母亲伸长脖颈,身体向前探着,几乎是在新的可怕的等待中呆住了。

检察官侧身与法官相对,脸对着他们,一只胳膊撑在桌子之上,先喘了口气,便开始讲起来,一边讲,一边在空中不停地挥动着右手。

最初的几句话母亲听不清。他的声音流畅而不明晰,有时快有时慢,没有规律。他的话单调地联成一长条,恰似衣服上的一条线迹,一会儿又急急地飞起来,好像砂糖上面的一群苍蝇突然飞起来盘旋不止。可是在他的话里,母亲找不出一点可怕的东西和威胁的意味儿。确确实实,他的话语像霜雪一样的冷,灰烬一样苍白,时不时断了,仿若干燥的灰尘,使法庭里充满了一种令人感到难过和厌烦的东西。

而这种喋喋不休的、缺乏感情的言语，大概对巴威尔和他的同志们一点也没有影响，他们都依然那么平静地坐着，照样窃窃耳语，有时还相对微笑，有时为了掩饰自己的笑容，故意皱着眉头。

“他说得不对！”西佐夫悄悄地说。

母亲懒得说什么，听着检察官的话，知道他想不分青红皂白地构成大家的罪状。检察官的话是让人生气的，他先说完了巴威尔的事，又开始讲菲佳的事，他将菲佳和巴威尔并列，然后又执拗地把蒲金和他们推在一起，他恨不得将所有的人都裹在一块塞进一个包里。

可是，他的话的表面意思不能使母亲满足，也不能使她感动和害怕。她依旧期盼着可怕的东西，执拗地在言语之外，在检察官的脸上、眼睛里、声音里以及他那不慌不忙地在空中的手上，寻找这种东西。

那个可怕的东西肯定存在着，她已感觉到它，不过，它是不可捉摸的、不能确定的；它重新又用冷酷而有刺激性的情绪包住了她的心房。

母亲望着法官们，他们听着这种陈述，也一定会感到无聊。因为他们每个人的脸都是一样的毫无生气。检察官的话像在空中洒了一阵看不见的烟雾，这种烟雾不断地扩大着弥漫着，浓烈地集聚在法官们的四周，用冷淡和倦怠的期待的云雾将他们紧紧地包裹住。首席法官端坐在那里，纹丝不动，在他眼睛后面的两个灰点有时忽然就消失了，在苍白的脸上融解了。

母亲看着这种死气沉沉的漠不关心的情形，看着这种并没有恶意的冷淡的场面，心里困惑不解地发问：

“这也算是在审判？”

这个问题沉沉堵在她心中，又渐渐地挤出了那可怕的希望，使她的喉咙被一种非常强烈的受了屈辱的感觉紧紧扼住。

不知为什么，检察官的话突然中止了，后来他又很快地、短短地补充了几句，并向法官们行了个礼最后搓着双手坐下去了。

贵族代表转着眼睛，向他点了点头。市长也伸了伸手，乡长望着自己的肚子平淡地微笑着。

但是，他的话很显然不能使法官们满意，他们连动都没动。

“辩论，”小老头儿将一份卷宗拿到自己面前，说，“辩护人费陀赛耶夫，玛尔柯夫，查加洛夫的辩论。”

母亲见过的那位律师站了起来。他有一张善良的宽脸，小小的眼睛微笑着，闪烁出光华，好像是从褐色的眉毛下面放出一把利剪似的在空中剪着什么。他从容不迫地、洪亮而清晰地讲起来。

但母亲却不太能听懂他在说什么。

西佐夫附在她耳边问：

“他说的您懂吗？懂？他说的这些人是失掉理智的。这是说的菲奥多尔吗？”

沉甸甸的失望压住了她，她没有回答。屈辱的感觉越来越强，抑制着她的心。现在，她终于明白为什么一直期待着公平的审判了。因为她总以为可以听见儿子的真理和法官的真理之间的严峻而正直的争辩。她以为法官们会向巴威尔盘问很久，专心而详细地问到他的内在生活，用锐利的眼光研究他的全部思想行动和他的全部生活。当他们看到巴威尔是正确的时候，他们就会公正地、高声而痛快地说：

“这个人是对的！”

可是现在完全没有这么回事，仿佛被告和法官是隔得远不可及的，而对于被告们，法官几乎完全是多余的。

母亲感到了疲乏，对于审判完全失去了兴趣，她不再听辩论的话了，生气地想道：

“就这样也就算是审判了？”

“骂得好！”西佐夫赞许似的说。

这时已换了个律师说话。他身材矮小，面孔尖削而脸色苍白，流露着嘲笑的样子。

法官们时不时地打断他的话。

检察官跳起来，又气又急地说了几句，大概是关于记录，他的脸上带着恼怒的神色。

后来首席法官开始训话，那个律师毕恭毕敬地低着头听完了他的训话，接着又继续说下去。

“有话就统统都说出来吧！”西佐夫说，“统统都说出来吧！”

法庭上一下活跃热闹起来，燃烧着战斗的火焰。律师辛辣的言论刺激着法官们的厚脸皮。法官们挤成一堆，他们纷纷鼓着腮帮，准备回击这尖酸的进攻。

但就在这时，巴威尔站了起来，四周一下安静了，大厅里鸦雀无声。

母亲一见儿子，身体紧张着向前一冲。

巴威尔镇定自若地站在那里，每句话都掷地有声：

“我是一名党员，我只承认党的审判，我现在要讲的，并不是为自己辩护，而是依照我的也拒绝了辩护的同志们的愿望，试着对你们说明一些你们所不了解的事情。检察官将我们在社会民主党领导下的行动称做反抗政府的暴动，他始终将我们看作是反对沙皇的暴徒。我严正声明，在我们看来，专政政治不是束缚我们国家的唯一的锁链，它只是我们应该替人民除去的最初的一个锁链。”

在这勇敢坚定的声音里，大厅里显得更加寂静了。他的声音好像扩大了法庭的四壁，巴威尔好像渐渐地离开了人们，退到了一旁，就像浮雕一般越来越突出了。法官们慌张地行动了起来。贵族代表在那个一脸倦容的法官耳边说了一句话，那个法官点了点头，转过头去跟首席法官说了一句话。就在这个时候，好像生病的法官又从另一面对他耳语。首席法官坐在椅子上左右摇摆着,又对巴威尔说了些什么,可是他的声音在巴威尔的流畅广阔的潮水似的话语里一下子就淹没了。

"我们是社会主义者。这就是说,我们是私有财产制度的敌人,私有财产使人们互相倾轧,互相攻击,为着各自的利益造成不可调解的仇恨,又为了掩饰这种仇恨而互相欺骗,用谎言、伪善、邪恶使人们堕落。我们认为将人类只看作使自己发财致富的工具的社会,是违反人道的,这种社会和我们是敌对的,我们对于它的美德、虚伪和邪恶,绝不妥协。这种社会对待个人的残酷和无耻的态度,我们认为是卑鄙的。对于这种社会的一切奴役人类的肉体和精神的方式,对于一切为了贪欲而使大众受罪的方法,我们一定要和它斗争。

"我们工人,是用劳动创造一切,从巨大的机器以至儿童的玩具的人。我们是被剥削了为自己的人格做斗争的权利的人们。不论什么人,都可以并且努力要将我们变做工具,来达到他们自己的目的。现在,我们要求有自由,使我们将来能够获得全部的政权。我们的口号很简单:打倒私有财产制度,一切生产资料归于人民,全部政权归于人民,劳动是每个人的义务。你们可以看出来,我们绝不是暴徒!"

巴威尔冷笑了一声,用手轻轻摸了摸头发,双眼里闪烁着火星更加明亮、更加生动了。

"请不要离得太远!"首席法官简明扼要地要求说。他朝巴威尔挺出胸脯,眼睛盯住他。母亲觉得他的那只浑浊暗淡的左眼里好像燃烧着不怀好意的贪婪之光。

所有法官的眼睛都那样盯着儿子,好像他们的眼光都要钻透他的脸,钻进他的身体,吸干他的血以补养他们憔悴无力的身体。

然而,巴威尔如同一座山峰一样坚定地站着,高大、挺拔、健壮、魁梧,他朝他们伸出一只手,有力地挥动着,声音并不高亢激荡,但却清晰明亮。

"我们是革命者,在有一些人只坐着享受安逸,另一种人只能辛苦劳动的情况下,我们永远要当革命家。我们反对你们奉命要保护它的利益的社会,我们是你们和你们的社会的不能调和的敌人。在我们没获得胜利以前,我们和你们中间绝不可能和解。我们工人是一定会胜利的!你们的委托人完全不像他们所预想的那样有力。他们牺牲了几百万被他们奴役着的生命而积蓄的财产,以及政府给他们的压迫我们的权力,在他们之间引起了敌意的摩擦,使他们在肉体上和精神上走向毁灭。

"私有财产需要许多的努力来维护自己,所以实际上,你们,我们的统治者,是比我们更可怜的奴隶!你们是在精神上深受奴役,而我们只是在肉体上受奴役。你们不能摆脱在精神上杀害你们的偏见和习惯的压迫,但是,我们内心的自由并没有受到一点的障碍。你们用来毒害我们的毒药,敌不过你们并不情愿的灌输在我们意识里的解毒药。这种意识不断地生长,不停地发展,越来越快地燃烧,甚至将你们中间的一切优秀的、一切精神上健康的人吸引过来。

"请看,在你们那里,可以在思想上撑起你们政权的人早已经没有了。能够为你们防卫历史的正义谴责的论据,已经被你们用完了。在思想领域上你们已经创造不出新的东西:你们在精神上破了产。我们的思想不断地成长,越来越鲜明地燃烧,把握群众,组织他们为自由而斗争。对于工人阶级伟大革命的这种意识,把全世界的工人融合成一条心。你们除了残酷和无耻之外,已经毫无方法来阻碍改造生活的这种过程。可是,无耻已被人看破,残酷只能引起人们的反感。

"今天折磨着我们的手,不久就会像同志像朋友一般握我们的手。你们的精力,是增殖金钱的机械力,把你们联合成互相吞食的团体。我们的精力,是所有工人要越来越团结起来的这种意识活动的力量。你们所做的一切都是罪恶,因为都是为了奴役人类。我们的工作是要把世界从你们用虚伪、恶意、贪欲所制造出来的威胁人民的鬼怪和怪影下面解放出来。你们使人民和生活隔离了关系,使他们毁灭。可是社会主义却要将被你们破坏的世界结合成一个伟大的整体,而且这是一定会实现的!"

巴威尔停了一下,然后又更加坚定地重复了一句:

"这是一定能够实现的!"

法官们听了纷纷做出一副怪相,互相耳语着,但他们的目光仍旧贪婪地盯在巴威尔的身上。

母亲觉得他们就是因为嫉妒巴威尔的健康和活力,所以才想用他们歹毒的目光来污损他英俊而结实的身体。

被告们都全神贯注地听着巴威尔的话,他们的脸色发白,眼睛里发出了愉快的光辉,如同灿烂的金芒……

母亲沉醉于儿子的每一句话,句句都严整地排列在她的记忆里。她满脸都是欣慰与自豪。

首席法官不止一次地想阻止巴威尔的话,但每次都只解释了几句就被淹没了,有一次他的脸上甚至露出了悲惨的笑容,巴威尔置他于不顾,又严峻而镇静地继续讲下去,强使法官听完听全面,并且叫法官们的意念随着他的意念,意志服从他的意志。

可是,首席法官终于还是喊叫起来,向巴威尔伸出了手,仿若威胁。

这时,巴威尔好像答复他似的,带着几分嘲弄的口吻说:

"我就要讲完了。我并不想侮辱你们个人,相反的,我被逼在这种你们所谓的'审判'的喜剧中出场,我差不多是十分怜悯你们的。不论怎样,你们总是人。而我们看到人,即使是对我们的目的抱有敌意的人,如此卑躬屈膝地为暴力卖命,对于自己人格的尊严的意识丧失到如此地步,我们总是觉得非常为你们难受。"

他看都不看法官一眼,就坐下来了,母亲屏住了呼吸凝视着法官们,等待着。

安德烈满脸笑容,紧紧地和巴威尔握手。萨莫依洛夫、马琴和所有的人都很热烈地、崇拜似的看着他。

巴威尔被同志们的激情弄得有些不好意思了,他微笑着,眼睛望着母亲那边并向她点了点头,似乎是在询问:

"是这样吗?"

母亲用喜悦的长叹答复他。周身充满了爱的热潮。"好,审判开始了!"西佐夫低声说,"怎么判呢? 啊?"

母亲默然地点了点头,她对于儿子大胆而高超的言论感到很满意,也许最让她满意的是他终于结束了讲话。在她心里,一个疑问开始在悄然颤动。

"喂,你们现在打算怎样?"

二十六

巴威尔刚才的一席话对母亲来说,并不是特别新鲜的,她早已知道并了解这些思想, 但是 ,在这众目睽睽的法庭上,她真是第一次感到了儿子的信念所具有的神奇的吸引力。

巴威尔泰然自若的神情令她惊讶。他的话在她心里融成了一团星光灿烂的、五彩缤纷的东西,这使她坚信他是绝对正确的,他一定能够获得胜利。

这会儿,母亲以为法官们要激烈地和他争辩,主张他们的那种真理,对他给以愤懑的反驳。

然而,正在这时,安德烈站了起来,把身子自信地晃了一晃,皱着眉头对法官们望了一眼,开始说话了:

"诸位律师!"

"在您面前的是法官,不是律师!"那个满脸病容的法官生气地高声对他更正着,样子颇为蛮横。

看到安德烈脸上的表情,母亲知道他只是存心去闹。只见他胡须抖动着,眼中闪烁着她所熟悉的那种猫儿般亲昵狡猾的目光。他伸出长手,重重地摸了摸头发,尔后叹了口气。

"当真?"他摇着头说,"我还以为你们只是律师,而不是法官呢!"

"我请你说事情的实际情景!"首席法官冷冷地发令说。

"实际情景? 嗯,也好! 我就勉强假定你们是真正的法官,是公正而独立的人。"

"法庭的定义用不着您来分析!"

"用不着? 哦,也好,可是我呢,还得说下去。在你们这些人眼里,应该是没有自己人和别人之分的,因为你们是独立自主的人。现在,站在你们面前的是两面。一方控告说:他抢了我的东西,蛮不讲理地打了我!另外一方回答说:因为我有武器,所以我有抢夺和打人的权利。"

"关于本案您有什么要说的没有?"小老头按捺不住了,提高了嗓门儿问道。这时,他的手在发抖。

母亲看见他发怒了,便觉得很不高兴。但是,安德烈的态度却使她有些不满,他的态度与儿子的话不协调,她期望的是言辞辩论。

霍霍尔默默地望了望小老头儿,然后用手搓了搓头,严肃而认真地说:

"关于本案的?我为什么要和您谈到本案呢?你们需要知道的,刚才我们的同志已经讲过了,其余的问题,等时候到了,别人自然会告诉您的……"

小老头腾地站了起来:

"我禁止您发言!葛里哥里·萨莫依洛夫!"

霍霍尔用力地闭上了眼睛,懒洋洋地坐了下去,和他并排的萨莫依洛夫甩了一下卷发,勇敢地站起来说:

"方才检察官说我们同志是野蛮人,是文化的敌人。"

"只允许讲跟您案子有关的话!"

"这当然是有关系的!"没有一件事是和正直的人没有关系的。我请您不要插嘴了。我要问您,你们的文化是什么?"

"我们来这儿不是来和您辩论的!快点说案子的事!"小老头龇牙咧嘴地说。

很明显,安德烈的做法对法官产生了影响。他的话好像擦掉了他们身上的一层东西,让他们灰蒙蒙的脸上显出一些光亮,眼睛燃着冷酷的绿色的火花。巴威尔的话虽然使他们激怒,但是,这些话的力量和它引起的不由自主的尊敬,克制了他们的愤怒。霍霍尔的话揭破了这种克制力,很容易地使这层表面下面的东西暴露出来。他们各个都装出怪脸,互相耳语,他们的动作快得和他们的身份不相称。

"你们培养暗探,你们使妇女堕落变坏,你们使老百姓陷于偷窃和杀人的境况之中,你们用伏特加来麻醉他们,国际间的战争,公开的谎言,荒淫和野蛮,这就是你们的文化!是的,我们是这种文化的敌人!"

"我请求您!"小老头抖动着下巴喊了一声。

然而,满脸通红、眼睛闪亮的萨莫依洛夫也大声喊道:

" 但是,我们尊敬和重视另外一种文化,这种文化的创造者被你们长期禁闭在监狱里,让你们逼得发疯。"

"我禁止你发言!菲奥多尔·马琴!"

瘦小的马琴突地站了起来,像忽然冒出一把锥子。

他用断续不畅的话说:

"我……我可以发誓!我知道你们已经将我判了罪。"

他忽然噎住了，面部发青，脸上只显那两只眼睛了，他伸手喊道：

“我可以发誓！不论你们把我流放到哪里，我一定要逃走！再回来，永远地、终生地干这个工作。我可以发誓！”

西佐夫响亮地咳嗽了一声，身体随着摇动起来。

法庭上旁听的人们受着这不断热烈起来的气氛的影响，奇怪地、大声地喧哗着。其中，有个女人哭出声来，有人连连咳嗽，好像透不过气来似的。

宪兵们也呆滞了，并且惊讶万分地望着被告们，目光露出了凶狠和无奈，有气地扫着所有的听众。

法官们不自在地动着身体。

小老头细声叫道：

“古塞夫·伊凡！”

“不愿意说话！”

“华西里·古塞夫！”

“不愿意说话！”

“蒲金·菲奥多尔！”

一个苍白清瘦的青年沉重地站起来，摇着头，慢慢地说：

“你们应该觉得惭愧！我是个感觉迟钝的人，可是连我都懂得正义！”他将一只手高高举过头顶，好像瞩望着远方似的，半闭着眼睛，突然不响了。

“这是怎么回事？”老头儿在椅子里往后一仰，激怒地惊异地问道。

“算了吧！”

蒲金皱着眉头坐了下来。在这句没有表明意思的话里，带着一种重要的，并且带着一种令人不愉快的、谴责的、天真的口吻。

所有的人都有这种感觉，连法官似乎都在侧耳倾听，好像在期待着什么，会不会出一句比这句话更清楚的回声呢。坐在凳子上的听众也都呆不住了，只有幽幽的哭泣声，在空气中波动着。

后来，检察官动了动肩膀，冷笑了一下，贵族代表很响地咳嗽了一声。

耳语声又渐渐起来了，兴奋而活跃地在法庭里回绕。

母亲把头靠近西佐夫，问道：

“现在法官要讲话了吧？”

“都完了，只有宣判了。”

“什么都没有了？”

“唔！”

母亲有点不相信他的话。

萨莫依洛娃在凳子上焦虑不安地移动着。用肩膀和臂肘推了推母亲，又悄声对她的丈夫说：

“怎么会这样？这怎么行?”

“你看吧,行的!”

“那么,葛利沙怎么样呢?”

“不要烦了……”

法庭上的人都在心中觉得有什么东西被换了位置,有什么东西发生了变化,并且粉碎了。他们莫名其妙地眨着发花的眼睛,好像他们眼前闪烁着一团耀眼夺目的、轮廓不分明的、意义不明确的、但却十分具有诱惑力的东西。他们不了解突然在面前展开的伟大的事情,便急忙将自己的新的感情花费在微小的、容易明白的事情上。

蒲金的哥毫不胆怯地高声发问:

“请问,为什么不让他讲呢？检察官怎么要讲什么就讲什么呢?”

一直站在凳子旁的法庭职员挥着手,低声说:

“安静些！安静些!”

萨莫依洛夫向后靠着身子,在妻子背后嗡嗡地说着,不断地冒出这样的话来:

“当然,我们姑且就算他们是错了。可是你得让人家解释解释呀！他们反对的到底是什么？我特别愿意知道！我也有我的兴趣!”

“安静些!”法庭职员威吓地指着他,高声责令。

西佐夫阴郁地点着头。

母亲一直在观察着法官们。她看见,他们都在交头接耳地谈话,情绪似乎逐渐亢奋起来,他们的谈话的声音,又冷又滑,触到她的脸上,使她的两颊发抖,嘴里引起了一种很不舒服的感觉。

不知为什么,母亲清楚地感到,法官们都是在谈论她儿子和他的同志们的身体,谈着这些充满活力、满怀热情的年轻人的筋肉和四肢。这样的身躯让他们心中产生了乞丐所特有的那种嫉妒,产生了身体孱弱的人和病人所怀有的那种固执的愿望。他们咂着嘴唇,似乎有些惋惜这些完全可以活动、享乐、生产和创造的身体。现在,这些身体要离开事业上的活动,放弃真的生活,使他们不能再支配这种身体、利用它的气力、剥削这种气力!

因此,这些年轻人使这群老法官们在心中产生了衰老的、苦闷的愤怒,因为这只野兽看着新鲜的食物,却根本没有能力去获取它,又不能利用别人的力量来使自己饱食一顿,眼看着充饥的源泉渐渐地离开自己，于是,就病态地咕噜着,发出了悲鸣和哀号。母亲越是仔细地望着这些法官,这种粗野的、奇怪的想法就越是格外地鲜明起来。

母亲觉得他们根本就不掩饰这种曾经可以饥不择食地大吃一顿的兴奋。她作为一个女人,作为一个母亲,儿子的肉体一向对她总要比那些叫作精神的东西更宝贵。所以当她看到那些恶毒的目光在儿子脸上爬过、摸着他的胸膛和肩膀,在他那发烫的皮肤上擦过去的时候,她禁不住感到十分可怕,这种目光好像在寻找可能燃起和温暖这些垂死的人们的硬化的血管和疲惫的肌肉里的血液。现在,这些垂死的人们因为受了贪婪和对这种年轻的生命的嫉妒的刺激,已经稍稍有了生气,虽然他们要将这些年轻的生命审判定罪,并且要使这些年轻的生命离开他们。

在母亲看来,巴威尔也感到了这种湿黏的、叫人非常不快的触摸,所以身体颤抖着,远远地望着她。

确确实实,巴威尔一直用他那稍稍有些疲倦的眼睛镇静而温柔地望着母亲。时不时地微笑着朝母亲点头。

“快要自由了!”他的微笑似乎是在这样温柔地抚慰着她的心。

忽然,法官们一起站了起来。

母亲也不自觉地站起身来。

“他们要走了!”西佐夫说。

“去商量判决?”母亲问。

“是啊!”

她的紧张忽然松弛了,身体感到了令人窒息的疲劳,眉头抖动起来,额上渗出冷汗。难挨的绝望与屈辱涌上她的心头,又很快地变成了对审判和法官们的轻蔑。

她觉得眉毛疼痛起来,便用手重重地擦了一下额角,然后回头看了一看,只见被告的亲朋们都挤到铁栅栏旁,法庭里充满了嗡嗡的谈话声。

于是,她也走到巴威尔的面前,紧紧地握住了他的手。就在这一刻,她心里充满了委屈和欢喜,心情极为矛盾,竟不知怎么是好,这样便哭了出来。

巴威尔温柔地安慰着母亲。

霍霍尔一边给母亲说笑话,一边自己笑个不停。

这会儿,所有的女人都哭了。

但是,这种哭泣不能称作悲伤,而是出于习惯。她们并没有受到那种突然的打击,使人失去知觉的悲伤,这种悲伤也没有出人意料地突然降临到她们头上。她们所怀有的,是非和自己的孩子分别不可的那种悲伤的意识。但是,但这种意识早已被这一整天的事情所形成的印象冲散了,溶解了。

父母亲们都以一种极为复杂的心情看着自己的孩子。在这种感情里面,有对年轻人的不解和平时对孩子的优越感,和另外一种近似对孩子们尊敬的感情,都奇怪地掺杂在一起。执拗地萦绕在心头的、关于今后如何生活的忧虑,也因为被年轻人激起的好奇而淡漠下去,因为这些年轻人勇敢无畏地讲到另外一种美好的生活的可能。

他们的感情因不善言语而无法表达,话虽然不多,可是说的大都是关于衬衫、衣服和保重身体之类的简单的事情。

蒲金的哥哥挥着手,劝弟弟说:

"要紧的只是正义！别的都不妨的！"

弟弟回答：

"好好的，当心我那只椋鸟！"

"保管不会出毛病！"

西佐夫抓住外甥的手慢慢地说：

"菲奥多尔，你就这样去了吗？"

菲佳弯下身子，狡猾地微笑着，对他耳语了几句。

卫兵也被逗得笑了出来，可是马上又板起面孔，咳嗽了一声。

母亲也和别人一样，跟巴威尔说的也尽是些关于衣服和健康的话。但她心中装着的许多问题，关于莎夏，关于儿子，关于她自己的问题，都堆积着说不出口。可是，在这一切下面，对于儿子的热爱，要使他欢喜、想接近他心灵的愿望，还在慢慢地展开着。对于可怕事情的等待已经没有了，剩下的只是对法官们的那种不愉快的战栗，以及关于他们的模糊的想法。

她深切地感到，自己内心正升腾起一种巨大明亮的喜悦，可是她并不太了解它，甚至觉得有些困惑。……

这时，母亲看见霍霍尔在和大家谈话，懂得他比巴威尔更需要亲切的安慰，于是，便对他说：

"我看不惯这种审判！"

"为什么，妈妈？"霍霍尔感谢般地微笑着高声问。"俗语说得好，水车虽旧，还能干活。"

"既不可怕，又不能让人明白，究竟是谁对谁错？"母亲犹犹豫豫地回答。

"啊哟，您还希望什么！"安德烈喊着。"您以为这儿是追求真理、维护真理的地方吗？哈哈……"

她叹了口气，微笑着说：

"起初我以为很可怕的！"

"开庭！"

大家很快地回到原位。

首席法官一手扶桌，一只手拿了卷宗正好遮了脸，开始用黄蜂似的、微弱的嗡嗡声读起来。

"在读判决呢！"西佐夫留神地听着，嘴里念叨。

周围十分安静，一点儿声音都没有。

大家都站着，眼睛望着首席法官。

只见他矮小、干瘪，却站得笔直，好像是被一位眼睛看不见的人拉着一根手杖。

法官们也都站着。乡长仰起了脑袋望着天花板，市长将手交叉在胸前，贵族代表抚摸着胡子，面带病容的法官、他的胖同僚和检察官都望着被告那边。

法官们后面，肖像上的穿着红色制服、脸色苍白冷淡的沙皇从他们的头上望下来。在他的脸上，有一个小虫子在爬。“充军！”西佐夫轻松以叹了口气，说，“哦，当然，真是谢天谢地！本来听说要判做苦役！不要紧的，老太太！这是不要紧的！不要紧的！”

“我也早知道了。”母亲疲倦地回答他，声音不高。

“总算定下来了！现在算是真的了！要不然，谁知道他们会怎样？”

被判决的人们快要被带下去了。

西佐夫转过脸来望着他们，高声喊：

“再见了，菲奥多尔！还有诸位！上帝保佑你们！”

母亲默默地向儿子和其他同志点头告别，她心里特别想哭，可又不好意思哭出来。

二十七

母亲走出了法院。

当她看见时候已经很晚，街上点了路灯，星星布满天空时，竟觉得有点惊奇：时间过得真快呀！法院附近三五成群的满是人，空气异常寒冷，发出了踏雪的声音，和年轻人的呼叫声混杂在一起；一个戴灰色风帽的男子凑到西佐夫跟前，紧紧地盯着他，急火火地问道：

“判决怎样？”

“充军！”

“大家都一样？”

“一样。”

“谢谢！”

那人走了。

“你看见了吗！”西佐夫说，“大家都要问……”

忽然，有十来个青年男女过来把他俩围住，并急急地招呼着别人。

母亲和西佐夫站下了。

他们问到判决，问到被告们采取了怎样的态度，谁讲了话，讲些什么等等。在所有的问话里面，都可以感受到同样的急切和关怀，这种真诚而热烈的好奇唤起了她一种要使他们得到满足的愿望。

“诸位！这就是巴威尔·符拉索夫的母亲！”有一个不很响亮的声音喊道，于是，大家先后迅速地安静下来了。

“请您允许我握您的手！”

只见一只有力的大手伸过来握住了母亲的手。同时有一个声音兴奋地说：

“您的儿子是我们大家伙的勇敢的榜样！”

“俄罗斯工人万岁！”又发出了一声响亮的呼喊。

这呼喊声迅速增加着，此起彼伏响成一片。

人们从各处跑来，挤在母亲和西佐夫的周围，人山人海。

警察的警笛声开始在空气中跳动了，但是，这种跳动的声音却远不能盖过呼喊者。

西佐夫不住地笑着，仿佛自己得到了某种胜利。

母亲觉得这一切像一场美妙绝伦的梦，她也微笑起来，纷纷和众人握手，和大家打招呼。一种幸福和喜悦的眼泪噎住了她的喉咙，叫她喊不出来，她的双腿疲倦得发抖，可是充满了喜悦的心房却能吞下一切，好像湖水的平面一般反映出一切的印象。

在母亲身旁，有人清朗而兴奋地说：

“诸位同志！一直在大嚼俄罗斯人民的怪物，今天又用他贪得无厌的嘴巴吞下了！”

“尼洛夫娜，我们走吧！”西佐夫提议。

这个时候，莎夏不知从什么地方走了过来，她挽住母亲的胳臂，很快地把她拖到街对面，匆匆地说：

“走吧，这儿或许会挨打。要不然就会被抓去充军！”

“到西伯利亚？”

“不错，不错！”

“他怎样讲？可是我知道他要讲什么。他比谁都坚强，比谁都单纯，当然，比谁也都威严！他是特别敏感，特别温柔的，只是他不好意思表露自己的感情。”

莎夏兴奋的耳语和充满了爱的言辞，镇定了母亲的不安，使她的气力又恢复过来。

“您什么时候到他那里去？”母亲将莎夏的手亲切地按在自己的胸前，关怀地低声问。

莎夏自信地望着前方，回答母亲：

“只要这里找到能够代替我的工作的人，我立刻就走。其实我不也是在等待判决吗？大概，我也会被发配到西伯利亚，那时候，我会要求发配到他去的地方。”

这时从后边传来了西佐夫的声音：

“那时候请替我问候他，就说是西佐夫问候他。他知道的。

菲奥多尔·马琴的舅舅……”

莎夏停下步子，转过身来和他握手，并和颜悦色对他说：

“我也认识菲佳！我叫亚历克山特拉！”

"父名呢?"

莎夏看了他一眼,平静地回答:

"我没有父亲。"

"已经过世了?"

"不,还活着!"姑娘有点激动了,她的声音里含着一种固执而坚决的口气,脸上也露出同样坚定的表情。"他是地主,现在是地方自治局的议长,他是剥削农民的。"

"原来是这样!"西佐夫抑郁地说,然后沉默了一会儿 ,与她并排走着,他转过头来望着她说:

"那么,尼洛夫娜,再见了! 我要往左拐了。再见,小姐,你把父亲骂得太厉害了! 当然,这和我不相干。……"

"假使您的儿子是个坏蛋,是一个对社会有害、是一个您所憎恶的人,您也会这样说的吧!"莎夏的话说得很热烈。

"哦, 我一定会说!"老人想了想才回答她。

"可见,对于您,正义比儿子更宝贵;对于我,正义比父亲更宝贵。"

西佐夫微笑着连连点头,然后又叹了口气说:

"您可真会说话! 哦,您如果这么下去,老人也会被您说服的, 您很有毅力! 再见了,好好,多保重! 对人还是亲切一点好吗? 再见了,尼洛夫娜! 要是碰到巴威尔,告诉他,他的演说我听到了,我并不完全懂,有些许可怕,可是我认为他说得对!"

他挥了挥帽子,郑重地拐过弯去了。

"他大概是一个好人!"莎夏用她的含笑的大眼睛望着他的背影,称赞道。

母亲觉得今天莎夏比往日温柔和蔼多了。

回到家中,她们一起靠在沙发上。母亲在寂静中休息着,一边重新提起莎夏去找巴威的事。

姑娘沉思地耸起两道浓眉,大眼睛出神地望着远处,在她的苍白的脸上,洋溢着安静的冥想。

"将来等你们有了孩子,我可以到你们那里去,给你们照管孩子。我们在那里过的日子一定比这里差。巴沙可以找到工作,他的手是很干的。"

莎夏用探究的眼光望着母亲,问道:

"难道您现在就不想跟他到那里去?"

母亲叹了口气说:

"我去对他有什么用呢? 他逃走的时候,反而要拖累他。

况且,他不会同意的。"

莎夏点了点头。

“他不会同意的。”

“而且,我还有工作!”母亲略带自豪地说。

“对呀!”莎夏沉思地说,“这很好。”

突然,她像要抖掉身上的什么东西似的抖了一下,简单地低声说:

“他是不可能住在那里的。他当然要逃走的。”

“那么您怎么办呢?假如有了小孩呢?是不是?”

“到那时候再说吧。他不应该顾到我,我也非常不愿意拖累他。和他分离对我是很痛苦的,可是我一定能够克制自己。

我绝不想拖累他。”

母亲觉得莎夏说到就能做到——她是这样的人。于是,心中忽然很可怜莎夏了,她伸出胳膊搂着她说:

“亲爱的,那对您一定是很苦的!”

莎夏把整个身子都紧挨在母亲身上,温柔地笑了一笑。

尼古拉回来了。

他看上去很疲倦,一面脱着外套,一面匆匆说着:

“喂,莎馨卡,您趁早走吧!今天一早就有两个暗探盯在我身后,而且明目张胆毫不隐蔽,大概快要抓我了。我已经有了预感。估计在什么地方可能已经出了事儿了。正好我这儿有巴威尔的演说稿,现在决定把它印出来。您拿到柳德密拉那里,请他务必尽快把它印出来,越快越好!巴威尔讲得真棒!尼洛夫娜!要当心暗探,莎夏!”

他一边说着,一边把冻僵了手搓来搓去,然后走到桌子旁边,麻利地拉开抽屉,开始挑选文件。有的文件扯掉了,有的搁在一边,他的神色是焦虑而急迫的。

“不久之前刚全部整理过,现在又聚了一大堆,该死的东西!尼洛夫娜,您看,您最好也不要在这儿过夜,是吗?碰见这种情况,是相当乏味没有意思的,那些家伙可能把您也抓进去,您还得到处去分发巴威尔的讲演稿呢。”

“可是,他们把我关进去有什么用处呢?”母亲有点不在乎。

尼古拉把手挥动着,很有把握地说:

“我有特别的嗅觉。况且,您不是也可以帮助柳德密拉吗?避开这些灾苦吧。”

可以亲自参与印刷儿子的演说记录的这件工作,使母亲非常高兴,她回答道:

“既然这样,我就走吧。”

突然,她自己觉得也很意外地、十分自信地小声说:

“感谢基督,现在我是什么都不怕了!”

“那好极了!”尼古拉并不看着她,叫了起来。“可是要请您告诉我,我的箱子和衬衫放在哪里了?您的手厉害得很,把所有的东西都抓了过去,我连自己的财产,都完全失去自由处理的可能。”

莎夏默默地将纸片丢在炉子里烧掉,烧完之后,又仔细地将余烬和灰搅在一起。

"莎夏,你走吧!"尼古拉对她伸着手说,"再见了! 不要忘记,如果有什么有趣的书,不要忘了我。好,再见了,亲爱的同志! 要更加小心啊!"

"您估计会很久吗?"莎夏问。

"谁知道他们! 一定有了我的什么材料了。尼洛夫娜,您跟她一起走吧。因为盯在两个人后面要困难些,好吗?"

"我就去!"母亲回答说,"我就去穿衣服。"

她认真观察着尼古拉,但是,除了在昔日温文尔雅的脸上多了些忧虑外,并没有其他的发现。这个平时与她接触最多的人,她看不出一点不必要的慌张的动作,看不出一点不安的痕迹。对一切的人都是同样的关注,对一切的人都是那么和蔼平易;一向是那样镇静而孤独的他,在大家看来,仍旧是和以前一样,内心之中蕴藏着隐秘的思想,而他的思想在程度上是超过了别人的。

母亲心里知道,尼古拉和她是最亲近的,她也用一种十分小心的、好像没有自信的感情爱着尼古拉。现在,母亲非常可怜他,非常疼爱他,但她知道她不能表露出来,因为她知道,假使她将这种感情流露出来,尼古拉一定会惶惑不安,不知所措,会像平时一样变得有点可知, 她不愿意看到他变成这个样子,这是由衷的。

母亲回到房间。

尼古拉握着莎夏的手说:

"好极了! 我相信,这对于你俩都是很好的! 稍微要有一点个人的幸福, 是没有什么害处的。尼洛夫娜,您准备好了?"

他笑着用手支了一下眼镜,走到母亲面前。

"那么,再见了,我希望是三四个月,至多是半年吧! 半年,这就够长的了,不是吗? 请您自己千万要保重,好吗? 好,让我们拥抱一下吧!"

瘦高个儿的尼古拉,伸出有力的两臂抱住了母亲,凝望着她的眼睛,笑着说:

"我好像是爱上了您了,我真想永远拥抱着您!"

母亲只是热情地吻着他的额头和双颊,她的两手在发抖。但她不愿意让他发觉,所以就把手松开了。

"好,明天要小心些! 这样吧,您明天早上派个孩子来, 柳德密拉那儿有个男孩子, 就叫他来看看。好吧,再见了,同志们! 祝你们好!"

走到街上的时候,莎夏悄悄对母亲说:

"在必要的时候,他也会这样随随便便地去赴死的,大概也像这样有一点匆匆忙忙的。在死神和他打个照面的时候,他也会整一整眼镜说:'好极了!'就这样死去。"

"我很喜欢他!"母亲低声说。

“我钦佩他，但是，并不喜欢他！当然我非常尊敬他。他这个人有些枯燥，虽然他很善良，有时甚至很温柔，但是，这一切还不够有人情味，是不是有人在跟踪我们？我们分开走吧。如果您真觉察出有暗探跟着的话，就不要到柳德密拉那儿去。”

“我知道！”母亲说。

但莎夏还是很不放心地又重复了一句：

“不要进去！那时候就到我那儿去！那么，再见吧！”

她飞快地扭过身去，朝回走了。

二十八

过了一会儿。

母亲坐在柳德密拉那小房间里的炉边烤着火。

女主人一身黑衣，扎着腰带，在屋里来回踱着，使室内充满了衣服的摩擦声和她的命令似的声音。

炉中的火焰似乎在烧着屋里的空气，发出噼噼啪啪的响声。

女主人滔滔不绝地说着：

“人们的愚蠢要比他们的残暴多得多。他们只看到眼前的、手边的、立刻可以拿到的东西。可是，这手边的东西都是没有多少价值的，贵重的、有价值的东西离得很远。事实上，如果生活能够改善，人类就能够更聪明，这对大家来说都是有利的，大家都会高兴。不过，要想达到这个目的，目前，就非得麻烦不可。”

她突然在母亲面前站住，好像抱歉一般地低声地说：

“这儿难得有人来，所以一有人来，我就要讲这些，您觉得很可笑吧？”

“为什么？”母亲说。她竭力要猜出柳德密拉在什么地方印刷，可是看不见什么特别的地方。

在这有三扇窗子临街的房间里，摆着沙发、一个书橱、一张桌子、几把椅子，墙边放着一张床，靠床的角落摆放着洗脸盆，另外一个角落里装着炉子。墙壁上挂着照片。一切都是新的，坚固而整洁，在这所有的东西上面都反映出女主人的修女般的冷若冰霜的影子。

这里让人感觉是藏了东西。但是，不知道在哪里。

母亲又细心地看了看门，一扇门是她刚才从小小的过道里走进来的，另外一扇门在炉子旁边，又高又窄。

“我是有事来的！”母亲发觉女主人在注意她，于是，踌躇地说。

“我知道！没有事是不会到我这儿来的。”

母亲觉得柳德密拉的话有些怪异。母亲对她望了望,她的薄薄的嘴唇旁边浮着微笑,没有光泽的眼睛在眼镜后面闪动着。

母亲躲开她的目光,把巴威尔的演说稿交给她。

"就是这样,请您赶快印!"

接着,她就开始讲尼古拉被捕之前的情形。

柳德密拉默默地把纸塞在腰带下面,坐了下来。在她的眼镜上面反映出了红色的火光。火焰的热烈的微笑在她的凝然不动的脸上跳动着。

"要是他们到我这里来,我就要对他们开枪!"听完了母亲的话,柳德密拉坚决地、声音不高地说,"我有抵御暴力的权利!我既然号召别人去抵御暴力,我也应该这样做。"

火焰的反光从她脸上消失了,往日的冷漠与自负又恢复了。

"她的生活太苦了!"母亲心中有些怜爱地想。

柳德密拉开始讲巴威尔的演说,开始兴趣并不太大,可是渐渐地把头越来越凑近稿纸,很快地将一张张看过的稿纸放在旁边。读完之后,她站起来,伸直了身子,走到母亲身边。

"这太好了!"

她低头沉吟一会儿。

"您儿子的事,我不想跟您谈,我没有见过他,也不喜欢说这种悲惨的事。亲人被判充军的那种滋味,我是知道的!可是,我要问您,有了这样的儿子,一定很好吧?"

"是的,很好!"母亲说。

"同时也害怕,是吗?"

母亲镇静地笑着回答说:

"现在已经不怕了。"

柳德密拉用她棕色的手抚了抚本来已很顺滑的头发,转身走到窗口。一个淡淡的影子在她脸上颤动,也许,这是她抑制住了的微笑的影子。

"我很快地排起来,您睡吧,您忙了一天,也够累的了。您在我床上睡,我现在不睡,半夜里也许要叫醒您来帮忙。您睡的时候请您熄了灯。"

她在炉子里添了两根木柴,伸直了身子,走进了炉子边上那扇又高又狭的门,随手把门紧紧地关上。

母亲望着她的背影,一面脱衣服,一面还在想着这位女主人。

"她好像在烦恼。"

一天的疲劳使她头昏脑涨,可此时,她的心里却是异样地平静。她眼前看到的东西好像都笼罩在亲切的温暖之中。这种柔光匀和平静地充满了她的胸头。

母亲很熟悉这种平静的心情,在每次大的震动后,一定会有这样的心情。

以前,这种现象使母亲有些不安,但是,现在,这种现象只能是开阔着母亲的胸襟,并以强有力的感情来使得母亲更加坚强。

她吹熄了灯,将身子蜷在冰冷的被子里,很快就睡熟了。

她睁开眼睛的时候,室内已经充满了晴朗的冬日里寒冷的白光。

女主人手拿一本书蜷在沙发里,带着不像平时那样的微笑,望着母亲的脸。

"啊呀!"母亲狼狈地叫道,"我怎么啦,睡了很久了吧?"

"早安!"柳德密拉说:"快要十点钟了,起来喝茶吧!"

"您为什么不叫醒我呢?"

"我本来想要叫您的。我走到您跟前,看见您睡得那么香,脸上带着那样愉快的微笑。"

她全身用了一个柔软的动作从沙发上站了起来,走到床前,弯下腰来凑近母亲的脸。在她没有光泽的眼里,母亲发现了一种亲切可爱的和可以了解的神气。

"我不忍心叫醒您,大概您做了一个好梦吧!"

"什么梦都没有做。"

"好,这暂且不去管它!可是我非常喜欢您的梦。那么平静、善良……包含着那么多的意思!"

柳德密拉笑了出来,她的笑声很低,声音亲切悦耳。

"我也想起了您的事,您也够辛苦的!"

母亲耸动着眉毛,默默地想着。

"当然很辛苦!"柳德密拉说。

"连自己都不知道!"母亲轻声说,"有时也会觉得很累。事情那么多,所有的事都是那么严重,叫人惊奇,很快地一件事接着一件事,快得很!"

一种常有的激情又在她心中涌起,使她无限遐想着。她在床上坐起来,急忙要把这种思想说出来。

"大家都在不停地进取,一直向着一个目标前进。当然,痛苦的事情很多!人们都在受苦、挨打,打得简直惨无人道,许多愉快的事都没有他们的份,这是很痛苦的!"

柳德密拉很快地抬起头来,关爱似的看着母亲,说:

"您说的是您自己的事吧!"

母亲望了望她,一边从床上起来穿衣服,一边说:

"在你觉得,这个人也重要,那个人你也喜欢,你替大家担忧,怜惜每一个人的时候,一切的事情都挤在心里,自己怎么能站在一旁呢?哪里还能退到一旁呢?"

母亲衣服还没穿完,站在房间当中,沉思了一下。

她觉得以前那个总为儿子担心,总想去保护儿子的她,已经没有了,这样的她,现在已经没有了;她已经离开了,消失到了遥远的地方,或许,被兴奋的猛火烧毁了。这去除了她心灵的束缚,洗涤了她的灵魂,使她的心灵生出了新的力量。她倾听着自己心灵的低语,希望能看一看自己的心,一面又害怕会唤醒原有不安的情绪。

“您在想什么?”女主人走到她的身边,亲切而关心地询问。

“不知道!”母亲回答。

两人都默默地互相对望着,一会儿,又不约而同地笑了出来。

尔后,柳德密拉一边向门口走,一边自言自语地说:

“我的茶炉不知怎么样了?”

母亲看看窗外,窗外正是严寒的日子,阳光清澈明亮,于是,她心里也倍感光明朗照了,而且有种热乎乎的感觉。

她渴望快乐地、滔滔不绝地讲出她心中所有的事情,为了汇集在她的灵魂里,像晚霞一样在那里发光的那一切,她不由得对某人抱着一种朦胧的感激之情。很久没有产生过的要祈祷的欲望又使她激动。

她想起了一张年轻人的脸,又好像听见一个响亮的声音喊道:“这是巴威尔·符拉索夫的母亲!”接着,莎夏的眼睛放射出了愉快而温柔的光辉;雷宾以阴郁的姿态站了起来;儿子那青铜色的、果断的脸在微笑着;尼古拉狼狈地眨着眼睛。突然,所有的一切都被一声轻柔深切的呼吸融合成一片薄薄的轻云,平静的笼罩着她的思想。

“尼古拉果然猜中了!”柳德密拉走了进来,关切地说给母亲。“他被捕了。我照您的话,今天差孩子去打听了打听。他说院子里有警察,他亲眼看到有一个警察躲在大门背后。还有暗探走来走去,孩子是认识他们的,没错儿。”

“果不其然!”母亲点着头说,“唉,可怜的……”

她叹了口气,心中并没有悲伤,对于这种心境和情形,连她自己也觉得颇有点奇怪。

“最近他在城里工人中间做了多次报告,总之已经是应该出事的时候了!”柳德密拉皱着眉头,仿佛早有所料似的说。

“同志们都劝他走吧,可是他不听!照我的意思,到了这种时候,不应该单用劝告,应该强制他走才行!”

一个男孩子站在门口,他长了一头黑发,面色红扑扑的,有一双美丽的蓝眼睛,鼻子小巧而带钩。

“可以把茶炉拿来了吗?”他的声音很响亮地问。

“请拿来吧,谢辽查!这是我的学生!”

母亲觉得今天柳德密拉和以前有所不同了,变得比较随和、容易让人亲近了。她颀长的身体,舒缓的动作,都洋溢着美感和活力,使她的严厉而苍白的脸显得柔和了一些。一夜之间,她的眼睛下面添了一圈黑晕。从她身上可以感到她似乎总是时刻准备着什么,她的心情恰似绷得很紧的弦。

男孩子搬来了茶炉。

“谢辽查,来认识认识吧!这是彼拉盖雅·尼洛夫娜,是昨天被判罪的那个工人的母亲。”

谢辽查不说什么只是行了个礼,又握了握母亲的手,尔后又出去拿来了面包,回到桌旁坐下来。

柳德密拉倒茶的时候,劝母亲不要回去,等打听清楚了警察究竟在那里等候什么再做打算。

“大概是在等您!他们一定会盘问您的,您说呢?”

“让他们盘问吧!”母亲说,“就是把我抓了去,也没有什么大不了的!不过,先得把巴沙的演说词分散出去。”

“已经排好了。明天就可以分发到城里和工人区里。您认识娜塔莎吧?”

“怎么不认识?”

“请您送到她那边去。”

那个男孩子在看报,好像什么都没有听见似的,但是,他的眼睛常常从报纸后面望着母亲的脸。

母亲看着他灵活的目光,心中很欢喜,不住地朝他微笑。

柳德密拉又讲起了尼古拉,对于他的被捕并不感到惋惜,可是母亲觉得这是很自然、很正常的。

时间过得很快,喝完了茶,已经快到正午了。

“真是的!”柳德密拉惊呼了一声。

这时有人急急地敲着门。

男孩站起身来,眯着眼睛询问地看着女主人。

“去开吧,谢辽查!这会是谁呢?”

她平静地将一只手插进裙子口袋里,对母亲说:

“彼拉盖雅·尼洛夫娜,如果是宪兵,您站到这个角上。谢辽查,你在……”

“我知道!”孩子小声回答着,快步跑了出去。

母亲笑了笑。

柳德密拉这些举动并没有让母亲紧张,她心里没有半点灾祸临头的预感。

一个矮小的医生走了进来。

又听医生匆匆地说道:

“第一,尼古拉被捕啦。啊,尼洛夫娜,您怎么在这里?抓人的时候您不在?”

“他事先叫我到这儿来的。”

“哦,可是,我以为这对您并没有好处!第二,昨夜来了许多青年人,把演说稿油印五百份。我看了,印得不错,字迹清清楚楚。他们准备今天晚上在城里散。可是我不赞成,城里最好用铅印的。那些油印的最好拿到别处去散发。”

“那么让我拿到娜塔莎寻聊去吧!”母亲起劲儿地说,“给我吧!”

她恨不得立刻将儿子的演讲稿发到世界的每个角落。此时此刻,她用等待着答复的目光望着医生的脸,准备恳求他。

“天知道您现在做这种工作是不是方便!”医生犹豫不决地说了之后,摸出表来看了一下。“现在是十一点四十三分,火车两点零五分开。路上要走五个小时十五分。您到那里的时候,天已经较晚了,但还不太晚。不过,问题并不在这里。”

“不在这里?”女主人皱着眉头重复了一遍。

“那么问题在哪里呢?”母亲走近他们,问道,“问题是只要能能够好好的散出去。”

柳德密拉望着她,搓着自己的额角说:

“这对您是很危险的!”

“为什么?”母亲热烈地、好像要求似的问道。

“是因为这个!”医生很快地、忽高忽低地说,“您在尼古拉被捕之前一小时从家里出来,您跑到一个工厂里,那里的人很多的,都认识您是一个女教员的婶母。您到工厂之后,工厂里面发现有害的传单。这一切都可以编成一个绞索,勒在您脖子上。”

“我到那里不让人家知道不就成了?”母亲说得执着而热烈。“回来的时候,如果被他们抓住,问我到哪里去了……”

她停顿了一下,然后很响地说道:

“我知道该怎么说! 我从工厂出来,直接回到工人区,那里我有一个熟人,他叫西佐夫,我就说,一出了法院就来找他,因为很伤心。他也很难受,因为他的外甥判了罪,我想,西佐夫他肯定给我证明的,你们看这样好吗?”

母亲感觉出来了,他们会对她的愿望让步; 于是,想赶快催促他们做到这一点,她越说越坚定,最后他们终于让步了。

“既然这样,您就去吧!”医生很勉强地同意了。

柳德密拉不说话,她沉思着在房间内来来回回地走着。她的脸色阴郁起来,也好像变得消瘦了一些。她抬起了头,颈部的筋肉似乎很紧张,好像脑袋突然变得沉重了,不由自主地要垂到胸前来。

母亲一看就明白了她的心情。

“你们总是爱惜我!”她笑着说,“可是对你们自己却不爱惜。”

“不对!”医生说,“我们爱惜自己,而且也应该爱自己,对那些无由的、无所谓地浪费自己力量的人,我们要狠狠地骂他! 现在这样吧,您在车站上等着演说稿吧!”

他对母亲讲着计划的每一步,然后双眼凝视着她的脸色说:

“好,祝您成功!”

医生仍有些不放心地走了。

柳德密拉关好了门,轻轻地笑着走到母亲面前。

“我理解您……”

她挽住母亲的手臂,又在屋里不停地走了起来。

“我也有个儿子,他今年十三岁了,可是他跟着父亲。我的丈夫是个副检察官。孩子和他住在一起。我常常这样想:他将来不知道会变成什么样!”

她那湿润的声音抖了一下,然后又沉思似的平静而流畅地讲着。

“养育他的人,是我曾经很亲近的人,我认为是世界上最好的人们的有意识的敌人。我的儿子长大了会变成我的敌人。他不能和我住在一起,现在我用的是假姓。我已经有八年没有看见他了,八年啊,这是很长的日子!”

她站在窗口,望着空荡荡的天空,继续讲述:

“假如他能够和我在一起的话,我一定可以更坚强,我就不会像现在这样这么受煎熬。即使他死了,我也会舒服些。”

“我亲爱的!”母亲低声说,她觉得她心里满是同情。

“您真是幸福啊!”柳德密拉微笑着说,“母亲和儿子站在一起,这真是了不起,这是多么难得呀!”

符拉索娃不自觉地喊道:

“对!这是特别好的!”她像是倾诉秘密似的低声说。

“你们所有的人,你啦,尼下拉·伊凡诺维奇啦,所有追求革命真理的人们啦,也都站在一起!人们突然都变成了亲人,所有的人们我都了解。说的话虽然不了解,可是其他的一切都是能够了解的!一切!”

“对啊!”柳德密拉说,“对啊……”

母亲把手放在她的胸口上,轻轻地推着她,自语似的说,好像也在倾听自己所说的话。

“全世界的孩子们都在奋斗!这一点我是明白的,全世界的孩子们都起来,从各个方向为着同一个目标而奋斗着!心地善良的、正义的人,都起来顽强地攻击一切邪恶,用有力的脚践踏着虚伪。他们年轻而充满活力,要把他们无限的气量贡献给一个目标,正义!他们起来征服人间一切的痛苦,起来消灭地上一切的不幸,起来战胜一切的丑恶,而且一定会战胜的!有一个人对我说,我们要创造新的太阳!是的,我们一定会创造出来!我们要将破碎的心结合成一颗完整的心,我们会把它结合起来的!”

她心里燃烧着新的信仰,母亲想起了早已忘了的祷词。她把这种言语由衷地散出来,如同火花。

“前进在真理和理智的大路上的孩子们,把他们的爱贡献给一切,他们用新的天空保护一切,用心灵的熊熊的火光照耀着一切。在孩子们对于世界的爱火里面,新的生活就被创造出来。有谁能扑灭这种爱的火焰呢? 有什么力量能高出这种爱呢? 有谁能战胜它呢?! 产生这种爱的是大地,全部生活都希望着这种爱能获得胜利!"

她兴奋得有点疲惫了,她踉踉跄跄地离开柳德密拉,喘着气坐了下来。

柳德密拉也悄悄地小心翼翼地走开了,像怕碰坏了什么东西似的。她缺少光亮的眼睛深深地凝视着前方,柔和地走来走去,这便使她显得格外的苗条、挺拔而纤弱了。她那瘦削严峻的脸上露出全神贯注的样子,嘴唇激动地紧闭着。

房间里安静的气氛让母亲的心也很快平静了下来,她发觉了柳德密拉的这种心情,就好像道歉一般地低声问道:

"我也许有什么话说错了吧!"

柳德密拉听了之后,迅速地扭过头来,惊讶地看着母亲的脸。她朝母亲伸出手,好像要阻挡什么似的匆匆地说:

"讲的全对! 可是,我们现在不要再讲这些了! 希望它能像您所说的一样。"接着他比较平静地劝说,"您该走了,路远着呢!"

"是的,我快要走了,您知道,我是多么愉快呀! 我带着儿子讲的话,我们血肉讲的话! 这不跟自己的心一样吧?!"

母亲满面微笑, 但是, 她的笑容只是模糊地反映在柳德密拉的脸上。但母亲明白,柳德密拉是用她特有的矜持抑制着自己的喜悦。忽然,母亲心中升起一个坚定的愿望,要将自己心里的火来点燃这个冷峻的灵魂,使它燃烧起来, 让它也跟着充满喜悦的心一同和鸣起来。

母亲紧紧地握住柳德密拉的手说道:

"我亲爱的,假使我们知道,生活中已有了灿烂的阳光,而且将来有一天他们准会看见这个光,会衷心地和它拥抱,这是多么美好啊!"

她和善的脸抖动起来,眼睛中闪烁着笑意,眉毛在眼睛之上跳动飞舞着,似乎在鼓励着它们的光辉。伟大的思想使她陶醉;她把那使她的心燃烧的一切,把她所体验的一切,都倾注到这些思想中去。她把这种思想压缩在光辉的言语的坚固的、容量很大的结晶体里。在那被春天的太阳的创造力所照耀的秋天的心里,这些思想越来越茁壮地成长起来,越来越鲜艳地开放着。

"这不正像是替人类产生了一个新上帝吗? 万物为万人,万人为万物! 我就是这样理解你们全体的。真的,你们大家都是同志,都是亲人,大家都是一个母亲——真理的孩子!"

她又被自己的兴奋的浪潮所淹没了,她停了一下,透了一大口气,仿佛是要拥抱似的伸展了双臂,接着说道:

"我一想起'同志'这个名词的时候,心啊,就会听见前进的声音!"

她终于达到了目的，柳德密拉的脸突然出奇地红起来，嘴唇不住地颤抖，眼睛里流下了大颗的、透明的泪珠儿。

母亲紧紧地拥抱着她，无限幸福地笑了。她因为自己心灵的胜利而倍感骄傲与自豪。

分手的时候，柳德密拉望着母亲的脸庞，悄悄地问：

"您知不知道，跟您在一块儿是多么快乐呀！"

二十九

走在大街上，干冷的空气紧紧裹着她，并浸入了咽喉，便鼻子发痒，甚至有一刻工夫叫她不能呼吸。

母亲停下脚步站在那里。她四面看了看：离她不远的街角处，站着一个马车夫，他头戴皮帽，一派无精打采的表情。远远的，还有一个男子正弯着背缩着头走路。另外，还有一个士兵搓着耳朵在那人前面连蹦带跳地跑着。

"大概是派了兵到小铺子里来了！"母亲一边这样想，一边继续朝前走，心满意足地听着她脚的雪发出的清脆的声响。

她很早就到了火车站。她要坐的那辆车还没准备好，但是，肮脏的、被煤烟熏黑了的三等候车室里面已经挤了许多人，寒冷将铁路工人赶到这里，马车夫和穿得很单薄的无家可归的人们也来取暖。还有一些旅客，几个农民，一个穿着熊皮大衣的肥胖的商人，一个牧师带着女儿，一个麻脸姑娘，四五个兵士，几个忙忙碌碌的市民。

人们吸着烟，谈着天儿，喝着茶和伏特加。

车站小吃店前有人高声笑着，他们头顶烟雾缭绕。

候车室的门开关时总会吱吱地叫，当被人砰的一声关上时，玻璃发出震动的声音。烟叶和咸鱼的臭味刺激着每个人的鼻子，母亲坐在门口的一个很显眼的地方等待着。每次开门的时候，就有一阵云雾般的冷空气吹到母亲的脸上。这使她觉得十分爽快，于是，她便深深地呼吸一口冷空气。

有几个人提了包裹进来，他们穿得很厚实，蠢乎乎地挡在门口，嘴里骂着，把包裹丢在地上或凳子上，抖落大衣领上的和衣袖上的干霜，又把胡子上的霜抹去，一边发出咳嗽的声音。

一个手提黄色箱子的年轻人走了进来，迅速地朝四周围看了一遍，然后径直朝母亲走来。

他站在母亲的面前。

"到莫斯科去吗？"那人低声问。

“是的，到塔尼亚那里去。”

“对了！”

他把箱子放在母亲身边的凳子上，很快地掏出一支烟卷来点着了，稍微笑举了举帽子，默默地向另外一扇门走去。

母亲伸手摸了摸冰冷的箱子，将臂肘靠在上面，很不满意地望着大家。

过了一会儿，母亲站起身来，向靠近通往月台的门口的一条凳子走去。她手里，毫不吃力地提着那个箱子，箱子并不太大，走过去，她抬起了头，打量着在她面前闪现的一张张脸。

一个穿着短大衣的，把大衣领竖起来的年轻人和她撞了一撞，他举起手来在头旁边挥了挥，便默默地跑开了。

母亲一下子想起可能在哪儿见过此人，她回过头来一看，只见那人正用一只浅色的眼睛从衣领后面朝她望着，这目光刺得母亲心中一动。于是，她提着箱子的那只手抖动了一下，手里的东西好像突然就沉重起来了。

“我一定在哪儿见过他！”母亲回想起来，她想用这个念头慢慢地抑制脑中隐隐不快的感觉，她也不想用其他的话来明确地说出这种感觉。

但是，这种感觉增长起来，升到喉咙口，嘴里充满了干燥的苦味。

这时，母亲忍不住想要回头再看一次。

当然，她这样做了。

只见那人站在原来的地方，两脚轻轻地倒换着站在那儿，好像他想干一件事而又没有足够的决心去干。他的右手塞在大衣的纽扣中间，左手放在口袋里，因此，他的右肩要比左肩高一些。

母亲镇定从容地走到凳子前，小心地、慢慢坐了下来，好像怕弄破自己里面的什么东西似的。

大祸临头的感觉让她一下子想起这人她曾见过两次，一次，是在城外的旷地上，是在雷宾逃狱之后；第二次，是在法院里。那人和在雷宾逃走后向母亲问路时被她骗过的那个乡警站在一起。他们认得她，她被他们盯住了，这是显而易见的。

“完蛋了吗？”母亲问自己，但接着是颤抖的回答：

“大约还不妨事吧？”

可是她又理智坚定地告诉自己：

“完蛋了！”

她向四周望了一遍，什么也看不见了，一个又一个的念头在她心中闪亮，然后又一一熄灭。

“丢掉箱子逃吗？”

但是，另外一个火花格外明亮地闪了一下。

“丢掉儿子的演说稿吗？让它落到这种人的手里去。”

她把箱子拿到身边。

“那么带了箱子逃走吧？赶快跑！”

这些想法好像都不是她自己的，好像是有人从外面硬塞给她的。

这些想法好像烧疼了她，那疼痛让她深受刺激，好像一条条燃烧着的线似的抽打着她的心。

这些想法灼烧着她，并且侮辱了她，逼着她离开自己，离开巴威尔，离开已经和她心连在一起的那一切。

母亲感到，有一股敌对的力量死死地抓住了她，紧紧地压迫着她的肩膀和胸膛，玷污她，使她陷在死一般的恐怖里。

她感到自己太阳穴旁的血管剧烈地跳动着，发根很热。这时候，她心中鼓起所有的力量，吹灭了这一切狡猾而微弱的小火星，像命令一般对自己说：

“可耻啊！”

她马上振奋起来，她把主意完全打定之后，又添了一句话：

“不要给儿子丢脸！没有人害怕！”

她的眼睛看到一个人无精打采、胆怯的视线。

后来，她的脑子里闪过了雷宾的脸庞。

前一刻的动摇使她这一刻更加坚定了，心也跳得比较平稳了。

“现在到底会怎样呢？”她一边观察，一边想。

那个暗探把路警叫来了。

他眼望着母亲轻轻地对路警嘀咕着，鬼鬼祟祟，不可告人。

路警边上上下下看着母亲，一面退了出去。

又来了一个路警，皱着眉头听他说着。这是一个身材高大、没有刮脸的白发老人。他对暗探点了点头，朝母亲坐的凳子走了过来，暗探就很快地消失了。

老头子从容不迫地一步一步地走过来了，用一种好像生气的眼光注视着母亲的脸。

母亲下意识地将身体在凳子上往后挪动了一下。

“只要能不挨打！”

老头站在她旁边，沉默了一会儿，然后不高不低地严厉地问：

“在看什么？”

“没看什么。”

“哼，女贼，上了年纪了，还居然要干这种勾当！”

母亲觉得这种话就像是有人在抽她的耳光，刚才这些恶毒的、声音嘶哑的话使她感到好像把自己的脸皮撕破了、把自己的眼睛打坏了一般地疼痛。

“我？你瞎说，我才不是贼呢！”母亲用全身的力气喊道。

眼前的一切在她愤怒的暴风中翻腾起来，心里感到强烈的受辱的苦味儿。她把箱子猛的一拉，打开来。

“你看吧！大家来看吧！”母亲站起身来，抓了一把传单举到头顶上，高声喊着。喊声中充满了激动的愤恨与畅快的美妙……

透过乱糟糟的吵闹声，母亲听见了聚集过来的人们的喊声。

与此同时，许多人从四面八方迅速地跑了过来。

“什么事？”

“有暗探！”

“什么事呀？”

“说那个女人偷了东西。”

“啊呀，看样子倒很体面！”

“我不是贼！”母亲看见人们纷纷拥上来，稍微安稳了一些，朝着一张张奇怪而陌生的面孔放开嗓子说道：

“昨天审判了一批政治犯，里面有一个叫符拉索夫的，是我的儿子！他在法庭上讲了话，这就是他讲话的稿子！今天，我要把这些稿子分散给大家，让大家认认真真地看一看，想一想真理。”

有人小心而好奇地从她手里抽了几张传单，样子十分庄重。

母亲把手猛地在空中一挥，传单便纷纷飘到人群里。

“这么干是不好的！”有人害怕地躲在一边说。

母亲看见不少人拾了传单，塞进自己的怀里或口袋里，这种情形又使她振作起全身的劲头。

她感到全身有些紧张，切切实实地感觉到自豪感在心里成长，被深藏了的快乐忽地一下燃烧起来了。

她的话更镇定、更有力了。

母亲敏捷快速地将传单从箱子中取出，忽左忽右地朝群众们那一双双渴望的、灵活的、想接受真理的手上抛去。

“我的儿子和跟他一起的人们为什么要被判罪，你们知道吗？请你们相信母亲的心和她的白发吧！我可以告诉你们，因为他们要你们诸位传达真理，所以昨天被判罪了！我直到昨天才算明白了，这种真理，没有人能够反抗，没有人能够反抗！”

人群安静下来。

他们越来越挤，人数不断地增加，用身体的圈子紧紧地围住了母亲。

“贫困、饥饿和疾病，这就是你们劳动的报酬。一切都是我们的敌人，我们一辈子都是在劳作里面、在污泥里面、在欺骗里面，一点一点地埋葬着我们的生命！可是别人却是利用我们的血汗来享乐，坐享其成，花天酒地作威作福！我们就像被锁着的狗，一辈子被幽禁在无知和恐怖之中，没有一点点出路！我们却什么都不知道！我们对什么都害怕！我们的生活就是黑夜，每一天都是黑夜！是漆黑的黑夜！”

“对！”有人低声说。

“勒住她的喉咙！”

在群众之后，母亲看见了暗探和两个宪兵。她想要赶快分散最后几叠传单，但是，当她把手伸到箱子里去的时候，她的手碰到了另外一个人的手。

“拿吧，拿吧！”她俯着身子说。

“散开！散开！”宪兵扒拉开群众，高声喊着。

人们极不情愿地走开去，他们推撞着宪兵，故意阻挡他们，或许是下意识的。

周围的群众都被面前这个一脸和善、长着一双正趋势大眼睛的白发妇人有力地吸引住了。

是的！他们都是为生活所分离，互相隔绝，现在被她的热烈的言语所鼓动，融成了一个整体。

这些话，也许在很久之前，就为那些受不平等凌辱的人们所追求和渴望着的。只是没有机会发现。

近处的人们都默然而立，母亲看见了他们的饥渴一般的专注的眼睛，那种眼神让她的脸上都感到了温暖的呼吸。

“老太太，走吧！”

“你马上就要被抓去了！”

“啊，真勇敢！”

“滚开！滚开！”宪兵们的喊声越来越近了。

母亲面前的人们互相拉挽着，摇晃起来。

母亲觉得大家都是愿意了解她并相信她的。因此，她也急于要把她知道的一切，把使她感到力量的一切思想，完全告诉大家。

此时此刻，这些思想都轻而易举地从她心中涌了出来，变成了一支歌曲。

但母亲有些懊恼地感到，他的声音不够。嗓子已经嘶哑了，声音发抖，常常要中断。

“我儿子的话是工人阶级的纯洁的话，是不能收买的灵魂所说出来的话！你们可以看出来的，他的勇气是不能收买的！”

那些年轻的眼神，充满了害怕与敬佩。

母亲胸口被人推了一下，她脚步不稳地坐到了椅子上。

宪兵们的手在人们头顶上空挥来晃去，纷纷抓住人们的衣领和肩膀，把他们推到旁边去，扯下人们的帽子，将它们丢得老远。

母亲觉得眼前一阵发黑，所有的东西都摇晃起来了，她努力克服了自己的疲劳，又用尽全身力气大声喊道：

“诸位,团结起来!”

宪兵用他血红的大手抓住母亲的衣领,将她摇荡了一下。

“住口!”

她的后脑撞在墙上,一瞬之间,她的心被有刺激性的恐怖的烟雾遮住了,但是,这烟雾立刻消散,心又光亮亮地燃烧起来。

“走!”宪兵恶狠狠地命令。

“什么都不怕!还有什么比你们一生所过的日子更苦的。”

“叫你闭嘴!听见没有?”一个宪兵牵制住母亲的一只手臂,把她猛地一拉。

另外一个宪兵抓住母亲的另一只手。

他们带着母亲,大踏步地走去。

“这种生活每天折磨你们的心,吸干你们的心灵!”

那暗探跑到前面,举着拳头在母亲面前晃动着,尖声喝道:

“闭嘴,畜牲!”

母亲怒目圆睁,闪烁着光芒,下巴颤动着。

她将两脚牢牢地踏在一块很光滑的石头上,高声喊道:

“复苏了的心是不会再死的!”

“狗!”

暗探挥着手很快地在她的脸上打了一下。

“打这个老鬼!”一个幸灾乐祸的声音喊道。

一股黑红黑红的东西一下让母亲头晕眼花,嘴里满是血的咸味。

一阵整齐而响亮的声音令她再次振奋起来。

“不准打!”

“诸位!”

“你这个浑蛋!”

“揍他!”

“用血是冲洗不掉理性的!”

母亲的后背和脖子被人推着,肩上和头部都被打了。周围一切好像昏暗的旋风似的在那呼喊声里、怒号声里和警笛声里旋转起来。

一股浓烈厚重、令人晕眩的东西,钻进了母亲的耳朵,塞住喉咙,使她不能呼吸。

脚下的大地似乎要塌陷下去,动摇着,两腿弯了下去,身体好像被火烧伤般的疼得发抖,而且沉重起来,摇晃着,没有气力。

可是,眼睛里的光并没有熄灭,她看见了其他许多的眼睛,在这些眼睛里燃烧着她所熟悉的勇敢而锐利的火,和她的心接近的火。

她被人推着,推往门里。

母亲挣脱了一只手,抓住了门框。

“真理是血海也不能扑灭的!”

他们打了她的手。

“你们这些疯狗!只会让人更加憎恨!听着!憎恨就要压到你们自己的头上了!”

宪兵们残暴地掐住母亲的喉咙,使她不能呼吸。

她却依然嘶哑地喊出。

“不幸的人们!”

回报她的是一阵沉痛的哭声,不知是谁发出来的。